D1350817

LES REINES DE FRANCE TOME I

Simone Bertière, agrégée de lettres, maître de conférences honoraire à l'Université de Bordeaux III et chargée de cours à l'Ecole Normale Supérieure de jeunes filles, dont elle est ancienne élève, a collaboré aux recherches de son mari, puis soutenu et publié à titre posthume la thèse de ce dernier sur Le Cardinal de Retz mémorialiste. *Elle a établi en 1987 une édition des* Mémoires *et de* La Conjuration de Fiesque *pour les Classiques Garnier. Elle est l'auteur de nombreux articles sur des sujets de littérature française du XVIIe siècle et de littérature comparée, d'une biographie du cardinal de Retz (1990) et d'une* Anthologie de la littérature française du XVIIe siècle *dans* Le Livre de Poche.

Quel sort attend une jeune femme, sous l'Ancien Régime, quand elle épouse le roi de France ? En quoi consiste la condition de reine ? Pourquoi certaines s'y épanouissent-elles alors que d'autres y sont broyées ? Les reines se suivent et ne se ressemblent pas. Toutes sont attachantes, les plus obscures comme les plus illustres. Mais il est très rare de les trouver, comme ici, rassemblées.

Le présent volume évoque tout à tour Anne de Bretagne, Jeanne de France, Marie d'Angleterre, Claude de France, Eléonore d'Autriche et les débuts de Catherine de Médicis, fragile survivante d'une famille menacée, puis humble épouse de Henri II, écrasée par la resplendissante favorite Diane de Poitiers : évocation du « beau » XVIe siècle, celui où la France, entre les mains de rois au pouvoir raffermi, se couvre d'admirables châteaux et voit s'épanouir la Renaissance, avant les années sanglantes où Catherine, en charge du royaume, devra louvoyer entre les ambitions et les fanatismes déchaînés.

Aussi passionnante qu'un roman, mais scrupuleusement fidèle à la vérité des faits, vivante, colorée, parfois teintée d'humour, cette alerte chronique des reines de France est riche en péripéties dramatiques ou plaisantes, mais elle s'efforce aussi d'éclairer les règles du jeu politique et de contribuer, notamment en ce qui concerne la place des femmes dans la société, à l'histoire des mentalités et des mœurs.

SIMONE BERTIÈRE

Les Reines de France au temps des Valois

« Le beau XVIᵉ siècle »

ÉDITIONS DE FALLOIS

À mes enfants,
François,
Marie-Claude
et Marie-Noëlle,

à mes petits-enfants,
Édouard,
Ève
et Constance,

cette histoire où il
sera beaucoup parlé
d'enfants.

Ceci est un livre d'histoire, en ce sens que rien n'y est inventé et que je me suis interdit de recourir aux procédés de narration romanesque. Mais ce n'est pas un livre d'historien. Affaire d'échelle et de perspective. Je suis venue à l'histoire par la littérature et je garde de ma formation un vif attrait pour les êtres vivants envisagés dans leur singularité. Or il se trouve que notre passé offre un inépuisable vivier de personnages plus passionnants encore que ceux que pourrait créer notre imagination. Je suis femme : c'est vers les femmes que m'a conduite ici ma curiosité. Cette curiosité — bien féminine — m'a entraînée beaucoup plus loin que je ne pensais et que je n'aurais osé m'aventurer si je n'avais été emportée par la vitesse acquise. Voici comment.

En un temps où foisonnent les biographies, où la moindre reine ayant exercé une responsabilité politique a droit à un volume entier pour elle toute seule, j'ai éprouvé soudain de l'intérêt pour les obscures, les délaissées, les figurantes, celles que les historiens renvoient, non sans quelque condescendance, à leurs travaux d'aiguille et à leur quenouille. Les reines se suivent et ne se ressemblent pas. Pourtant il y en a toujours une, sauf exception, auprès du roi de France. Il y en a même souvent plusieurs : mère et épouse se partagent les fonctions de reine, dont il leur arrive de déléguer une part à d'autres femmes de la famille, fil-

les ou sœurs. Et la plus reine de toutes n'est pas forcément celle qui en porte officiellement le titre.

En pensant à elles, diverses questions me venaient à l'esprit. Quel sort attend une jeune femme, sous l'Ancien Régime, lorsqu'elle épouse le roi de France ? En quoi consiste la condition de reine ? Pourquoi certaines s'y épanouissent-elles alors que d'autres y sont broyées ? Quelle est dans leur destin la part respective de leur personnalité et des circonstances ? À ces questions, il ne peut y avoir de réponses qu'individuelles, dans un premier temps tout au moins. Chaque reine m'a intéressée pour elle-même, en tant qu'être unique, et pas seulement pour le rôle qu'elle a joué dans l'histoire de France. Et je me suis aperçue que même les reines de premier plan, dont l'action politique est bien connue, prenaient un visage un peu différent si l'on concentrait la lumière sur leur personne.

Pas de développements abstraits donc, sinon, au départ, un bref rappel des règles du métier. Des évocations concrètes, vivantes. Une série de portraits. Que dis-je, portraits ? Leur condition de reines, elles l'ont vécue dans la durée. Impossible de les figer dans des figures d'oraison funèbre, avec distribution d'éloges et de blâmes, comme on en trouve tant dans les livres anciens. Pour tenter de les comprendre, il me fallait les immerger dans le flux des événements, les événements vécus au jour le jour et par conséquent racontés avec précision et en détail. Et par ce biais l'histoire de France, dont je pensais ne faire qu'une toile de fond, est revenue en force. Pas sous tous ses aspects cependant. Elle y apparaît sous un angle un peu insolite, vue de l'appartement des reines — que cet appartement soit la chambre où elles mettaient au monde leurs enfants ou le cabinet où se décidait le sort de la France.

Pourquoi prendre en marche le train de l'histoire, au lieu de commencer aux origines, avec l'épouse du roi Clovis ? Pour des motifs de compétence et de goût tout d'abord : je préfère parler d'une époque que je connais et que j'aime. Pour des raisons tenant à mon

*sujet aussi. Mieux que le Moyen Âge, trop vaste et trop
éloigné de nous, les siècles suivants se prêtent à une
narration continue. Le royaume s'agrandit, la monarchie se consolide, les règles de transmission du trône,
clairement définies, fixent pour trois cents ans le statut
des reines de France. Et celles de ce temps, plus proches de nous psychologiquement que leurs aînées, connues grâce à un plus grand nombre de documents
divers, nous sont plus aisément intelligibles. L'avènement d'Anne de Bretagne — 1491 — s'imposait comme
date de départ : il précède d'un an seulement la découverte de l'Amérique et l'expulsion des derniers Maures
d'Espagne, qui marquent le début de ce qu'il est con-
venu d'appeler les Temps Modernes.*

*Je ne pouvais songer à aller, d'un coup, jusqu'à la
Révolution française, qui en constitue le terme. J'ai
dû prévoir plusieurs volumes et donc opérer dans la
continuité historique un certain nombre de coupures
— pas trop arbitraires si possible... Le XVIᵉ siècle, qui
voit l'apogée et l'effondrement des Valois et auquel
leur nom est attaché bien que leur dynastie règne
depuis longtemps déjà, forme un tout. L'année 1600,
où Henri IV, enfin séparé de sa femme Marguerite,
épouse Marie de Médicis, marque une rupture avec le
passé et inaugure une ère nouvelle : elle fournit au
premier volet de ce récit un terme satisfaisant.*

*Mais avec ses dix reines et avec la multitude d'évé-
nements dramatiques auxquels elles furent mêlées, ce
siècle m'est apparu trop riche, au fur et à mesure de
la rédaction, pour être resserré en un seul ouvrage
compact. J'ai donc préféré en répartir la matière en
deux tomes, en adoptant la division usuelle chez les
historiens entre le « beau » XVIᵉ siècle, qui prend fin
en 1559 avec la mort de Henri II et les années noires
des guerres de religion. Cette coupure convient à mon
propos, car la place des reines dans le royaume diffère
d'une période à l'autre : à un temps de gouvernement
masculin, où les rois tendent à reléguer leurs épouses
à l'arrière-plan, succède un temps de prééminence
féminine, lorsque Catherine de Médicis se substitue à*

ses fils pour exercer le pouvoir. Certes, la très longue carrière de cette dernière se déroule de part et d'autre de l'année 1559. Mais Catherine, qui fut une épouse docile et effacée avant de se muer en mère dominatrice, offre deux visages successifs très différents, dont la dissociation temporaire n'affectera pas la cohérence et l'autonomie de chacun des deux volumes.

La mise en œuvre m'a imposé un certain nombre de choix. Tout d'abord, devais-je écarter de ce récit les quelques femmes remarquables qui, bien qu'elles ne fussent pas reines, en ont joué à l'occasion le rôle et obtenu les prérogatives, notamment Marguerite d'Autriche, la petite fiancée de Charles VIII, et Louise de Savoie, l'impérieuse mère de François Ier ? Elles ont pesé trop lourd, l'une dans le mariage d'Anne de Bretagne, l'autre dans la vie conjugale de Claude et la négociation matrimoniale d'Éléonore, pour qu'on puisse n'en pas parler. Autant leur accorder la place et l'intérêt qu'elles méritent : un développement entier, voire un chapitre, ne seront pas de trop.

Il n'était pas question d'autre part d'aligner côte à côte, en des monographies juxtaposées, l'évocation de chacune des reines concernées. Car leurs vies sont de longueur très inégale, d'intérêt inégal aussi, et surtout elles se chevauchent. Le mariage d'une fille se décide souvent sous le règne de sa mère : ainsi de celui de Claude de France au début du siècle, de Marguerite de Valois à la fin. Belle-mère et belle-fille sont vouées à cohabiter : ainsi de Catherine de Médicis et de ses trois brus. Les séparer de force, c'était s'exposer à d'innombrables redites et voltiger à travers le temps, dans la plus extrême confusion.

La solution adoptée ici est donc mixte. Pour éviter de malmener à l'excès la chronologie, la vie des reines les plus importantes s'étale sur plusieurs chapitres, entre lesquels d'autres chapitres, consacrés à d'autres reines, peuvent venir s'intercaler. Au prix de quelques anticipations et retours en arrière, j'ai tenté de préserver à chacun de ces chapitres un minimum d'unité, autour d'une figure centrale. Si j'osais me réclamer d'un patronage aussi prestigieux que celui de Plutarque, je dirais qu'au lieu de *Vies parallèles*, j'ai tenté de proposer ici des *Vies entrelacées*. Mais il est aisé, si l'on s'intéresse à l'une de ces reines en particulier, de relier entre eux tous les passages où elle figure. Le livre peut donc se lire, au gré de chacun, en continu ou en diagonale, d'un seul trait ou « en feuilleton », chapitre par chapitre, la promesse d'une suite tenant non pas à l'artifice du narrateur, mais à la nature de l'histoire narrée, qui se confond avec l'histoire tout court, toujours ouverte sur un avenir.

La diversité des points de vue m'a également causé quelque embarras. J'ai pris pour règle de me mettre, si possible, à la place des différentes reines que j'évoquais et de m'identifier momentanément à elles pour tenter de partager leur perception des choses et de saisir les raisons de leurs actes. Mais avec des protagonistes multiples se disputant le premier plan, il m'est arrivé d'être condamnée à une sorte de jeu de rôles, en racontant deux fois — ou même trois — un même événement vécu par des participants différents. Le cas le plus significatif sera, au tome II, celui de la Saint-Barthélemy. On se convaincra aisément, j'espère, que ces « variations » ne font pas double emploi.

Et ma foi ! puisque l'habitude était prise, je me suis souvent mise aussi à la place des autres personnages, notamment les époux de chacune des reines. Mon récit y perd les contrastes accusés dont l'historiographie romantique était friande et qu'affectionnent encore les biographes d'une seule vie. Impossible de déshabiller Pierre pour habiller Paul, d'accabler l'un pour disculper l'autre. À la place des bons et des méchants, nettement différenciés, il n'y a plus que des êtres concrets, vivants, ambigus, déchirés entre des sollicitations antagonistes et qui font ce qu'ils peuvent dans des situations dont ils ne voient pas toujours tous les tenants et aboutissants. Tous tant qu'ils sont, j'ai préféré les comprendre en laissant au lecteur le soin de les juger. Mais je n'ai pu m'empêcher, de temps en temps, de montrer le bout *de l'oreille : un peu de recul et un peu d'humour étaient nécessaires pour contrebalancer l'excès de sympathie.*

Ce livre s'adresse à un public de non-spécialistes. Je ne prétends pas apporter des faits nouveaux : un nouvel éclairage plutôt. Je me suis donc appuyée largement sur les études historiques existantes, qui me fournissaient une documentation surabondante. Pour les reines de premier plan, j'ai simplifié, trié, clarifié, à la recherche de lignes de force. Pour les moins connues, j'ai glané des détails dans des ouvrages consacrés à d'autres, où elles n'apparaissent qu'obliquement et jouent comme à cache-cache. Quitte à laisser pour les unes et les autres des blancs, à avancer prudemment des hypothèses, à poser des questions qui resteront sans réponse. Aucun livre, je crois, ne les a ainsi rapprochées et n'a tenté de faire surgir de leurs biographies comparées une image de la condition de reine.

Je tiens à exprimer ici ma reconnaissance à tous les historiens dont les travaux ont nourri ma réflexion. D'une part les auteurs d'ouvrages de synthèse sur les institutions, la civilisation, les mœurs : au premier rang desquels R. Mousnier, Ph. Ariès, P. Chaunu, J. Delumeau, E. Leroy-Ladurie et F. Bluche, à qui je dois l'idée de parler des reines. D'autre part, les récents biographes de nos rois qui ont poursuivi et renouvelé les recherches de Lavisse et de Mariéjol : notamment J.-P. Babelon, A. Castelot, I. Cloulas, P. Chevallier, L. Crété, J.-L. Déjean, M. Duchein, C. Erickson, A. Fraser, J. Jacquart, P.M. Kendall, Y. Labande-Mailfert, P. Miquel, B. Quillet, E. Viennot, pour ne nommer que quelques-uns de ceux qui se sont consacrés au XVIe siècle. La meilleure façon d'acquitter ma dette à leur égard serait que ce livre donne à quelques lecteurs l'envie d'en savoir davantage et les incite à découvrir en profondeur une histoire dont je n'ai évoqué ici que les moments les plus marquants.

PROLOGUE

LE MÉTIER DE REINE

Être reine en France au XVIᵉ siècle n'est pas une sinécure. Une reine ne s'appartient pas. Elle mène une vie fastueuse, certes, mais réglée par de très strictes obligations, sous le regard continu de son entourage. Elle exerce un dur métier, qui exige une santé de fer et un caractère bien trempé, et pour lequel un peu d'intelligence ne nuit pas. Un métier à temps plein, où la moindre femme d'aujourd'hui verrait une intolérable servitude. Autres temps, autres mœurs : les intéressées n'en jugent pas ainsi à l'époque. Nous aurions tort de mesurer leurs sentiments à notre aune. La plupart d'entre elles remplissent sans rechigner un rôle auquel les a préparées leur éducation, à moins qu'elles ne s'émerveillent du hasard heureux qui leur a valu une grandeur inespérée.

Mariage

À la différence des pays voisins, la France a toujours un roi. La reine n'est que son épouse. Traversez les Pyrénées ou la Manche : vous trouverez en Castille ou à Londres des reines de plein exercice, tout comme dans l'Europe du Nord. Quant aux détentrices légitimes d'un duché ou d'un comté, elles sont partout légion. Mais s'agissant de la monarchie française, une loi originale, unique en son genre, régit la succession au trône et en barre l'accès aux femmes. Non seulement elle exclut les filles de l'héritage paternel, mais elle leur interdit même de transmettre à leurs descendants mâles le moindre droit sur cet héritage. À un petit-fils du roi défunt, par sa mère, on préfère un cousin au énième degré, par filiation masculine. Bien que les juristes aient tenté de la faire remonter aux anciennes coutumes des Francs Saliens pour en accréditer le caractère fondamental, cette loi fameuse, dite *salique*, n'est appliquée en fait que depuis 1316, lorsque les deux fils puînés de Philippe le Bel furent tour à tour préférés à la fille de son fils aîné prématurément décédé. Tous les rois, depuis trois siècles, ayant toujours eu un fils pour leur succéder, l'idée que le pouvoir chez nous ne pouvait être que masculin s'était ancrée dans les esprits : « Le royaume des lis ne doit point tomber en quenouille. » La France échappe ainsi au risque de passer en des mains étrangères et elle peut espérer tirer profit des règles contraires prévalant chez ses voisins pour arrondir son territoire en faisant épouser à ses fils des héritières bien dotées.

Les mariages royaux sont donc des opérations politiques, pour lesquelles l'avis des futurs conjoints ne compte guère. Rien que de très normal, dans une société qui subordonne l'individu à la famille et voit dans la passion amoureuse un dangereux principe de subversion : on ne se marie pas pour soi, mais pour perpétuer sa lignée et la faire progresser dans la hiérarchie sociale. La destinée des reines est étroitement tributaire des relations internationales : leur mariage doit consacrer l'acquisition d'une province, sceller une alliance et si possible, mais on répugne à l'avouer, renflouer le trésor toujours à sec. Leur histoire peut commencer très tôt. Dès le berceau leur main est promise à divers prétendants successifs, voire simultanés, elles sont des pions sur l'échiquier politique, qu'on avance et qu'on retire au gré des intérêts nationaux. Et le récit des négociations préalables à leurs noces offre parfois de réjouissantes péripéties.

Les reines sont, sauf exception*, des étrangères. Mais les possibilités de choix sont restreintes. Une fois la Bretagne annexée à la France et la Flandre à l'Espagne, les seuls partis acceptables pour nos rois sont alors, par ordre de prestige décroissant, les infantes et les archiduchesses, filles des Habsbourg de Madrid ou de Vienne, puis les Anglaises ou les Écossaises, enfin les Lorraines ou les Savoyardes. Ensuite, comme les Espagnols se réservent les héritières de Portugal, il ne reste guère que quelques princesses allemandes ou scandinaves, parmi lesquelles il faudra exclure, à partir du milieu du siècle, celles qui appartiennent à la religion réformée. Quant aux Italiennes, ce sont des pis-aller : Catherine de Médicis, à peine digne d'un fils cadet de François Ier, n'aurait jamais été épousée si on avait prévu que la mort de l'aîné ferait d'elle une reine. On tourne donc dans un cercle très étroit. Les souverains d'Europe sont membres d'un même réseau familial.

Aussi ne doit-on pas exagérer, pour les reines, les affres du dépaysement. Certaines, venues de Bretagne, de Lorraine ou de Savoie, sont quasiment françaises par la langue et par l'éducation. D'autres auront plus de peine à s'adapter. L'usage qui veut que l'enfant fiancée à un roi soit élevée dans son pays d'adoption, en garantie des traités, est censé aussi faciliter son assimilation. Et peut-être est-il moins cruel en effet d'être transplantée à cinq ans qu'à seize et de faire connaissance avec son futur époux dans l'innocente intimité de la nursery plutôt que de se voir jetée à l'improviste dans le lit d'un homme qu'on n'a jamais vu. Quant à la séparation d'avec leurs parents, elle ne compte guère. Les enfants princiers étaient élevés loin d'eux. Plus importante est pour les jeunes reines la présence

---

* Elles peuvent être françaises, lorsqu'il y a rupture dans la succession en ligne directe. Les collatéraux appelés au trône ont pu alors épouser une fille du défunt roi. Ce fut le cas de Louis XII avec Jeanne de France, de François Ier avec Claude et de Henri IV avec Marguerite de Valois.

de leurs servantes, nourrice, gouvernante, compagnes de jeux, qu'on cherche d'ailleurs à leur enlever pour les franciser plus vite.

Vie quotidienne

L'épreuve la plus rude n'est pas le changement de pays, mais le changement de milieu. La princesse étrangère choisie pour le roi de France sait qu'elle épouse, en même temps que lui, ce qu'on a envie d'appeler sa tribu. Il lui faut s'intégrer au groupe compact formé auprès de lui par les femmes de sa famille. Si elle n'est encore que la *dauphine*, c'est-à-dire la femme de l'héritier du trône, elle a intérêt à se faire toute petite en attendant son heure. La fonction de *reine régnante*, — on devrait dire *reine* tout court — lui assure la préséance sur toutes les autres, mais ne lui garantit aucune prééminence effective : la *reine mère*, s'il y en a une, a sur elle une bonne longueur d'avance par l'âge, l'expérience et l'influence exercée sur son fils. Elle doit compter aussi avec ses belles-sœurs et, éventuellement, avec des filles d'un premier lit, en qui elle trouvera, selon les cas, des alliées ou des ennemies. C'est avec toutes ces femmes que la nouvelle venue va vivre, plus qu'avec un conjoint qui mène une existence séparée. Chacun a sa maison, ses appartements, ses domestiques, et la visite quotidienne que le roi rend aux unes et aux autres est de sa part un hommage protocolaire auquel il n'est pas tenu. Plus est complexe la constellation féminine qui gravite autour du roi, plus elle abonde en intrigues, en tensions, en coteries, et plus la jeune reine peut espérer, si elle est adroite, s'y faire une place. Si au contraire elle a affaire à une belle-mère autoritaire et possessive, elle risque d'avoir à choisir entre un conflit perdu d'avance et une éternelle dépendance. Bienheureuse quand elle ne se heurte pas à une maîtresse qui la traite de haut, forte de l'amour du roi.

Car si les usages imposent à celui-ci un mariage de

raison, ils lui accordent de généreuses compensations. À côté de l'épouse vouée à la procréation, il dispose de maîtresses, pour le plaisir du corps et du cœur. L'amour est un luxe qui lui est réservé et dont il peut user à volonté. Il le doit même : l'abstinence serait chez lui suspecte. L'Église a beau lui rappeler ses devoirs, elle ne peut rien contre l'indulgence complice du pays tout entier, qui voit dans ses exploits extra-conjugaux une preuve de bonne santé et de vitalité virile. La reine, elle, n'a pas cette consolation. Aucun soupçon ne doit peser sur la légitimité des enfants qu'elle met au monde, sans quoi la consécration divine leur serait refusée. Elle s'accommode, bon gré mal gré, des infidélités d'un mari qu'elle est condamnée à aimer ou à faire semblant d'aimer, car l'opinion commune y tient fermement. Lorsqu'elle parvient à limiter ces infidélités à des passades, à les cantonner hors de la cour, à éviter l'intronisation d'une maîtresse officielle, c'est un beau succès.

Une jeune reine joue son destin sur la maternité, unique atout qui lui appartienne en propre. Elle seule peut donner au roi des héritiers aptes à lui succéder. Procréer est, pendant les premières années au moins, sa fonction exclusive. Et ce n'est pas alors une fonction de tout repos. Au XVIe siècle une grossesse est une aventure à haut risque. Si on ne meurt pas en couches, il est rare qu'on n'en conserve pas quelques séquelles. Les reines sont à cet égard moins bien partagées que leurs sœurs de condition plus modeste. Le mariage tardif est pour celles-ci une forme déguisée de contrôle des naissances. Mais pour les princesses, les considérations économiques ne jouent pas. On les marie prématurément, dès quatorze ans, afin de consolider les traités dont elles sont le gage. Et on attend d'elles des enfants au plus vite, pour assurer l'avenir de la dynastie. L'espérance de vie est brève, la mortalité infantile très élevée. Les incertitudes successorales, éveillant les appétits des princes collatéraux, sont sources de troubles : il faut y couper court en opposant à leur ambition un ou plusieurs héritiers prioritaires. Pour peu qu'elles soient fécondes, et comme elles ne sont pas protégées des maternités trop rapprochées par l'allaitement, confié à des nourrices, des reines à peine sorties de l'adolescence peuvent être enceintes sans discontinuer pendant des années. Il leur arrive d'en mourir, de fièvre puerpérale ou d'épuisement, avant d'avoir atteint vingt-cinq ans. Elles en souffrent toujours et la lutte qu'elles mènent pour survivre à ces épreuves répétées absorbe une partie de leurs forces et contribue à les tenir à l'écart.

Trop d'enfants nuit, trop peu également. La stérilité est pour une reine la pire des malédictions. Elle risque d'être répudiée. Certes le divorce est interdit. Mais l'Église peut annuler un mariage. Et bien que la stérilité ne soit pas un motif recevable à ses yeux, il ne manque pas de juristes pour dénicher des vices de forme sur lesquels appuyer la sentence. Rien n'est donc plus précaire que la situation d'une reine sans enfants, menacée d'un renvoi humiliant et qui n'aura d'autre refuge qu'un monastère. À peine préférable est le sort de celle qui n'a que des filles : tout au plus garde-t-on l'espoir que la prochaine maternité sera la bonne et lui donnera le fils attendu. Mais en cas de veuvage, et bien que l'attribution d'un douaire lui permette de mener une vie décente dans quelque château de province, on ne fait rien pour la retenir. Si elle choisit de se remarier ou de se retirer chez elle dans son pays d'origine, il lui faudra abandonner sa ou ses filles, qui sont princesses françaises et dont la France disposera : telle est la règle qui prévaut dans tous les pays d'Europe. Il est probable qu'elle ne les reverra jamais. La position d'une reine n'est donc vraiment assurée que lorsqu'elle a mis au monde un fils. Alors seulement elle accède à son plein statut social. Elle en tire dans l'immédiat un regain de considération et d'égards. Et elle sait pouvoir jouir, au cas où son époux mourrait le premier, de la situation enviable de reine mère.

Représentation

Si peu que compte la reine dans sa vie privée, le roi ne peut manquer de l'associer largement à sa vie publique. La célébration du culte monarchique, tel qu'il est organisé dès le XVIᵉ siècle, exige la présence d'une femme à ses côtés.

Dans la France de cette époque, profondément chrétienne, la souveraineté est délégation divine. Le roi a réussi à faire oublier qu'il était jadis l'élu de ses pairs. Le sacre lui confère une forme de sacerdoce, un lien mystique l'unit à ses sujets. Le sentiment monarchique est personnel : le peuple est attaché non à une forme abstraite de gouvernement, mais à un être de chair et de sang, qui incarne en sa personne le royaume tout entier, mystérieusement solidaire de sa prospérité. À ses côtés la reine n'a qu'un statut inférieur : les cérémonies qui la consacrent lui accordent deux onctions seulement au lieu de neuf, au moyen d'une huile moins prestigieuse que celle de la Sainte Ampoule. Mais on la sait irremplaçable : en assurant la relève des générations, elle permet à la dynastie de défier, collectivement, la mort. L'amour du peuple de France va à un couple chargé d'enfants, sanctifié par une vague ressemblance avec les Saintes Familles ornant les murs des églises, et en qui il croit lire la promesse de sa propre fécondité.

La reine a donc sa place au Conseil, dans toutes les cérémonies civiles et religieuses, elle accueille les ambassadeurs étrangers, trône aux côtés de son époux à l'ouverture des États Généraux, festoie avec lui dans les banquets et danse dans les bals ; elle l'accompagne dans ses voyages — expéditions militaires exceptées — et a droit, comme lui, à des « entrées » solennelles offertes par les villes traversées. Qu'elle soit enceinte ou malade, il lui faut endosser les lourds vêtements d'apparat qui l'étouffent, endurer la pluie, la chaleur, la poussière dans des litières cahotées au pas des mules, s'accommoder de gîtes inconfortables, parader, sourire, adresser à chacun le mot attendu, résister à l'ennui, à la fatigue, au sommeil, accepter d'être en perpétuelle représentation.

L'ancienne monarchie avait compris, bien avant nos sociétés modernes, que les détenteurs du pouvoir avaient intérêt à soigner leur image. Le roi et la reine doivent être complémentaires. Entre eux, la répartition des rôles s'opère selon le mode traditionnel. Un roi guerrier et justicier, une reine pieuse, bonne, charitable : c'est ainsi qu'on veut les voir, c'est sous ce jour qu'ils s'appliquent à apparaître lors des festivités qui accompagnent leurs déplacements à travers le pays. Au fil des siècles, les rois ont été évincés du gouvernement, leur condition n'est plus ce qu'elle était. Mais les reines d'aujourd'hui et les « premières dames » des démocraties modernes, visiteuses obligées d'hôpitaux, d'écoles, de crèches, pourraient reconnaître dans le programme ici tracé quelques-unes des rubriques de leur propre emploi du temps.

Pouvoir

De pouvoir politique, il n'est pas question, en principe du moins. Depuis deux siècles, les reines ont vu leur rôle s'amenuiser, à mesure que se renforçait la prépondérance des rois sur les grands seigneurs détenteurs de fiefs.

La société féodale associait étroitement les femmes de la haute aristocratie à la politique familiale. Tandis que les hommes, voués à la guerre, étaient souvent éloignés de chez eux, leurs épouses étaient chargées, non seulement de l'éducation des enfants, mais de la surveillance des domestiques, de la gestion des domaines, de la rentrée des revenus, de tout ce qu'on nommait le « ménage » — nous dirions l'intendance — et dont la détention des clefs était le symbole. Elles possédaient des biens propres qu'elles administraient et dont elles disposaient par testament. Et la mort de leur mari pouvait faire d'elles des chefs de famille. Bref elles avaient les moyens de jouer un rôle considérable.

Les reines ne faisaient pas exception. Mais les rois, pour asseoir plus fortement leur autorité, tendirent à dépouiller leurs épouses de ces prérogatives, qui risquaient de jouer contre eux. À partir de Philippe-Auguste s'amorce un lent processus de mise à l'écart des reines, coïncidant avec l'instauration progressive de la monarchie absolue.

Le processus est suspendu au XVIe siècle, par suite de crises politiques graves et grâce à la très forte personnalité de quelques-unes des reines de ce temps. Des femmes intelligentes et énergiques savent user de leur influence sur les hommes de leur entourage — époux ou fils — ou jouer pour s'imposer des divisions de ceux qui leur disputent le pouvoir. Mais rien ne leur appartient de droit. Elles doivent ce qui leur est concédé de pouvoir à la bonne volonté du souverain ou aux circonstances et à leur propre ténacité.

Certaines activités leur sont abandonnées de bonne grâce, celles qui tiennent à la bonne marche de la « maison » royale notamment. Pour peu que sa femme ou sa mère montre quelque compétence financière, le roi lui confie sans regret les cordons de la bourse et il lui donne parfois carte blanche pour la construction et l'aménagement des bâtiments. De son ressort aussi la protection des ordres religieux, les œuvres de bienfaisance et le mécénat.

La diplomatie, qui se ressent encore du caractère familial des relations internationales, offre aussi à la reine un terrain d'action privilégié. Si elle vient d'un pays voisin, sa qualité d'étrangère la place parfois en position fausse lorsque son pays natal et son pays d'adoption sont en guerre, mais on ne lui en fait pas alors grief. On voit surtout en elle un jalon posé pour l'indispensable réconciliation. Lorsqu'il s'agit de traiter, on se souvient soudain qu'elle est espagnole ou autrichienne, proche parente de l'interlocuteur à convaincre : la voici propulsée au premier plan de la scène diplomatique. Plus généralement, comme toutes les familles princières sont apparentées, épouses, mères ou sœurs font pour les contacts préalables d'excellents intermédiaires. Leurs rencontres passeront pour visites privées, on pourra les désavouer en cas d'échec. Et un patronage féminin colore les négociations d'une nouvelle forme de civilité.

Mais seules les régences permettent aux reines d'exercer un vrai pouvoir politique. Il en est de très provisoires : le roi, partant pour la guerre, choisit souvent de déléguer à sa mère ou à son épouse le soin d'expédier ce que nous appellerions les affaires courantes. Mais s'il est fait prisonnier, par exemple, et si ce provisoire dure, c'est à une femme qu'il incombe de redresser la situation : Louise de Savoie s'en tirera avec honneur. Il en est aussi dont les enjeux sont beaucoup plus graves : qui gouvernera au nom d'un roi enfant ?

La législation misogyne comportait en France une lacune : aucune loi ne fixait la dévolution de la régence en cas de minorité. Difficile cependant de refuser à une mère la tutelle de son fils mineur, qu'admettait le droit public. Mais une reine mère pouvait-elle prétendre exercer la plénitude du pouvoir, y compris dans ses attributions militaires ? Les princes du sang * réclamaient donc soit la régence pure et simple, soit au moins un partage du pouvoir leur laissant, sous le nom de lieutenance générale du royaume, la haute main sur l'armée. De solides précédents, notamment celui de Blanche de Castille, plaidaient pour la régence des reines. Catherine de Médicis dut pourtant batailler ferme pour l'obtenir.

Paradoxalement, ce n'est pas lorsqu'une reine mère a le titre de régente qu'elle peut le plus ; c'est lorsque son fils déclaré majeur, mais encore enfant, la laisse gouverner à sa place. Bien que nos ancêtres fussent plus précoces que nous, un roi de treize ans ** était bien

---

* On appelait ainsi tous les princes apparentés, même de très loin, au roi, qui avaient dans les veines du sang de saint Louis.

** Afin d'abréger les régences, qui passaient à juste titre pour encourager les rébellions féodales, Charles V avait avancé pour les rois l'âge de la majorité. Le terme fixé par les édits était d'abord de *quatorze* ans, qu'on interpréta plus tard comme l'entrée dans la quatorzième année, c'est-à-dire *treize* ans révolus.

incapable de diriger le pays. Pourvu qu'elle soit assurée de son aval, c'est donc sa mère qui, en dehors de tout contrôle, détient la réalité du pouvoir. Le règne effectif de Catherine de Médicis déborde largement les deux ans et demi pendant lesquels elle fut légalement régente, aux côtés de Charles IX : il se prolonge presque jusqu'à sa mort.

Il reste qu'une femme, même si elle surclasse la plupart des hommes par sa capacité à gouverner, souffre d'un handicap du fait même qu'elle est femme. On lui prête les faiblesses présumées de son sexe et on agit en conséquence : jamais elle ne sera obéie comme le serait un roi. De plus, une régente, une reine mère n'exerce qu'une autorité déléguée, médiate. Elle décide au nom d'un fils qui peut toujours défaire ce qu'elle a fait : dans la moindre fissure entre elle et lui s'engouffrent les opposants. Les moyens d'une politique suivie lui sont presque toujours refusés. Une bonne partie de sa tâche s'apparente au travail de Sisyphe, à recommencer chaque jour. Tant il est vrai que toute action politique efficace repose d'abord sur la cohésion et sur la confiance.

Tel est en gros le cadre dans lequel se déroule la vie des reines de France au XVIe siècle. Elles sont dix, cinq — ou cinq et demie — pour le premier volume et autant pour le second, aussi différentes que possible les unes des autres. Leurs « règnes », qui vont de trois mois à un demi-siècle — si l'on prend en compte tout le temps passé par Catherine de Médicis à la cour de France —, illustrent à merveille les destinées diverses qui pouvaient s'offrir à elles. Passivité docile, résignation chrétienne, combativité, révolte, ambition et volonté de pouvoir : chacune aborde avec sa personnalité et ses ressources propres des situations très diverses. Le récit de ce qu'elles ont vécu tour à tour en dira plus long sur la condition de reine que toutes les analyses.

CHAPITRE PREMIER

LES NOCES DU LIS
ET DE L'HERMINE

L'histoire des reines du XVIᵉ siècle commence, comme il se doit, par des noces. En 1491, le souverain des lis, Charles VIII, épouse la petite duchesse Anne de Bretagne, aux armoiries semées d'hermine. Opération de politique territoriale typique de cette époque où le roi de France, toujours menacé par les grands féodaux ses voisins, tentait de se protéger par des annexions. Le père du jeune roi, Louis XI, esprit pratique, réaliste, peu aventureux, préférait les mariages à la guerre et il tissait depuis longtemps sa toile pour mettre la main, par héritière interposée, sur la Bourgogne ou sur la Bretagne. Il visait, de préférence, les possessions bourguignonnes. Mais il mourut avant de recueillir le fruit de ses calculs. Sa vive misogynie ne l'avait pas empêché de confier à sa fille, Anne de Beaujeu, le soin de veiller sur le royaume. C'est elle qui saura, au bon moment, choisir la Bretagne.

Les calculs de Louis XI

Sur le rôle des femmes aux côtés du roi de France, Louis XI s'était fait une doctrine simple et claire : moins elles interviendraient dans les affaires du pays, mieux cela vaudrait, il en était convaincu. Ses préventions valaient pour les épouses comme pour les maîtresses. Respectivement vouées à la procréation et à l'agrément, elles devaient rester les unes et les autres dans l'ombre et le silence.

Il gardait un mauvais souvenir du mariage que son père lui avait imposé lorsqu'il était encore adolescent. Marguerite, une ravissante et fragile poupée, fille du roi poète Jacques Ier d'Écosse, chantait et dansait à ravir, savait rimer un rondeau presque aussi bien que son père et ne rêvait que d'exhiber aux fêtes de la cour or, fourrures et pierreries. Elle buvait du vinaigre, se gavait de pommes vertes et sanglait étroitement le laçage de son corset, dans l'espoir d'éviter les maternités, dont elle avait une peur aiguë. Flattée de l'admiration des courtisans, choyée par Charles VII qu'elle égayait de sa grâce juvénile, elle avait pris le parti de son beau-père contre son propre époux et refusé d'accompagner en Dauphiné le fils indocile. Le futur Louis XI, libéré par sa mort prématurée, s'était choisi une solide Savoyarde, peu attrayante, mais pleine de vertus, et l'avait épousée en dépit de l'opposition paternelle. Devenu roi, il l'avait installée dans le château d'Amboise, où il lui rendait périodiquement visite, aux fins d'assurer sa descendance. Elle y mena, en compagnie de ses suivantes, une vie recluse dont l'histoire a retenu peu de chose. Nous en savons encore moins sur les maîtresses du prudent monarque, qu'il choisissait discrètes et dont il décida très tôt de se passer.

La politique était assurément une affaire d'hommes et la France avait été bien inspirée d'adopter la loi salique. La couronne passait de mâle en mâle, suivant des règles établies avec soin. La France ne risquait pas, par les hasards d'un mariage, d'être agrégée au territoire d'un souverain étranger, ni d'être revendiquée par les descendants d'une lignée féminine, comme cela avait été le cas lors de la guerre de Cent Ans. Une règle indiscutée, c'étaient en outre bien des contestations et des guerres évitées.

Pourtant Louis XI, victime de plusieurs malaises graves et se sentant condamné, était inquiet. Des enfants que lui avait donnés Charlotte de Savoie, trois survivaient : deux filles et un fils. C'était plus que n'en avaient tel ou tel de ses voisins. Mais voilà : il arrive que la nature se trompe dans l'attribution des sexes. Celui des trois en qui il se reconnaissait, qui avait hérité de son intelligence, de sa force, de sa volonté, de sa lucidité sans failles, c'était sa fille aînée, sa préférée, Anne, sa « vraie image ». Que n'était-ce un garçon ! Il aurait trouvé en elle le successeur espéré.

Le dauphin Charles ? Il ne savait qu'en penser. C'était un enfant chétif aux membres grêles, souvent malade, dont on se demandait s'il allait se décider à grandir. On l'avait élevé à Amboise à l'abri des miasmes et des accidents. Le souci de développer son corps par des exercices physiques, équitation, chasse, paume, ne compensait qu'imparfaitement le caractère renfermé de cette éducation en marge du monde, dans une bulle qui excluait l'imprévu, le hasard, le danger. Il ne savait de la vie que ce qu'en disaient les livres, les romans de chevalerie surtout, dont il faisait une intempérante consommation.

Louis XI le connaissait à peine. Il décida soudain d'aller lui rendre visite, le 21 septembre 1482, dans un grand déploiement de solennité.

Curieuse rencontre, face à face glacé entre le vieux monarque, anxieux de ne pas laisser son œuvre sombrer avec lui, et un enfant intimidé, appelé à comparaître comme devant un juge. Examen de passage, épreuve d'intronisation, dont l'élève, dûment chapitré par ses gouverneurs, ne se tira pas trop mal. Louis XI ne demandait qu'à croire aux capacités de son rejeton. Mais il avait des doutes. L'entretien avait visiblement pour but d'impressionner le jeune garçon et de le lier. Le roi se livra à un long exposé de politique, auquel le petit Charles fut invité à souscrire : il continuerait l'action de son père. Leur conversation, qui fut consignée par écrit et publiée, a des allures de testament : tout le royaume était pris à témoin des engagements du dauphin. Et pour plus de sûreté, le vieux renard s'apprêtait à lui trouver une épouse : ce sera chose faite au mois de décembre. On en reparlera plus loin.

À sa mort, le 30 août 1483, Louis XI laissait derrière

lui un héritage de paix. Il avait mis un terme aux revendications des Anglais, mal consolés d'avoir été chassés de France ; il avait abattu, par alliés interposés, son plus redoutable ennemi, Charles le Téméraire, duc de Bourgogne ; il avait maté les grands féodaux indisciplinés ; il avait agrandi le domaine royal. Le pays était prospère, l'autorité monarchique bien assise.

Bien que Charles, âgé de treize ans, fût encore considéré comme mineur, Louis XI avait préféré éluder l'installation officielle d'une régence, qui eût soulevé des difficultés. Il n'avait de confiance qu'en sa fille Anne, qu'il tenait pour « la moins folle femme de France » : c'est une litote. Mais il savait bien qu'il n'y avait « pas d'exemple dans notre histoire que la régence eût été confiée à une jeune princesse au détriment de sa mère ». Il se contenta donc d'une délégation de pouvoir verbale. Il restait n.oins d'un an à attendre. Le temps travaillait pour Anne, la nature aussi : la reine Charlotte, qui revendiquait la tutelle de son fils, mourut quatre mois après son royal époux. Une fois la majorité proclamée, il appartiendrait à la jeune femme de jouer de sa diplomatie pour écarter les grands seigneurs ambitieux et imposer à son frère son autorité de fait : un effort de tous les jours, une tâche de plus en plus difficile, à mesure que grandirait chez Charles le désir de s'émanciper.

L'habileté d'Anne et de son mari, Pierre de Beaujeu, ne valait pas l'autorité d'un roi de plein exercice, intelligent et ferme. Un adolescent sur le trône, flatté par son entourage, serait tenté de regimber contre la tutelle grondeuse de son impérieuse aînée. Un premier prince du sang, Louis d'Orléans, cousin du roi et, en l'absence d'autre descendant mâle de Louis XI, héritier désigné de la couronne, chercherait à s'immiscer dans le gouvernement d'un royaume susceptible de lui revenir un jour. C'étaient là des circonstances propres à redonner espoir aux grands féodaux et à les inciter à l'agitation.

L'héritière de Bretagne

Le plus redoutable d'entre eux était François II, duc de Bretagne, à qui pesait très fort sa vassalité à l'égard du roi de France. Il possédait un vaste domaine isolé à l'extrême ouest du pays, largement ouvert sur la mer, et dont le particularisme était accusé par les différences de race et de langue. Les habitants se sentaient proches de leurs frères d'Outre-Manche : la Bretagne tout court louchait vers la Grande-Bretagne.

Depuis 1465, François II n'avait cessé de guerroyer contre Louis XI, s'alliant avec ses ennemis anglais, bourguignons, autrichiens, offrant ses territoires comme base de repli à tous les révoltés. Une longue suite de revers ne l'avait pas rendu plus sage. L'accession au trône de Charles VIII réveilla ses appétits d'indépendance. Au printemps de 1487, il accueillit Louis d'Orléans et tous deux mirent sur pied un projet de traité avec l'empereur d'Autriche. « Guerre folle » : tel est le nom donné par les chroniqueurs à cette équipée absurde. L'impérial allié est loin, les barons bretons, divisés, passent sans cesse d'un camp à l'autre, les troupes prennent, perdent et reprennent les places fortes, ravageant toutes les provinces de l'ouest. La très meurtrière bataille de Saint-Aubain-du-Cormier, le 28 juillet 1488, livra au roi de France une foule de prisonniers, dont son propre cousin, Louis d'Orléans, et contraignit le duc à traiter. Le vaincu rentrait dans l'obéissance ; il s'engageait notamment à ne pas marier ses filles sans l'accord du roi, et il livrait en garantie quatre forteresses. Il en mourut de chagrin six semaines plus tard.

Il était veuf. Il ne laissait que deux filles, Anne, onze ans, et Isabelle, sept ans *. La loi salique ne jouant pas en Bretagne, l'aînée se trouvait, de plein droit, héritière du duché. Ainsi l'entendirent bien les Bretons, qui, refusant au roi de France la tutelle des deux enfants, s'empressèrent, le 10 février 1489, de proclamer Anne duchesse de Bretagne, en une cérémonie solennelle :

---

* Elle devait mourir très vite, en 1490.

mieux que quiconque elle incarnait la blanche hermine emblématique de cette terre. Avec la main de la fillette, c'était désormais le duché qui s'offrait aux épouseurs. Comme on peut le penser, ils ne manquèrent pas.

La Bretagne était exsangue, ruinée par cette guerre qui n'en finissait pas. Une solution simple sautait aux yeux : il suffisait de marier Anne à Charles. Certains y pensaient depuis longtemps, et la suggestion bénéficia même d'un porte-parole hors du commun.

Dans une chapelle tapie au fond du parc du Plessis-lès-Tours, Louis XI avait installé François de Paule, un illustre ermite qu'il avait décidé non sans peine à quitter sa Calabre natale. Le saint homme n'avait pas répondu tout à fait aux espoirs du monarque moribond : il s'était déclaré incapable de prolonger sa vie. Mais il lui avait apporté un puissant réconfort spirituel. Resté sur place après la disparition de son protecteur, il jouissait d'un prestige que rehaussait encore le don de prophétie. Or, en juillet, dès avant la mort du duc de Bretagne, il s'était enfermé trois semaines dans sa cellule, jeûnant et priant pour le roi et pour la paix. Et il avait reparu en annonçant que Charles épouserait Anne. Hélas, ajoutait-il, ce dénouement interviendrait « trop tard » : beaucoup de malheureux auraient succombé d'ici là. Il tenta cependant de faire mentir le second point de sa prédiction et délégua de part et d'autre deux de ses moines, des frères minimes, pour tenter de hâter l'échéance.

En vain. Il se heurta à un double refus. Car la chose semblait impossible. Les deux époux présumés étaient engagés, chacun de son côté : quasiment mariés.

« La petite reine »

L'idée d'un mariage avec une héritière est vieille comme le monde. Et Louis XI, on l'a dit, avait déjà songé à monnayer la main du dauphin. Il y eut un projet anglais, de pure forme, auquel il n'envisagea jamais de donner suite : la fille d'Édouard IV, la petite Élisabeth, n'apportait rien qui vaille. Et qui sait si les Anglais n'argueraient pas un jour d'une telle alliance, en dépit de la loi salique, pour réaffirmer leurs droits prétendus à la couronne de France. Non, Louis XI n'en voulait pas. Il se garde de faire venir la fillette en France, comme le stipulait le contrat de fiançailles. Il se contenta de bercer d'espérances la vanité d'un partenaire ombrageux.

Il guettait en revanche l'héritage bourguignon, qui lui échappa une première fois.

Au lendemain de la bataille sous les murs de Nancy, en janvier 1477, on avait retrouvé dans un étang gelé le cadavre du Téméraire nu, le crâne fendu de part en part. On ne l'avait reconnu qu'à l'absence des incisives supérieures, qu'il avait perdues à la guerre, et à ses ongles, qu'il laissait pousser comme des griffes. Il n'avait qu'une fille, Marie.

Dans la longue écharpe de ses possessions qui, entre France et Allemagne, réunissait la mer du Nord aux Alpes, Louis XI commença par s'approprier tout ce qu'il put saisir. La Bourgogne accepta d'assez bonne grâce son rattachement à la France. Mais la Franche-Comté se déroba et l'Artois fit mine de résister : « Quand les rats mangeront les chats, / Le roi sera seigneur d'Arras », chantait-on dans les rues de la ville. Quant à la Flandre, elle se souleva.

Louis XI n'attendait qu'une occasion propice pour demander la main de Marie en faveur de son fils. La jeune fille avait déjà quatorze ans et le dauphin était encore au maillot lorsque l'offre en avait été faite au Téméraire, qui l'avait écartée avec mépris. Après la mort de celui-ci, l'héritière ne laissa pas à son vieil ennemi le temps de faire de nouvelles propositions. Elle s'autorisa des projets paternels pour choisir un prétendant d'âge assorti, Maximilien de Habsbourg, le fils de l'empereur Frédéric III, qui promettait une aide militaire puissante contre la France.

Louis XI, patient, savait attendre. L'occasion perdue se retrouva, sous une forme moins avantageuse, quel-

ques années plus tard. La duchesse Marie de Bourgogne mourut à son tour, en 1482, à vingt-sept ans, des
suites d'une chute de cheval. Elle avait eu le temps de
donner à Maximilien deux enfants, Philippe, né en
1478 à Bruges, et Marguerite, née en 1480 à Bruxelles.

Les Flamands, très attachés à leur duchesse, ne se
sentaient nullement tenus à l'égard du monarque autrichien. Ils redoutaient son humeur belliqueuse : la
guerre est nuisible à l'artisanat et surtout au commerce,
dont vivaient leurs opulentes cités. Ils négocièrent donc
avec Louis XI, le 23 décembre 1482, le traité d'Arras.
La paix signée entre la France et les villes de Flandre
était garantie par l'union du dauphin Charles et de la
petite Marguerite, qui lui apportait en dot l'Artois et la
Franche-Comté. À Maximilien, on n'avait pas
demandé son avis.

Mieux valait tenir que courir : le traité stipulait que
l'enfant serait immédiatement amenée en France pour
être élevée dans le pays qui serait plus tard le sien. Les
ambassadeurs flamands prononcèrent le serment requis
dans les formes. La petite histoire veut que Louis XI,
qui portait en écharpe son bras droit paralysé par
l'arthrite, n'ait touché le saint Livre que du coude, ou
de la main gauche. Présage de mauvais augure ? Astu-
cieux moyen de préparer une dérobade en frappant le
serment de nullité ? On ne sait...

Dans l'immédiat, la France traita la petite fille en
reine.

Elle arriva à Paris le 2 juin 1483, sous la conduite
d'Anne de Beaujeu. On avait préparé, à la porte Saint-
Denis, un échafaudage symbolique à trois étages. Tout
en haut trônait le roi Louis XI, comme il se doit. Au-
dessous, « deux beaux enfants », garçon et fille, repré-
sentaient le dauphin et sa future épouse. En bas figuraient le couple Beaujeu et quatre personnages
incarnant le « labour », le clergé, la « marchandise » et
la noblesse, c'est-à-dire les divers états du royaume.
Les rues, sur le trajet du cortège, étaient tendues de
tapisseries rutilantes, et l'on ouvrit en signe de réjouissance les portes de quelques prisons.

À Amboise, nouvelles festivités. Pour l'accueillir, le dimanche 22 juin, le roi s'était dérangé. Il avait convoqué des représentants de ses bonnes villes et invité les bourgeois, contenus par les archers derrière des barrières de bois, à acclamer l'enfant reine. On la conduisit à la chapelle du château, où eut lieu la cérémonie du « mariage » : elle avait trois ans ! On ne pouvait valablement faire fond sur son consentement. Et pour la consommation des noces, il faudrait attendre un bon moment. L'engagement, ainsi consacré par l'Église, ne deviendrait irrévocable que lorsqu'elle aurait douze ans, avait bien spécifié Louis XI. Il se gardait une porte de sortie — on ne sait jamais... — tout en sachant qu'il ne risquait rien de ses partenaires, puisqu'il avait la fillette entre les mains.

C'était plus que des fiançailles, moins qu'un mariage : un contrat dont la France seule détenait la clef. Reine dauphine en titre, la petite Marguerite était, de fait, un otage. Mais il faut oublier, en prononçant ce mot, une bonne partie de ce que notre sensibilité contemporaine y attache.

Ce n'était pas une pratique d'exception, au contraire, que de faire élever une princesse étrangère dans le pays sur lequel elle serait appelée à régner. Transplantation pour transplantation, ne valait-il pas mieux qu'elle intervînt plus tôt, à un âge où l'enfant, plus propre à s'adapter, souffrait moins de l'arrachement à son milieu d'origine. En pleine adolescence, la rupture risquait d'être plus douloureuse. Les exigences, primordiales, de la politique n'étaient pas forcément en désaccord avec l'humanité.

Le cas de Marguerite en apporte la preuve : elle s'acclimata admirablement à la cour de France et y fut très heureuse. Au début du moins. Comme future reine, elle avait sa « maison », ses dames d'honneur, des amies de son âge. Très vite elle séduisit tout le monde. C'était une fillette exquise, pleine de grâce et de sensibilité, qui promettait d'être grande et belle. Sur son jeune visage, la lèvre inférieure proéminente des Habsbourg prenait l'apparence d'une moue charmante. Qualités plus rares encore : à une intelligence hors du commun, elle joignait une exceptionnelle maturité.

Chose imprévue dans un « mariage » ainsi arrangé, Charles l'aima, en enfant qu'il était lui aussi, sorte de grand frère protecteur et tendre. Loin de songer à se soustraire, une fois roi, aux engagements pris en son nom par son père, il renouvela librement, en privé, sa promesse de l'épouser pour de bon le moment venu. Il se laissa traiter de gendre par Maximilien, lors des accords de Francfort en octobre 1489, qui lui associaient officiellement « sa femme et épouse ». Il se pliait aux désirs de la fillette, ému, désarçonné par la franchise ingénue de ses propos. Elle tenait à l'accompagner partout et il cédait, vaincu par son sourire ou ses larmes.

Elle eut vent très tôt du projet breton, s'inquiéta, s'indigna. Elle avait huit ans ! « Après l'avoir embrassé et baisé en pleurant, elle lui avait dit qu'elle savait qu'il s'en allait en Bretagne épouser une autre femme. À quoi le roi lui répondit que feu son père la lui avait baillée pour femme et qu'elle fût sûre que tant qu'il vivrait il n'en aurait point d'autre. » Elle demanda des preuves, exigea de l'accompagner : « Menez-moi donc avec vous ! » Il fallut l'insistance du Conseil pour qu'on lui interdît de dépasser le Plessis-lès-Tours. Il est vrai que c'est en équipage de guerre qu'on partait pour la Bretagne en ce printemps de 1488.

Elle suivit encore son « époux » au Verger, près d'Angers, en septembre 1490, puis à Moulins, chez les Beaujeu, en octobre, et dans un voyage en Lyonnais et en Dauphiné, avant de revenir passer les fêtes en Bourbonnais. Un bien beau cadeau de Noël l'y attendait : l'annonce du mariage d'Anne de Bretagne avec Maximilien, son propre père à elle, Marguerite. Celle qu'on n'appelait que « la petite reine » ou « la reine », tout simplement, put se croire assurée de l'avenir.

Les malheurs de la duchesse Anne

Depuis la défaite et la mort de son père, l'héritière de Bretagne se débattait avec véhémence pour éviter de se soumettre. Pour tenir tête à la France, quel autre moyen que d'offrir, avec sa main, le duché à qui voudrait en assurer la défense, comme dans les contes et légendes ? Le duc François y avait déjà pensé et, réduit aux abois, avait multiplié les promesses inconsidérées. Mais tous les prétendants n'étaient pas des princes charmants, tant s'en faut. Le sire Alain d'Albret, auquel son père avait donné des espérances — verbales, par bonheur —, était un vieux soudard veuf, déjà pourvu de sept enfants, une vraie brute. Ne s'introduisit-il pas nuitamment dans sa chambre pour tenter de la prendre de force ? Aux cris de la fillette, suivantes et gardes accourus avaient extirpé le violeur de son lit en le tirant par les cheveux. Elle en avait été quitte pour la peur. Mais c'en était assez pour qu'elle pût révoquer — par écrit cette fois ! — l'engagement paternel.

Sur les rangs il y avait aussi le vicomte de Rohan, qui, après avoir longuement oscillé d'un parti à l'autre, marchait désormais aux côtés du roi de France : il ne faisait plus l'affaire. Le propre cousin du roi, Louis d'Orléans — le futur Louis XII — constituait un parti plus enviable : hélas, il était marié déjà, avec la sœur de Charles VIII de surcroît, la pauvre Jeanne, dont il aurait le plus grand mal à se défaire. Les Beaujeu avaient contrecarré ses démarches à Rome pour faire annuler cette union. Après trois ans de captivité, il avait dû promettre à Charles VIII, venu en personne le libérer, qu'il conserverait son épouse. On y reviendra. Pour l'instant, il ne pouvait prétendre à Anne de Bretagne.

Restait Maximilien d'Autriche, veuf de Marie de Bourgogne, le plus puissant et le plus prestigieux de tous. Il venait précisément d'être élu roi des Romains, ce qui le désignait comme successeur automatique de son père à la tête de l'Empire*. Le duc François II lui avait également promis sa fille, par une lettre du 23 septembre 1487, contre la perspective d'une aide militaire. Anne était fière : l'idée d'être impératrice lui souriait. Elle crut à l'efficacité des secours annoncés. Elle se décida à l'épouser, en décembre 1490.

La chose se fit par personne interposée, comme bien souvent : les voyages étaient longs et hasardeux, en ce temps-là. L'heureux élu ne s'était pas dérangé. Le maréchal de Polheim le représenta à la cérémonie religieuse. Le soir même, selon la coutume germanique, la jeune fille fut mise au lit et, en présence de témoins autorisés, l'envoyé autrichien, tenant à la main la procuration de son maître, se dénuda une jambe et l'introduisit un instant dans la couche nuptiale : prise de possession symbolique censée remplacer la consommation effective. Anne était désormais dûment mariée à Maximilien.

Elle ne le vit jamais.

Elle attendait beaucoup de lui : elle fut déçue. C'était un faible, un velléitaire, qui n'avait pas les moyens de ses ambitions. Il avait fort à faire chez lui, avec ses indociles vassaux allemands ou hongrois et avec la menace turque sur ses marches orientales. Elle n'en reçut que quelques lansquenets qui, malgré l'appui plus efficace des corsaires anglais, n'empêchèrent pas ses troupes de se débander, ses amis de la trahir, sa bonne ville de Nantes de lui fermer ses portes : il est vrai qu'elle était l'enfant chérie de Rennes et les deux cités se jalousaient. La guerre contre la France était perdue. Les députés de ses états, prêts à lui voter encore quelques subsides, la suppliaient de mettre fin aux souffrances de ses sujets en épousant son vainqueur. Elle s'enfermait dans ses dénégations, répétant qu'elle n'était pas libre, et que Charles ne l'était pas

---

* La couronne impériale était élective. Pour tenter de la transmettre à leur fils, les empereurs avaient l'habitude de faire procéder, de leur vivant, à l'élection de leur successeur, qui portait en attendant le titre de « roi des Romains ».

davantage. Si l'on invoquait les vices de forme entachant son mariage ou le fait qu'il n'avait pas été consommé, elle se taisait. Si on lui proposait des solutions de rechange, en la personne d'un grand seigneur français ou breton, elle les refusait avec hauteur. Après un futur empereur, ce serait déchoir : « Si le roi des Romains venait à me manquer, je ne pourrais épouser maintenant qu'un roi ou un fils de roi. » À défaut de Juan d'Aragon, qui n'était pas candidat, il ne restait guère sur le marché européen que le roi de France. « N'est-il pas assez grand pour vous ? » lui murmurait-on.

Elle avait tout juste quatorze ans. À bout de résistance, ses armées battues et ses terres occupées, réduite à la dernière extrémité dans Rennes assiégée, elle capitula. Elle consentit à un traité de paix dont sa main était l'enjeu, et elle accepta de rencontrer Charles.

Des fiançailles difficiles

Le roi, aussi réticent qu'elle, s'assura auprès de ses conseillers que le mariage autrichien était juridiquement nul, se fit confirmer en public que l'intérêt du pays exigeait qu'il changeât d'épouse. C'est ensuite seulement qu'il demanda à voir celle que la raison d'État lui imposait.

La rencontre fut préparée dans le plus grand secret. Une délégation préalable alla faire subir à la jeune fille la visite prénuptiale de rigueur qui, pour traditionnelle qu'elle fût, n'en était pas moins déplaisante : il fallait s'assurer qu'une future reine était saine et propre à avoir des enfants. La légère claudication d'Anne inquiétait un peu. Sa comparution, dans le plus simple appareil, devant les envoyés royaux, apaisa les craintes, nous dit l'ambassadeur milanais, qui ne se demande pas comment elle supporta, elle, l'exhibition de sa nudité. Il est vrai, comme on le verra souvent par la suite, que le corps des reines de France ne leur appartient pas et que l'intimité leur est refusée.

Charles, parti pour Rennes, sous prétexte d'un pèlerinage, s'arrêta dans les faubourgs, près du sanctuaire de Bonne-Nouvelle. Anne vint le rejoindre, le 15 octobre. Ils se voyaient pour la première fois.

Elle était petite, maigrichonne. Elle boitait un peu, mais sa chaussure rehaussée d'un patin dissimulait cette infirmité. Elle avait un assez joli visage. Plus tard, la chronique s'extasiera sur la finesse de ses traits, l'élégance de sa taille. Mais ce jour-là, médiocrement vêtue, marquée par les épreuves, rongée d'anxiété et digérant mal sa défaite, elle ne se présentait pas sous son meilleur jour. Charles la trouva laide : « De prime abord, elle ne lui plut guère. » Comment le trouvat-elle ? Nul ne prit la peine de s'en informer.

Il n'avait rien d'un Adonis. De très petite taille, le visage dissymétrique déparé par un trop long nez aquilin, il manquait singulièrement de prestance et de charme. Certes, à vingt ans passés, il pouvait se prévaloir de nombreux succès féminins, mais l'éclat de la couronne couvre aisément les pires disgrâces physiques. Quoi qu'en aient pu dire ses biographes, il n'était pas séduisant. Mais, sauf coups de colère, on le savait délicat et bon. Dévoré lui-même d'appréhensions et de scrupules, il pouvait comprendre ceux d'Anne et lui pardonner ses réticences.

L'essentiel est qu'aucune répugnance majeure ne surgit entre eux. Ils eurent une seconde entrevue et les fiançailles furent aussitôt célébrées, le 17 novembre, dans la même chapelle, en présence de cinq ou six témoins silencieux. Leur sort était lié. Charles reprit la route du Val de Loire pour préparer le mariage.

La double rupture

Il y avait un préalable épineux : les deux futurs époux devaient dénoncer officiellement leurs engagements antérieurs.

La tâche la plus difficile incombait à Charles.

Dès le 25 novembre, il se décida à affronter Marguerite. Il alla la voir en Anjou, au château de Baugé. *Invitus invitam...* Il pleura comme jadis l'empereur Titus, comme plus tard son lointain successeur Louis XIV. « Les larmes aux yeux et plein de regret par le remords de sa conscience », il lui dit son déplaisir, et qu'il l'aimait de tout son cœur. Il invoqua l'intérêt du royaume et le désir de complaire à son père à elle, Maximilien, qui feignait de la réclamer. Et derrière ces excuses, on sentait la main de la chancellerie des deux cours cherchant à sauver la face, à déguiser en restitution honorable ce qui n'était au vrai qu'une répudiation.

Elle fit preuve alors d'une dignité, d'une grandeur, d'une sagesse à peine croyables de la part d'une enfant de onze ans et demi. Avec « un haut courage viril », « une très prudente audace non féminine », elle refusa les faux-semblants. Elle déclara qu'une rupture d'engagement qui entraînait « dépit et honte » était nécessairement pénible. Et elle la ressentait comme offensante. Mais, ajouta-t-elle, nul ne pourra jamais l'accuser d'avoir encouru cet affront par une faute quelconque ou pour lui avoir déplu : « Sur lui seul en retomberait le reproche. » Princes et princesses assistant à la scène rivalisaient d'émotion, versant larmes et soupirs sur la « si dolente départie » * de ces deux amants. Le viril Dunois, fier guerrier, s'impatientait de ces simagrées sentimentales : en punition de quoi, dit-on, la providence voulut qu'il se tuât d'une chute de cheval dans l'heure qui suivit.

Restait Maximilien, le dindon de l'affaire, à un double titre, puisque du même coup on lui prenait son « épouse » et qu'on lui renvoyait sa fille, répudiée. Il était loin. On n'alla pas l'informer de ce qui se tramait. On décida de le mettre devant le fait accompli.

Le plus urgent était d'obtenir l'approbation pontificale. On ne demanda pas au pape l'annulation du mariage d'Anne. Pour cela, les juristes français suffisaient, invoquant des vices de forme, l'opposition du

_____
* Séparation.

père de l'intéressée, le fait que le roi de France n'avait pas été consulté, malgré les stipulations du traité du Verger, et, naturellement la non-consommation. On supposa donc ce problème résolu. On sollicita seulement pour la nouvelle union une dispense, en raison du cousinage des deux époux, doublement parents au quatrième degré. Mais il était évident qu'en accordant cette dispense, Rome confirmerait aux yeux de toute la chrétienté la nullité de l'engagement précédent. En agissant très vite, on parviendrait peut-être à gagner Maximilien de vitesse et à prévenir les démarches d'obstruction qu'il ne manquerait pas de faire auprès du Saint-Siège. Les émissaires royaux firent diligence : ils virent le pape le 5 décembre, veille du jour prévu pour la célébration. Si celui-ci consentait à antidater la dispense, ou au moins à la dater du jour même, on serait à l'abri de toute contestation.

Déjà Maximilien, averti, contre-attaquait. Pour sauver la face, il niait l'affront, prétendait n'avoir épousé Anne que pour inquiéter la France afin de récupérer sa fille, dont il ne voulait pas que la dot revînt à des ennemis. Mais on le savait furieux. Entre les aléas d'un délai prolongé, à la merci du moindre coup de force, et l'inconvénient d'un mariage précipité, les conseillers du roi n'hésitèrent pas : ils optèrent pour des noces rapides et discrètes. On ne risquait pas grand-chose — tout au plus une pénitence spirituelle légère — à anticiper sur la dispense pontificale : jamais elle n'avait été refusée pour un cousinage aussi éloigné. Au contraire un scandale eût été désastreux. On veilla donc à ne fournir aucun prétexte propre à nourrir la contestation et l'on prit soin de paralyser ceux qui auraient pu s'en faire les porte-parole.

Un mariage clandestin

Contre la toute-puissante autorité paternelle, l'Église, nous l'ignorons souvent, tentait de protéger les individus : le libre consentement des conjoints était néces-

saire et suffisant pour un mariage. En revanche les
violences, qu'elles vinssent de l'extérieur comme dans
un rapt, ou des pressions familiales, entraînaient la nullité. Ce n'est donc pas par esprit chevaleresque, comme
on l'a dit, mais pour prévenir toute imputation de contrainte, que Charles VIII prit soin de laisser ostensiblement à Anne, après la signature de la paix, la liberté
de ses mouvements. Elle pouvait se rendre, lui fut-il
dit, où elle voudrait, notamment s'en aller rejoindre
son impérial époux à Vienne, en emmenant ses serviteurs : on lui fournirait une escorte. Si elle répugnait
pour ce faire à recourir aux Français, elle avait la ressource de s'embarquer sur un bâtiment britannique et
de gagner les Pays-Bas via l'Angleterre : les ports bretons étaient libres.

Mais, de son plein gré, conformément au plan mis
au point lors des fiançailles secrètes, c'est vers le Val
de Loire qu'elle se dirigea en quittant Rennes, le
23 novembre. Déjà son équipage a meilleure figure
qu'au temps où elle courait les chemins en quête d'un
asile : les larges subsides accordés par le roi lui ont
permis de se vêtir, elle et sa suite. À La Flèche, où
l'attendait Anne de Beaujeu, elle trouva mieux encore :
un somptueux trousseau de noces, une robe ruisselante
d'or, doublée de fourrures précieuses.

Pour la célébration du mariage, on avait choisi une
forteresse. Sur le site de Langeais, qui occupe un enta-
blement rocheux dominant la rive gauche de la Loire,
Louis XI avait fait bâtir un château fort inexpugnable.
De quoi décourager Maximilien, pour le cas où il aurait
tenté de faire enlever son ex-épouse — ce à quoi il ne
songeait nullement, mais deux précautions valent
mieux qu'une. Il pouvait aussi faire faire opposition
par des hommes à lui, au cours de la cérémonie. Pour
parer à cette éventualité, on multiplia les mesures dis-
suasives. Les futurs conjoints se rendirent à Langeais
séparément. Anne arriva la première, à l'improviste.
Et l'on boucla derrière elle tous les accès terrestres.
Charles la rejoignit plus discrètement encore, dans la
nuit du 5 au 6 décembre, trois heures avant le jour, par

voie fluviale, accompagné d'une suite réduite à sa plus
simple expression. Et la Loire fut aussitôt interdite à
tout trafic. Les ambassadeurs étrangers avaient bien
reçu une invitation — protocole exige —, mais trop
tard pour leur permettre de s'y rendre. Ainsi nul ne
pourrait venir proclamer, en réponse à la rituelle
demande d'objections, que les époux pressentis étaient
déjà mariés.

La cérémonie eut lieu aussitôt, à l'aube du 6 décembre, en présence de quelques grands seigneurs triés sur
le volet. Y assistaient également six bourgeois de
Rennes, représentant les États de Bretagne qui avaient
si fort poussé à cette réconciliation. L'évêque d'Angers
reçut le consentement des époux et celui d'Albi célébra
la messe. Après quoi l'on passa à la signature du
contrat.

Les termes en avaient été minutieusement pesés par
les juristes français, formés à l'école de Louis XI. Il
s'agissait d'arrimer solidement la Bretagne à la France.
La jeune femme conservait son titre ducal, mais abandonnait au roi l'administration de ses territoires. Dans
un esprit d'apparente égalité, les deux époux se faisaient donation réciproque de tous leurs droits sur la
province en cause, mais un jeu de clauses complexes
en assurait, à la génération suivante, le rattachement à
la France. On avait envisagé plusieurs cas. Si Anne
mourait la première en laissant des enfants, ceux-ci
héritaient naturellement d'elle. Dans le cas contraire la
Bretagne appartiendrait à Charles VIII : aucun testament ultérieur ne pourrait annuler cette cession, définitive. Si Charles mourait le premier, avec enfants, sa
veuve récupérerait à titre viager le duché, assorti d'un
douaire confortable : en tout état de cause, la province
reviendrait ensuite à leurs descendants, par héritage. Le
risque le plus grave était de le voir mourir sans enfants.
Pour empêcher sa veuve de reprendre la Bretagne et
de l'apporter en dot à un nouveau mari, une clause
très insolite stipulait qu'elle serait tenue d'épouser son
successeur sur le trône de France. Si ce dernier était
libre, bien sûr. Sinon, il était question du premier

prince du sang : éventualité redoutable, grosse de conflits potentiels, à laquelle on préférait ne pas penser.

Telle avait été la solution trouvée pour concilier les droits théoriques d'Anne sur sa province natale avec les intérêts français, et « pour éviter que les guerres et sinistres fortunes qui venaient de prendre fin ne se renouvellent ». Elle n'avait pas encore quinze ans, le roi en avait vingt et un : le problème dynastique n'était pas d'actualité. Tous signèrent sans arrière-pensées, sauf peut-être Louis d'Orléans, le premier prince du sang, précisément... Le soir même, on mit les jeunes gens au lit. Les six bourgeois de Rennes purent constater, le lendemain au matin, que Charles avait rempli ses devoirs et s'en allèrent en rendre bon compte à leurs concitoyens. Le mariage, dûment consommé, était désormais indissoluble.

Les époux prirent ensuite séparément la route de Tours. La reine revêtit une tenue de voyage en velours noir dépourvue d'ornements. Elle entra dans le château du Plessis à la dérobée, en rasant les murs. Pour la recevoir, sa belle-sœur était seule, elle la fit passer par une étroite poterne secrète et la guida vers ses appartements. À la messe du lendemain, la robe de la reine tranchait, par sa modestie, à côté des ors et des velours étalés à profusion pour lui faire honneur par les suivantes d'Anne de Beaujeu. Discrétion, silence : c'est sur la pointe des pieds que l'orgueilleuse Bretonne pénétrait au royaume de France.

Les craintes se dissipèrent vite. Dès le 18 décembre, Charles, rassuré, la présente à sa bonne ville de Tours, qui lui fait un accueil chaleureux. Et en février, il la conduit à Paris pour être non seulement couronnée, dans l'abbatiale de Saint-Denis, mais sacrée : c'est un honneur. Le bon peuple de la capitale, ravi, lui fait fête : « Il la faisait beau voir, car elle était belle et jeune, et pleine de si bonne grâce que l'on prenait plaisir à la regarder. » Quelque chose aurait encore réjoui davantage les Parisiens s'ils avaient pu le savoir : déjà elle était enceinte.

L'adieu à Marguerite

Entre deux dots, la France avait choisi la plus avantageuse. Il valait mieux s'approprier la Bretagne que de revendiquer à l'est des provinces certes plus riches et plus désirables, mais hostiles : Artois et Franche-Comté préféraient la tutelle distante de l'Empereur à une autorité directe, plus pesante. Et puis, Marguerite n'était pas seule héritière de Bourgogne : elle avait un frère, Philippe le Beau, à qui le traité d'Arras précisait que les provinces de sa sœur retourneraient, si elle mourait sans enfants : à coup sûr, il défendrait ses droits. Le choix breton était de beaucoup le plus sage.

Mais il fallait en assumer les conséquences : en renvoyant la petite fille, restituer sa dot. Un crève-cœur pour certains conseillers, que se souvenaient de l'âpre lutte contre le Téméraire et redoutaient de voir renaître la puissance de la maison de Bourgogne : on ne devait rendre « ni fille, ni fillette, ni ville, ni villette ». Louis XI, se souvenant opportunément que son serment d'Arras n'avait pas été fait dans les formes, avait fait enregistrer par le parlement de Paris sa décision d'annexer les territoires attribués en dot à Marguerite même si le mariage ne se faisait pas. Mais, sous le règne de son fils, la mauvaise foi n'était plus de saison. On avait l'esprit chevaleresque, désormais, et le vieil amiral Graville n'osa souffler mot de ce document.

On consentit donc à rendre l'Artois et la Franche-Comté. À vrai dire le roi n'avait jamais eu sur ces provinces qu'une autorité nominale. La restitution ne changeait pas grand-chose. On tenta seulement de tirer de cette concession le maximum d'avantages. Tant que l'affaire restait en suspens, on disposait d'un moyen de pression sur Maximilien. Celui-ci se répandait en menaces, criant au double adultère, dénonçant la « bâtardise » des futurs enfants de France. Il devenait dangereux. On garda donc, en otages, Marguerite et sa dot : le temps pour la colère paternelle de s'épuiser en vaines protestations ; le temps, aussi, de voir arriver l'agrément de Rome, sous forme de bonnes lettres scellées. L'ex-« petite reine » fut ballottée de château en château, avant d'être installée pour un temps à Melun, en juin 1492, avec les dames de sa suite, dans des conditions honorables : Charles VIII avait mauvaise conscience.

L'arrivée de la bulle pontificale, en juillet, fut pour le couple royal un soulagement. Innocent VIII, après avoir tergiversé devant les exigences contradictoires du roi de France et du roi des Romains, avait finalement opté pour le premier, « non seulement, dit-il, parce que la France est plus puissante, mais aussi parce que cette maison a toujours été amie et défenseur de la Sainte Église ». Le texte de la bulle restait muet sur les engagements antérieurs d'Anne et de Charles. Il soulignait que leur mariage avait été conclu « pour mettre fin aux guerres ». Il les absolvait de la faute commise en anticipant sur la dispense et déclarait leur postérité légitime. Le pape avait tenu cependant à faire montre d'indépendance en datant cet acte non du 5 décembre, veille du mariage, comme le lui avaient demandé nos ambassadeurs, mais du 15. Peu de chose, en somme. Les époux ne s'étaient trouvés hors du giron de l'Église que neuf jours. Ils s'en tiraient à bon compte.

Maximilien, lui, prit les armes. Pour sa fille ? ou pour ses provinces ? On ne sait. Les engagements militaires en Franche-Comté n'emportant pas la décision et les habitants des Pays-Bas se faisant tirer l'oreille pour intensifier la guerre, la parole fut laissée à la diplomatie. Dans le traité signé à Senlis au printemps de 1493, le fils de Maximilien, l'archiduc Philippe, âgé de quinze ans, flamand et bourguignon bien plus qu'autrichien, fait figure d'héritier de son grand-père, le Téméraire. C'est à lui que devraient faire retour, après une période transitoire, Artois et Franche-Comté.

Et Marguerite ? Elle attendait, dans un château tout proche, que les juristes aient terminé leurs travaux. Puis elle fut acheminée vers la frontière du Cambrésis, qu'elle franchit le 12 juin, et où elle signa sa renonciation à toutes prétentions sur la main de Charles VIII. Elle versa des larmes en se séparant de ses amies françaises, mais la chaleur de l'accueil que lui réservèrent Cambrai et Valenciennes la réconforta. Son père, indifférent, n'était pas là. Mais elle y trouva son frère et sa grand-mère, dont elle avait quasiment oublié le visage. Elle redécouvrit un pays qu'elle ne connaissait pas, mais qui était le sien et qu'elle allait aimer passionnément.

De Charles VIII elle reçut, en souvenir de leurs amours enfantines, une chaîne d'or de grand prix, qu'elle accepta sans doute de meilleur cœur que la parure de tête que crut devoir lui envoyer sa rivale. Déjà, autour d'elle, on pensait à l'avenir. Il fallait lui trouver un nouveau mari, de rang au moins égal au précédent : difficile ! On y mit le temps nécessaire et on lui proposa, en 1496, le fils unique des souverains espagnols, Ferdinand d'Aragon et Isabelle de Castille : l'infant héritier, Juan. Sur le navire qui la conduisait vers celui qu'elle venait d'épouser par procuration, elle essuya une tempête, se vit morte, et écrivit par avance son épitaphe :

> *Ci-gît Margot, la gente demoiselle,*
> *Qu'eut deux maris et si* mourut pucelle.*

Cette gente demoiselle qui rimait si crânement dans le péril avait quinze ans. Elle devait survivre et nous la retrouverons.

Quant aux bénéficiaires de la double rupture, quelques esprits scrupuleux éprouvèrent pour eux de la crainte. « Si les dits mariages furent ainsi changés selon l'ordonnance de l'Église ou non, je m'en rapporte à ce qui est », écrit, beaucoup plus tard il est vrai, Philippe de Commynes ; « mais plusieurs docteurs en théologie m'ont dit que non, et plusieurs m'ont dit que oui ».

---

* Pourtant.

Marguerite avait vécu aux côtés de Charles VIII pendant plusieurs années ; tout enfant qu'elle fût, elle avait été traitée en reine de France. Charles et Anne, chacun de leur côté, avaient pris des engagements solennels et les avaient violés. Le vieux chroniqueur n'est pas loin de voir, rétrospectivement, la main de Dieu dans les malheurs ultérieurs des protagonistes de cette histoire.

CHAPITRE DEUX

LE PREMIER RÈGNE
D'ANNE DE BRETAGNE

Charles VIII et Anne de Bretagne étaient jeunes. Leur âge semblait leur promettre un long règne. Pourtant leur vie commune ne dura que six ans et demi. Commencée sous les auspices les plus favorables, elle bascule, après l'expédition d'Italie, dans les chagrins et les deuils.

Une union harmonieuse

Sur son état d'esprit face à l'époux que lui imposaient les armes, la jeune reine n'a pas laissé de confidences. Nous en sommes donc réduits aux conjectures.

Certes les filles de grande famille n'avaient pas coutume de choisir leur conjoint et elles le savaient : leurs pères décidaient pour elles. Mais Anne, orpheline et duchesse régnante, avait pu se croire libre lorsqu'elle avait opté pour Maximilien. Il lui fut assurément pénible de renoncer à cette liberté, d'abandonner aussi l'administration de la Bretagne. Le contrat de mariage était plein de clauses astreignantes, voire humiliantes, pour elle : il consacrait sa dépendance.

Le dénouement était intervenu très vite. Elle avait eu, moins encore que Charles, le temps de se préparer psychologiquement à cette union. Jusqu'au dernier moment, tous deux avaient imaginé un avenir différent.

Ils s'abordaient pleins de réticences et de craintes, mais conscients des enjeux et décidés à faire preuve de bonne volonté.

Anne, courageuse, volontaire, mûrie par les épreuves précoces, a résolu d'écarter les rancœurs et de ne pas bouder le cadeau que lui fait enfin la fortune. Elle avait été élevée dans la haine de Charles VIII. L'intéressé, vu de près, mérite mieux que l'idée qu'elle s'en faisait. Il s'efforça de la ménager et de lui être agréable. Elle n'a jamais rêvé d'un mariage d'amour, mais, orgueilleuse, elle tenait à la grandeur. Son nouvel état lui offre bien des satisfactions d'amour-propre. Elle a été préférée à Marguerite, au risque d'un conflit. Elle ou la Bretagne ? c'est la même chose aux yeux de la jeune duchesse. Le jour de son couronnement, à Saint-Denis, elle a vu la dame de Beaujeu, si acharnée naguère à mener la lutte contre son père, marcher derrière elle en portant la traîne de son manteau d'or. Et son ancien prétendant, Louis d'Orléans, qui comptait se tailler grâce à elle un État en Bretagne, soutenait ce jour-là sur sa tête la couronne de France, si lourde. On la fête, on l'honore. Elle est reine du plus puissant pays d'Europe. Belle revanche pour la fugitive qui courait les routes en quête d'un asile.

Après la guerre, la peur, la trahison, les coffres vides et les vassaux débandés, elle respire enfin. Elle retrouve auprès de Charles sécurité et égards. Elle lui en est reconnaissante. Elle aime le Val de Loire, séjour de prédilection des rois de France. Il est plus proche que les rives du Danube de la Bretagne où reste attaché son cœur. Anne est une Bretonne de l'intérieur, ses villes préférées sont Rennes d'abord, et Nantes. Les pays de Loire ressemblent à cette dernière : même douceur de l'air, même climat changeant, même variété dans les paysages, même fleuve nourricier, à quelques lieues en amont. Mesure, équilibre, harmonie : au Plessis-lès-Tours, à Amboise, elle ne se sent pas dépaysée. Ni même à Paris ou à Lyon, dans ce royaume à l'échelle humaine.

Elle est assez intelligente et assez sage pour comprendre qu'elle trouve dans ce mariage d'inestimables avantages.

Y trouve-t-elle aussi, contre toute attente, l'amour ? Les historiens ont longtemps raffolé des histoires sentimentales dans les alcôves royales, et sous la plume de quelques-uns, aujourd'hui, on peut lire parfois qu'elle fut très éprise de Charles VIII. Encore faut-il savoir ce qu'on entend par là.

Les souverains ont leurs appartements distincts et font normalement chambre à part. Quand le roi rejoint nuitamment la reine, toute la cour en est avertie. Les assiduités de Charles auprès de sa jeune femme furent remarquées, et l'ambassadeur vénitien notait crûment : « La reine est désireuse du roi outre mesure, au point que, depuis qu'elle est sa femme, il s'est passé très peu de nuits qu'elle n'ait dormi avec lui. » Harmonie charnelle soudain découverte ? C'est possible entre des êtres jeunes au tempérament vigoureux. Mais Charles n'était pas novice en la matière, il avait une longue expérience des équipées nocturnes en galante compagnie. Aussi les courtisans ont-ils vu plutôt, dans l'attirance qu'Anne exerce sur son mari, l'effet d'une stratégie délibérée. Elle est jalouse. Elle veut le retenir et tente de battre sur leur propre terrain des rivales éventuelles. Un pari bien risqué.

Disons-le tout de suite : à ce jeu-là, elle n'obtiendra qu'une demi-victoire. Elle évitera l'intronisation d'une maîtresse en titre, comme Agnès Sorel, qu'avait installée auprès de lui Charles VII. Elle ne partagera officiellement son époux avec aucune autre. C'est déjà beaucoup. Mais elle ne l'empêchera pas de retourner très vite à ses habitudes de beuverie et de ripailles, aux côtés de femmes faciles, ni de succomber au charme des belles Italiennes que les cités traversées jetteront à foison dans ses bras. Le roi « aimait son plaisir », toutes les formes de ce plaisir. Il n'y mettait guère de sentiment et oubliait vite ses multiples partenaires. Pas d'enfants naturels élevés près de lui au vu et su de tous. Pas d'intrigues sous les courtines des châteaux. C'est dehors que le roi se dévergonde. Anne surveille d'un œil impitoyable la bonne tenue de sa « maison ».

Ses armes ? Elle a du charme. Elle en est consciente et elle en joue. Certes elle n'est pas parfaitement jolie, avec sa taille étriquée, son nez trop fort, sa claudication. Mais elle sait tirer parti de ses avantages physiques. Elle s'habille avec goût, sans ostentation. Elle affectionne le costume breton, dont la coiffe noire sied à son teint, surtout lorsqu'y étincellent quelques diamants. Elle aime plaire et sait s'y prendre, feindre la fragilité, mêler le rire et les larmes, supplier, exiger quand il le faut. Obstinée, elle revient à la charge, use les résistances, assez habile pour ne pas demander l'impossible, mais occupant tout le champ qui lui est ouvert. Elle est de ces femmes à qui l'on cède, par lassitude, à qui l'on ment, par lâcheté, et qui réussissent à exercer sur les maris volages, en jouant de leur mauvaise conscience, un empire considérable.

Avec Charles VIII, elle n'eut guère le temps d'affiner ses talents, et elle ne put les exercer que dans le domaine de la vie privée. Les occasions d'affrontement furent entre eux très rares et — fruit des sages mesures de la dame de Beaujeu ? — elle eut peu de prétextes à se mêler de politique. Tout au plus soulagea-t-elle la misère de quelques gentilshommes bretons en leur procurant des emplois auprès du roi. Mais ce n'est pas à elle que sont confiées les affaires quand celui-ci quitte le royaume.

Serait-elle d'ailleurs en mesure d'y faire face ? Toutes ses forces sont absorbées par les maternités.

Maternités

Est-il indispensable de chercher des explications psychologiques compliquées à la présence répétée de Charles dans le lit conjugal au début de leur mariage ? Tous deux souhaitent passionnément avoir un fils, le plus rapidement possible. Lui, pour assurer la continuité de sa race sur le trône, elle, pour conforter sa position, par sens de son devoir et — pourquoi pas ? — par instinct maternel. Ils font tout ce qu'il faut pour cela.

C'est la force et la faiblesse d'une reine que d'être le réceptacle des espoirs dynastiques. Enceinte, elle est objet de tous les égards. Mais il est évident aussi qu'une fois la grossesse assurée, le roi se sent plus libre de chercher ailleurs son plaisir. Cependant, l'emprise qu'elle exerce alors sur lui, pour changer de nature, n'en est pas moins forte.

Dans le rôle de futur père, Charles VIII se surpassa.

Anne resta pendant la plus grande partie de sa grossesse à Paris, évitant les fatigues et les déplacements inutiles, se contentant d'assister en spectatrice aux joutes courtoises qui opposaient à l'amiable les turbulents seigneurs de la cour. Son époux la couve avec anxiété. Un roi sans héritier n'est pas libre de ses choix politiques. Il ne peut s'éloigner, courir fortune au loin, sans risquer de plonger le pays dans l'anarchie par sa disparition. Il a les mains liées. Aussi l'Europe est-elle suspendue à l'échéance annoncée. Les ambassadeurs étrangers viennent aux nouvelles, sous couleur de félicitations. Si c'est un fils, peut-être Charles donnera-t-il suite aux grands projets qu'il caresse depuis longtemps. Si c'est une fille ? Ce sera partie remise.

Ce fut un fils.

La naissance du dauphin s'entoura d'une légende complaisamment orchestrée. Anne s'était rendue au Plessis, où tout était prêt pour ses couches. Le travail commença dans la nuit du 9 au 10 octobre 1492. Auprès d'elle Charles s'agite, s'affole, s'exaspère contre les médecins. Sa piété le pousse à solliciter les secours spirituels de François de Paule, celui même qui avait prédit son mariage. Le « bonhomme » — comme on disait alors parce qu'il était très âgé, sans nuance de familiarité péjorative — se mit en prières, puis déclara à l'envoyé royal : « Hâte-toi vers ton roi et dis-lui que ce matin, à l'aurore, il lui naîtra un fils, *cui nomen erit Orlandus* » — qui aura nom Orland. Et à quatre heures du matin, en effet, Anne donnait le jour à un garçon bien constitué, parfaitement viable. Restait à suivre, pour le baptiser, les injonctions du vieil ermite.

Orland ? Curieux nom pour un futur roi de France. Aucun de ses ancêtres ne l'avait porté. Ce n'était même pas un nom français : *Orlando* est la forme italienne de Roland. Sans aucun doute l'ermite calabrais pensait au preux compagnon de Charlemagne, mais, comme tous ses compatriotes, il l'associait dans son esprit, non à la défaite de Roncevaux, mais aux combats victorieux en Aspromonte. Cet *Orlando*, que l'Arioste allait nous dépeindre un peu plus tard *furioso* — c'est-à-dire fou —, était le plus populaire des héros de la lutte contre les Sarrasins en Italie du Sud. Un nom pareil, c'était presque un programme : il faisait de l'enfant un futur champion de la chrétienté.

En attendant, les deux parrains pressentis, Pierre de Bourbon et Louis d'Orléans, font grise mine, prennent très mal cette intrusion étrangère dans une affaire familiale française et plaident pour la tradition. La marraine, elle, veuve du bon René d'Anjou, roi détrôné de Naples et de Jérusalem, appuie le choix des parents. Après trois jours de discussions orageuses, on transigea : ce serait *Orlandus-Carolus* en latin et Charles-Orland en français. Le petit prince fut conduit en grande pompe dans l'église Saint-Jean du Plessis, où son père attendait, en prières, aux côtés du pieux ermite dont il tiendra la main tout au long de la cérémonie, comme le peuple de France en fut avisé par un récit officiel. Anne profite de la fête des relevailles pour affirmer à nouveau qu'elle s'est mariée de son plein gré, hors de toute contrainte, et Charles se joint à elle pour déclarer par écrit que les lettres de dispense nécessaires leur ont été concédées dans les temps. Le dauphin est bien l'héritier légitime de France.

Charles-Orland poussait sans à-coups, vigoureux et dru. C'était un très bel enfant au teint blanc, aux yeux noirs, grand et gros pour son âge. Des visiteurs qui l'ont vu à quatorze mois, puis à deux ans et demi, notent qu'il se comportait bien en public, ce qui veut dire qu'il se

montrait souriant et gai. Selon Commynes, il était à trois
ans « audacieux en paroles » et « ne craignait point les
choses que les autres enfants ont accoutumé de craindre ». Tous croyaient déceler en lui déjà, au physique et
au moral, les qualités d'un roi. Un portrait conservé au
Louvre confirme cette impression favorable.

Vers dix-huit mois, on l'avait installé à Amboise,
sous la surveillance de deux gouverneurs et d'une gouvernante, entouré d'une nuée de serviteurs et à portée
des prières de François de Paule. Il faisait la fierté et
la joie de ses parents. Une correspondance suivie les
tenait au courant de sa santé et de ses progrès. S'enrhu-
mait-il ? le roi fondait plusieurs messes pour la guérison de celui qu'il nommait « la plus belle de ses pierres
précieuses ».

Le jeune père se souvient des mesures de protection
dont Louis XI avait entouré sa propre enfance. Il en
prend de plus énergiques encore : forêt interdite à la
chasse, portes de la cité réduites à quatre, pour en faciliter la surveillance, archers écossais triés sur le volet
et disséminés aux points stratégiques, contrôle de
l'identité des moines compagnons de l'ermite calabrais, isolement total de la ville prévu en cas d'alerte.
Le précieux trésor est bien gardé.

Le couple royal, encouragé par cette naissance, souhaitait lui donner des frères et sœurs. Anne était prolifique. Dès l'année suivante, elle se trouvait à nouveau
enceinte. Seconde grossesse : les enjeux étant moindres, elle se ménagea moins. Elle tint à accompagner
le roi qui, comme tous ceux de son époque, menait de
château en château une vie itinérante pour visiter son
royaume et consommer sur place les produits de ses
domaines. Par une très chaude journée d'août, elle le
suivit à la chasse, en forêt de Courcelles, et perdit l'enfant qu'elle portait — assez avancé pour qu'on vît que
c'était un garçon.

Ils s'en consolèrent vite : une troisième maternité
s'annonçait déjà. Charles, père comblé, assuré de la
fécondité de son épouse, crut pouvoir se donner à la
grande entreprise qu'il méditait depuis longtemps.

La Grande Entreprise

Ce n'est pas ici le lieu d'exposer le détail de sa politique italienne. Qu'il suffise de dire que la péninsule abritait alors une mosaïque d'États qui s'entre-déchiraient. La France apparaissait comme un recours à certains d'entre eux. De plus, les hasards dynastiques avaient donné au roi des droits sur le royaume de Naples, dont il pouvait se dire l'héritier légitime, comme descendant des Angevins, évincés une cinquantaine d'années plus tôt par un usurpateur aragonais. Enfin le pape, inquiet des incursions répétées des Turcs en Méditerranée centrale, se tournait vers la France, fille aînée de l'Église, en même temps que vers l'Espagne, qui venait en 1492 d'expulser les derniers Maures accrochés à la province de Grenade : la Reconquête était terminée. L'heure n'avait-elle pas sonné d'aller plus loin ?

Charles était nourri de littérature chevaleresque. Ses rêveries héroïques, encouragées par les plaintes et les appels au secours des réfugiés napolitains, avaient pris forme peu à peu. Sa sœur, la prudente Anne de Beaujeu, y mit d'abord une sourdine. Mais pleinement majeur, marié, père d'un dauphin, il lui échappait. Sa décision est prise dès la fin de 1492 : il se lancera dans l'aventure.

Pour avoir les mains libres, il signa avec ses adversaires politiques des traités de paix assortis de concessions territoriales ou financières qui ont paru exorbitantes aux historiens d'aujourd'hui. À Henri VII d'Angleterre, il promet une substantielle pension, à Ferdinand d'Aragon, il restitue le Roussillon, à Maximilien, il rend, on l'a vu, la dot de sa fille Marguerite. C'est là le prix de leur consentement tacite à l'expédition d'Italie, voire de leur aide ultérieure contre les Turcs.

Son but est double. Comme préalable, chasser l'usurpateur de Naples et occuper un trône qui lui revient. Se servir ensuite de l'Italie du Sud comme base de départ pour une nouvelle croisade. La reprise des lieux saints est à ses yeux, et doit être à ceux de toute l'Europe, la justification de ce qui ne serait, autrement, qu'une quelconque manifestation d'impérialisme. C'est avec la conviction d'être investi d'une mission sacrée que Charles prépare l'expédition italienne.

On ne sait dans quelle mesure il parvint à faire partager ses rêves à sa femme. Anne, très possessive, avait tout à craindre d'une guerre longue et périlleuse, dont il risquait de ne pas revenir, et qui, dans le meilleur des cas, impliquait une séparation prolongée : soustrait à son influence, soumis à des tentations innombrables, il s'écarterait d'elle à coup sûr, elle le perdrait. Pourtant, elle ne paraît pas s'être opposée à son dessein. Pourquoi ? Son imagination ambitieuse a pu être flattée par le trône de Naples et, peut-être, celui de Jérusalem — empire plus prestigieux que celui sur lequel son ex-époux Maximilien maintenait avec peine une autorité vacillante. Mais il est plus vraisemblable que sa piété profonde et exaltée a contribué à la convaincre : on ne s'oppose pas à l'élection divine.

Les préparatifs furent longs. Une année durant, Charles multiplie les déplacements — pèlerinages à des sanctuaires, visites aux provinces récemment rattachées à la couronne, dont il conforte la fidélité — et il quête des troupes et des fonds. Les caisses royales sont vides, comme d'habitude, et les sujets du roi peu enclins à ouvrir leur bourse. Anne engage ses bijoux auprès d'une banque génoise. Elle évite autant qu'elle le peut les déplacements, pour raisons de santé. Mais, contre l'avis des médecins, elle accompagne à Moulins, puis à Lyon, son mari heureux de la garder le plus longtemps possible auprès de lui, avant l'épreuve. Pour lui épargner les cahots des grands chemins, que n'absorbent pas toujours les litières, on lui organise un itinéraire presque entièrement fluvial. Elle fait à ses côtés, vers la mi-mars, une entrée solennelle dans la capitale rhodanienne : occasion de fêtes et réjouissances brillantes, combats navals sur la Saône, jeux et mystères, tableaux vivants allégoriques à la gloire de la mère et de l'enfant roi.

La litière où elle reposait l'a-t-elle trop secouée sur les pavés inégaux des ruelles lyonnaises ? Un nouvel accident emporte ses espoirs de maternité. Elle en est d'autant plus affligée qu'on murmure que son époux n'est pas insensible aux charmes d'une certaine Sibille, à qui l'unissaient des liens déjà anciens. Entouré de joyeux compagnons, il court les mauvais lieux, à la manière des chats, dit-on en riant, qui peuplent la nuit de leurs râles d'amour. Dernières folies avant la guerre, la mort peut-être...

Anne, encore dolente de sa fausse couche, pleure, gémit, s'accroche à lui. Le supplie-t-elle au dernier moment de ne pas partir ? C'est d'autant plus probable qu'elle n'est pas seule à réprouver l'expédition. Les médecins mettent le roi en garde contre des fatigues qu'il risque de ne pouvoir supporter. En vain : Charles est résolu. Anne se résigne à l'inévitable, plus aisément depuis qu'elle se sait à nouveau enceinte : elle parle de ce voyage en des termes plus mesurés. Le roi se plie à ses derniers caprices. De grosses barques à rames les conduisent à Vienne, sur le Rhône, où doit avoir lieu la séparation. Elle insiste encore. Elle obtiendra d'aller jusqu'à Grenoble, où ils passent ensemble une grande semaine. Il la quitte enfin le 29 août 1494 au petit matin, pour chevaucher vers les cols alpestres. Elle-même regagne Moulins à brèves étapes. Elle y sera choyée — et surveillée — par les Beaujeu à qui a été confié, pour la durée de l'absence du roi, le soin d'administrer le royaume. Simplification appréciable : c'est là qu'arrivera tout le courrier. Elle sera plus vite et plus complètement informée. Quant au pouvoir, ce sont bien sûr Pierre de Beaujeu et sa femme qui l'exerceront.

Anne a dix-sept ans et demi. Pendant les quatorze mois que dura l'éloignement de Charles VIII, elle put mesurer sa solitude et sa dépendance. Sans lui, elle n'est rien. Aucun rôle dans l'État. Pas de clientèle, pas d'amis, pas de serviteurs autres que privés. Elle constate aussi son incompétence : elle a l'expérience de la guerre civile, pas celle du gouvernement. Elle ne sait rien, ne peut rien. Tout est suspendu pour elle au retour de l'époux sur lequel elle exerce une emprise qu'elle devine fragile. Elle a tout le loisir d'y réfléchir. D'autant que sa santé s'améliore : elle a perdu, on ne sait au juste quand, le nouvel enfant qui s'annonçait. À l'abri pour un temps des maternités à répétition, elle se fortifie et mûrit.

Les délices de Naples

Les chroniqueurs se sont désintéressés d'elle pour suivre Charles VIII à la guerre.

En mettant le pied dans le guêpier italien, il ne sait pas quels traquenards l'y attendent. À vingt-deux ans, il « ne faisait que saillir* du nid », dit Commynes, qui était de la partie. Face au vieux prédateur sans scrupules qu'était Ludovic Sforza, son « allié » lombard, il ne fera pas le poids.

Le voyage d'aller, malgré quelques péripéties, a des airs de promenade triomphale. Charles préfère fermer les yeux sur les découvertes déplaisantes, par exemple, que Ludovic est en train d'empoisonner à petit feu son neveu, Galéas Sforza, héritier légitime du duché de Milan, dont il convoite la place et l'épouse. Il se bouche les oreilles aux supplications de la jeune femme, qui, il est vrai, est fille de « l'usurpateur » napolitain. Les acclamations des Florentins l'étourdissent d'orgueil comblé. Le temps d'un détour par le mont Cassin, pour mettre ses pas dans ceux de Charlemagne, et le voici à Rome, où le pape nouvellement élu, Alexandre VI, de son nom Roderigo Borgia, lui réserve un accueil contraint. Exhibant des étendards brodés où s'inscrit le signe de sa mission divine, il pénètre dans Capoue tout de blanc vêtu, sur un cheval blanc, en émissaire de foi et de paix. Il entre sans combat dans Naples en liesse, désertée par les souverains aragonais, il vient à bout en quelques jours des deux châteaux

---

* Sortir.

forts où s'était cantonnée la résistance. Déconvenue du menu peuple : le roi de France est un nain, « plus semblable à un monstre qu'à un homme », et non un preux géant sorti des chansons de geste médiévales. On se console : ses yeux rayonnent d'une bonté affable qu'il puise dans la conscience de son élection surnaturelle ; et de ses mains ruisselle l'or, car il a trouvé pleins à ras bords les coffres de ses prédécesseurs enfuis.

Pour les guerriers français triomphant sans avoir combattu, Naples est « un vrai Paradis terrestre ». L'exubérance de la nature, les merveilles de l'art, la beauté des femmes grisent les conquérants. Qu'en pensent les épouses restées en France ? Il est vrai que l'obstacle linguistique réduit les possibilités de conversation et que la jalousie des maris place hors de portée les plus nobles dames. Mais il y en a beaucoup de faciles dans ce grand port, carrefour de peuples au centre du bassin méditerranéen.

Au fil des jours, l'euphorie se dissipe pourtant. Les couleurs trop vives, les vins trop capiteux, les femmes trop désirables engendrent une ivresse dont on se réveille avec la gueule de bois, la tête lourde et le cœur au bord des lèvres. Il fait trop chaud surtout, une chaleur écrasante, débilitante, et la fièvre ronge les énergies. Malaria, syphilis. L'idylle tourne à l'aigre entre Français et Napolitains, également déçus. Les héros saturés de ripailles et de débauches ont le mal du pays et rêvent de plaisirs apaisés dans des bras familiers, tendres et rassurants.

Charles, de son côté, a vite compris que les souverains dont il escomptait l'appui ou au moins l'approbation tacite le lâchent. Ils le croyaient voué à une catastrophe rapide. Ses succès les ont désagréablement surpris. L'Empereur ne veut concéder à personne le privilège de mener une croisade, qui lui revient de droit. Le roi d'Espagne s'inquiète d'une implantation à Naples qui pourrait menacer sa mainmise sur la Sicile. Bien que son désir de reprendre Jérusalem aux Turcs soit ravivé par un songe, Charles comprend que les conditions politiques pour une expédition commune ne sont pas réunies, et qu'il n'a pas les moyens de la mener seul. Il ne lui reste qu'à rentrer en France. La croisade, ce sera pour plus tard. Il se prépare au retour, non sans avoir dilapidé inconsidérément entre les mains de ses lieutenants les richesses du pays. Il laisse sur place pour gouverner la province un cousin éloigné, Gilbert de Bourbon-Montpensier. L'an prochain, promet-il, il reviendra, accompagné d'Anne de Bretagne, nouvelle reine de Naples.

Le retour est beaucoup plus épineux que l'aller. Entre Florentins et Pisans révoltés, il faut choisir, s'attirer l'animosité d'un des deux partis. Plus au nord, la situation est envenimée par les ambitions personnelles de Louis d'Orléans, qui dispute à Ludovic Sforza le duché de Milan, dont il se dit l'héritier par sa grand-mère, Valentine Visconti. Venise a décidément pris parti contre la France. Notre armée échappe de justesse au piège qui lui est tendu à Fornoue, au débouché de l'Apennin : la victoire tient du miracle, mais elle ne fait que confirmer la nécessité d'une retraite rapide. Un bref séjour en Lombardie, le temps de neutraliser provisoirement Sforza et de signer avec lui le traité de Verceil, et Charles reprend le chemin des Alpes, menacé dans sa santé par les maladies variées qui déciment l'armée, et dans sa liberté par les mécontents de tout bord, notamment les mercenaires suisses, dont la solde n'est pas payée et qui parlent de le séquestrer en attendant leur dû.

Parti de Turin le 22 octobre, le roi gagne Briançon, par Suse et le mont Genèvre. Il force les étapes : Embrun, Gap, Col Bayard, La Mure. Il est à Grenoble le 27, dans des délais records. Trois jours de repos et le voici reparti, plus posément, pour Lyon qui l'accueille le 7 novembre. Au balcon de l'archevêché, une petite silhouette frêle sanglée de drap d'or : c'est Anne de Bretagne, émue et heureuse, bien décidée cette fois à le retenir. La peur de l'avoir perdu le lui rend soudain plus cher.

Le temps des épreuves

Le couple royal enfin réuni ne put guère jouir des retrouvailles. Deux épreuves terribles vinrent le frapper coup sur coup.

Les nouvelles de Naples étaient mauvaises. L'implantation française, très récente, restait fragile. Les troupes, insuffisantes en nombre et mal dirigées, se montrèrent incapables de résister à la contre-offensive menée par le souverain détrôné. Enfermées dans le Castel Nuovo, elles imploraient de Charles VIII des secours qui arriveront trop tard. Leur capitulation, le 4 décembre, fut connue à Lyon une quinzaine de jours plus tard. Naples était perdue.

Charles VIII venait tout juste d'apprendre la mort du dauphin.

Une épidémie sévissait depuis trois mois en Touraine. Rougeole, petite vérole ? Le roi, en correspondance presque quotidienne avec les médecins, avait mis en place un plan de prévention. Si le « mauvais air » était en cause, on transporterait l'enfant ailleurs. S'il s'agissait de contagion directe, on l'enfermerait plus étroitement dans le château. C'était la rougeole. On le laissa sur place, coupé de tous contacts avec la ville. Précautions inutiles ! On annonça successivement que le petit Charles-Orland se trouvait atteint, que son mal empirait, qu'il était à l'extrémité, que, malgré les efforts des médecins et les prières du bonhomme François et de ses moines, il était mort, le 16 décembre 1495.

Le chagrin du roi fut profond, mais il eut la force d'en dominer les manifestations : la reine, elle, s'abandonnait à une douleur si violente qu'elle lui fit peur. On usa du seul remède alors connu contre la souffrance morale : on offrit à la jeune femme le divertissement d'un intermède dansé par des gentilshommes de la cour. Pas de quoi la consoler, on s'en doute. Le chagrin ne l'aveuglait pas, cependant, au point qu'elle ne vît sur le visage de Louis d'Orléans passer un éclair de joie : cette disparition refaisait de lui, jusqu'à nouvel ordre, l'héritier du trône. Elle resta longtemps sans vouloir lui adresser la parole et ne lui pardonna jamais.

Ce double malheur condamnait la Grande Entreprise. Charles a beau parler d'aller reconquérir Naples en personne, nul ne partage plus ses espoirs. Argent et alliés font défaut : l'enthousiasme et les illusions sont taris. Anne, liguée cette fois avec sa belle-sœur de Beaujeu, s'oppose vigoureusement à toute aventure, et son chagrin fait tant de peine à voir que le roi ne sait que faire pour l'apaiser. D'ailleurs, les Parisiens lui ont rappelé, par l'entremise du Parlement, qu'il ne saurait quitter le royaume sans y laisser un héritier, dont il lui faut souhaiter la venue rapide.

Il ronge son frein en surveillant les travaux qu'il met en train au château d'Amboise et il attend. Ou plutôt, c'est la reine qui attend à nouveau un enfant au printemps de 1496. Bénédiction du ciel : un fils lui naît le 8 septembre, qu'on baptise Charles. Hélas ! moins d'un mois après, le 2 octobre, le petit garçon est mort.

Y eut-il encore, au printemps de 1497, naissance prématurée d'un garçon, qu'on aurait eu le temps de prénommer François avant qu'il ne meure ? À moins qu'on ne le confonde avec celui qui était en route lorsque Charles partit pour l'Italie, et dont on ignore le sort. Les témoignages finissent par s'embrouiller dans les grossesses avortées d'Anne de Bretagne et le compte en est hasardeux.

Une chose est sûre. Devant l'accumulation des malheurs, Charles VIII se livre à un examen de conscience. À Lyon, au carême de 1497, il s'est entendu reprocher en pleine chaire par un prédicateur célèbre « sa convoitise pour les choses d'Italie et du Royaume » (de Naples) ; il a été invité à conclure la paix et à faire pénitence. Sa piété est sincère et profonde. Il avait cherché à remettre dans le droit chemin les ordres religieux corrompus, il songeait, en se rendant en Italie, à une réforme générale de l'Église. L'apprenti réformateur ne doit-il pas exercer d'abord son effort sur lui-même ? Tout le monde croit, à l'époque, à l'intervention de la providence dans notre vie quotidienne, par

l'entremise des causes secondes. Tout a un sens spirituel. Tout devient signe. Les deuils successifs sont per-
çus comme le châtiment d'une faute, d'un péché, « un
coup de Dieu », dit Commynes. On s'explique donc
aisément la « conversion » de Charles, si durement
frappé. S'il veut que le Seigneur lui accorde enfin un
dauphin, il lui faut faire pénitence. Prières, jeûnes,
messes, communions, aumônes, pèlerinages, fonda-
tions pieuses ne suffisent pas. N'est-il pas puni par où
il a péché ? « Détestant désormais les plaisirs volup-
tueux du passé, il s'engage dans une vie chaste », se
promet de garder fidélité à sa femme, chasse les filles
de joie des alentours de la cour et fait la morale à son
cousin d'Orléans. Ces saintes résolutions portent-elles
aussitôt leurs fruits ? En septembre 1497, il apparaît
qu'Anne, une fois encore, est enceinte.

Il occupa les mois d'attente à améliorer l'administration du royaume, essayant, sans y parvenir, d'alléger le
poids des impôts, veillant aux nominations épiscopales.
Pour Noël, il rejoint la reine à Amboise : la représentation du mystère de la Nativité, commandée tout exprès,
semblait de bon augure au couple royal en mal d'enfant. Mais on craint une naissance prématurée : elle
gagne donc Le Plessis où tout est prêt, comme d'habitude. Ce n'est qu'une fausse alerte. Le roi, rassuré,
repart en voyage. Il sera rappelé d'urgence à la mi-
mars. L'enfant naît le 20. Double déception. C'est une
fille, qu'on nomme Anne. Et elle ne vivra pas. Le 23
sa mère fait une offrande *in memoriam* à Sainte Larme
de Vendôme.

Le couple royal, désespéré, a regagné Amboise.
Anne, mal remise encore, reste triste et dolente et son
époux cherche à la distraire. Le 7 avril 1498, samedi
veille des Rameaux, il l'invite à monter avec lui dans
une galerie désaffectée surplombant le fossé où se
déroule une partie de paume très animée : ils apprécie-
ront mieux le jeu d'en haut. Le trajet suppose qu'on
descende vers les sous-sols pour remonter ensuite par
un autre escalier, au sommet duquel une porte basse
donne accès à cette galerie, qui porte le nom curieux de

Haquelebac. Charles montait le premier. De très petite taille, il n'avait pas coutume de se baisser pour franchir portes et poternes : il n'en avait nul besoin. Peut-être est-ce la raison pour laquelle il déboucha sans précaution sur le palier, ne vit pas le linteau placé très bas et le heurta du front. Sans paraître en souffrir, il prend place pour regarder les joueurs, devise avec les autres spectateurs, dit à son confesseur, qui lui a donné l'absolution le matin même, qu'il espère bien ne plus commettre de péchés. Et tout soudain, il tombe à la renverse, évanoui. Dans la galerie souillée de fientes d'oiseau et de déjections de toutes sortes, il resta étendu neuf heures sur une paillasse de fortune, ne retrouva la parole qu'à trois reprises, brièvement, pour invoquer Dieu et la Vierge, et aussi saint Blaise, qui passait pour soulager les difficultés respiratoires. On arracha de ses bras Anne sanglotante. Les médecins tentèrent de lui faire reprendre conscience, en lui tirant les poils de la barbe et les cheveux, « afin que le catarrhe ne l'étouffe ». En vain : il mourut vers onze heures du soir.

Malgré les habituelles rumeurs d'empoisonnement — il avait mangé une orange —, un diagnostic prévalut : un « catarrhe », ou apoplexie, lui était « tombé dans la gorge ». Il s'agissait d'une congestion cérébrale. Charles y était prédisposé : son père, Louis XI, en avait souffert à plusieurs reprises avant d'en mourir. Le choc contre le chambranle de pierre a sans doute déclenché une hémorragie interne, d'où le délai observé entre l'accident et ses manifestations.

Charles était jeune, même à l'époque, pour mourir de cette façon : il n'avait pas encore vingt-huit ans.

Anne montra un désespoir violent, dans lequel il est difficile de faire le départ entre le chagrin sincère, l'inquiétude pour son avenir et le goût pour les cris et les larmes, de rigueur chez les femmes de ce temps. Il y eut sans doute un peu des trois. Elle s'était attachée à

Charles VIII, dont l'avaient rapprochée, dans les dernières années, les épreuves subies en commun. Elle l'avait aimé, peut-être pas d'amour passion, mais d'une affection profonde, solide. Il le lui rendait bien ; malgré ses infidélités, il tenait très fort à elle. Avec lui, elle savait qu'elle perdait beaucoup.

Elle s'enferma dans sa chambre aux fenêtres obscurcies de tentures sombres, selon l'étiquette. Elle exigea de porter le deuil en noir et non en blanc, comme le voulait la tradition pour les reines de France. Était-ce pour s'affirmer duchesse de Bretagne ou parce que le noir était « la seule couleur qui ne se puisse déteindre » ? Elle resta une journée entière sans manger ni boire, effondrée sur le sol. Puis elle s'installa dans sa claustration obligée : elle en avait pour quarante jours.

Pendant ce temps, on enterrait Charles VIII. Le roi est mort, vive le roi : la formule qui devait devenir rituelle avait salué Louis d'Orléans, désormais Louis XII. Dès le lendemain, celui-ci tirait des plans pour épouser la veuve, selon la clause prévue, on s'en souvient, par le contrat de mariage de 1492. Un gros obstacle se dressait cependant : il était déjà marié...

Il engagea aussitôt une procédure en annulation, à laquelle nous devons l'essentiel de ce que nous savons sur sa première épouse, Jeanne de France, fille de Louis XI.

CHAPITRE TROIS

LE CALVAIRE
DE JEANNE DE FRANCE

De son premier mariage, le malheureux Louis XII n'était nullement responsable, pas plus que son épouse, Jeanne la Boiteuse : ils avaient respectivement vingt-trois mois et vingt-six jours lorsque leurs parents les avaient officiellement fiancés, quatorze et douze ans lorsqu'on les avait mariés, de force. Mais ils étaient légalement unis depuis vingt-deux ans, bien qu'ils eussent peu vécu ensemble, lorsque Louis, devenu roi, entreprit les démarches d'annulation en cour de Rome.

Un procès s'ensuivit, dont les débats, en latin, sont parvenus jusqu'à nous. Ces documents jettent une lumière crue sur les pratiques matrimoniales du temps, sur les mœurs aussi, et sur le caractère respectif des deux conjoints. Mais ils gauchissent toute approche de ce qu'a pu être réellement leur histoire. Sur cette histoire nous ne savons rien, en dehors des témoignages biaisés produits à foison au service de la cause royale, gagnée d'avance. Si l'on ajoute que les deux parties en litige sont, d'un côté le roi de France, de l'autre une future sainte de l'Église catholique, fondatrice de l'Annonciade, et que l'annulation de leur mariage fut prononcée par un tribunal ecclésiastique, on comprend mieux la circonspection des historiens successifs, soucieux de ménager les uns et les autres. La plupart d'entre eux accablent Louis XI, responsable de cette union, pour excuser Louis XII, dont ils adoptent le point de vue. Presque tous éludent certaines difficultés, ils évitent notamment de se demander pourquoi Jeanne choisit, contre toute prudence, d'affronter le procès et selon quels principes elle y régla sa démarche.

Poser les questions, chercher à comprendre, proposer des solutions, dont le lecteur sera juge, c'est tout ce qu'on peut faire, en l'absence d'informations fiables sur l'état d'esprit réel des protagonistes de cette lamentable affaire.

Des fiancés au maillot

Il nous faut revenir, une fois de plus, aux combinaisons matrimoniales de Louis XI.

Au début de l'année 1464, il n'a toujours pas d'héritier. Son fils premier né, en 1459, n'a vécu que quelques mois. Puis lui est venue une fille, Anne, en 1461, l'année même de son avènement.

Son plus proche parent est alors le vieux duc Charles d'Orléans, qu'il traite d'oncle, mais qui est en fait le cousin germain de son père. Il n'a rien à reprocher personnellement à ce charmant poète, qui a trompé l'ennui de vingt-cinq ans de captivité Outre-Manche à rimer sur la « douce France » des vers exquis que nous lisons encore : pas d'ambitions politiques à craindre de ce côté. Mais voilà-t-il pas qu'après seize ans de mariage, l'heureux sexagénaire se met à procréer. Sa femme, Marie de Clèves, n'avait que la moitié de son âge. On jasa. Mais la médisance ne suffit pas à entacher la légitimité des enfants qu'elle lui donna : encadré par deux filles lui naquit, le 27 juin 1462, un garçon que le roi dut parrainer, le cœur lourd. S'il n'avait pas lui-même de fils, cet enfant lui succéderait. Dans le cas contraire, ce pouvait être un rival dangereux pour l'héritier légitime. Louis XI savait, même avant de les avoir expérimentés à ses dépens, quels risques les collatéraux jaloux peuvent faire courir à la couronne lorsqu'ils s'allient aux grands féodaux avides de secouer la tutelle de leur suzerain. Dieu sait qui ce futur duc d'Orléans irait épouser, joignant aux possessions de sa promise le beau duché tapi au cœur du royaume, berceau de rêve pour toutes les subversions.

Sur ces entrefaites, la reine Charlotte se trouva de nouveau enceinte. Louis XI est auprès de sa femme, à Nogent-le-Roi, lorsqu'elle accouche, le 23 avril 1464. Hélas, ce n'est pas le dauphin attendu, mais une fille. Le père surmonte sa déception et reste trois semaines auprès de son épouse avant de retourner à ses affaires, dont l'une consiste en un projet de mariage pour l'enfant. À son « très cher et très aimé oncle », le duc Charles, il propose d'unir sa « très chère et très aimée fille, Jeanne » à son « très cher et très aimé cousin, Louis ». La main d'une fille de France ne se refuse pas. Charles, flatté, accepta volontiers et, le 19 mai, à Blois, il signa le contrat en bonne et due forme.

S'il avait cru y gagner un regain de faveur, il déchanta vite, pris entre les exigences de Louis XI et les amitiés nouées avec les grands féodaux rebelles. Sommé de désavouer les menées du duc de Bretagne, il se déroba, quitta brusquement le roi, mais prit froid en chemin et mourut sans avoir pu atteindre son château de Blois. Face à Louis XI restait sa veuve, la séduisante et impulsive Marie de Clèves, peu douée pour gérer les affaires d'une maison princière.

Ici se posent deux questions, étroitement liées, sur l'état physique de Jeanne, et sur la responsabilité morale de Louis XI.

Une mauvaise action de Louis XI ?

Pouvait-on deviner, dans l'enfant au berceau, la femme difforme qu'elle allait devenir ? Et à qui se fier, pour se représenter cette dernière ? Aux témoins du procès, qui ont forcé la note afin de justifier les répugnances de son époux ? Aux historiens de Louis XII, tous masculins, qui, s'identifiant à celui-ci, ont poussé le portrait au noir, décrivant le visage de la malheureuse d'après son masque mortuaire — en s'étonnant même qu'il ne fût pas plus laid ! —, voyant dans la poitrine qui lui était normalement venue une gibbosité jumelle de la bosse qu'elle portait sur le dos, lui prêtant même un pied bot pour compléter sa disgrâce ? À ces caricatures répondent les euphémismes des contemporains de Louis XI, qui lui trouvent seulement « des défauts dans la taille », et l'angélisation des chroniques de l'Annonciade, pour qui la légère claudication est compensée par la douceur d'un visage encadré de cheveux blonds et illuminé par des yeux verts. Tous sont d'accord sur un point : elle tient de son père un nez fort et volontaire. On s'apercevra plus tard qu'elle lui doit aussi son intelligence.

Était-elle épousable, ou pas ? Comme le dira le procureur évoquant ce précédent lors de la demande en annulation de Henri IV, « il n'y a si grand prince qui ne tienne à faveur et honneur d'avoir à femme la fille de son roi, de quelque imperfection que son corps soit marqué ». Et de la comparer à Claude de France, la future fille de Louis XII, qui, « bien qu'elle fût autant imparfaite de corps », fut ardemment convoitée par l'héritier du trône, qui devint François Ier. En somme, rien de rédhibitoire. Et il y avait pléthore de boiteuses parmi les reines de France de ce temps-là.

Les malformations de Jeanne n'étaient certainement pas toutes congénitales. « La reine s'était délivrée d'une belle fille », écrit le chroniqueur Jean de Troyes : formule de convention, certes, mais qu'il aurait évitée s'il se fût agi d'un gnome difforme. Pouvait-on prévoir qu'elle boiterait, alors qu'elle était encore emmaillotée dans ses langes ? On a diagnostiqué chez elle, a posteriori, rachitisme et scoliose, déformation de la colonne vertébrale, développement inégal des membres inférieurs et du bassin, faiblesse osseuse généralisée : souvent d'origine tuberculeuse, ce sont là des maux évolutifs, indissociables de la croissance, et qui ont dû s'accentuer avec les années jusqu'à la puberté. À la naissance, on n'en pouvait prendre la mesure exacte.

La preuve ? L'enfant vécut auprès de sa mère, dans le gynécée-nursery d'Amboise, jusque vers cinq ans. C'est à cet âge que, contrairement aux usages qui voulaient que deux fiancés précoces fussent élevés côte à côte, on l'expédia dans le château de Linières, au fond du Berry, tandis que sa sœur Anne et plus tard son frère restaient à Amboise. Preuve qu'on voulut alors soustraire aux yeux malveillants ses infirmités devenues trop apparentes.

Lorsque son père l'avait fiancée à Louis d'Orléans, il ne la savait pas aussi lourdement handicapée. Et il ne pensait pas la « sacrifier ». Il disposait d'elle tout naturellement. Qu'il eût la tête pleine d'arrière-pensées politiques en négociant cette union, la chose était conforme aux usages. Moins banale, en revanche, sa façon de raisonner. L'intérêt national l'emporte chez lui sur les considérations de prestige. Ses filles pourraient prétendre à des alliances étrangères brillantes, mais il répugne à leur donner en dot des territoires arrachés au domaine royal. Il choisit pour elles des époux moins relevés, mais français, qu'il espère s'attacher par une alliance flatteuse : il y réussit pleinement en accordant Anne à Pierre de Beaujeu. Et il préfère les doter en argent, si possible, plutôt qu'en provinces. Lier Jeanne à Louis d'Orléans, c'est fixer celui-ci, lui interdire de convoler avec une autre et de chercher hors du royaume un beau-père complaisant à ses entreprises.

À l'égard de la fillette, il n'avait rien à se reprocher. La jugeait-il normale ? Son rang devait lui donner barre sur son époux et lui assurer des égards qu'elle n'était pas sûre de trouver auprès d'un étranger. La savait-il gravement atteinte ? C'est le couvent qui recueillait alors les « empêches de maison », comme dira Rabelais, les épaves humaines dont les familles répugnaient à s'encombrer. Au lieu de quoi, il lui procure un époux inespéré. Non, en toute conscience, il ne l'avait pas desservie. C'est à Louis qu'il pensait jouer, dans ce dernier cas, un bien vilain tour. Ainsi en jugea celui-ci, qui ne s'en consola jamais.

Et quand Louis XI, les années passant, commença de percevoir ce que ce mariage avait de choquant et de dangereux pour la paix du royaume, il n'était plus en mesure de reculer sans perdre la face. Les protestations de Marie de Clèves et de son fils ne firent que renforcer sa détermination. On ne brave pas impunément le roi de France. Le jeune homme serait, malgré lui, l'époux de Jeanne, il remplirait, de gré ou de force, ses devoirs conjugaux auprès de celle qui était devenue l'enjeu d'un affrontement à implications politiques.

L'affaire ainsi envenimée empoisonna la fin de son règne et tout celui de son fils Charles VIII. Et elle fit de la vie de Jeanne un calvaire.

Berrichonne d'adoption

Selon que l'historien chausse des lunettes noires ou roses, le château de Linières en Berry revêt l'aspect d'une sinistre forteresse médiévale ou d'un agréable séjour rustique.

À l'écart des grandes routes, perdu au milieu des étangs et des bois, c'était en effet un édifice féodal datant de la seconde moitié du XIIIe siècle. On franchissait l'enceinte bordée de fossés profonds par un pont-levis que flanquaient deux tourelles massives, pour accéder à la première cour, avec sa tour de guet, ses écuries, sa prison. Un second pont-levis, au portail plus orné, enjambait le second fossé, qui défendait la cour centrale où trônait le donjon : une grosse tour ovale agrémentée, elle aussi, de plusieurs tourelles. À l'intérieur, la grande salle, sombre, avec son plafond élevé et ses hautes fenêtres étroites, tenait beaucoup d'une nef de cathédrale. Mais on avait aménagé dans les étages quantité de chambres et d'appartements plus accueillants et plus confortables.

Il ne reste rien de l'ancien château, ni de l'église romane qui lui était rattachée, à la réserve d'un petit oratoire semi-circulaire qu'on peut encore visiter. Il était réservé à Jeanne, parce qu'il comportait une cheminée : on avait soin de sa santé.

Le choix de Louis XI obéissait à des considérations politiques et économiques. Le Berry, apanage de son frère Charles, venait tout juste de lui revenir en 1465, après la révolte et la défaite de celui-ci dans la guerre de la Ligue du Bien Public. En installant à demeure à Linières, sous prétexte d'y élever Jeanne, des gens à lui, il s'assurait un moyen supplémentaire de surveiller la province. Et puis, il était ménager de ses deniers. On vivait pour presque rien à la campagne. Les terres alentour pourvoiraient largement à la consommation des habitants du château. Pas de vie mondaine, pas de dépenses vestimentaires. Une pension modique suffirait.

Cet exil rustique eût pu paraître pesant à une princesse plus âgée, habituée au luxe et à l'animation d'une maison royale. Mais il n'est pas certain qu'il déplût à une petite fille de cinq ans, pourvu qu'elle se sentît en sympathie avec son entourage. François de Beaujeu, seigneur de Linières, et son épouse, Anne de Culan, qu'avait choisis Louis XI, s'attachèrent à l'enfant, qui leur rendit leur affection. Elle eut une petite cour de fillettes de son âge. On lui apprit à tisser, à peindre, à jouer du luth, comme il convenait à sa condition.

L'enseignement religieux trouva chez elle un terrain très favorable. Sous la direction de son premier confesseur, un frère mineur nommé — mais oui ! — Jean de La Fontaine, puis sous celle du frère Gilbert Nicolas, qui l'accompagna jusqu'à sa mort, elle progresse en piété, a des visions, dès l'âge de six ans. Selon la touchante chronique de l'Annonciade, elle entend la Vierge lui dire : « Ma chère Jeanne, avant ta mort, tu fonderas une religion — c'est-à-dire un monastère — en l'honneur de moi. » Il y a sans doute dans ces anecdotes une part de légende. Mais l'intensité de sa foi n'est pas douteuse. Et sa gouvernante entretient chez elle ces dispositions très propres à lui faire supporter un handicap qui s'annonce lourd.

Quelle conscience eut-elle de ses infirmités dans ce milieu clos, protégé, où chacun, habitué à elles, finissait par ne plus les voir ? Elle semble avoir aimé Linières, ses bois, ses prairies parsemées de troupeaux, son calme serein, sa solitude. La mort d'Anne de Culan, le remariage du seigneur de Linières avec Françoise de

Maillé, lui seront plus tard un crève-cœur : la nouvelle épouse ne saurait remplacer celle qui lui a servi de mère. Mais elle restera très attachée au Berry, sa terre d'adoption, qui deviendra plus tard son apanage et où elle choisira de se fixer — à Bourges, la capitale.

Le mariage forcé

Tandis qu'elle grandit ainsi à l'écart, Louis XI poursuit son projet de mariage, avec d'autant plus d'obstination que les déceptions le frappent à coups redoublés. Un fils lui est né, en 1466, qu'il a le chagrin de voir mourir aussitôt. L'écervelée Marie de Clèves imagine déjà ses enfants richement pourvus : Pierre de Beaujeu pour sa fille et — qui sait ? — Anne de France pour son fils, à qui l'Empereur vient d'accorder l'investiture du duché italien d'Asti comme héritier de Valentine Visconti, tandis que Louis XI, lui, soutient l'usurpateur local, Sforza. Une violente altercation les oppose, dès 1468, au sujet du mariage du jeune Louis. La duchesse d'Orléans est toujours à court d'argent, car les économies ne sont pas son fort et l'énorme rançon payée aux Anglais pour la libération du duc Charles a ruiné sa maison. Incapable de résister au roi, elle plie sous l'orage, comptant sur le temps pour débarrasser son fils de sa malingre fiancée : la mort pourrait se montrer charitable...

Le temps passait. Jeanne ne mourait pas. Elle grandissait, la vie chevillée à son pauvre corps de plus en plus déformé. En 1470, les espoirs de Louis XI sont enfin comblés : il lui naît un fils, le futur Charles VIII. Mais la comparaison du chétif dauphin avec son beau cousin d'Orléans, grand et vigoureux, rend ce dernier plus haïssable à ses yeux. La naissance et la mort rapide d'un autre fils, en 1473, l'aigrissent encore contre ces cousins arrogants, trop bien portants, qui guettent sournoisement sa succession et osent mépriser l'alliance offerte avec une fille de France. S'il renonçait au mariage prévu, ce serait aveu de faiblesse, encouragement à l'insubordination. Il décide alors de brusquer les choses.

Du mois de septembre 1473 — le 27 exactement — date la lettre où il confie à son homme lige, le comte de Dammartin, ses visées cyniques :

« Je me suis délibéré* de faire le mariage de ma petite fille Jeanne et du petit duc d'Orléans, pour ce qu'il me semble que les enfants qu'ils auront ensemble ne leur coûteront guère à nourrir, vous avertissant que j'espère faire ledit mariage, ou autrement ceux qui iraient au contraire ne seraient jamais assurés de leur vie en mon royaume ; par quoi, il me semble que j'en ferai le tout à mon intention. »

Il spécule donc sur la stérilité présumée de Jeanne pour tarir la lignée des Orléans : l'opulent duché, soustrait aux trublions, reviendrait à la couronne. Cette lettre est si horrible, et elle fut si opportunément versée au procès — on en reparlera — que son authenticité inspira des doutes. Mais il semble, quoiqu'elle soit écrite et signée par un secrétaire, qu'elle ait bel et bien été dictée par le roi.

C'est ce jour-là que le projet concerté neuf ans plus tôt prend clairement la forme d'une machination dont la pauvre Jeanne sera l'instrument.

La confirmation de la promesse de mariage se fit sans elle. Elle n'assista pas à la visite impromptue de Louis XI à Marie de Clèves où il obligea celle-ci à renouveler ses engagements, le 20 octobre, à Saint-Laurent-des-Eaux, ni à la signature du contrat, le 28 : seul le petit Louis d'Orléans, en présence de nombreux témoins, s'entendit demander s'il acceptait de prendre pour femme sa cousine Jeanne. Effaré, il répondit que oui et les notaires consignèrent dans le procès-verbal qu'il montrait, pour son âge, une maturité exceptionnelle. Il avait onze ans ! Louis XI acquitta libéralement — une fois n'est pas coutume — le prix de sa victoire : sur les 100 000 écus d'or de la dot, à verser comptant,

---

* Décidé.

le tiers devenait la propriété personnelle du futur époux.

Jeanne continuait de jouer l'Arlésienne. Ni son fiancé, ni sa future belle-mère ne la connaissent. Son père ne l'a pas vue depuis qu'il l'a reléguée à la campagne quatre ans plus tôt. Après la signature du contrat cependant, il la fait venir discrètement au Plessis, s'effraie de la trouver si déformée : il ne la croyait pas telle, aurait-il murmuré en faisant un grand signe de croix. Il la revit une seconde fois, en février 1476, lors d'un pèlerinage qu'il fit à Bourges, répéta qu'il ne la savait pas si disgraciée, traita le sieur de Linières de « mauvais féal » qui lui avait dissimulé ses infirmités. Mais il ne recula pas pour autant. Par ces propos, il se dédouanait.

Marie de Clèves, de son côté, avait fait le voyage de Linières pour la rencontrer. Elle fut sur le point de s'évanouir en l'apercevant, se jeta sur un lit, en larmes : « Ah ! Notre-Dame, faut-il que mon fils ait cette femme ainsi difforme ! » Sur l'ordre du roi, elle y traîna cependant le jeune garçon, qui dut lui promettre de passer quelques jours auprès de la pauvre fille. Mais il s'enfuit dès qu'elle eut tourné les talons.

Il tenait grief à sa mère de ce qu'il appelait sa faiblesse. En pleine révolte adolescente, il ruminait âcrement son malheur, se montait la tête en compagnie d'amis de son âge, exhalant sa bile en rodomontades, jurant qu'il n'épouserait jamais Jeanne : « Qu'on ne m'en parle pas, je voudrais être mort ! » À son écuyer qui lui disait : « Monsieur, vous serez marié », il répondait : « Non, sauf contre mon vouloir ! »

Il l'épousa pourtant, lorsque tous deux eurent atteint l'âge de la nubilité légale, quatorze ans pour les garçons, douze pour les filles. Louis XI avait méticuleusement préparé le terrain, soudoyant ou intimidant les familiers de Louis pour les dissuader d'encourager sa résistance, sollicitant de Rome, en temps voulu, la dispense nécessaire à une union consanguine, bouleversant en secret le calendrier pour éviter les dérobades. Le 8 septembre, les deux enfants étaient amenés au château de Montrichard. Jeanne, en fille de France, était vêtue de drap d'or. Louis XI n'était pas là, pour couper court à toute discussion. Mais il avait délégué sa femme Charlotte. L'évêque d'Orléans recueillit de la bouche du jeune garçon une acceptation contrainte, dont il dut se contenter : « Il m'est fait violence, et il n'y a nul remède. » C'est du moins ce que Louis affirma au procès. Une cérémonie réduite à sa plus simple expression, un dîner et un souper magnifiques, auxquels les deux enfants furent incapables de toucher, la gorge nouée. Le lendemain, les nouveaux époux firent leur entrée solennelle à Blois, résidence des ducs d'Orléans depuis que le château de cette dernière ville avait été détruit pendant la guerre de Cent Ans. Puis Jeanne repartit pour Linières, seule.

Pas le moindre détail n'a filtré sur la nuit de noces. Discrétion bien étrange, vu l'importance qu'on accordait alors à la consommation des mariages, et dont on peut tirer à cet égard des conclusions diamétralement opposées. Laissons la question en suspens : nous la retrouverons plus loin.

Une moisson d'humiliations

Un mariage conclu sous de tels auspices ne pouvait être que désastreux : il le fut.

Les contemporains plaignirent d'abord le beau jeune homme enchaîné à une pareille épouse. Ils n'avaient pas pour les infirmes, très nombreux à l'époque, la compassion que nous croyons devoir leur manifester. Face à Jeanne, brusquement arrachée à son cocon protecteur, les nouveaux venus ne se gênaient pas — et son mari tout le premier. Qu'éprouva-t-elle en lisant la répulsion dans les regards, en entendant les paroles blessantes ? On sait qu'elle pleura. Elle n'eut jamais, en tout cas, un mot de protestation, un mouvement de révolte contre son sort, un geste de colère contre celui qui l'abreuvait d'avanies. « Madame, parlez à Monseigneur », lui disait M. de Linières en lui désignant son tout nouveau mari, « et montrez-lui semblant d'amour. » — « Je n'oserais parler à lui », répondit-elle, « car vous et chacun voit bien qu'il ne fait compte de moi. » Sa seule réponse au mépris et aux rebuffades sera la patience, l'effacement silencieux.

Tant de bénignité ne manquera pas de lui attirer des éloges : « Elle est bonne, c'est la meilleure des femmes parmi les meilleures », « bonne et honnête devant Dieu et devant les hommes ». Bonté, douceur, qu'on prit imprudemment, et bien à tort, pour de la faiblesse. En fait, Jeanne était forte, beaucoup plus que son orgueilleux mari.

À quatorze ans, Louis est un enfant gâté, capricieux, incapable de maîtriser ses mouvements d'humeur, livré sans frein aux impulsions d'une sensualité précoce. À douze, Jeanne est posée, réfléchie, mûre : fruit des épreuves et de l'éducation. Ceux qui ont pris soin d'elle ont su la préparer — sur ordre de Louis XI ? — à une vie qu'on prévoyait difficile. Ils ont trouvé en elle de grandes ressources : elle est intelligente et courageuse. Et elle est soutenue par sa foi ardente, que les souffrances ne feront qu'aviver. Elle adhère à l'ordre du monde, qui est celui de la Providence. Consciente de ses devoirs de fille, d'épouse, elle accepte sans discuter ce qui a été décidé pour elle. Et Dieu sait s'il faut parfois de la force pour se plier sans murmurer à l'intolérable ! Elle supporte. Elle obéit. Elle vient quand on la convoque, repart quand on la renvoie, docile aux exigences contradictoires d'un père et d'un mari affrontés, tâchant de satisfaire l'un et l'autre, ne demandant rien, acceptant l'exclusion que lui vaut sa difformité. Sans jamais s'abaisser pourtant : simple, humble, digne.

Elle aima Louis, nous dit-on, envers et contre tout, d'un amour à sens unique. Abstenons-nous de bâtir sur ce simple mot le roman de la mal aimée : l'abîme est trop profond entre la mentalité de son temps et la nôtre pour qu'on puisse raisonnablement préjuger de ses sentiments. Ce qui est sûr, en revanche, c'est que le mariage est pour elle un engagement total et un sacrement, au plein sens du terme. Et qu'il exige un dévouement absolu, quoi qu'il arrive.

Ce dévouement, elle en déploiera pendant vingt-deux ans les trésors au service de Louis, assez courageuse pour supporter les violences de l'adolescent rétif, tout d'abord, puis assez intelligente et assez sage pour tenter d'établir, avec l'homme affaibli par la maladie et la captivité, une manière de lien acceptable.

Les débuts furent très pénibles. Louis d'Orléans ne décolérait pas. Son terrible beau-père le tenait en lisière étroite, le rappelait brutalement à ses devoirs et l'envoyait à Linières à intervalles réguliers, une fois par mois en moyenne, le menaçant, s'il n'allait voir sa femme, diront plus tard des témoins, de « le faire jeter dans la rivière et qu'on n'entendrait plus jamais parler de lui ». Menace outrée : on mettait rarement à mort un prince du sang. Mais le jeune homme risquait ses biens et sa liberté. Il obtempérait donc, furieux, et passait sa rage sur la malheureuse. Il ne lui adressait pas la parole, lui tournait ostensiblement le dos à table, même pendant la récitation du *Benedicite*, et, en sa présence, régalait ses compagnons du récit des exploits amoureux qu'il multipliait avec frénésie.

Il convient de manier avec précaution les relations faites au procès, qui toutes montent en épingle les incidents les plus violents, aux fins de prouver la contrainte subie par Louis et de montrer la vigueur de ses refus. Jeanne ne se vit pas infliger continûment, pendant les sept années que vécut son père, une aussi conflictuelle cohabitation. Elle souffrit plutôt de l'isolement. Elle vivait seule à Linières la plus grande partie du temps et, quand son mari était là, il passait ses journées à chasser ou à courir la gueuse. Ils auraient pu s'ignorer, sans l'épineuse question des relations conjugales.

Louis XI était bien décidé à les leur imposer. Pour pallier les dérobades de son gendre, il mit au point, avec la complicité de serviteurs à sa dévotion, une stratégie machiavélique. Comme on se défiait des nuits, où le sommeil sert de refuge, un médecin nommé Gérard

Cochet imagina de le coincer en plein jour, au sortir d'une partie de paume dont on pensait qu'elle aurait échauffé ses humeurs, et il lui jeta Jeanne dans les bras, avec « l'espoir qu'elle conçût et eût progéniture » (Tiens, tiens, on ne la croyait donc plus stérile ?). Mais au serviteur chargé de lui signifier ces injonctions, Louis aurait répondu : « Le Diable m'emporte, j'aimerais mieux avoir la tête coupée que je le fisse ! » Et il se prémunit dorénavant contre les surprises de la chair : alors que le médecin, récidivant, introduisait Jeanne dans la chambre où il se changeait après le jeu, il riposta en ouvrant la porte à d'autres « dames », qu'il avait convoquées « pour s'ébattre en leur compagnie ». Le témoin qui raconte cette histoire sinistre ne dit pas si l'épouse délaissée fut invitée à assister à ces ébats.

Situation intolérable, pour l'un comme pour l'autre. Mais plus encore pour Jeanne, dont on se demande comment elle fut préparée et comment elle fit face à l'ignoble rôle qui lui était ainsi dévolu. Le tout sous l'œil expert du médecin chargé de rendre à son maître le compte le plus cru. Ses rapports ne nous sont pas parvenus. Il est certain cependant que la persévérance de Louis XI et de ses séides entamèrent la résistance du jeune homme, qui fut conduit à partager bien des fois le lit de sa femme. Ce qu'il y fit ou n'y fit pas sera au centre du débat, lors du procès en annulation. Entre-temps, Jeanne remplissait ponctuellement tout ce qui, dans ses devoirs d'épouse, relevait de son initiative. En avril 1483, son mari se trouva atteint de la petite vérole, immobilisé à Bourges : elle accourut lui servir de garde-malade. Il se laissa faire, mais lui refusa tout remerciement.

Avec la mort du vieux roi, la même année, Louis reprit espoir et l'arrogance lui revint. Il fut saisi de colère en voyant arriver Jeanne à Amboise, mais parvint, sur les conseils de ses amis, à ne pas lui faire trop mauvaise figure. Il lui fallait endormir les méfiances pour agir en sous-main. Il fit déposer discrètement à Rome une demande d'annulation et, anticipant sur le résultat, il s'en alla en Bretagne solliciter la main de la petite Anne, alors âgée de sept ans. Le projet, vite éventé, inquiéta à bon droit Anne de Beaujeu, qui gouvernait au nom de son frère. Et Louis lui fournit imprudemment toutes les armes dont elle avait besoin pour l'abattre : il intrigua lors des États Généraux, alterna sans discernement actes de rébellion et de soumission, choisit finalement la cause du duc de Bretagne et fut entraîné dans sa défaite. Fait prisonnier à Saint-Aubain-du-Cormier, il paya de trois ans de captivité sa participation à la Guerre Folle.

Transféré de château en château, mais toujours étroitement gardé, il ne bénéficie pas de l'amnistie accordée aux autres chefs rebelles. Car il s'obstine à vouloir rompre son mariage, qu'il prétend être la seule cause de sa révolte, et il maintient ses prétentions à la main de la duchesse bretonne. D'où la dureté du traitement qui lui est infligé, aux mains d'un gardien féroce : il souffre de la faim, du froid, de la chasteté forcée, des vexations de toutes sortes. On voit alors surgir la fidèle Jeanne, qu'il accueille d'abord grossièrement, avant que le sens de son intérêt bien compris ne l'incite à plus d'amabilité. Elle lui promet d'intervenir pour adoucir sa détention et obtient en effet son transfert dans la grosse tour de Bourges, où il passera deux ans. Peu de confort, aucune chance d'évasion, mais quelques contacts avec l'extérieur, et surtout des visites de Jeanne, qui l'entretient de ses démarches pour le faire libérer.

Il n'y avait rien à attendre de sa sœur Anne de Beaujeu, qui répugnait, en bonne politique, à remettre le trublion en liberté. Jeanne lui adressa à cette fin deux lettres touchantes, qui sont parvenues jusqu'à nous et qui la laissèrent de marbre. Elle sentit qu'elle trouverait plus d'audience auprès de son frère, Charles VIII, agacé par la tutelle de son aînée et prêt à s'apitoyer sur le sort d'un cousin qui avait parrainé son entrée en chevalerie. Elle se jeta à ses pieds, lui tint, si l'on en croit un récit du temps, un discours à la fois émouvant et habile, mêlant les excuses pour le passé aux promesses pour l'avenir, faisant vibrer la corde sensible de la générosité : « Croyez-moi, vous acquerrez plus de gloire en tendant la main à un vaincu, que vous n'en avez acquis en triomphant de lui. » Charles VIII céda à ses prières, non sans lui adresser une sorte d'avertissement : « Vous aurez, ma sœur, celui qui cause vos regrets ; et veuille le ciel que vous ne vous repentiez pas un jour de ce que vous avez fait pour lui », lui aurait-il dit au moment de quitter Tours, le 27 juin 1491, pour se rendre à Bourges ouvrir les portes au prisonnier.

Louis, souvent malade, a vieilli, s'est assagi. Ses ambitions sont moins vives, ses espoirs bretons anéantis : six mois après sa sortie de prison, le roi épouse Anne de Bretagne. Un *modus vivendi* s'établit alors avec Jeanne. Il s'engage à la garder et elle fait son entrée solennelle à Orléans, vêtue d'une tunique de drap d'or, dans une litière tendue d'or.

Il lui a découvert des qualités. Sa captivité avait entraîné la mise sous séquestre de ses biens. C'est elle, alors, qui a pris en main la gestion de leurs affaires, paré au plus pressé et consacré à améliorer son sort une bonne partie de la pension personnelle que le roi lui versait. Bref, elle s'est montrée capable de remplir l'un au moins des rôles traditionnels d'une épouse de haut rang : celui de diriger la « maison ». Aussi, lorsqu'il part pour l'expédition d'Italie, est-ce à elle qu'il en confie le soin. La correspondance qu'ils échangent et où il l'appelle familièrement « ma mie » témoigne d'une évidente confiance en ce domaine : associés et non plus adversaires, ils apparaissent solidaires l'un de l'autre, comme de vrais époux.

Elle est à Lyon, en compagnie de toute la cour, pour l'accueillir à son retour. Les retrouvailles manquent de chaleur : il la supporte mieux de loin que de près. Charles tente de les rapprocher, insiste pour des visites — « Mon frère, allez voir ma sœur » —, mais il n'a pas sur son cousin la même autorité que Louis XI. Lorsque, devenu dévot, il le morigène sur le chapitre de ses débauches, Louis peut se permettre de répondre qu'il en serait autrement si sa femme était moins repoussante : le roi rougit de colère, mais ne dit rien.

En fait, Charles a renoncé à intervenir dans la vie

intime du couple. L'espionnage domestique s'est relâché. S'il le fait surveiller discrètement, c'est sur le plan politique. Pour le reste, il se satisfait que les apparences soient sauves : fille et sœur d'un roi de France, Jeanne ne saurait être répudiée. Il suffit que Louis la traite publiquement en épouse pour conserver l'amitié du roi.

Elle, pour sa part, a su se faire tolérer : sa douceur et sa modestie ont du bon. Elle n'est plus confinée à Linières, elle circule d'un château à l'autre, en Val de Loire, comme tous les grands seigneurs du temps. On les voit ensemble à Blois et aux Mesnils, tout proches, à Amboise, où elle assiste à ses côtés à un grand dîner offert par son frère. Le reste du temps, Louis chasse et voyage. Les années passent et la vie de cet étrange couple pourrait s'écouler ainsi jusqu'à son terme, sans le coup de théâtre du 7 avril 1498. Ils sont tous deux aux Montils lorsque les atteint la nouvelle : Charles VIII se meurt. Louis d'Orléans devient aussitôt Louis XII, roi de France.

Une reine encombrante

Jeanne avait perdu un frère qu'elle aimait. Elle dut comprendre très vite que cette disparition sonnait le glas de son mariage. Le pouvoir, désormais, se trouvait entre les mains de Louis. Et l'annulation à sa portée. Jamais, au grand jamais, maintenant qu'il était le maître, il ne reconnaîtrait en elle la reine de France.

En attendant, elle l'était, de fait, comme épouse légitime de celui qu'on venait de saluer du nom de roi. Elle se considéra aussitôt comme telle, et lorsqu'elle s'attribue ce titre dans des actes notariés, nul n'ose le lui contester. Quant à Louis, il s'abstient soigneusement de le lui donner, ne la faisant appeler que de son nom propre, Madame Jeanne de France, sans aucun titre. Il la tient à l'écart, se gardant de toute démarche qui pourrait les associer l'un à l'autre. Et, bien sûr, elle ne paraît pas au sacre qui, dès le 27 mai, fait de lui un roi de France à part entière, revêtu de l'onction divine.

Sur le statut juridique de Jeanne pendant les neuf mois qui précédèrent l'annulation, les historiens sont partagés. Car, rétroactivement, le jugement déclarant le mariage nul et non avenu a pour corollaire le fait que, n'étant pas l'épouse du roi, elle n'était pas reine et ne l'avait jamais été. Mais pour les contemporains, elle fut incontestablement, durant cette courte période de suspens, la reine légitime. Et dans l'esprit de quelques-uns, elle le resta. Un jugement peut-il priver d'existence et rayer des mémoires ce qui a été ? Peut-on effacer toutes les conséquences d'une union qui a passé pour valable durant vingt-deux ans, même si, après coup, on démontre qu'elle ne l'était pas ?

D'autant que la nullité fut bien malaisée à prouver.

Louis, impatient, croyait pouvoir s'en tirer très vite. Pour se séparer de Jeanne, il avait, s'ajoutant aux rancœurs d'ordre privé, un motif d'intérêt national : le fameux traité de Langeais, qui imposait au successeur de Charles VIII d'épouser sa veuve, pour assurer le rattachement définitif de la Bretagne à la France. Il ne pouvait rêver plus merveilleuse justification. L'histoire bégayait. Il se voyait revenu quinze ans plus tôt, lorsqu'il partait clandestinement pour Rennes demander la main de la petite duchesse, en jurant à son père qu'il serait vite débarrassé de son encombrante épouse. Avec cette différence qu'il avait maintenant tous les atouts en main.

Il entreprit aussitôt deux démarches, l'une auprès de Jeanne, l'autre à Rome, pour obtenir l'annulation de son mariage, escomptant une solution aisée et rapide. Ô surprise : rien ne se déroula selon ses vues.

À Jeanne, il envoya le fidèle Louis de La Trémoille, pour proposer un arrangement amiable assaisonné d'un flot de bonnes paroles, que nous rapporte Jean Bouchet dans le *Panégyric du Chevalier sans reproche* :

« Madame, le Roi se recommande très fort à vous, et m'a chargé de vous dire que la dame de ce monde qu'il aime le plus est vous, sa proche parente, pour les grâces et vertus qui en vous resplendent [*] ; et est fort déplaisant

---

[*] Resplendissent.

et courroucé que vous n'êtes disposée à avoir lignée, car il se sentirait curieux * de finir ses jours en si sainte compagnie que la vôtre. » Mais pour éviter les problèmes dynastiques, continue-t-il, « pour empêcher le royaume de tomber en des mains étrangères » — risque inexistant, car il y avait beaucoup de collatéraux —, « lui a été conseillé prendre autre épouse, si vous plaît y donner consentement, jaçoit que ** de droit n'y ait vrai mariage entre vous deux, parce qu'il dit n'y avoir donné aucun consentement, mais l'avoir fait par force et pour la crainte qu'il avait que feu monseigneur votre père, par furieux courroux, attentât en sa personne ; toutefois il a tant d'amour pour vous que mieux aimerait mourir sans lignée de son sang que vous déplaire. »

En clair, le roi est bien bon de lui demander un consentement dont il n'a nul besoin puisque le mariage, contracté sous la contrainte, est nul. Sous les fleurs perce la menace : qu'elle accepte de bonne grâce ce qu'elle ne saurait empêcher.

La réponse, un chef-d'œuvre de prudence et de diplomatie, témoigne de l'extrême intelligence de Jeanne :

« Quand je penserais *** que mariage légitime ne serait entre le Roi et moi, je le prierais de toute mon affection me laisser vivre en perpétuelle chasteté : car la chose que plus je désire est, les mondains honneurs contemnés **** et délices charnelles oubliées, vivre spirituellement avec l'éternel roi et redoutable empereur » — entendez Dieu. « Et d'autre part, je serais joyeuse, pour l'amour que j'ai au Roi et à la couronne de France dont je suis issue, qu'il eût épouse à lui semblable, pour lui rendre le vrai fruit de loyal et honnête mariage, la fin duquel est avoir lignée, le priant s'en conseiller avec les sages et ne se marier par amour impudique, et moins par ambition et avarice. »

---

* Désireux.
** Bien que...
*** Si je pensais...
**** Méprisés.

Dans ce discours, tous les verbes sont à l'irréel du présent. Les souhaits qu'ils expriment — la vie religieuse pour elle, une épouse féconde pour lui — ne sont pas réalisables. Pourquoi ? Parce qu'elle croit son mariage légitime, irrévocable. Le roi le comprend aussitôt et pousse un gros soupir de déconvenue quand La Trémoille lui rapporte ces propos. Il loue la droiture de Jeanne et ajoute : « Et combien que je n'aie vrai mariage avec elle, ni eu d'elle charnelle compagnie, néanmoins, à la raison de ce que longtemps a été tenue et réputée mon épouse par la commune renommée [...] me ennuie de me séparer d'elle, doutant offenser Dieu, et que les étranges nations ignorant la vérité du fait en détractent*. » Il lui faut renoncer à voir Jeanne confirmer ses dires sur la nullité du mariage, ce qui eût coupé court à toute critique.

Du côté de Rome, les choses n'allaient pas mieux. Certes il avait affaire à un pape compréhensif. Alexandre VI, de son nom Roderigo Borgia, n'était point d'une morale austère. Son fils, le fameux condottiere César Borgia, qu'il avait fait cardinal dès son jeune âge, préférait visiblement à une carrière dans l'Église la main de quelque héritière assortie de provinces d'un bon rapport. Le pontife était disposé, en échange d'un parti avantageux pour son rejeton, à complaire au roi de France, dont il espérait aussi, grâce à ce marchandage, tempérer les prétentions italiennes. Sa bonne volonté de principe était entière.

Mais le fin renard savait combien épineux pouvaient être les problèmes matrimoniaux des souverains et ne se souciait pas de créer des précédents. L'affaire n'était pas nette. Au lieu de la faire régler discrètement à Rome, sous sa responsabilité directe, par une commission de cardinaux, il s'en défaussa sur un tribunal ecclésiastique français, désigné par ses soins mais autonome, et qui siégerait en France. À ce tribunal il se contentait d'envoyer la liste récapitulative de tous les motifs d'annulation retenus par le droit canon et

---

* Que les nations étrangères... n'en disent du mal.

susceptibles d'être invoqués. Bref il s'en lavait ostensiblement les mains.

Anne de Bretagne, de son côté, se montrait réticente, soucieuse de se faire restituer l'administration de son duché avant d'être à nouveau liée à la France. Elle parla de retourner en Bretagne, exigea le départ des garnisons royales occupant ses places fortes. Louis dut lui signer, le 19 août, une promesse de mariage contraignante : s'il ne l'épousait pas dans un délai d'un an, les derniers châteaux tenus par la France — Nantes et Fougères — lui seraient rendus. Laps de temps bien court pour obtenir l'annulation et demander à Rome les dispenses nécessaires à la nouvelle union.

C'est donc dans les conditions les plus détestables pour Louis que s'engagea un procès à scandale où le « demandeur » était le roi et la « défenderesse » son épouse légitime jusqu'à nouvel ordre, unie à lui par mariage religieux depuis vingt-deux ans.

Un procès à scandale

Ce fut un procès étrange. L'issue en était connue d'avance, et elle fut en effet conforme aux pronostics. Mais l'habile et énergique défense de Jeanne lui donna un tour que nul n'avait prévu, surtout pas le roi.

Les juges étaient tout acquis à ce dernier. Louis d'Amboise d'abord, évêque d'Albi, frère du ministre et favori Georges d'Amboise, était sa créature. Il siégea tout au long du procès en compagnie de Francisco d'Almeida, un prélat portugais à la dévotion du pape, et de Philippe de Luxembourg, un fantoche, qui l'assistèrent tantôt ensemble, tantôt séparément. Le tribunal ne demandait qu'à accorder au plus vite l'annulation. Encore fallait-il que les formes fussent respectées : ni l'Église, ni le roi ne souhaitaient que pesât sur leur sentence une suspicion qui compromettrait la légitimité de la nouvelle union projetée. Le procès fut donc rigoureusement inattaquable du point de vue juridique et entièrement biaisé pourtant par l'évidente inégalité du traitement accordé aux deux parties. Mais le contrôle de la situation échappa très vite aux juges, dont la tâche fut compliquée par la tranquille obstination de Jeanne d'une part, et par l'ignoble servilité des comparses d'autre part, qui compromettaient à force de zèle maladroit la cause qu'ils voulaient servir.

Tout avait été bien organisé cependant pour ménager le roi lors de ce procès, qui s'ouvrit le 10 août à Saint-Gatien-de-Tours.

Aucune confrontation n'était prévue. Louis XII ne devait même pas être interrogé. Il se tenait à l'écart, olympien, cuirassé dans sa dignité royale toute neuve, invulnérable. Il faisait connaître ses griefs par le truchement de ses procureurs. Jeanne, elle, était appelée à comparaître dès le début, en position d'accusée, défavorable. L'instance initiale lui donnait un délai de quelques jours pour prendre connaissance des arguments de son mari. Après quoi elle devrait se présenter devant le tribunal, pour accepter les conclusions de ce dernier — auquel cas il n'y aurait plus lieu de poursuivre — ou pour les contester, documents à l'appui.

On la savait douce, bonne, discrète, ennemie de l'agitation et du bruit. On la croyait faible et timide. On comptait bien qu'elle reculerait, effrayée, devant l'épreuve. À la surprise générale, elle décida de faire front.

Il lui fallait un rude courage. Car elle était bien seule. Lorsque le tribunal lui assigna pour sa défense l'assistance de trois jurisconsultes tourangeaux, ceux-ci ne songèrent qu'à décliner cette périlleuse commission. Même panique chez les avocats qu'on cherche à leur adjoindre, une panique qu'ils ne rougissent pas de clamer très haut : « Ils craignent de la servir contre le roi, qu'ils redoutent beaucoup. » Ils se récusent, se disant assurés du bon droit de leur souverain : à quoi bon plaider ? Il fallut la menace de sanctions graves pour procurer à la pauvre Jeanne des avocats et un notaire.

Les juristes avaient pris pour base le bref du 29 juillet énumérant les causes possibles de nullité. Alexandre VI avait fait bonne mesure : il n'en était pas moins de huit. Mais une fois éliminés les doublons et écartés les empêchements depuis longtemps couverts par des dispenses pontificales — consanguinité et « parenté spirituelle » consécutive à un parrainage —, il n'en restait que deux de plaidables : le non-consentement et la non-consommation.

Louis savait bien que le défaut de consentement de sa part était, selon la formule juridique, « purgé » par la cohabitation ultérieure. La contrainte exercée sur lui lors du mariage n'avait pas perduré continûment pendant vingt-deux ans : s'il l'avait voulu vraiment, il aurait trouvé, notamment sous le règne de Charles VIII, le moyen de dénoncer son union sans risquer sa liberté ou sa vie. Il choisit donc de mettre d'abord l'accent sur la non-consommation.

Pas sur la stérilité, on le remarquera, bien que Jeanne ne lui eût pas donné d'enfants. Ce n'était pas un motif d'annulation admis par l'Église. Les connaissances médicales étaient alors très sommaires sur le sujet. Disons simplement qu'une femme, comme une génisse ou une brebis, paraissait d'autant plus apte à procréer qu'elle était plus vigoureuse et plus solidement bâtie. Une sorte d'eugénisme instinctif faisait écarter les bêtes fragiles et les femmes mal faites, qu'on préférait supposer incapables de concevoir plutôt que susceptibles de transmettre des tares. Mais attention : on ne pouvait rejeter une jeune fille qu'au stade des fiançailles. Ensuite, tant pis pour le mari qui avait fait le mauvais choix. Sévérité nécessaire, par laquelle l'Église prévenait les contestations qui n'auraient pas manqué de pulluler.

Le mémoire présenté par Louis XII, tout en invoquant au passage la nécessité de perpétuer la lignée royale — l'argument pèserait peut-être en secret dans la balance —, insistait donc, sans vouloir « attenter en aucune sorte à l'honneur et à l'honnêteté » d'une fille de France, sur les défauts corporels de l'intéressée, « imparfaite, viciée et maléficiée de corps, inapte à un commerce avec l'homme ». C'était nier a priori la possibilité même d'une consommation du mariage.

Jeanne se présenta le lundi 6 septembre et en vint rapidement au fait. Malgré la désapprobation terrifiée de ses défenseurs commis d'office, elle déclara sans équivoque qu'aucun défaut corporel ne lui interdisait l'union charnelle et que son mariage avait été consommé.

Le jeudi 13 septembre commença l'interrogatoire détaillé. Il fut accompagné d'un serment, qu'elle prononça de bonne grâce, jurant de dire la vérité. Elle remit aux juges une déclaration rédigée de sa main, simple et digne, où elle tentait de se prémunir contre les pièges qu'on pourrait lui tendre : « Messeigneurs, je suis femme et ne me connais en procès... » Après quoi, elle se disposa à répondre.

Pour éviter d'aborder trop vite les points délicats, on ergota sur la parenté naturelle et spirituelle qui l'unissait à Louis XII et sur l'âge auquel ils avaient été mariés. On évoqua les violences subies alors par son mari : elle se récusa, invoquant son ignorance. Sur la collusion de celui-ci avec le duc de Bretagne, qu'il imputait au seul désir de rompre avec elle, et sur les épreuves qui s'ensuivirent, elle dit qu'elle ne savait rien, sinon qu'après sa fuite et sa défaite il avait été incarcéré : « et un homme prisonnier n'est pas bien aise ». Elle passa modestement sous silence le dévouement qu'elle lui avait témoigné et le rôle joué par elle dans sa libération. Finalement, il fallut en venir à ses infirmités. Elle savait bien, dit-elle avec simplicité, qu'elle n'était pas aussi belle que la plupart des autres femmes. Mais cela ne l'empêchait pas d'être apte au mariage et à la maternité.

Le tribunal se trouvait devant une impasse. Sur le point décisif, la consommation du mariage, c'était la parole du roi contre celle de sa femme.

Il y avait bien un moyen de savoir : il suffisait de faire examiner celle-ci par des femmes compétentes, « prudentes et sages ». Or, curieusement, devant une proposition propre à trancher le débat, c'est Jeanne qui prend l'initiative de manœuvres dilatoires. Si l'examen est indispensable, dit-elle, il doit être confié à des personnes « graves », désignées par moitié par les deux parties. D'ici qu'on les ait choisies, son mari se déciderait peut-être à dire la vérité, ajoutait-elle, rendant la chose inutile. Et en attendant, elle propose qu'on examine les autres points.

Aux lenteurs normales de la procédure s'ajouta, pour retarder l'échéance, une épidémie de peste : elle chassa de Tours le tribunal qui dut s'installer à Amboise. Il ne comportait que deux juges, mais la « difficulté de la cause » parut alors justifier l'adjonction d'un troisième, tout dévoué au roi. Ce qui permettra un peu plus tard au pape, décidément réticent, de retirer le sien. Le malaise est évident.

Et ce n'est pas le lamentable défilé des témoins qui le dissipera. Ils se bousculent en grand nombre pour soutenir la thèse du mariage imposé par la force. On en retiendra vingt-sept. En revanche, ceux que Jeanne a pressentis se dérobent, sauf quatre, dont le plus modéré affirme ne se souvenir de rien, tandis que les trois autres l'accablent. Reniements, trahisons : elle dut se rappeler les leçons de l'Évangile, qu'elle savait par cœur. D'anciennes victimes de Louis XI, se vengeant sur sa fille, viennent décharger de vieilles rancœurs. On voit paraître côte à côte grands seigneurs et petites gens, domestiques, portier, gardien de nuit, archer du guet, venus déclarer que Louis d'Orléans avait subi une intolérable contrainte. Leur intervention est humiliante pour celui-ci, qui voit son sort livré à ses plus humbles sujets et qui est conduit à se prévaloir de leurs commérages. Ils en font trop, dans leur zèle intempestif. Ils décrivent avec force détails la violence exercée sur lui. De leurs propos ressort une image déplorable du nouveau roi. Un pleutre, qui a passé vingt-deux ans de sa vie à trembler non seulement devant Louis XI — passe encore —, mais devant sa fille de Beaujeu et devant le débonnaire Charles VIII. Un goujat, qui a multiplié à l'égard de sa malheureuse femme, victime comme lui d'une union imposée, les marques de répugnance les plus grossières.

Déballage nauséabond. L'opinion peu à peu se

retourne et le bon peuple d'Amboise commence à plaindre de tout son cœur celle qu'il nomme sa reine. Et Jeanne trouve soudain un défenseur intelligent et dévoué en la personne de l'avocat François Béthoulas, qui sera désormais son porte-parole. Décidément, l'argument de la contrainte est à double tranchant. Et il n'est même pas efficace. Car s'il a quelque vraisemblance en ce qui concerne le mariage lui-même, il apparaît que par la suite, Louis aurait eu bien des occasions de demander l'annulation, s'il avait simplement consenti à sacrifier sa position à la cour. Il avait préféré jouir pleinement de son retour en grâce, en s'accommodant de sa femme. On les avait trop vus ensemble pour que le tribunal pût passer outre.

On n'a pas avancé d'un pouce. Retour au point de départ : il reste au roi, comme seul recours, l'épineuse question de la non-consommation. Et l'on reparle des infirmités de Jeanne. On en discute dans un latin médical obscurci pour nous par la distance temporelle, obscur déjà, à l'époque, parce que mal adapté au cas en litige. On la dit *frigida, maleficiata.* Mais ces termes, propres à décrire l'impuissance masculine, sous sa forme physiologique ou maléfique — un sortilège qui « noue les aiguillettes » —, n'impliquent nullement chez une femme l'inaptitude à être fécondée par son mari. D'une éventuelle malformation congénitale, il n'est pratiquement pas question.

Mais, tandis que le débat tourne en rond, Jeanne prend au mois d'octobre une double initiative.

Elle fait remettre au tribunal une requête d'une extrême habileté. Elle y demande que soient confiés à huit sages, « les plus clercs et de conscience du royaume », proposés par moitié par chaque partie, toutes les pièces du procès. Après en avoir pris connaissance, ils seront invités non à juger sur le fond, mais à dire si la défenderesse peut, « sans charge de conscience et sans offenser Dieu », se dispenser de fournir la preuve de ses dires — entendez subir l'examen corporel — et s'en remettre, pour trancher le différend, au serment du roi son seigneur, selon la procédure dite du *serment*

décisoire. L'offre est encadrée de protestations de soumission. Elle « a toujours désiré et encore désire faire
le plaisir du Roi, sa conscience gardée, pour la
décharge de laquelle et non pour autre cause, [elle]
soutient le procès que le dit seigneur a contre elle et se
défend en icelui à grand regret et déplaisance, et non
pour parvenir aux biens et honneurs du monde autres
que ceux qui lui sont dus », dit-elle au début. Et à la
fin, elle le « supplie très humblement, comme son seigneur, qu'il ne soit mal content d'elle, ne permette
aucune chose lui être diminuée de son état, qui est très
petit en regard de la maison dont elle est issue ». Dans
ces périphrases, il ne faut voir aucune revendication
du titre de reine, mais plus modestement une demande
d'argent : elle n'avait pas de biens propres et, privée
de la pension que lui servait son frère, elle se trouvait
sans ressources.

Elle fit d'autre part préparer par François Béthoulas
un plaidoyer récapitulatif, qui fut prononcé le
26 octobre 1498. Son avocat écartait un à un les arguments royaux, énumérait tous les moments de vie commune des deux époux et, dans un langage aussi cru que
celui des témoins à charge, évoquait en latin les nuits
passées « seul à seule, tous les deux, afin de rendre le
devoir conjugal par union charnelle, avec rires, baisers,
étreintes et autres signes de désir ». Après quoi le mari
se félicitait de sa vaillance : « J'ai bien gagné à boire
parce que j'ai chevauché ma femme cette nuit trois ou
quatre fois. » Cette dernière phrase en français, parce
que c'était une citation...

Pour le coup Louis XII s'inquiéta. Le temps travaillait contre lui. Anne de Bretagne prenait ses distances.
Il fallait en finir. Non sans réticence, il accepta la procédure du serment proposée par Jeanne.

Pas question de le faire comparaître, ni de le con-
fronter à elle. Les juges — ils n'étaient plus alors que
deux — se rendirent une première fois chez lui, le
29 octobre, en compagnie d'un représentant de Jeanne,
dans le village de Madon, près des Montils, pour un
entretien préalable. Ses réponses évasives ne satisfirent

personne, pas même les magistrats à sa dévotion. Il reconnut avoir rendu à sa femme d'assez fréquentes visites, mais il « croyait bien » ne l'avoir jamais connue charnellement : il lui eût fallu être « affolé » pour le faire. Hélas, il n'y avait pas alors de psychiatres pour plaider en son nom l'égarement irresponsable.

C'est sur ces entrefaites, qu'on produisit au tribunal, le 20 novembre, la fameuse lettre de Louis XI au comte de Dammartin opportunément retrouvée in extremis*. On y trouvait corroborés par Louis XI en personne les deux points litigieux du procès : Louis d'Orléans risquait la mort en refusant d'obéir, et sa femme était réputée stérile, impropre au mariage. Tous les anciens serviteurs du feu roi se disputèrent l'honneur de certifier l'authenticité de cette pièce, décisive pour la thèse royale.

Louis XII profita de ce coup de théâtre favorable : il se décida à prononcer le serment demandé, auquel la lettre de son beau-père fournissait une sorte de confirmation anticipée. Le 5 décembre, les juges le rencontrèrent au village de Ligueuil, près de Tours. Ils lui adressèrent solennellement les mises en garde d'usage. Après quoi il jura sur l'Évangile et devant le crucifix que « jamais il ne fut avec elle comme avec sa femme, ni ne s'efforça icelle connaître par affection maritale ; et si** ne la connut réellement et que, plus est, ne coucha jamais avec elle nu à nu ». Et il ajouta, non sans ingratitude, que c'est sans son aveu qu'elle vint le voir en prison et qu'il ne lui devait en rien sa libération.

Le verdict d'annulation ne pouvait plus tarder désormais. Jeanne en fut avertie officieusement le 15 décembre et en éprouva une telle émotion qu'elle tomba en prostration. Deux jours plus tard, proclamation en était faite en l'église Saint-Denis d'Amboise.

---

* Voir plus haut, p. 77. On s'est demandé, à juste titre, pourquoi les héritiers du comte, détenteurs de cette lettre capitale, avaient attendu si longtemps pour la produire. Le retard fut expliqué par des dissensions familiales. Mais l'histoire de ce document reste obscure.

** *Si* ne signifie pas ici *pourtant*, mais *par conséquent*.

Une foule hostile montrait du doigt les juges : « Voilà Caïphe, voilà Anne, son beau-père, voilà Hérode, voilà Pilate, voilà ceux qui ont jugé la sainte dame qui n'est plus reine de France. » Un gros orage éclata, insolite pour la saison, secoua la ville d'éclairs et de trombes d'eau, « changea la clarté d'un plein midi en l'obscurité triste et affreuse d'une sombre nuit » — comme à la mort du Christ — et ce fut à la lumière des torches qu'on lut, en présence des plus hauts personnages du royaume, l'arrêt signifiant qu'il n'y avait jamais eu de mariage entre Louis d'Orléans et Jeanne de France. Contrairement à l'usage, la défenderesse, déboutée, n'était pas condamnée aux dépens.

Ni l'un ni l'autre n'assistaient en personne à cette proclamation. Tout laisse à penser qu'ils ne se revirent jamais.

Le surlendemain César Borgia, qui avait consciencieusement traîné en chemin pour attendre la conclusion du procès, débarqua, porteur des bulles de dispense pour le mariage du roi avec Anne de Bretagne.

Où est la victoire ?

Objectivement, Louis a gagné, Jeanne a perdu. L'affaire est close.

L'opinion publique se partagea. Jeanne s'était montrée digne et courageuse. On la préférait à l'ombrageuse Bretonne, peu aimée. On la plaignait. Des hommes d'Église osèrent critiquer le jugement, soutenant qu'il n'est jamais permis à un roi, fût-il le plus grand, de répudier une épouse non adultère, affirmant que Madame Jeanne était toujours « la vraie et légitime reine de France ». Les juristes, eux, s'abritant derrière la parfaite régularité du procès, approuvaient. Le chroniqueur Jean Bouchet éprouve un doute, mais s'abstient de trancher : « Si cela fut bien ou mal fait, Dieu est tout seul qui le connaît. » Beaucoup plus tard, cette

mauvaise langue de Brantôme, grand compilateur de
commérages, dira crûment son scepticisme : « Je crois
que son mari, comme j'ai ouï dire, l'avait fort bien
connue et vivement touchée, encore qu'elle fût un peu
gâtée du corps, car il n'était pas si chaste de s'en abs-
tenir, l'ayant si près de soi et autour de ses côtés, vu
son naturel, qui était un peu convoiteux [...] du plaisir
de Vénus. » Mais, ajoute-t-il, « un roi fait ce qu'il
veut », « rien n'est impossible à un grand roi ». Un
seul, parmi les historiens, semble s'être interrogé sur
l'attitude de Jeanne : l'Italien Guichardin, qui soutient
que tout ne fut que comédie et qu'elle avait consenti
d'avance à perdre son procès. Réponse un peu som-
maire à une très pertinente question.

Que voulait-elle, et pourquoi s'obstina-t-elle à
affronter un procès éprouvant ? Revoyons les faits, de
son point de vue.

Tenait-elle à être reine de France ? Elle a dit expressément le contraire et lorsqu'elle parle des égards dus
à son rang, elle songe à une pension lui permettant de
vivre décemment, non aux prérogatives d'une souveraine. Elle sait fort bien que le maintien du lien conjugal, maintenant que Louis est tout-puissant,
l'exposerait à de nouvelles avanies ou, au mieux, à
une mise à l'écart radicale. Sa vocation religieuse est
ancienne et ardente, elle se croit depuis toujours appelée à fonder un monastère. Ajoutons — mais ce n'est
qu'une hypothèse — que la fille de Louis XI a peut-
être assez le sens de l'intérêt national pour comprendre
l'utilité du mariage breton d'une part, l'importance de
la continuité dynastique d'autre part. À trente-six ans,
elle n'a plus guère d'espoir d'être mère, si tant est
qu'elle en ait jamais eu. Elle n'est pas la reine qu'il
faut à la France.

Supposons malgré tout qu'elle ait escompté, au
départ, rester reine. La composition du tribunal, le comportement des hommes de loi et des témoins ont suffi à la
convaincre qu'elle n'a pas la moindre chance. Pourquoi,
après avoir repoussé l'arrangement amiable proposé par
La Trémoille, persiste-t-elle dans son refus, avant l'en-

gagement de la procédure ? Une seule explication, d'ordre moral et religieux. Le mariage est pour elle un sacrement, elle tient son union pour indissoluble ; elle se considère comme la femme de Louis, dans la pleine acception du terme. Elle se refuse à mentir. C'est lui qui veut le divorce, pas elle. À lui de trouver les moyens juridiques d'annulation, s'il en existe. Elle ne se fera pas complice, contre sa conscience.

Une obscure rancœur la pousse-t-elle à lui compliquer la tâche ? On serait tenté de le croire devant l'obstination qu'elle apporte à mettre à mal ses thèses. Elle ne lui facilite pas les choses, semble-t-il. Et pourtant...

Sur le point capital de la non-consommation, l'un dit blanc, l'autre dit noir. Seul le fameux examen corporel permettrait de trancher. Or, à deux reprises, c'est elle qui prend l'initiative de le repousser et de proposer une solution de rechange, à sa convenance. Et le tribunal à chaque fois, la suit.

Pourquoi s'y dérobe-t-elle ? Par pudeur, nous dit-on. Mais au regard du déballage verbal auquel on se livre en public, une visite médicale discrète serait légère. La vraie raison est autre. Elle peut craindre la mauvaise foi des matrones déléguées à cet office. Elle se doute bien, au vu de la lâcheté générale, qu'elle ne trouvera pas sans peine quatre sages-femmes de confiance à adjoindre à celles du roi. Si elles la déclarent vierge, elle se trouvera publiquement convaincue de mensonge. Et si au contraire, elles sont honnêtes et confirment ses dires, son mariage se trouvera validé, irrévocablement. Or elle ne veut ni de l'une, ni de l'autre solution — pour elle, mais aussi pour lui.

Premier refus, ou plutôt demande de délai. Elle tend au roi une première perche : qu'on passe d'abord à l'audition des témoins. Peut-être en sortira-t-il de quoi trancher, pour cause de non-consentement, par exemple. Mais dans son exigence de vérité, elle se refuse à toute concession, ne laisse rien passer. Et si bien disposés que soient les juges, ils ne peuvent conclure à l'existence d'une contrainte pareillement prolongée.

On revient alors à l'examen corporel. Nouveau

refus. Nouvelle contre-proposition de Jeanne, assortie d'extraordinaires précautions d'ordre juridique et canonique. Si, et seulement si l'Église en est d'accord, elle s'en remettra au serment du roi. Cadeau empoisonné, devant lequel on comprend qu'il ait hésité. Depuis le début, il pratique l'esquive, laissant aux juges le soin de décider à sa place, cherchant à faire partager à Jeanne, voire à lui faire assumer la responsabilité d'une rupture qui, à ses yeux à elle, est un sacrilège. Impitoyable, elle le force dans ses retranchements, le met en face de ses responsabilités. Il n'a qu'un mot à dire. Son divorce, il l'aura, elle le lui offre sur un plateau d'argent. À une condition : qu'il en paie le prix, qu'il en assume la faute — le péché —, seul.

Tout ce qu'on sait de la personnalité de Jeanne donne à penser qu'elle n'a pas menti. Alors, c'est Louis ? À la différence des contemporains de l'affaire, la plupart des historiens postérieurs reculent devant cette hypothèse. Est-ce un crime de lèse-majesté de soupçonner ici Louis XII d'un parjure ? Ce serment, il ne l'a pas prononcé de gaieté de cœur, oh non ! Il ne s'y est décidé qu'en dernier recours. Il était profondément croyant. Mais l'enjeu était grave : ce n'est pas pour son plaisir, mais dans l'intérêt du royaume qu'il lui fallait épouser Anne de Bretagne. Et il dut se trouver des hommes d'Église pour lui souffler qu'il bénéficierait de circonstances atténuantes, prisonnier qu'il était d'une situation qu'il n'avait pas choisie.

Dans ce long affrontement qui les a dressés l'un contre l'autre, par procureurs interposés, Jeanne, contre toutes les apparences, a remporté la victoire : elle a imposé sa solution, la solution qui déchargeait sa conscience, tout en accordant à Louis sa liberté. Elle le fit sans haine, avec le désir de lui complaire autant qu'il était en son pouvoir — elle ne ment pas lorsqu'elle le proclame lors de chacune de ses interventions. Elle accepta les interrogatoires humiliants, la publicité donnée à tous les tourments de sa vie. Sur l'essentiel, elle ne céda pas. Mais après le serment du roi, elle se tut, définitivement.

À l'annonce du verdict, elle faillit s'évanouir. Sous le coup du dépit et de la déception, nous dit-on. C'est peu probable : il ne s'agissait pas d'une surprise. Mais psychologiquement, c'était tout de même un choc. Une annulation est, en un sens, pour quelqu'un qui ne l'a pas souhaitée, pire qu'un divorce. Celle-ci effaçait, d'un trait de plume, vingt-deux ans d'une existence qu'elle avait voulue tout entière au service de ce mari qui la repoussait. Soudain, on lui disait qu'elle n'avait pas été duchesse d'Orléans, qu'elle n'avait pas été reine, qu'elle n'avait rien été, en somme, au cours de ces années brusquement rejetées au néant. Il y avait de quoi éprouver un instant de vertige. Il est probable aussi que, animée par l'esprit de charité, elle éprouva une crainte religieuse à l'idée des dangers spirituels encourus par celui dont elle avait peine à ne pas se sentir solidaire, après tant d'épreuves traversées.

De son côté, Louis, dont l'image sortait ternie de ce scandaleux procès, sut se montrer grand et sage, une fois l'abcès crevé. Sourd aux conseils de répression qu'on lui donnait, il laissa vitupérer les prédicateurs, comptant sur le temps pour apaiser les rumeurs. Il n'en voulut pas à Jeanne, dont il avait trop bien compris les raisons. Il fut généreux, lui assura par lettres patentes, le 26 décembre, des revenus conformes à son rang. Il lui accordait un douaire substantiel et la faisait duchesse de Berry : cession viagère, puisqu'elle voulait entrer en religion et que la province, à sa mort, retournerait à la couronne. Mais moralement, son geste valait réparation.

Elle prit possession au mois de février 1499 de ce duché qui lui rappelait sa jeunesse et s'installa à Bourges. Détruite par un incendie douze ans plus tôt, la ville était alors ravagée par la peste. Elle y resta pour soigner les malades, puis décida de fonder une congrégation féminine vouée à célébrer l'Annonciation et l'Incarnation — un choix où s'exprime peut-être, inconsciemment, le regret de n'avoir pu s'accomplir elle-même dans la vocation de toute femme qu'est la maternité. La règle du nouvel ordre de l'Annonciade fut approuvée par le pape en 1501. Dans le monastère construit par ses soins, elle prit le voile et prononça ses vœux à la Pentecôte de 1503. « Se sentant forte de se contenir en continence et chasteté », dira Brantôme, « elle se retira vers Dieu et l'épousa, tellement qu'onques puis* n'eut autre mari : meilleur n'en pouvait avoir ».

Usée par le jeûne et les macérations, elle y mourut le 4 février 1505. Elle n'avait que quarante ans. On trouva sur son corps meurtri un singulier cilice : un éclat du luth dont elle distrayait autrefois sa solitude à Linières ; elle y avait fixé cinq clous d'argent, en souvenir des cinq plaies du Christ, et le maintenait en position sur sa poitrine par un cercle de fer.

Telle fut la fin de cette femme étonnante, si faible et si forte pourtant, qui sut se montrer supérieure à un destin cruel. L'époux qui l'avait rejetée, le roi Louis XII, lui fit faire des funérailles grandioses. Elle fut béatifiée au XVIIIe siècle et canonisée tout récemment, le 28 mai 1950, quittant ainsi l'histoire nationale, qui lui refuse le titre de reine, pour l'histoire de l'Église, qui l'honore sous le nom de sainte Jeanne de France.

* Jamais depuis...

CHAPITRE QUATRE

LE SECOND RÈGNE
D'ANNE DE BRETAGNE

Revenons à quelques mois en arrière et rejoignons Anne de Bretagne toute caparaçonnée de noir et cloîtrée pour quarante jours au fond de ses appartements.

La douleur ostentatoire dans laquelle elle s'est abîmée n'a pas obscurci chez elle le sens très vif de ses intérêts. « Elle eut un très grand regret à la mort du roi Charles », nous dit Brantôme, « tant pour l'amitié qu'elle lui portait que pour ne se voir * qu'à demi reine, n'ayant point d'enfants ». À ceux qui la plaignent, disant que, veuve d'un grand roi, elle trouverait malaisément moyen de « retourner en si haut état », elle répondait « qu'elle demeurerait plutôt toute sa vie veuve d'un roi que de se rabaisser à moindre que lui ».

Mais la solution est toute trouvée. Le singulier traité de Langeais, qui la contraint d'épouser le successeur de Charles VIII, lui convient tout à fait : elle ne quittera pas le trône de France et nul ne verra à redire à un remariage rapide auquel le défunt en personne a souscrit d'avance. Elle est tout à fait décidée à convoler avec Louis XII, s'il réussit à se séparer de Jeanne. Pour l'improbable cas où il n'y parviendrait pas, elle régnera sur son duché, qui doit lui être rendu. Quoi qu'il arrive, elle a tout intérêt à dénouer, entre sa province natale et son pays d'adoption, les liens imposés lors de son premier mariage : ne serait-il pas merveilleux d'être à la

---

* Parce qu'elle ne se voyait...

fois reine de France et duchesse de Bretagne de plein exercice ? Charles VIII était à peine enterré que déjà elle s'y employait.

Anne de Bretagne marque des points

Pour cette nouvelle négociation, elle a la partie belle. En 1491, très jeune, vaincue, aux abois, elle avait dû passer par les conditions des juristes formés à l'école de Louis XI et mandatés par Anne de Beaujeu. Cette fois, reine douairière, respectée, forte de son expérience, elle a en face d'elle un roi mal assuré, bientôt empêtré dans un humiliant procès. Elle est en mesure de dicter ses conditions.

Louis était demandeur et eut l'imprudence de le montrer, dès sa visite protocolaire de condoléances. Elle le laissa venir, émit des objections, lui sortit le grand jeu. N'était-il pas marié ? Drapée dans ses voiles de veuve, elle invoquait des scrupules religieux, rappelait les difficultés rencontrées jadis lors de sa propre rupture avec Maximilien, mettait en doute la validité d'une éventuelle annulation : à aucun prix, elle ne consentirait à une union suspecte, entachée d'illégitimité. Bref elle mettait en place les éléments d'un marchandage, pour monnayer au prix fort son consentement.

Charles était mort au soir du 7 avril. Le 10, elle envoyait un de ses pages mander son fidèle Jean de Chalon, prince d'Orange, qui accourut et se vit confier le gouvernement de la Bretagne. Les consignes qu'elle lui donna étaient explicitement dirigées contre la France. En mai, elle fit lever une délégation de notables bretons qu'elle convia à l'accompagner à Paris lorsque la fin de sa claustration lui permettrait de s'y rendre pour négocier. Elle agissait en souveraine indépendante, prenant en main l'administration de son duché, plaçant des hommes sûrs dans ses forteresses, déployant pour apporter la preuve de ses droits et privilèges une activité juridique sans précédent.

Elle passa deux mois dans la capitale, le temps d'ex-

hiber sa force et sa détermination, puis fit ostensiblement ses bagages, rassemblant meubles et bijoux, et
parla de retourner chez elle, à Rennes. Cette menace
arracha à Louis, sur qui elle avait rapidement acquis
beaucoup d'emprise, une première mesure favorable. Il
consentit à supprimer les garnisons françaises qui,
depuis la défaite bretonne, étaient encore cantonnées
dans les places fortes de la province. La France ne
conserverait, à titre de garantie, que Nantes et Fougères.

Elle quitta alors Paris pour Étampes, où furent discu-
tées, tandis que s'ouvrait le procès de Jeanne, les clauses du nouveau contrat. La confiance n'était pas au
rendez-vous. Louis, prudent, n'avait pas encore transmis à ses officiers l'ordre de rendre les places aux Bretons : Brest, Conches, Saint-Malo restaient occupées.
Anne s'en irrita. Dans le traité qui fut signé le 19, le
roi dut jurer sur les saints Évangiles d'abandonner les
forteresses contestées. Quant à Nantes et Fougères, il
les gardera « pour sûreté et accomplissement du
mariage qu'il déclare vouloir faire », mais elles seront
restituées aux Bretons si, au bout d'un an, il n'a pas
épousé leur duchesse, ou s'il vient à mourir d'ici là.
Engagement pris conjointement par le roi et par
Louis de La Trémoille, gouverneur des deux villes.

Anne, de son côté, jurait d'épouser le roi « inconti-
nent que faire se pourra ». La promesse lui coûta peu :
c'était son plus cher désir.

Louis se liait dangereusement en acceptant la date
butoir d'un an, et l'on comprend qu'il se soit affolé
devant les lenteurs d'un procès qui risquait, à terme,
de consacrer l'indépendance de la Bretagne, grosse de
conflits ultérieurs. Il eut la sagesse de donner à ses
capitaines, malgré son serment, l'ordre formel de sur-
seoir, pour l'instant, à la livraison des places.

Anne, cependant, s'en allait à petites étapes vers son
duché, où l'attendait un accueil triomphal. Dans Nantes
pavoisée de tapisseries somptueuses, elle fit son entrée
solennelle en équipage de deuil, blanc et noir semé de
larmes d'argent, pour assister à une grandiose messe

de Requiem. Puis elle se rendit à Rennes présider les États de Bretagne. Elle fit frapper des écus d'or millésimés où trône son effigie : elle y apparaît couronnée, épée de justice et sceptre en mains, revêtue d'un manteau mêlant hermines et fleurs de lis, plus haute souveraine que le roi de France lui-même, puisque, à la différence de celui-ci, comme le précisait l'inscription — *Anna Dei Gratia Francorum Regina et Britonum Ducissa* —, elle possédait deux couronnes.

Et elle avait les moyens de ses ambitions puisque Louis, tenu de la mettre en possession de son douaire de veuve, avait cru devoir renchérir sur les promesses de Charles VIII. Elle percevait les revenus de La Rochelle, Saint-Jean-d'Angély, Rochefort, Loudun, de l'Aunis, d'une partie de la Saintonge et possédait en outre des domaines en Languedoc. Il était temps que le procès prît fin.

La sentence intervint le 17 décembre et, pour une fois, la chance sourit au roi. Le pape s'était montré prévoyant. Louis n'eut pas à réclamer à Rome les dispenses rendues nécessaires par son cousinage avec Anne : elles étaient là, dans la poche de César Borgia qui consentit, non sans mauvaise grâce, à les en sortir.

Le 7 janvier 1499, les deux futurs conjoints se retrouvèrent à Nantes pour signer un contrat de mariage beaucoup plus favorable à Anne que le précédent. Le gouvernement de son duché lui appartenait de plein droit et elle en touchait les revenus. Elle conservait le douaire accordé par Charles VIII, sans préjudice de celui qui y serait adjoint en cas de mort de Louis XII. Et surtout, l'autonomie de la Bretagne était préservée, ses libertés maintenues, sa transmission par héritage dissociée de celle du trône de France. La province échappait en effet à la loi salique. Le second enfant mâle du couple, « ou femelle à défaut de mâle », en serait héritier, afin que le peuple de ce duché « fût secouru et soulagé » ; s'il n'y avait qu'un fils, l'héritage passerait au second enfant de ce fils. Le roi de France n'avait donc plus rien à voir aux affaires de Bretagne. Tout au plus Louis s'en voyait-il accorder l'administration à titre viager s'il survivait à sa femme, mais après sa mort, elle reviendrait aux héritiers légitimes de celle-ci, « sans que les autres rois et successeurs de rois en pussent quereller ni demander autre chose ». Un bien beau travail, de la part des juristes bretons et de leur maîtresse !

C'est à Nantes, sur ses terres à elle, que Louis épousa la duchesse, le 8 janvier 1499, dans la chapelle du château, au milieu d'une allégresse aisément concevable. Il s'appliqua à se concilier les sujets de sa femme par des libéralités et des allégements fiscaux, misant sur le temps pour les accoutumer à une coexistence consentie. Et la générosité se révélera sagesse. Il comptait aussi sur le caprice de la fortune pour déjouer ces trop subtiles combinaisons : il ne se trompait pas.

Le meilleur des couples ?

La politique est une chose, la vie privée en est une autre. Le couple ainsi formé fut relativement uni, grâce à la débonnaireté de Louis XII et à la séduction déployée par Anne.

Le touchant roman d'amour contrarié rapporté par Brantôme n'a sans doute existé que dans l'imagination de quelques dames de la cour. Certes Louis avait demandé la fillette en mariage et lui avait fait envoyer en gage un anneau. Mais elle avait alors sept ans et il est peu probable qu'il ait conçu pour cette enfant un de ces « grands feux » dont on peut malaisément se défaire « quand une fois il a saisi l'âme ». Elle, de son côté, lorsqu'elle avait été en âge de dire son avis, lui avait préféré l'empereur Maximilien. Et plus tard, il n'avait pas pesé lourd en face de Charles VIII.

Mais il est vrai qu'il avait sollicité sa main à plusieurs reprises et qu'elle pouvait passer, dans son imagination, comme l'exacte antithèse de la pauvre Jeanne boiteuse et contrefaite. Il avait gardé, de ses tentatives manquées auprès d'elle, un vif sentiment de frustration. C'est avec un désir de revanche sur l'injustice du sort qu'il voulait l'avoir, en même temps que le trône de France dont elle lui paraissait indissociable.

Quant à elle, visiblement elle n'était pas amoureuse de lui et ne le fut jamais.

Point n'est besoin d'évoquer la joie de Louis à la mort du dauphin Charles-Orland. Il suffisait de le regarder. S'il avait été jadis « beau prince et fort aimable », il avait bien changé depuis. Le fringant duc d'Orléans est devenu, à trente-sept ans, un vieil homme, prématurément usé par les excès et les maladies. La figure maigre, anguleuse, au front étroit, aux yeux proéminents, aux narines béantes sous un nez pointant vers le haut, le buste étriqué, les bras trop minces, presque décharnés, composent un personnage peu attirant pour une jeune femme de vingt et un ans, raffinée et coquette. Mais elle est bien décidée à assurer sur lui son empire.

Lors de ses noces avec Charles VIII, elle était très jeune et étroitement surveillée par Anne de Beaujeu, qui ne lui concéda de prérogatives honorifiques que pour mieux l'exclure du pouvoir. Mais Louis est plus malléable que Charles. Et surtout, il est seul. À ses côtés, pas de mère — Marie de Clèves est morte en 1487 —, pas de sœurs ambitieuses. Aucune influence féminine ne viendra contrebalancer celle d'Anne, souveraine.

De maîtresses, elle veilla à ce qu'il n'en eût point. Elle savait comment fixer un mari et, plus expérimentée, elle y réussit mieux avec le second qu'avec le premier. Le terrain était plus favorable. Louis n'avait-il pas proclamé très haut que ses dévergondages étaient la rançon d'un mariage odieux ? Maintenant qu'il avait l'épouse de son choix, il se devait de lui être fidèle. L'âge et la maladie sont là également et des scrupules religieux peuvent l'aider à faire de nécessité vertu. Il veille, en tout cas, à sa réputation. Des chroniqueurs — complaisants ? — clament très haut qu'il résista, lors des campagnes d'Italie, aux avances des plus belles dames du cru. Et Jean d'Auton de raconter comment, à Gênes, il fut « prié d'amour » par une certaine

Thomassine Spinola, la perle de la ville, avec qui il consentit seulement à nouer une « accointance honorable et aimable intelligence », en toute chasteté, dans la plus pure tradition courtoise. Le reste du temps, lorsqu'il est en France notamment, sa femme semble lui suffire et il l'honore d'autant plus volontiers de ses hommages virils qu'il souhaite ardemment en avoir un fils.

Hélas ! sur ce plan, elle le décevra. Elle est moins féconde qu'auparavant et sa santé est de plus en plus mauvaise. Elle n'aura en quinze ans que quatre grossesses. Deux filles vivront, non sans hériter de sa claudication et de ses autres faiblesses congénitales : Claude, née le 14 octobre 1499, après neuf mois de mariage, autorisant tous les espoirs, et Renée, le 25 octobre 1510. Mais les deux garçons, en 1503 et 1513, moururent aussitôt. Anne s'en console mal, continue d'espérer, tandis que Louis semble au fil des années se résigner à l'inévitable.

Le couple royal montre aux visiteurs l'image d'une vie conjugale sans nuages. Claude de Seyssel peut ainsi s'extasier sur leur amour mutuel. Anne faisait « tous les plaisirs et tous les délices » de Louis et jamais dame ne fut « mieux traitée ni plus aimée » de son mari. Il n'est pas d'autres époux qui sachent « faire si bonne chère * l'un à l'autre qu'ils s'entrefont quand ils sont ensemble ».

Cette impression est d'autant plus forte chez les observateurs contemporains que Louis XII, contrairement aux souverains antérieurs, associe très largement son épouse à sa vie publique et qu'elle lui fait honneur.

Anne de Bretagne et sa cour

C'est à Anne de Bretagne que revient le mérite d'avoir créé la cour, au sens où on l'entendit par la suite.

---

* Si bon visage.

À l'origine, l'entourage du roi de France était exclusivement masculin et le mot de cour, employé pour désigner ses conseillers et ses proches, n'avait de signification que politique et juridique. Sous Charles VII, au temps d'Agnès Sorel et sous l'influence du « bon roi René » d'Anjou, frotté de culture italienne, il y avait bien eu un embryon de vie mondaine, agrémentée par la présence de femmes. Mais le souvenir en était presque perdu.

Louis XI avait coupé court à tout faste. Il avait des goûts simples, s'habillait comme un quelconque de ses sujets, de façon « fonctionnelle » dirions-nous, en drap grossier aux couleurs éteintes. Il aimait la vie au grand air — chevauchées, chasses, tournées d'inspection — ou la méditation dans son cabinet en compagnie de ses hommes de confiance. Il avait horreur des cérémonies et des divertissements collectifs. Pas de cour donc, autour de lui, ni autour de sa femme, confinée dans Amboise avec ses suivantes.

Son fils Charles, trop jeune et trop occupé par les campagnes militaires, n'en eut ni le temps, ni semble-t-il, le goût. Seule Anne de Beaujeu rassembla autour d'elle à Moulins quelque chose qui pouvait y ressembler. La jeune reine, presque toujours enceinte, et coiffée par sa belle-sœur, ne put prendre que peu d'initiatives en la matière. C'est surtout sous son second règne, qu'elle s'attacha à créer autour du couple royal une véritable cour et à en fixer la physionomie. Après elle, tous les souverains successifs en maintiendront, avec un bonheur inégal, la tradition.

« Une cour sans dames, c'est un jardin sans aucunes bonnes fleurs », dira plus tard François Ier — qui s'y connaissait en dames, sinon en fleurs —, une année sans printemps, un printemps sans roses. De ces femmes fleurs qui font l'ornement de la cour, Anne de Bretagne est la première et la plus brillante.

Non qu'elle fût véritablement belle, on l'a dit. Mais au premier coup d'œil, on la sait princesse, tant elle respire la distinction et la majesté. Moins fréquemment alourdie de maternités, elle sait user de la mode pour mettre en valeur sa taille étroite et sa poitrine menue. Ses robes, qu'elle tient très longues, à ras de sol, pour dissimuler la semelle compensée qui rehausse sa jambe malade, allongent sa silhouette. Sachant qu'un détail propre — « personnalisé », comme nous dirions — fait plus pour une réputation d'élégance qu'un déploiement d'or et de broderies, elle choisit avec soin quelques ornements caractéristiques. Elle met à la mode la coiffe bretonne en velours noir brodé, qui rehausse discrètement la blancheur de son teint. Elle emprunte aux armoiries de Bretagne la fameuse cordelière, que le duc François y avait introduite en l'honneur de son saint patron François d'Assise, et elle la porte en guise de ceinture. Et c'est manière de marquer doublement son attachement à sa province natale. Elle a aussi ses parfums, la rose de Provins et la violette. Et ces deux fleurs, en ce siècle épris de symboles, viennent avec la cordelière, emblème de continence, et l'hermine ducale bretonne, image de pureté, placer sa cour sous le signe d'une vertu sévère.

Le luxe, il est autour d'elle, dans la vaisselle d'or et d'argent, les bijoux, les tapisseries armoriées, les livres rares, les écuries, le chenil, la volière, dans l'essaim de ses serviteurs à livrée de velours jaune et rouge garnie d'hermine — les couleurs bretonnes —, dans la garde d'archers qu'elle se fait attribuer privément — cent d'abord, puis cent autres —, qui l'attendent à la sortie de la messe ou au départ pour la promenade sur la petite terrasse du château de Blois qu'on nomma pour cette raison la Perche * aux Bretons : car ils étaient bretons, bien sûr...

Le luxe, il est aussi dans la corbeille de femmes de haut rang qui lui sert d'écrin. Certes auparavant l'accès de la cour n'était pas interdit aux femmes. Mais elles n'y venaient qu'occasionnellement. Anne prit l'initiative d'en installer quelques-unes à demeure. C'est elle « qui commença à dresser la grande cour des dames [...] ; car elle en avait une très grande suite, et de dames

---

* Le perchoir.

et de filles, et n'en refusa jamais aucune ; tant s'en faut, qu'elle s'enquérait des gentilshommes leurs pères qui étaient à la cour, s'ils avaient des filles, et quelles elles étaient, et les leur demandait ». Honneur très recherché que cette « belle École pour les Dames », prometteuse de brillants établissements. Elle put réunir les plus nobles et les plus belles, « qui paraissaient comme déesses au ciel ».

« Elle les faisait très bien nourrir * et sagement ; et toutes, à son modèle, se faisaient et se façonnaient très sages et vertueuses. » Pour le cas où elles seraient tentées de s'oublier, Anne y veillait, sourcilleuse, impitoyable aux moindres écarts. Les malheurs de la pauvre Anne de Rohan, surprise, alors qu'elle approchait de trente ans, en la galante compagnie d'un prétendant sans fortune, et exilée au fin fond d'un château de province sans être autorisée à l'épouser, fourniront à Marguerite de Navarre le thème d'une des nouvelles de l'*Heptaméron*.

Elle ne supporte pas la plaisanterie, il lui manque le sens de l'humour, que son mari semble avoir possédé. Il tolère sur son propre compte les facéties sans conséquence des clercs de la basoche dans leurs jeux estudiantins. « Mais surtout, qu'ils ne parlassent pas de la reine sa femme en façon quelconque ; autrement il les ferait tous pendre. » « Preuve qu'il l'honorait grandement », commente Brantôme ; signe, peut-être aussi, qu'il redoutait sa colère. On ne badinait pas avec Anne de Bretagne.

Tout ceci nous suggère une cour un peu compassée, mais brillante. La présence des femmes y modifie le climat, pousse les hommes à se mettre en valeur autrement que par les grands coups d'épée, elle les incite à l'élégance, leur impose plus de politesse et de courtoisie. Elle contribue à valoriser les lettres et les arts. Anne, sans être supérieurement intelligente, a le goût des choses de l'esprit. Outre les ouvrages de dame — broderie, tissage — et la musique, qui font partie

---

* Élever.

de l'éducation féminine traditionnelle, elle a appris quelques rudiments de latin, un peu d'histoire. Elle aime la lecture — les romans de chevalerie surtout — et la conversation. Elle protégea et pensionna écrivains et artistes, Jehan Meschinot et Jehan Marot, le père de Clément, ainsi que l'admirable enlumineur Jean Bourdichon, qui illustra ses très fameuses *Heures*.

Le roi, comprenant que le rayonnement de cette cour contribuait à son prestige, ne manquait pas d'y inviter les hôtes étrangers, princes ou ambassadeurs : « Il connaissait en elle grande suffisance * pour entretenir et contenter tels grands personnages », « elle avait très bonne et belle grâce et majesté pour les recueillir ** et belle éloquence pour les entretenir. » Parfois elle affectait de mêler à ses propos, par une délicate attention, quelques mots de leur propre langue, qu'elle se faisait souffler par ses chevaliers d'honneur, au risque de se faire piéger par quelque joyeux luron. Et les filles de sa suite, formées à son école, offraient aux visiteurs charmés un vivier où choisir une épouse. La cour, entre les mains habiles du couple royal, est en passe de devenir l'instrument politique qu'elle restera au fil des siècles.

Elle dérobait à son époux une partie de ses prérogatives. À la fois cupide et libérale — les deux qualificatifs lui furent appliqués — elle lui extorque un nombre considérable de pensions, dotations, rentes et redevances diverses, qui lui permettent de multiplier à son tour les gratifications autour d'elle. « Il n'y avait grand capitaine de son royaume à qui elle ne donnât des pensions et fît des présents extraordinaires, ou d'argent ou de grosses chaînes d'or, quand ils allaient en voyage ou en retournaient ; et de même en faisait des petits ***, selon leur qualité ; aussi tous couraient à elle et peu en sortaient d'avec elle mal contents. » Cette pratique est conforme à l'usage aristocratique : le plus grand sei-

* Capacité.
** Accueillir.
*** Elle en usait de même avec les petites gens.

gneur se reconnaît à sa plus grande libéralité. C'est ainsi que se constituent en tous temps les clientèles et que se consolident les fidélités. Le bon Louis XII, si ménager des deniers de ses pauvres sujets, passait pour pingre et « elle suppléait à son défaut ». Mais elle en faisait trop. Bretons mis à part, les sujets en question ne s'y trompèrent pas et c'est au roi qu'ils décernèrent le beau surnom de *Père du Peuple*.

Celui-ci, tout bien pesé, s'en accommode. Il tient à « sa Bretonne », comme il l'appelle familièrement. Il lui pardonne son mauvais caractère, il lui passe une partie de ses caprices, il supporte son obstination à reconstituer autour d'elle, où qu'elle fût, une enclave de sa province chérie. Comme beaucoup d'hommes, il a horreur des criailleries, des larmes, des scènes et il est sensible aux sourires, aux caresses, aux chatteries. Dans les conflits qui les opposent, il cède le plus souvent, chaque fois que cela ne tire pas à conséquence. Et lorsque l'enjeu est grave, il louvoie, incapable de dire non en face, mais s'efforçant de prévenir, par des dispositions secrètes, les suites fâcheuses de ses faiblesses.

Deux épisodes les virent notamment s'affronter, avec des effets divers : le mariage de leur fille Claude et le conflit avec le Saint-Siège.

Un mari pour Claude

Anne prit pour le mariage de sa fille aînée, Claude, des initiatives qui auraient pu être lourdes de conséquences et que Louis XII eut peine à contrecarrer.

L'enfant était à peine née que, selon la coutume, on lui chercha un prétendant.

Les négociations qui s'ensuivirent étaient tributaires de deux inconnues. Il pouvait — et on l'espérait bien — naître à la petite Claude un frère, un dauphin, et tous les projets envisageaient l'hypothèse où une telle éventualité modifierait la répartition de l'héritage. D'autre part, Louis XII pouvait mourir : les maladies à répétition dont il souffre, surtout dans les premières années de son règne, obligent à se poser une question qu'il est d'ailleurs le premier à regarder en face, courageusement.

La Bretagne, exclue par contrat de mariage de l'héritage du futur roi de France, doit revenir à Claude — sauf cas improbable où la reine lui donnerait non pas un seul, mais deux frères. La petite fille l'apportera donc en dot à son futur conjoint. Enjeu crucial.

Anne, dans le double souci de soustraire sa province à l'emprise française et de procurer à sa fille bien-aimée le plus brillant établissement, a recensé tous les princes disponibles en Europe. La liste était courte. Elle a vite conclu que le meilleur était Charles de Gand, de quelques mois seulement le cadet de Claude*, qui sera plus connu sous le nom de Charles Quint. Quel époux plus enviable en effet que cet enfant ? Le jeu conjugué des mariages intra-familiaux et des morts prématurées avait fait confluer sur sa tête les héritages bourguignon, espagnol et autrichien.

Par son père, Philippe le Beau, il était le petit-fils de Maximilien de Habsbourg, le roi des Romains, dont Anne de Bretagne avait été un instant l'épouse de paille, et de Marie de Bourgogne, fille du Téméraire. Il tenait de sa grand-mère les dix-sept provinces flamandes des Pays-Bas, l'Artois, la Franche-Comté, et pouvait en son nom revendiquer la Bourgogne francisée de fraîche date, tandis que son ascendance paternelle lui donnait, outre la souveraineté sur l'Autriche et la Hongrie, les meilleures chances d'accéder à l'Empire, chasse gardée, malgré son caractère électif, de la maison de Habsbourg. Quant à sa mère, Jeanne, qui sera dite la Folle, elle était l'héritière des royaumes d'Aragon et de Castille. Au jeune Charles était promise la moitié de l'Europe au moins, avec, en prime, le Nouveau Monde et ses trésors, dont on ne soupçonnait pas

---

* Claude est née le 14 octobre 1499 et Charles le 24 février 1500. Pour la généalogie du futur Charles Quint, on peut se reporter au tableau figurant en appendice.

encore toute l'ampleur. Beau parti, s'il en fut jamais, aux possessions propres duquel la main de Claude ajouterait encore la Bretagne !

Louis XII mesura aussitôt les dangers que présentait une telle union. La meilleure parade lui parut être de promettre la petite fille, préventivement, à un autre, en l'occurrence le plus propre à défendre les intérêts français : l'héritier présomptif du trône, en l'absence de dauphin, c'est-à-dire François d'Angoulême, duc de Valois.

Il savait se heurter à l'hostilité irréductible de sa femme. Elle haïssait ce bel enfant de quatre ans, dont l'éclatante santé lui semblait une insulte à l'échec de ses propres maternités. Elle haïssait sa mère, l'orgueilleuse Louise de Savoie qui, veuve, reportait sur son fils toutes ses ambitions, qu'elle avait hautes : un horoscope ne lui promettait-il pas le trône ? Haine de femme, haine de mère : jamais Anne de Bretagne ne consentirait à un mariage qui comblerait les vœux de sa rivale. Elle rêva jusqu'à son dernier souffle de mettre au monde un fils pour régner sur la France et de placer sur la tête de sa fille la couronne impériale. En attendant l'improbable dauphin, elle se fit auprès du roi l'avocat obstiné du mariage autrichien.

Louis XII n'essaya pas de discuter. Plutôt que de la heurter de front, il préféra biaiser, fit semblant de céder, pour protéger la paix domestique. Il trouvait à cette solution divers autres avantages. Il avait besoin de l'appui de Maximilien pour ses entreprises italiennes. En lui donnant quelques gages, il ne courait pas grands risques, puisque les enfants étaient encore au berceau et qu'on pouvait compter sur le temps pour fournir des échappatoires. À condition qu'il fût là en personne pour y veiller. Si, en revanche, il venait à disparaître — et de 1500 à 1506, des maladies répétées font de lui un perpétuel moribond —, la reine parviendrait aussitôt à ses fins. Il tente donc de parer à ce danger par des dispositions testamentaires confidentielles, mais dûment enregistrées par des juristes. Il s'emploie, telle Pénélope, à défaire dans l'ombre les trames qu'il tisse au grand jour. Machiavélisme suprême. Effort maladroit pour concilier les inconciliables ? On ne sait. Pas plus qu'on ne connaît le rôle exact joué par ses conseillers, et notamment Pierre de Gié, gouverneur de François d'Angoulême et principal artisan du mariage franco-français. Ce qui en paraît aux yeux de l'historien, documents à l'appui, est un très étrange jeu de dupes.

Dès le 30 avril 1501, peu avant l'expédition de Naples, il signa et fit enregistrer à Lyon une déclaration secrète, mais scellée et paraphée en bonne et due forme *, frappant à l'avance de nullité tout accord matrimonial qui accorderait sa fille à un autre que le petit duc de Valois-Angoulême. Moyennant quoi, il put manigancer à son aise d'autres combinaisons, proposant pour Charles de Gand, avec la main de la fillette, une corbeille de duchés et de comtés dignes de ses deux redoutables grands-pères. On célébra solennellement, en août de la même année, les fiançailles des deux enfants, au milieu de grandes réjouissances. Et en novembre, Philippe le Beau et Jeanne, pas encore veuve et pas encore folle, accompagnés de leur fils, accomplissent à travers la France un voyage triomphal. Le bambin arrache à Louis XII un cri d'admiration sincère ou feinte : « Que voilà un beau prince ! » Les parents sont ravis. Anne exulte. Et le roi d'inviter bourgeoisement le couple espagnol raide et guindé à des conversations détendues entre futurs co-beaux-parents. Il espérait bien obtenir en échange l'investiture impériale pour « son » duché de Milan.

Au fil des mois, les aléas de la campagne d'Italie modifièrent dans un sens ou dans l'autre le contenu de ces accords. Louis oscillait, tantôt prêt à faire confiance à ses partenaires de Habsbourg, tantôt préconisant à nouveau le mariage français, à la grande fureur de son épouse, dont les jérémiades donnent à leur vie conjugale des airs de comédie de boulevard. Il crut un

---

* Elle semble avoir été longtemps ignorée des historiens (voir B. Quilliet, *Louis XII*, p. 296).

jour s'en tirer par un apologue sur les biches qui, parce que Dieu leur avait donné des cornes comme aux cerfs, prétendaient faire la loi à ceux-ci : sur quoi le créateur les avait privées de cet ornement, « pour les punir de leur arrogance » et les rappeler à la modestie de leur rang. Anne se le tint pour dit, mais n'en baissa pas les bras pour autant. On la voit spéculer ouvertement sur la mort du roi.

Au début de 1504 il est à Blois, au plus mal. On le croit perdu. Anne froidement prépara ses bagages, « fit trousser ses bagues*, joyaux et meubles » et embarqua le tout sur la Loire à destination de Nantes. Elle projetait de se retirer en Bretagne dès l'annonce du décès, en y emmenant sa fille. C'est alors que le fidèle maréchal de Gié, que ses origines bretonnes n'empêchaient pas de travailler pour la France, prit une initiative qui lui coûta cher. Il fit demander au malade confirmation écrite de l'accord de 1501 promettant Claude à François. Puis il fit contrôler la voie fluviale et les routes en direction de l'ouest, avec ordre d'intercepter le déménagement. Il projetait sans doute de s'assurer de la personne des deux enfants pour les arracher à leurs irascibles mères et d'envoyer des troupes en Bretagne. Il n'eut pas à aller jusque-là : le roi se rétablit. Mais la reine le poursuivit d'une haine féroce, parvint à susciter contre lui un procès de lèse-majesté et faillit le faire condamner à mort, en dépit des efforts de Louis XII. « Vindicative », Anne de Bretagne, selon Brantôme ? Certes oui, quand on l'atteint dans ses œuvres vives et qu'on met à nu la vérité de ses sentiments. À Pierre de Gié elle ne saurait pardonner ce qu'elle considère, de la part d'un Breton surtout, comme une trahison.

Avec la mise à l'écart du maréchal, elle crut avoir gagné la partie. Les traités de Blois, signés le 22 septembre 1504, comportent en effet une clause précisant les conditions du mariage entre Claude et Charles. La fillette — sous réserve, comme toujours, qu'il ne lui naisse pas de frère — aurait pour dot Milan, Gênes,

---

* Bagages.

Asti, la Bretagne, le comté de Blois, le duché de Bourgogne, Auxerre et l'Auxerrois, Mâcon et Bar-sur-Seine : rien de moins ! Autant installer un ennemi au cœur du royaume.

Anne, triomphante, pousse son avantage, se fait concéder par le pape la collation des bénéfices en Bretagne, envoie dans son duché ses biens les plus précieux, prépare ostensiblement une partition rendue probable par la mort annoncée de Louis XII. Mais comme elle tient au prestige attaché au titre de reine de France, elle demande à faire, ce qu'elle avait toujours retardé jusqu'alors, son entrée solennelle dans Paris. Cette consécration valut à Louis XII un geste de la part de Maximilien : on lui conférait enfin l'investiture de Milan. Cadeau illusoire. Car à défaut d'héritiers mâles, était-il spécifié, le Milanais reviendrait après sa mort à sa fille Claude et au mari de celle-ci, le jeune Charles de Gand, pour être transmis à leurs descendants.

Louis XII eut peur, craignit soudain d'être pris au piège. Se croyant à nouveau mourant, il convoqua le cardinal Georges d'Amboise et le secrétaire d'État Robertet. Il leur confia sa volonté de voir Claude épouser François d'Angoulême dès qu'ils seraient en âge de le faire, il interdit qu'on laissât la fillette quitter le royaume avant son mariage et il nomma un conseil de régence à sa convenance. Mais la mort ne voulut pas encore de lui. Et guéri, contre toute attente, il eut cette fois l'énergie de mettre noir sur blanc sa décision, sous forme de lettres patentes, le 31 mai 1505.

La reine le menaça de s'en retourner chez sa mère, nous voulons dire dans sa chère Bretagne. Il la laissa faire, donnant à ce voyage, aux yeux du public, l'aspect d'un pèlerinage d'actions de grâces pour sa guérison. Quand elle fut lasse des acclamations, des louanges et des entrées triomphales, elle ne sut que faire. Elle hésitait, à l'affût des nouvelles, « bien résolue à ne remettre les pieds en France s'il fût mort ». Mais il se portait bien, ne bronchait pas. En juillet 1505, il rendit publique sa décision sur les noces de Claude et fit jurer à tous les gouverneurs militaires de respecter sa volonté, c'est-à-dire, en clair, d'empêcher Anne d'enlever sa fille. La reine sentit que sa crise de bouderie avait fait long feu et qu'elle ne gagnerait, à la prolonger, que du ridicule, comme le lui avait écrit non sans humour son mari. Elle revint, beaucoup moins arrogante, juste à temps pour apprendre la sentence, bien trop légère à son gré — amende et exil — qui frappait le maréchal de Gié, dont Louis XII appliquait résolument la politique.

Elle n'y pouvait plus grand-chose. Louis, pour mettre fin à ses manigances et aussi pour se couvrir à l'égard de Maximilien, a trouvé le moyen de se faire lier les mains publiquement, grâce à une étonnante manipulation de l'opinion populaire. Des rumeurs hostiles à Charles de Gand, un inconnu, un étranger, commencent à circuler. Dans les marchés, les maisons, les églises, on entend des hommes « de tous les états » exprimer leur perplexité, leur réprobation, leurs souhaits. Ces braves gens pensent ce qu'ils disent, on peut en être sûr. Mais l'ampleur même du mouvement, au demeurant fort insolite, prouve qu'il a été organisé et orchestré, fort habilement. Lorsque Louis invite ses fidèles sujets à lui envoyer des délégués porteurs de leurs vœux, la cause est entendue : ces notables sollicitent de lui d'une seule voix, en une « libre démarche », le mariage de Madame Claude avec son cousin François, « qui est tout françois ». Ils vont au-devant de ses désirs, lui fournissent le meilleur appui qu'il pût trouver, celui de la France tout entière. De belles cérémonies, des flots d'éloquence enrobent leur demande, à laquelle le roi se fait un plaisir de satisfaire, pour complaire à son peuple, nonobstant l'engagement pris envers les Habsbourg, qui après tout ne consistait « qu'en paroles ». Et, *last, but not least*, la France tout entière, en cas de mort du roi, promettait, par la bouche de ses représentants, de faire respecter sa volonté : des millions d'yeux veilleraient à ne pas laisser enlever la petite fille.

Anne eut le déplaisir de voir les représentants bretons y souscrire comme les autres. Elle dut, le 21 du mois de mai 1506, participer aux côtés de toute la cour à la cérémonie des fiançailles, célébrées très officiellement par le légat pontifical, en attendant que les deux enfants aient l'âge de consommer leur union. Et le roi, aux joutes et tournois qui parachevèrent la fête, caracolait tout joyeux sur un puissant coursier. Il semblait sortir d'un bain de jouvence.

La comédie était finie.

La reine dut renoncer à remettre en cause une décision entourée de pareilles garanties légales. Tout au plus tenta-t-elle, lorsque lui naquit en 1510 une seconde fille, Renée, de reprendre pour celle-ci le projet qui avait échoué pour l'aînée. À défaut de Charles, le frère puîné de celui-ci, Ferdinand, pourrait peut-être s'accommoder de la cadette des filles de France. En vain. C'est au duc de Ferrare, Hippolyte d'Este, que sera finalement mariée, bien plus tard, Renée de France, qu'on retrouvera plus loin comme protectrice de la Réforme.

Louis XII contre Jules II

La lutte pour le mariage de Claude n'avait pas épuisé la combativité d'Anne de Bretagne, ni son désir de mener une politique autonome. Elle n'attendait qu'une occasion. Un conflit avec le Saint-Siège la lui fournit.

Elle était pieuse, d'une piété rigide, étroite, rigoriste, mais très vive. Elle approuva d'abord les ambitions italiennes de son époux qui, encouragé comme son prédécesseur par l'inévitable ermite calabrais François de Paule, faisait de l'implantation française dans la péninsule le premier pas vers la libération de la Terre Sainte. Bien que Milan, prise, perdue, reprise, fût un acquis fragile appelant consolidation, elle s'enthousiasma d'emblée pour une expédition en Méditerranée orientale, ouvrit ses coffres et fit armer, de ses deniers, une grosse caraque qu'elle fit nommer *La Cordelière*. L'ingouvernable bâtiment, trop lourd, mal construit, fut mis à mal par la tempête en mer Ionienne et eut la plus grande peine à regagner sa base de Brest ; il devait sombrer corps et biens dix ans plus tard sous les coups des Anglais, « ce dont la reine fut très marrie ».

Tout comme Charles VIII, Louis XII, après Milan, avait tourné les yeux vers Naples. La conquête, en 1501, par lieutenants interposés, se révéla d'une déconcertante facilité, mais engendra de multiples conflits, locaux puis généralisés, d'une extrême confusion, jusqu'au jour où surgit, élu en 1503, le pape Jules II, qui n'était pas un contemplatif. Aussi doué pour les affaires temporelles que pour les spirituelles, il entreprit, botté, casqué, à la tête des armées pontificales, de chasser d'Italie tous les trublions étrangers — il disait « les Barbares » — qui s'y égaillaient depuis des années et, au premier chef, le plus encombrant d'entre eux, son ancien protecteur le roi de France.

Les péripéties d'une lutte impitoyable qui, de renversements d'alliances en défections et en trahisons, mit à mal presque toute l'Italie, furent effroyables : ravage des campagnes, selon la tactique de la terre brûlée, massacre des défenseurs dans les villes qui ne se rendaient pas à la première sommation, batailles en forme de boucherie, où l'on ne faisait pas de quartier, pillages, violences, exactions de toutes sortes. Ce fut une guerre horrible, où les plus paisibles cédaient soudain à une ivresse sanguinaire, et dont le génie militaire et la mort héroïque de Gaston de Foix ne parviennent pas à masquer la désespérante inutilité.

Nul ne sait ce qu'en pensa Anne, dont la piété formaliste n'impliquait pas la charité envers l'ennemi, chose si rare. Mais elle prit très mal l'initiative de son époux lorsqu'il tenta, en 1510, d'attaquer sur son propre terrain le pape, âme de la Ligue anti-française.

Depuis toujours, le clergé français se montrait rétif à l'autorité pontificale, à laquelle il opposait celle des prélats de toute la chrétienté réunis en concile, seuls habilités à déterminer la politique de l'Église. Louis convoqua donc à Tours l'épiscopat du royaume et confia au cardinal de Saint-Malo le soin de dénoncer les « crimes » de Jules II. L'assemblée récusa à l'avance les sanctions que pourrait prendre contre elle ce pontife condottiere outrepassant ses attributions. Elle proposa, s'il refusait de transiger, la réunion d'un concile général. C'était là de la part de Louis XII une initiative inouïe, comme on n'en avait pas vu depuis Philippe le Bel ; imprudente aussi, car il n'avait derrière lui que son propre clergé. Il fut tiré de cette affaire mal engagée, en 1513, par la mort de Jules II et par la perte de toutes ses possessions en Italie. Le concile était privé de toute raison d'être.

Or dans ce conflit, il faut savoir qu'Anne de Bretagne ne l'avait pas suivi, avait tenté de faire cavalier seul. Elle pouvait certes invoquer ses scrupules de conscience, son effroi devant la perspective redoutable d'un schisme. Et elle avait bien le droit, en privé, de rappeler son époux à la sagesse. Mais elle ne s'en tint pas là et prit position publiquement contre lui. Elle interdit au clergé breton de s'associer à la démarche de l'Église gallicane. En marge de celle du roi, elle menait sa politique personnelle, entretenait une correspondance avec l'Espagne, un des belligérants adverses, contrariait la diplomatie française auprès du Saint-Siège, en faisant porter par un Savoyard, son dévoué Claude de Seyssel, évêque de Marseille, des offres de réconciliation. Qu'elle ait eu tort ou raison sur le fond, il était grave pour le prestige du royaume qu'elle fît entendre à côté de son mari une voix discordante. Elle se donnait des airs de souveraineté peu compatibles avec la fonction traditionnellement dévolue aux reines de France. Elle sera la dernière à le faire ouvertement.

La fin

Elle était plus jeune que son mari, elle semblait devoir lui survivre. Ce fut elle qui partit la première.

En janvier 1513, son dernier accouchement — encore un fils mort-né — l'avait laissée très affaiblie, rongée par une infection urinaire, minée d'une fièvre persistante. La gravelle, ou la pierre, comme on disait alors, avait pris chez elle un tour aigu. Elle souffrait beaucoup. Elle traîna douloureusement pendant toute l'année, se coucha au lendemain de Noël pour ne plus se relever. Elle se confessa, pardonna à ses ennemis, et fit même le sacrifice plus méritoire de confier ses filles à Louise de Savoie, la mère de François d'Angoulême, qu'elle acceptait ainsi pour gendre. Elle mourut à Blois le 9 janvier 1514, âgée de trente-huit ans seulement.

Louis la pleura abondamment, « si affligé que huit jours durant ne faisait que larmoyer », et il parlait d'aller la rejoindre au plus vite : « Devant que l'an soit passé, je serai avec elle et lui tiendrai compagnie. » Il lui fit faire des funérailles somptueuses dont le compte rendu, imprimé et largement diffusé, inspire à Brantôme tant d'admiration qu'il le reproduit in extenso dans son recueil des *Dames* : nous y renvoyons le lecteur amateur de pompes funéraires. Son corps rejoignit à Saint-Denis la sépulture préparée, qui sera violée à la Révolution. Son cœur en fut dissocié selon l'usage et on le déposa auprès du tombeau de son père, dans l'église des Carmes de Nantes. Ainsi ses restes furent-ils partagés, par-delà la mort, entre France et Bretagne.

Sur elle les historiens ont porté des jugements souvent sévères, parce que émis d'un point de vue national — « bonne Bretonne et mauvaise Française » — ou étroitement moral — cœur sec, dure, égoïste, intéressée. Mais les contemporains raisonnaient autrement et la comprenaient, à défaut de l'aimer toujours. Ni Charles VIII, ni Louis XII, à qui elle donna parfois bien du fil à retordre, ne lui en ont voulu et leur attachement pour elle n'en a pas souffert gravement.

Elle est restée, au fond, l'héritière farouche conquise à la force des armes dans le pillage de son duché. Elle a poursuivi, à travers deux mariages successifs, tous deux imposés par le vainqueur, deux objectifs parfois

contradictoires, mais conformes à l'esprit féodal dont
sa fierté était nourrie.

D'une part, elle aspire à s'élever par le mariage :
seuls un empereur ou à défaut un roi lui semblent
dignes de sa main. Mais d'autre part, et face aux maris
qui l'avaient faite reine, elle garde la nostalgie de sa
souveraineté perdue. Avec le second, se sentant plus
forte, elle tente d'instaurer une sorte de dyarchie, un
gouvernement à deux, dans lequel France et Bretagne
agiraient de conserve, tout en préservant leur autonomie. De ce type d'association, l'Europe offrait alors un
exemple illustre, celui des « Rois Catholiques », Ferdinand d'Aragon et Isabelle de Castille, partenaires équi-
valents menant en commun une politique harmonieuse
dont leurs royaumes respectifs sortirent grandis. Hélas
pour Anne, l'attelage France-Bretagne était trop inégal
pour que ses velléités d'indépendance fussent autre
chose que des barouds d'honneur. Louis XII le savait et
s'en accommodait. La Bretagne était appelée à devenir
française, de même d'ailleurs qu'Aragon et Castille
allaient se fondre sous une autorité unique.

Anne est dans l'histoire de France la dernière de ces
fiancées dont la main vaut une province : le royaume
s'agrandira désormais par la conquête et les mariages
seront prometteurs d'alliances plutôt que d'annexions
territoriales. Une page est tournée, avec elle, dans la
politique matrimoniale de la monarchie française.

CHAPITRE CINQ

UNE ÉTOILE FILANTE
VENUE D'ANGLETERRE : MARIE

Qu'attend donc Louis XII pour marier sa fille
Claude avec François de Valois-Angoulême ? Depuis
le temps qu'on retarde la cérémonie par égard pour
Anne de Bretagne, ils ont grandi, sont largement nubiles selon la nature et selon la loi canonique : il a plus
de dix-neuf ans, elle en a bientôt quinze. Qu'attend-il
maintenant que rien ne le retient ?

La forte personnalité de la reine, son opposition
vigoureuse à ce projet avaient peut-être, par réaction,
renforcé la détermination de Louis XII. Plus d'obstacle, plus de volonté. Soudain, un grand vide. Il tergi-
verse.

Se défie-t-il du jeune François, impétueux, avide de
plaisirs, dépensier, peu curieux des affaires de l'État ?
Il lui fait la morale, au travers d'une anecdote en forme
d'apologue : le clocher qu'un voyageur croit apercevoir tout proche, derrière la colline avoisinante, peut
se révéler à l'expérience beaucoup plus éloigné que
prévu. La marche vers le trône risque d'être longue.
Mais des conseillers avisés, bien au fait de l'état de
santé du roi et prévoyant une succession imminente, se
chargent de chapitrer l'étourdi et de lui apprendre les
rudiments du métier.

Au début de mai, Louis, ménageant ses effets, part
pour Saint-Germain en se disant tout ragaillardi. Mais
il douche les espoirs de ceux qui concluent que les
noces de Claude et de François sont imminentes, en

laissant courir des bruits alarmants sur une reprise des négociations avec les Habsbourg : ce n'est plus un, mais trois mariages, qui uniraient les deux filles de France avec les deux infants de Flandre, tandis que lui-même, leur propre père, veuf, épouserait la sœur de ces derniers. À tenir ainsi en suspens le destin de son gendre désigné, le roi éprouve à l'évidence un agréable sentiment de puissance.

Il se décida pourtant, avec brusquerie. La chancellerie annonça le 13 mai que la cérémonie aurait lieu le 18. Presque à la sauvette, quoi qu'ait pu en dire le mémorialiste Fleuranges, pour qui le faste est inséparable de la royauté. La cour portait encore le deuil d'Anne de Bretagne : un bon motif, avec la brièveté des délais, pour réduire le nombre des invitations. La famille royale était en noir, ainsi que tous les assistants, bien que les usages permissent qu'on fît exceptionnellement, pour la circonstance, usage de couleurs. « Pas l'ombre de drap d'or ou de soie, de satin, ni de velours. » Pas de musique, pas de tournoi. Après la messe, un simple dîner et ce fut tout. En somme, un mariage qui ne tirait pas à conséquence et ne méritait pas qu'on fît jouer les grandes orgues. Louis XII, qui savait être fastueux à l'occasion, marquait ainsi qu'il était encore solide sur son trône. Et il ne renonçait à aucune de ses prérogatives : lorsque François lui réclama, conformément au fameux contrat signé en 1506, l'administration de la Bretagne, il se fit vertement rabrouer.

C'est que Louis songeait à se remarier. Deux sortes de raisons l'y poussaient, les unes d'ordre privé, les autres d'ordre politique.

Une nouvelle épouse pour Louis XII

Les torrents de larmes versées sur le cercueil d'Anne de Bretagne n'avaient pas empêché l'idée de faire son chemin dans l'esprit du roi : et s'il se remariait ? Avec une jeune et saine princesse en état de procréer de beaux enfants ? Il avait eu Anne en second lieu, déjà usée par six maternités à demi ratées. Lui, toujours fringant, s'était montré capable de la féconder tout récemment encore. La responsable de leurs déceptions, c'était elle, sa santé fragile, son âge relativement avancé pour être mère. Mais les années ne comptent point en ce domaine pour un homme : témoin son propre père, Charles d'Orléans, qui avait entre soixante-trois et soixante-dix ans lors de la naissance de ses trois enfants.

La situation politique l'y incitait également. Les membres de la Sainte Ligue, unis contre lui, n'avaient pas tardé, après l'avoir chassé d'Italie, à tirer à hue et à dia au gré de leurs intérêts propres. La main du roi de France constituait une offre flatteuse, à mettre en balance dans le traité qu'on pourrait signer avec l'un des ennemis de la veille.

Ils étaient deux, ces ennemis — du moins deux principaux —, Espagne et Angleterre. Et ils avaient chacun, par un heureux hasard, deux princesses à marier. Des jouvencelles et des moins jeunes, des pucelles et des veuves. Les plus âgées n'avaient aucune chance. Ni Marguerite, sœur aînée du roi d'Angleterre, veuve de Jacques IV d'Écosse, ni l'autre Marguerite, d'Autriche celle-là, l'ancienne « petite reine » de Charles VIII, qui avait perdu tour à tour depuis un époux espagnol et un savoyard, ne convenaient au roi convoiteux de chair fraîche, dans son grand désir d'enfant. Restaient sur les rangs l'archiduchesse Éléonore et la princesse Marie, la jeune sœur du souverain anglais. Entre elles deux, les aléas de la politique firent la décision.

L'alliance entre l'Angleterre et l'Autriche avait été sanctionnée, en décembre 1508, par un projet d'union entre la petite Marie et l'inévitable Charles de Gand, celui même que convoitait Anne de Bretagne pour l'une de ses filles. Mariage par procuration, dûment validé par un engagement officiel, mais qui ne devait prendre effet, selon l'usage, que lorsque les époux atteindraient l'âge requis. Rien ne pressait : si elle avait treize ans, lui n'en avait que huit.

Mais avec le temps, les relations entre les deux pays

s'envenimaient. Les Anglais, appuyés sur leur tête de pont de Calais, se mirent en campagne en Artois et en Picardie au cours de l'été de 1513 et y remportèrent des succès, s'emparant notamment, à la bataille de Guinegatte, de quelques prisonniers français de grand prix. Ils furent donc très mécontents d'apprendre que les Austro-Espagnols avaient traité séparément avec la France, moyennant l'abandon implicite de l'Italie. N'était-ce pas le moment de les faire basculer de notre côté ? Et dans ce cas, il fallait souffler la princesse à son fiancé flamand.

À Londres, les prisonniers de haut lignage furent admis dans la familiarité de Henri VIII. Dunois, duc de Longueville, fit sa conquête. On festoyait. On jouait gros jeu, au point que le prisonnier ne désespérait pas d'y faire des gains suffisants pour payer sa rançon. Des ambassadeurs français allaient et venaient. Officiellement chargés de négocier la libération des captifs, ils traitaient en secret du renversement des alliances, réglant l'un après l'autre les points en litige. Sans aller jusqu'à voir en Louis XII, comme l'auteur de la *Vie de Bayard*, un « pélican » qui se sacrifiait pour mettre fin à une guerre « qu'il n'eût pu soutenir sans fouler grandement son peuple », on peut penser que la perspective d'une réconciliation franco-britannique pesa lourd dans sa résolution.

Le 30 juillet 1514, au château royal de Wansthead, Henri VIII dénonçait officiellement l'engagement liant sa sœur à Charles de Gand et, le 7 août, il signait avec Dunois le contrat qui l'accordait à Louis XII. La paix fut proclamée discrètement à Londres le 11 et le mariage par procuration eut lieu à Greenwich le 13. Le duc de Longueville y représentait le roi. On relut le contrat, Marie le signa, elle reçut un anneau qu'elle plaça au quatrième doigt de sa main droite. Après la messe, le cortège chamarré d'or se rendit dans la chambre nuptiale. Selon une procédure que nous connaissons, Marie fut mise dans un lit où Longueville, au nom de son maître, la toucha de sa jambe dénudée. Elle était reine de France.

Les marchandages précédant les noces avaient été laborieux. Henri VIII avait un talent très particulier pour faire argent de tout. Faute d'obtenir en échange de la paix, comme il le demandait d'abord, un million et demi de ducats, plus Thérouanne, Boulogne et Saint-Quentin, il avait proposé son autre sœur, la veuve de Jacques IV d'Écosse, et n'avait consenti à lâcher Marie qu'au prix d'arrangements financiers avantageux. En digne précurseur d'Harpagon, il la livra sans dot, bien que le testament de leur père en eût prévu expressément une pour elle, et il se débrouilla pour que le trousseau et les meubles qu'il ne pouvait pas se dispenser de lui donner, pour des raisons de prestige, fussent considérés comme tels, et donc récupérables au besoin.

En envoyant sa sœur à Louis XII, il savait qu'il lui faisait un très périlleux cadeau.

« Plus folle que reine »

« Plus folle que reine », telle est la devise qui accompagne son portrait dans le *Recueil* de Mme de Boisy. Non qu'elle fût mauvaise femme. Mais comme son frère Henri VIII, elle était sans défense contre ses passions.

Tous deux sont issus de parents au destin shakespearien, qui seront les protagonistes de la plus noire des tragédies du peu tendre dramaturge : celle de l'abominable et grandiose *Richard III*. Leur mère, Élisabeth d'York, fille d'Édouard IV, sœur des deux malheureux enfants mis à mort dans la Tour de Londres, promise à Richard dans des circonstances dramatiques, avait finalement épousé son vainqueur, le comte de Richmond devenu Henri VII. Des hommes féroces, en face d'eux des femmes passives, terrorisées et parfois fascinées : telle est la famille d'où sort Marie.

Elle n'était qu'une enfant délicate et fragile quand on la fiança à Charles de Gand. Elle se laissa faire avec complaisance, fut ravie de montrer ses talents de société lorsque le père du promis vint à Londres en

1505, se raconta tout un roman autour d'un portrait de l'infant. Dix fois par jour, elle l'invoquait, dit-on, en lui reprochant son absence : quand son prince charmant viendrait-il enfin la chercher ? Sa vie n'en fut pas changée pour autant. Elle grandissait, forcissait, embellissait à vue d'œil.

Elle était peu intelligente et avait été mal élevée. Bien sûr, on lui avait appris à chanter, à danser, à jouer du luth et du clavecin et à soutenir une conversation. Et dans ces domaines frivoles, elle fut une assez bonne élève. Mais son instruction ne fut pas poussée davantage et, bien qu'on parlât usuellement le français à la cour de Henri VIII, elle n'apprit pas notre langue avant que la nécessité s'en fît sentir. Et surtout, on ne l'avait nullement préparée à ses devoirs de reine. Une piété toute de convenance ne contrariait en rien ses penchants naturels.

Elle avait perdu père et mère très tôt. Son frère, Henri VIII, était monté sur le trône à dix-huit ans, en 1509. Dans une cour fort dissolue qui suivait allègrement l'exemple donné par le souverain, elle montra vite des dispositions pour tous les plaisirs, qu'aucun effort éducatif ne vint contrarier. Sa gouvernante française, Jane Popincourt, maîtresse du duc de Longueville, avait une réputation si détestable que Louis XII refusa de la laisser rentrer en France : c'est un bûcher de sorcière qu'il lui faudrait, s'écria-t-il. Née le 18 mars 1495, Marie avait trois ans de moins que Henri. Séduisante, enjouée, coquette, « rien mélancolique, toute récréative », elle n'était pas la dernière à rire et déjà on la devinait de « si amoureuse nature » que certains jugeaient imprudent de l'unir à Charles de Gand, bien trop jeune et qui avait plus besoin, dans l'immédiat, « d'une mère que d'une femme ». Le prétendant qu'on préféra risquait, pour des raisons similaires, d'être bien trop vieux.

Chose plus grave encore, le cœur de Marie était pris.

Elle s'était amourachée d'un sulfureux don Juan qui jouissait de la faveur de son frère. Charles Brandon, alias de Lisle, que le roi fit duc de Suffolk lorsque le titre en fut retiré au précédent détenteur coupable de trahison, était issu de moyenne noblesse. Fils d'un gentilhomme qui avait payé de sa vie sa fidélité à celui qui devint Henri VII, il fut élevé aux côtés du futur Henri VIII. Les fonctions qu'il occupa à la tête de la vénerie l'aidèrent à se hisser au premier rang. De sombres histoires de femmes l'auréolaient d'une aura romanesque. Il avait fait un enfant à l'une et en avait épousé une autre, dont il avait dû divorcer pour revenir à la première. Celle-ci était encore en vie lorsqu'il s'était permis, lors d'une ambassade à Malines, de courtiser la duchesse de Savoie, Marguerite d'Autriche, qui l'avait vertement remis à sa place. Ambitieux et retors, il n'avait pas tardé à s'apercevoir qu'il plaisait à la jeune princesse et il conçut l'audacieux projet de l'épouser.

Quand lui tomba-t-elle dans les bras ? Elle tenait assez à lui, en tout cas, pour en avoir fait part à son frère qui, afin de la convaincre d'accepter Louis XII, dut négocier avec elle. L'âge du royal prétendant lui promettait un veuvage rapide : après un bref purgatoire, elle serait libre de convoler avec son bien-aimé. Elle aurait entre-temps tiré plaisir et profit d'un séjour à la cour de France que Henri VIII lui dépeignit comme un lieu de délices, auprès d'un roi certes âgé et malade, mais d'une somptueuse libéralité, qui la couvrirait de cadeaux si elle savait s'y prendre. La réception d'un trousseau à la mode française accompagné d'un merveilleux diamant acheva de convaincre la coquette Marie, qui eut le bon esprit cependant de trouver le mot qu'il fallait : « La volonté de Dieu me suffit », déclara-t-elle en s'inclinant.

Elle avait fait assez de progrès en français — ou se procura l'aide requise — pour adresser à son fiancé une petite lettre bien tournée, où elle lui disait sa joie et l'invitait à lui « mander et commander [ses] bons et agréables plaisirs, pour [lui] obéir et complaire ». Elle signait : « Votre bien humble compagne, Marie. »

Mais, incapable de se séparer de son cher Suffolk, elle avait ménagé sa venue en France. Il était désormais trop grand personnage pour faire partie de l'escorte qui la cornaquerait jusqu'au bout. Il fut entendu qu'il la rejoindrait peu après, avec mission d'ambassadeur, pour mettre au point les détails de la nouvelle alliance franco-anglaise.

Les « amoureuses noces »

Le voyage vers la France fut mouvementé.

Elle quitta Londres pour Douvres en grand équipage, accompagnée par le roi, suivi de quatre des principaux lords, de cent barons et chevaliers et de deux cents gentilshommes. Le temps était déjà gros lorsqu'elle s'embarqua. Une violente tempête d'équinoxe se déchaîna, dispersant la flotte, envoyant par le fond quelques vaisseaux. Les rescapés abordèrent où ils purent. Celui qui la portait parvint à gagner Boulogne, non sans peine, et il fallut pour amener Marie sur la terre ferme qu'un gentilhomme entrât dans l'eau jusqu'à mi-cuisses et la portât dans ses bras. Débarquement romanesque, mais éprouvant. Elle était trempée, ses vêtements éclaboussés d'écume et d'embruns. Et bien sûr, son mari n'était pas au rendez-vous. On était le 2 octobre.

Elle arriva le 8 à Abbeville où l'attendait Louis XII. Les intempéries étaient si fortes qu'il ne put aller à sa rencontre plus avant que dans les faubourgs. Aussitôt qu'il l'aperçut, il s'avança vers la jeune femme, jeta un bras autour de son cou et l'embrassa aussi bonnement que s'il avait eu vingt-cinq ans. Ils échangèrent quelques mots et la cavalcade repartit en direction de la ville, les nouveaux époux chevauchant de conserve, sous la pluie, au milieu des acclamations et des cris. Dans le sillage de la nouvelle reine, on pouvait voir l'héritier désigné, François, partagé entre la mauvaise humeur et l'admiration.

Elle était fort belle en effet, malgré sa pâleur et sa fatigue. Petite pour une Tudor, mais bien proportionnée, blonde à la peau translucide, à la chair pleine mais point encore enflée de graisse, elle rayonnait de l'éclat de ses dix-neuf ans, souriante, épanouie. La vue de Louis XII ne réussit pas à éteindre sa gaieté naturelle. Il lui parut pire même que ce qu'elle supposait — « antique et débile » —, mais cela n'était peut-être pas pour lui déplaire, à plus longue échéance. Elle lui fit bonne figure, en tout cas, et lors du souper égayé de danses et de musique, l'ambassadeur vénitien, conquis, s'exclama : « *She is a paradise.* »

De l'autre côté de la rivière, les feux de joie allumés en son honneur s'étaient étendus aux maisons de bois. Tout un quartier d'Abbeville brûlait. Mais ni le bruit, ni l'odeur ne dérangèrent la belle ordonnance du festin.

C'est par les jardins que la procession nuptiale quitta la demeure de la future reine au matin du lundi 9 octobre. Des chevaliers, des trompettes, des musiciens de toutes sortes précédaient Marie, coiffée à l'anglaise, en robe de brocart ourlée d'hermine. Elle était suivie de ses gentilshommes en grand apparat : une traînée d'or mouvant. « Elle ne venait point en dame de petite étoffe », la sœur du roi d'Angleterre ! Le cortège défila entre les Scots Guards et les archers royaux et pénétra dans la grande nef qu'éclairaient des vitraux représentant la vie de saint Vulfran, patron du lieu. Le roi attendait, assis sur une chaise près de l'autel : or et hermine, lui aussi.

Il enleva son bonnet, elle s'inclina, ils s'embrassèrent. Il lui mit au cou une chaîne ornée d'un gros diamant en pointe et d'un rubis de deux pouces de long, sans un seul défaut. Le dauphin assistait le roi, Madame Claude assistait Marie, dolente, avec « un merveilleusement grand regret, car il n'y avait guères que la reine sa mère était morte, et fallait à cette heure qu'elle servît celle-ci », selon la coutume. Le cardinal de Bayeux officiait. Il les maria, puis il dit la messe, partagea une hostie en deux, pour la communion, et en donna à chacun une moitié. Le roi baisa la sienne avant de l'avaler, puis embrassa sa femme une fois de plus : il y prenait goût, visiblement.

Marie regagna ensuite ses appartements pour dîner

avec les princesses françaises. Au grand bal du soir, tous rivalisaient de splendeur. On reconnaissait les Anglais à leur chaîne d'or. La reine avait fait arranger ses cheveux à la française, cette fois, et l'on discuta pour savoir quelle coiffure lui seyait le mieux. Louis XII la serrait de près. Il lui promit qu'ils iraient ensemble à Venise. À vrai dire, il s'agissait plutôt d'expédition militaire que de voyage de noces. Henri VIII avait un vieux compte à régler avec la République Sérénissime et il est possible que Marie ait suggéré cette destination sur son ordre.

La nuit venue, ils se couchèrent et, le lendemain 10 octobre, le roi éclatait d'un contentement jovial, se vantant d'avoir « fait merveilles ». Mais chez un homme âgé et malade, les exploits amoureux se paient : il eut aussitôt une crise de goutte. Quant à l'opinion de Marie sur sa nuit de noces, elle resta, comme il se doit, enveloppée de silence.

On n'attendait plus que le départ des Anglais, dont l'entretien coûtait cher. Ils furent congédiés par le Conseil avec tous les honneurs dus à leur rang et la suite de la reine fut réduite, comme prévu par le contrat, à deux douzaines de personnes, hommes et femmes, y compris le médecin et l'aumônier.

Le renvoi de la gouvernante qui dirigeait la maison de Marie, lady Guildford, donna lieu à un échange de lettres vaudevillesques entre les deux rois. Marie pleura, réclama celle qu'elle nommait familièrement « maman Guildford », écrivit à son frère pour se plaindre. Le ministre britannique, Wolsey, se chargea de répondre pour son maître : « Marie sait mal le français, que Guildford parle à la perfection. Elle est jeune et elle a besoin de conseils. Si elle n'a quelqu'un à qui se confier, elle risque de tomber malade. » Suivaient un éloge enthousiaste de la dame et des menaces voilées. Louis XII prit très mal cette intrusion dans sa vie conjugale, qui avait un fâcheux parfum d'espionnage : la gouvernante ne lâchait pas sa pupille d'une semelle, écoutait en tiers toutes les conversations et commençait à commérer parmi les dames de la cour. Il répliqua,

furieux, qu'ils étaient, sa femme et lui, en âge de se
conduire et n'avaient pas besoin de domestiques pour
les guider : s'il lui fallait des conseils, il était bien
capable de les lui donner. Et, maladroitement, il montre
où le bât le blesse. La présence de la duègne chaperon
le paralyse. Il va jusqu'à dire qu'il préférerait se séparer de Marie plutôt que de la supporter. Assurément
nul n'aime mieux sa femme que lui, mais il est malade
et il lui faut, pour se montrer « joyeux compagnon »
avec elle, climat d'intimité complice. On imagine
l'hilarité que provoqua chez le truculent Henri VIII la
lecture de cette piteuse épître !

Marie fit-elle en français des progrès miraculeux ?
Au bout de trois semaines, ragaillardie plutôt par
l'éclat des fêtes, danses et momeries dont elle est l'ornement ou assurée désormais que l'épreuve serait de
courte durée, elle écrivit à Wolsey qu'elle pouvait se
passer des services de la bonne dame. Celle-ci, qui, à
Boulogne, attendait impatiemment son rappel, dut
regagner Londres l'oreille basse.

Un nouvel échange de lettres nous montre Louis XII
confiant dans ses espoirs de paternité, tandis que
Henri VIII, prévoyant des incidents, émet le vœu que
l'humeur folâtre de sa sœur ne l'empêche pas d'être
telle que son époux peut la souhaiter et de « faire toutes
choses qui [lui] peuvent venir à gré, plaisir ou contentement ».

Les fêtes avaient recommencé lors du retour de la
cour à Paris. Le 5 novembre, Marie fut couronnée à
Saint-Denis, avec toute la pompe requise. Ce fut au
dauphin François qu'incomba le soin de soutenir sur
sa tête la trop pesante couronne. Puis elle fit à Paris sa
grande entrée solennelle, en litière, parée comme une
châsse, ruisselante de joyaux. Et tandis que la fontaine
du Ponceau déversait son eau d'un côté sur un lis, de
l'autre sur une rose, les chansonniers affidés célé-
braient la nouvelle reine, messagère de paix :

Notre Dame bien soit venue en France :
Par toi vivons en plaisir et en joie,

>   *François, Anglois vivent en leur plaisance :*
>   *Louange à Dieu du bien qu'il nous envoie.*
>
>   *Comme la paix entre Dieu et les hommes*
>   *Par le moyen de la Vierge Marie*
>   *Fut jadis faite, ainsi à présent sommes,*
>   *Bourgeois françois, déchargés de nos sommes* *,
>
>   *Car Marie avec nous se marie.*

La cérémonie de l'après-midi à Notre-Dame fut suivie d'un souper où les cuisiniers se surpassèrent. On y servit un phénix qui battit des ailes jusqu'à ce que le feu l'eût consumé, le combat d'un coq et d'un lièvre et autres chefs-d'œuvre d'architecture gastronomique. Et les portes se refermèrent — à moitié seulement — sur les secrets de l'alcôve royale.

Un couple très surveillé

Louis XII dépérissait à vue d'œil. Non seulement il forçait la nature dans l'espoir d'avoir un fils, mais ses habitudes de vie se trouvaient bouleversées. « Où il soûlait ** dîner à huit heures convenait qu'il dînât à midi, où il soûlait se coucher à six heures du soir souvent se couchait à minuit. » À ce régime, il tombe rapidement malade. Marie reste à son chevet, chante et joue du luth pour le distraire. Il déverse sur elle des flots de bijoux. Aux ambassadeurs anglais, inquiets, elle affirme qu'il en use avec elle autant qu'il est possible à un homme d'en user avec une femme. Mais on commence à s'interroger et les clercs de la basoche disent tout haut ce que les autres pensent tout bas : « Que le roi d'Angleterre lui avait envoyé une haquenée *** pour le porter bientôt et plus doucement en enfer ou en paradis. »

Or il y avait dans l'entourage des gens directement

---

* Charges, soucis.
** Avait l'habitude de...
*** Jument de selle, pour le voyage.

concernés par l'état de santé du roi. Au premier chef,
François d'Angoulême, héritier présomptif du trône,
menacé de se voir écarté par la naissance d'un fils.
D'un naturel optimiste, il tente de prendre les choses
du bon côté. Au premier bruit d'un remariage possible
de Louis XII, il avait dit avec philosophie : « Après
tout, j'admets que le roi fasse la folie de se remarier,
mais il vivra peu. Qu'il ait un fils, ce fils sera un
enfant, il faudra un régent et, d'après l'ordre du
royaume, le régent, c'est moi. » Désormais, devant
l'état du malheureux, l'éventualité d'une naissance lui
paraît de plus en plus improbable : « Je suis plus
joyeux et plus aise que je ne fus passé * vingt ans ; car
je suis sûr (ou on m'a bien fort menti) qu'il est impossible que le roi et la reine puissent avoir enfants. »

La vue de la charmante Marie contribuait visiblement à cette bonne humeur. Elle a dix-neuf ans, il en
a vingt. Elle fait « très bonne chère » ** à ce « jeune
prince beau et agréable » qu'elle se plaît à appeler
« Monsieur mon beau-fils », comme époux de sa belle-
fille Claude. Lui, ravi, papillonne autour d'elle, tant et
si bien qu'un gentilhomme de sa suite crut devoir lui
faire la morale :

« Comment, Pâque-Dieu ! (car tel était son jurement)
que voulez-vous faire ? Ne voyez-vous pas que cette
femme, qui est fine et caute ***, vous veut attirer à elle afin
que vous l'engrossiez ? Et, si elle vient à avoir un fils,
vous voilà encore comte simple d'Angoulême et jamais
roi de France, comme vous espérez. Le roi son mari est
vieux et meshuy **** ne lui peut faire enfants. Vous l'irez
toucher, et vous vous approcherez si bien d'elle, que
vous qui êtes jeune et chaud, elle de même, Pâque-Dieu !
elle prendra comme à glu ; elle fera un enfant, et vous
voilà bien ! Après vous pourrez bien dire : « Adieu ma
part du royaume de France. » Par quoi, songez-y. »

---

* Depuis.
** Très bon visage.
*** Rusée.
**** Désormais.

Devant les réticences de l'intéressé, le fidèle serviteur, craignant de manquer d'autorité, avertit sa mère, la redoutable Louise de Savoie, « qui l'en réprimanda et tança si bien qu'il n'y retourna plus ». Et pour plus de sûreté, elle fit surveiller étroitement la reine par une escouade de princesses et de filles d'honneur, qui avaient ordre de ne la quitter de l'œil ni jour ni nuit, sauf lorsqu'elle était en compagnie du roi.

Car elle avait découvert, entre-temps, un autre danger.

Le duc de Suffolk avait débarqué à Boulogne dès le 20 octobre et il avait rejoint le cortège royal à Beauvais le 25. Dans un grand assaut de courbettes et de compliments, il remit à la jeune femme un message de son frère. Elle fut parfaite de dignité. « Il n'y eut jamais reine de France pour se conduire de façon si honorable et si sage », put-il écrire dans sa première dépêche. « Le roi est très attentionné » et elle est si complaisante avec lui que Henri VIII a tout lieu d'être rassuré.

On s'aperçut vite, cependant, que l'ambassadeur britannique « ne voulait point de mal à la sœur de son maître » — c'est une litote. Devant elle il tint à briller dans les joutes et tournois qui, à partir du lundi 13 novembre, animèrent jusqu'à la fin de la semaine l'arène édifiée rue Saint-Antoine. Sous les yeux du roi malade, qu'on dut amener en litière, et de Marie resplendissante, Français et Anglais s'affrontèrent en une compétition où l'orgueil national se doublait, chez le dauphin d'Angoulême et chez Suffolk, d'une secrète rivalité de mâles. Le sort des armes fut divers, mais Louis, par égard pour ses hôtes ou pour faire plaisir à sa femme, dit que les Anglais avaient été meilleurs et François, boudeur, alla se consoler auprès d'une de ses nombreuses maîtresses. Ce fut la fin des festivités. Mais l'Anglais resta, pour traiter de politique.

« Jamais femme habile ne mourut sans héritiers », dit un proverbe que rapporte Brantôme. Faut-il prêter à Marie, comme on le fit du côté français, le dessein très concerté de se faire faire un enfant par un tiers, à défaut du roi, pour s'assurer après la mort de celui-ci l'enviable statut de reine mère et de régente ? Il semble bien, d'après la correspondance conservée en Angleterre, que ce soit lui supposer un machiavélisme très étranger à sa nature et à ses capacités. Elle n'avait ni assez d'ambition pour concevoir un tel projet, ni assez de cervelle pour en peser les tenants et aboutissants. Elle n'avait qu'une idée en tête : épouser son cher Suffolk. Et celui-ci était bien capable de comprendre qu'une naissance compromettrait à jamais ses chances. Les craintes de Louise de Savoie étaient vaines.

Lorsque Suffolk repartit à la mi-décembre, porteur d'un projet d'alliance contre l'Espagne, on savait l'échéance proche. Le roi ne quittait pas le lit, brûlé de fièvre, amaigri par la dysenterie. La dernière lettre que le malheureux écrivit à Henri VIII est un hymne aux vertus de Marie. Elle n'était pourtant pas à ses côtés quand il mourut : elle était allée se coucher, comme de coutume. Tout au long de la journée du 1er janvier, dans le château des Tournelles où il s'était fait transporter pour fuir le Louvre glacial, il lutta contre la mort, « faisant force mines » et s'agitant beaucoup. Il expira le soir, vers minuit. « Dehors il faisait le plus horrible temps que jamais on vit. »

Il avait été bon prophète. Moins d'un an après, à quelques jours près, il rejoignait l'épouse qu'il avait tant pleurée et si vite remplacée. C'est aux côtés d'Anne de Bretagne, celle qui avait porté ses enfants, qu'il fut enterré à Saint-Denis, selon ses volontés. Le monument qu'il avait commandé à Jean Juste ne sera installé sur leurs tombes qu'en 1531 et il sera violé, comme les autres sépultures royales, à la Révolution. Mais pour la postérité, Louis XII désormais resterait l'époux, *in aeternum*, d'Anne de Bretagne. L'intermède anglais était clos.

Le sort de Marie

Est-il exact que le moribond ait murmuré à l'oreille de Marie : « Mignonne, je vous donne ma mort pour

vos étrennes » ? Et si oui, comment l'entendait-il ? On
ne sait. Les chroniqueurs eux, saluèrent la « belle
étrenne » échue à François d'Angoulême et les esprits
superstitieux épris de coïncidences notèrent qu'il avait
perdu son père un 1er janvier et devenait roi un 1er janvier : rencontres de bon augure, disait-on, pour un
règne qui s'annonçait brillant.

Roi, c'était vite dit. Encore fallait-il être certain que
Marie n'était pas enceinte d'un fils posthume, à qui
reviendrait la couronne.

Elle s'était évanouie quand on lui avait annoncé la
mort, pourtant prévisible, de son époux. Chagrin ou
joie, affolement devant les difficultés qui l'attendaient,
ou plus simplement réaction nerveuse ? Elle fut condamnée, comme toutes les veuves royales, à une claustration de six semaines dans sa chambre à la seule lueur
des chandelles et la supporta très mal. Elle avait horreur du silence, de la solitude et l'obscurité lui faisait
peur. L'avenir lui semblait gros de menaces. Elle
broyait du noir. Suffolk était reparti, en quête de nouvelles instructions. Elle se sentait abandonnée.

Dans ces conditions, il est peu vraisemblable, en
dépit du récit de Brantôme, qu'elle ait cherché à se
faire passer pour grosse en se rembourrant la taille avec
des coussins : une supercherie qu'aurait découverte et
dénoncée Louise de Savoie. Car d'autres témoignages
la montrent au contraire rassurant très vite François Ier,
qui venait aux nouvelles sous prétexte de la distraire :
« Elle ne savait autre roi que lui, car elle ne pensait
avoir fruit au ventre qui l'en pût empêcher. » Et l'intéressé poussa un grand soupir de soulagement.

Restait à régler l'avenir de la jeune femme.

À dix-neuf ans, sœur du roi d'Angleterre et veuve
de celui de France, elle était monnayable à haut prix
sur le marché du mariage. Mais qui, des deux pays, en
aurait l'initiative et en tirerait le bénéfice ? François Ier
voudrait la garder, le temps de négocier lui-même son
avenir. Henri VIII la réclame, mais des considérations
financières viennent interférer : il ne veut pas la voir
rentrer sans l'or et les bijoux dont Louis XII l'a cou-

verte. Il l'invite donc à temporiser. Lorsqu'elle lui écrit, dès le lendemain de son veuvage, en lui rappelant sa promesse de la laisser épouser Suffolk, il lui fait donner par Wolsey des conseils de patience et de prudence : attendre, ne rien faire, ne rien dire sans son assentiment et surtout refuser toute proposition de mariage. Elle était autorisée seulement à faire du charme auprès du nouveau roi pour se concilier ses bonnes grâces : mais l'arme se révélera à double tranchant.

L'aristocratie anglaise n'était pas unanimement ravie à l'idée de voir ce parvenu de Suffolk devenir le beau-frère du souverain. On tenta de détourner de lui Marie. Elle vit débarquer un moine, frère Langley, qui la mit en garde contre le duc trop fraîchement promu, accusé de pactiser avec le diable. Elle était trop amoureuse pour croire à ces racontars. Elle ne fit qu'en rire et y vit la confirmation qu'à Londres le roi avait parlé de ce mariage puisqu'on tentait d'y faire obstacle. Elle en conçut bon espoir, reprit confiance. Lorsque François Ier lui proposa de rester en France, avec un douaire très confortable — Blois — ou d'épouser à son choix le duc de Savoie ou le duc de Lorraine, elle refusa donc.

Mais un autre moine vint appuyer les dires du premier. Les jours passaient. Les négociations franco-anglaises traînaient. La malheureuse, enfermée dans ses appartements tendus de noir, s'exaspérait d'attendre, sans rien savoir, d'autant plus découragée qu'elle avait vu l'issue toute proche. Si l'on en croit la correspondance qu'elle et Suffolk échangèrent plus tard avec Wolsey et qui est conservée à Londres, François Ier se fit un malin plaisir de lui communiquer le bruit qui courait : mécontent de ses pourparlers avec la France, son frère envisageait de l'offrir à nouveau à Charles de Gand, dont l'alliance lui apparaissait plus prometteuse ; il n'attendait que son retour en Angleterre pour la lui donner. Elle sanglotait, suppliait son frère dans des lettres éplorées, lui rappelait le marché conclu : « Sire, Votre Grâce sait bien que je me suis mariée selon votre bon plaisir cette fois-ci, mais maintenant je compte bien que vous me laisserez me marier comme il me plaît. » Et elle disait — fallait-il qu'elle fût désespérée ! — qu'elle préférait un couvent à toute autre union.

François venait la voir souvent, il lui montrait de la sympathie. Affolée, implorant son aide, elle finit par se livrer entièrement à lui, lui raconta l'histoire de ses amours, lui parla des promesses de son frère, alla même jusqu'à lui confier la clef du code épistolaire secret. Il vit aussitôt le parti qu'il pouvait tirer de cette affaire. L'aider à épouser un simple gentilhomme anglais, c'était pour la France la solution idéale. Elle ne risquerait pas de se faire auprès d'un puissant époux étranger le porte-parole des intérêts britanniques. Il promit de bonne grâce un secours qu'il était très disposé à lui fournir. Et d'autre part, les confidences de Marie lui donnaient barre sur Suffolk, qu'on attendait d'un instant à l'autre pour parler politique.

Précisément, l'ambassadeur, tout juste débarqué, se portait à la rencontre de François Ier, en route pour se faire sacrer à Reims. Il n'avait pas encore revu Marie, ignorait qu'elle avait parlé. Il fut pris de court. L'entrevue très conventionnelle où il remercia officiellement le roi de France de ce qu'il faisait pour la veuve de son prédécesseur fut suivie d'un entretien privé d'une tout autre teneur. François, très direct, révèle à l'Anglais qu'il sait tout, même la clef du chiffre, et promet aux amoureux une aide inespérée. La contrepartie — car il y en avait une, bien sûr —, c'était sa complaisance dans les négociations qui allaient s'ouvrir.

Le dimanche suivant Suffolk arriva à Paris et Marie se jeta dans ses bras, en larmes : « Jamais je ne vis femme pleurer autant », écrira-t-il à Londres pour se disculper. Car, persuadée que son frère la destine à Charles de Gand, elle exige de son amant qu'il l'épouse « tout de suite ». S'il parle d'attendre le consentement de son maître, elle se fâche, tempête, menace de ne plus le revoir. Il lui promet qu'ils se marieront avant de rentrer en Angleterre, mais essaie de gagner du temps. Elle lui accorde en tout et pour tout un délai de quatre jours !

Cependant François Iᵉʳ, de retour de Reims où il vient d'être sacré, fait son entrée à Paris le 13 février. Marie y assiste. Le roi redouble d'attentions pour elle. Louise de Savoie flatte et cajole Suffolk, tandis que François met les points sur les *i* avec lui : « Je ne voudrais point que quelque chose se fît là où je pusse avoir honte, ni le roi d'Angleterre mon frère, avec lequel je veux garder [...] alliance et amitié. [...] Et pour ce je vous prie que ne fassiez chose qui ne soit à mon honneur ; et s'il y avait quelques promesses entre vous et la reine, faites tant que votre maître, duquel vous êtes bien aimé, m'en écrive, et en serai fort bien content. Mais autrement, gardez-vous sur votre vie que ne fassiez chose qui ne soit à faire : car si j'en fusse averti, je vous ferais le plus marri homme du monde. » Pas de mariage donc, sans l'aveu de Henri VIII. Les apparences sont sauves.

Que se passa-t-il au juste pendant le mois qui suivit ? François Iᵉʳ l'ignora-t-il ou choisit-il de fermer les yeux ? Marie tourmentait sans relâche son amant : « Puisque les deux rois sont d'accord, pourquoi attendre ? » Le Carême approchait, pendant lequel on s'abstenait de célébrer des mariages. Le leur eut lieu secrètement, dit-on, sans doute dans la chapelle de l'Hôtel de Cluny, mais on n'en connaît pas la date exacte — seconde semaine de février ? —, pas plus que le nom du prêtre qui les unit. Y eut-il vraiment mariage, d'ailleurs, ou cette prétendue cérémonie fut-elle invoquée après coup pour dissimuler qu'ils avaient pris les devants ?

En mars Marie est mal portante, nerveuse, inquiète — enceinte ? Elle le croit, mais ce n'est que fausse alerte. Suffolk reste serein. Pour peu de temps. Les deux rois, pour des raisons différentes, sont tous deux très mécontents. Henri VIII a découvert non seulement que sa sœur s'est mariée sans son consentement, mais que son ambassadeur soutient les revendications de la France sur Tournai. François, lui, serait prêt à pardonner un mariage clandestin ou même une liaison. Il est plein d'indulgence pour les péchés d'amour et, au fond, la chose l'arrange. Mais il vient de s'apercevoir que le plus beau des diamants de la reine, le Miroir de Naples, a pris le chemin de l'Angleterre, en même temps que d'autres cadeaux faits par Louis XII. Et il en est furieux.

Du coup, les amants prennent peur. De lettres d'explications en lettres d'excuses, ils finissent par avouer toute l'affaire au ministre Wolsey, puis à Henri VIII. Marie, qui risque moins, prend courageusement le blâme sur elle, se dit seule responsable et demande humblement pardon. Mais elle connaissait bien son frère, savait qu'il n'était pas homme à se payer de mots. En lui faisant don de tous les objets précieux reçus de Louis XII, elle était sûre de le toucher au point sensible. Oui, mais ces objets, dont beaucoup avaient déjà traversé la Manche, lui appartenaient-ils en propre ?

François arguait, très légitimement, que les reines de France ne sont que dépositaires des bijoux de la couronne, qui doivent se transmettre de l'une à l'autre. Une veuve peut à la rigueur les conserver jusqu'à sa mort, à titre de douaire, si elle reste en France. Mais elle ne saurait les emporter à l'étranger, ni en disposer à sa guise. Les Anglais l'entendaient autrement et voyaient dans les joyaux offerts à Marie des cadeaux personnels.

Pas question pour la France de la laisser partir sans avoir obtenu satisfaction. Les fauteurs de scandale, dont nul ne se soucie plus de savoir s'ils sont vraiment mariés, servent alors d'otages dans une discussion de marchands de tapis entre les deux chancelleries. On ergota. On transigea, bien sûr. *Fifty, fifty*, à l'anglaise. La moitié de la vaisselle et la moitié des bijoux — autour de cinquante mille couronnes — pour chacun. L'arrangement faillit achopper sur le fameux Miroir de Naples, que la reine Claude réclamait à cor et à cri et que Henri VIII ne voulait pas lâcher. Il fut finalement inclus dans son lot.

Il ne restait plus à François Ier qu'à se débarrasser d'un couple encombrant. On les maria sans éclat, mais officiellement, en plein carême, le 30 mars, et les deux pays en avisèrent les autres cours d'Europe. Des difficultés entre l'Angleterre et l'Écosse, alliée traditionnelle de la France, faillirent retarder encore leur départ. Mais le roi était trop désireux d'assurer ses arrières avant d'entreprendre sa grande expédition d'Italie. Il les lâcha, non sans avoir fait signer à Marie une confirmation de l'accord financier intervenu, une sorte de décharge pour solde de tous comptes. En digne sœur de son frère, elle trouva le moyen, à propos des joyaux restitués à la France, de remplacer le mot *dû* par le mot *don* ! Mais cela ne tirait pas à conséquence.

Le chancelier, faisant le bilan de l'opération, jeta les hauts cris devant le prix qu'avait coûté au trésor cette reine éphémère. Le nouvel ambassadeur envoyé par Venise, qui avait perdu du temps en chemin, remballa le cadeau qu'il devait lui remettre pour ses noces avec Louis XII. Elle eut l'audace de le réclamer, mais le Vénitien ne céda pas.

Marie et Suffolk quittèrent donc Paris le 16 avril, sans y laisser de regrets, gagnèrent Calais, ville anglaise, où ils se firent huer, s'embarquèrent non pour Londres, mais pour un château discret où ils attendirent le verdict royal. Dernier marchandage : Marie rendit à son frère la totalité du trousseau — vêtements et meubles — qu'il lui avait accordé à son départ. Enfin, le 13 mai, ils purent paraître en public et ils furent à nouveau mariés, en présence de toute la cour, à Greenwich. C'était la seconde ou la troisième fois, ce fut la bonne. Puis on récrivit l'histoire de cette demi-année, pour satisfaire aux convenances. En vain : le récit de leurs aventures avait fait le tour de l'Europe.

Un séjour à la campagne, le temps de laisser s'apaiser les rumeurs, et le couple reprit sa place dans l'entourage du souverain. On revit Marie en France lors de l'entrevue du camp du Drap d'Or. Mais elle n'y figurait qu'à titre privé, à l'arrière-plan. Elle avait quitté la scène de l'histoire. Elle était restée la même, impulsive, chaleureuse, étourdie, impatiente, avec un petit grain de folie. Son mari, arrivé au faîte de ses ambitions, s'était assagi. Il s'accommoda de ses sautes d'humeur et de ses caprices. Elle lui donna trois enfants et l'une de leurs petites-filles, Jane Grey, disputant le trône d'Angleterre à Mary Tudor, la Sanglante, régnera neuf jours, du 10 au 19 juillet 1553, avant de périr sur l'échafaud.

À cette date, Marie était morte depuis vingt ans, oubliée de tous.

Un portrait nous reste d'elle, et une devise :

> *Cloth of gold do not despise,*
> *Though thou be matched with cloth of frize :*
> *Cloth of frize be not too bold,*
> *Though thou be matched with cloth of gold*[*].

Telle fut la fin de Marie d'Angleterre, qui, après avoir été reine de France pendant trois mois, s'en retourna partager la vie d'un seigneur de son pays. Seule entre les princesses royales de ce temps, à la gloire elle préféra son plaisir : une fois n'est pas coutume. Et ce choix lui réussit : c'est chose encore plus rare.

Honni soit qui mal y pense !

---

[*] « Habit d'or, ne sois point dédaigneux, / Bien que tu sois marié à habit de frise. / Habit de frise, ne sois point présomptueux, / Bien que tu sois marié à habit d'or. » — La frise était une étoffe de grosse laine.

CHAPITRE SIX

CLAUDE DE FRANCE

Sur Claude de France, qui partagea dix ans durant la vie de François Iᵉʳ, les chroniqueurs ne tarissent pas de louanges. Elle fut « très bonne et très charitable, et fort douce à tout le monde, et ne fit jamais déplaisir ni mal à aucun de sa cour ni de son royaume ». Sa devise était une pleine lune accompagnée des mots *Candida candidis* : blanche pour ceux qui sont blancs, et le riche symbolisme de la blancheur peut évoquer ici conjointement pureté, innocence, voire candeur et simplicité de cœur. Autant de traits qui nous font deviner en elle une victime, à qui vertus et malheurs sont promesse de salut.

Et il est exact que, après une enfance exceptionnellement heureuse, elle fut écrasée par une condition trop lourde pour ses forces.

Une enfance heureuse

Son enfance commença sous les plus heureux auspices. Elle était née dans la joie, enfant d'une double victoire, juridique et militaire.

À peine Louis XII, enfin sorti du procès qui l'opposait à Jeanne, avait-il épousé Anne de Bretagne, le 8 janvier 1499, que ses espérances de paternité se trouvaient comblées. Et le succès de l'expédition d'Italie, aussitôt lancée, dépassait les prévisions les plus optimistes. Il avait quitté le Val de Loire pour se diriger vers Lyon, base de départ des campagnes vers la péninsule, en compagnie de la reine, et il s'attardait auprès d'elle lorsque lui parvint à la fin d'août la merveilleuse nouvelle : le duché de Milan était conquis, la ville allait tomber comme un fruit mûr. Laissant Anne à Romorantin où la petite Claude vint au monde le 13 octobre, il alla cueillir ses lauriers italiens. Une entrée solennelle dans Milan, trois mois de séjour pour mettre au point l'administration de son beau duché tout neuf, et il revient bien vite en France se pencher sur le berceau de l'enfant et assister à son baptême.

Bien sûr, ce n'était pas un garçon. Mais le moyen de faire grise mine quand tout lui souriait ? La fécondité immédiate d'Anne laissait bien augurer de l'avenir : « C'est bon espoir d'avoir des fils, depuis qu'on a eu des filles », déclara-t-il très sagement.

Un bref soulèvement milanais, vite réprimé, mit entre ses mains « l'usurpateur », Ludovic Sforza, qui fut amené en France et incarcéré finalement à Loches où il terminera ses jours : la conquête semblait devoir être durable. Roi de France, duc de Milan, père comblé, l'ancien duc d'Orléans rayonnait. Il tint à associer à son triomphe sa fille nouveau-née en la faisant proclamer par le parlement de Paris, « à huis ouverts », c'est-à-dire publiquement, « duchesse des deux plus belles duchés de la chrétienté, qu'étaient Milan et Bretagne, l'une venant du père et l'autre de la mère ». Et il entreprit avec sa femme une vaste tournée dans les provinces de l'Ouest, avant de regagner le château de Blois où les attendait la fillette.

Les promesses de l'aube, on le sait, ne furent pas tenues. Claude demeura l'unique enfant vivante du couple royal pendant dix ans et, en 1510, c'est une sœur qui lui naquit. Quant au duché de Milan, il fut très vite reperdu. La petite Claude resta cependant pour ses parents l'enfant dont l'existence même était un éclatant défi au malheur. Ils déversèrent sur elle le trop-plein d'affection dont ils regorgeaient. « Elle était leur bonne fille et la bien aimée, comme ils le lui montraient bien. »

Elle fut choyée comme le sont rarement les rejetons des rois. Louis XII et Anne de Bretagne — effet de l'âge ou de la fatigue ? — sont, pour des souverains de l'époque, relativement sédentaires. Leur point d'attache est Blois, où réside la fillette. Ils s'occupent d'elle personnellement le plus qu'ils peuvent et cette intimité se reflète jusque dans le langage quotidien : « Ma fille Claude », dit familièrement Anne de Bretagne, en parlant d'elle sans cérémonie. La petite princesse a sa « maison », à côté de celle de sa mère — entendez ses appartements et tout le personnel afférent —, presque sa cour, et le roi, lorsqu'il sort de la visite quotidienne qu'il fait à l'une, ne manque jamais de se rendre chez l'autre quêter un sourire ou un baiser. Et l'on sait qu'en 1505, par exemple, les fêtes de Pâques furent au château l'occasion de réjouissances familiales, dont l'enfant était le centre.

Inspira-t-on à la petite Claude l'orgueil de sa naissance et de son rang ? C'est probable. Mais jamais elle ne manifesta, comme sa sœur Renée[*], la moindre rancœur contre la loi salique l'excluant du pouvoir qui, dans un pays voisin, lui fût revenu. Ses parents, on l'a dit, se querellèrent au sujet de son mariage. Partagea-t-elle les hautes ambitions de sa mère ? regretta-t-elle qu'ait été écarté Charles de Gand, à qui elle fut un temps promise et qui aurait fait d'elle une impératrice ? On ne sait. Quel souvenir garda-t-elle de ses fiançailles avec François d'Angoulême, le 21 mai 1506 ? Elle n'avait pas six ans, il fallut la porter tant elle était engoncée dans son harnachement de brocart et d'or. Le choix finalement retenu, en tout cas, lui évitait une des épreuves généralement dévolues aux princesses, les affres du déracinement, de l'arrachement au pays natal et le contact brutal avec un mari jamais vu, le plus

---

[*] Aux intendants italiens de son mari, qui lui reprochaient ses libéralités à l'égard des exilés français, Renée répondait : « Que voulez-vous ? ce sont pauvres Français de ma nation, et lesquels, si Dieu m'eût donné barbe au menton et que je fusse homme, seraient maintenant tous mes sujets ; voire me seraient-ils tels, si cette méchante loi salique ne me tenait trop de rigueur. »

souvent vieux et laid. François, lui, avait été appelé à la cour dès 1508 et lorsqu'elle l'épousa, elle avait eu le loisir de le bien connaître, sans pour autant quitter père et mère. De cinq ans plus âgé, il avait tout pour plaire à une adolescente : grand et fort, gai, brillant, enjôleur, il était le plus attirant de tous, sans conteste, dans le cercle étroit des princes à marier. L'aima-t-elle ? Il est permis de le supposer, mais la vérité est qu'on n'en sait rien.

Anne de Bretagne, elle, ne l'aimait pas. Devant tant d'attraits, elle était inquiète. Son antipathie pour cette ambitieuse famille d'Angoulême aiguisait sa lucidité. Elle se défiait de la légèreté de François, de sa superbe d'enfant gâté, de son goût très affirmé pour les femmes et le plaisir. Elle invoquait, contre la décision de Louis XII, le futur bonheur de sa fille : préoccupation très insolite, chez une mère royale. « La vertu de notre fille touchera le comte* », répliquait le roi, « il ne pourra s'empêcher de lui rendre justice ». Mais Anne savait trop bien que la vertu ne suffit pas à assurer l'emprise d'une femme sur son mari.

Si douce, bonne et pieuse que fût Claude, elle était dépourvue de toute beauté. Elle ressemblait un peu à sa mère, le charme en moins. Affligée de la même claudication, elle était plus petite encore, tenait de son père un nez plus accusé, et son regard était déparé par un léger strabisme de l'œil gauche que ses portraits ne parviennent pas à dissimuler complètement. Elle ne paraissait pas sotte, cependant, et elle aurait pu avoir l'air avenant si elle avait hérité de la sveltesse maternelle. Mais l'« étrange corpulence » notée chez elle par tous les observateurs devint au fil des grossesses une désastreuse obésité, qui lui rendait la marche difficile et mettait sa vie en danger à chaque naissance. Cet embonpoint était-il congénital ? et les diplomates étrangers qui la dépeignent presque monstrueuse l'ont-ils vue autrement qu'enceinte ? On ne sait. Ce qui est

---

* François était comte d'Angoulême.

sûr, c'est qu'elle n'eut jamais de quoi retenir son très volage époux.

À quinze ans, lorsqu'elle aborde la vie conjugale, elle est encore une enfant fragile, vulnérable. Trop protégée, elle n'a pas appris, comme autrefois sa mère, à affronter l'adversité ni à prendre en charge son destin. Le bonheur qui entoura ses jeunes années se transforme soudain en handicap lorsqu'elle perd coup sur coup, en l'espace de moins d'un an, ses deux parents. Aux tristes noces où les mariés étaient en noir, juste après la mort d'Anne de Bretagne, avait succédé le remariage de son père. On la vit très abattue lors du couronnement de Marie, qu'elle dut « servir ». Partageait-elle les inquiétudes de François à l'idée de voir le trône leur échapper ? Brantôme, si mauvaise langue pourtant, impute sa tristesse au seul souvenir du temps si proche où, lors des cérémonies, elle assistait sa mère. Le sentiment chez elle prévaut sur l'ambition.

Trois mois plus tard, Louis XII disparaît à son tour. Elle n'a désormais d'autre appui que son souverain et époux, d'autre famille que celle de celui-ci. La rupture, pour n'être pas accompagnée d'exil, n'en est pas moins radicale.

Car la constellation familiale féminine, autour du nouveau roi, est redoutable : si forte et si exclusive qu'elle ne laisse à la nouvelle venue qu'une place chichement mesurée.

« Mon roi, mon seigneur, mon César, mon fils »

Tel est François pour sa mère, Louise de Savoie : porteur de toutes ses espérances, unique objet de son amour, idole à laquelle elle est prête à se sacrifier elle-même et, à plus forte raison, à sacrifier le monde entier. Cette passion maternelle dévorante, moins exceptionnelle au demeurant qu'il n'y paraît, avait été fortifiée par les circonstances.

Louise avait des ascendances prestigieuses, mais de

fortune point. Issue de la prolifique et pauvre maison
de Savoie, ruinée par des conflits récents, elle était née
le 11 septembre 1476, fille du duc Philippe, dit « Sans
Terre » parce qu'il s'était fait arracher à la guerre ses
possessions de Bresse, et de sa femme Marguerite de
Bourbon, sœur de Pierre de Beaujeu, apparentée au roi
de France. En 1488, à douze ans, on l'avait mariée
avec un cousin germain du futur Louis XII, Charles de
Valois, lui aussi prince du sang. Union honorable, entre
partenaires d'égale extraction. Mais le mari en question
n'était pas bien en cour, il avait trempé dans la
« Guerre Folle », s'était fait battre à plates coutures
sous les murs de Cognac, avait dû capituler. Le
mariage proposé était un moyen de le fixer : il n'irait
pas chercher ailleurs une épouse et des appuis. On s'ar-
rangea pour qu'il restât besogneux. De maigres dotations — quelques milliers de livres pour elle, la
seigneurie de Melle pour lui — ajoutées à Angoulême,
Cognac et Romorantin : le couple n'aurait pas de quoi
mener grande vie. Il était voué à une modeste existence
provinciale.

Ils avaient eu en 1492 une fille, Marguerite, puis un
fils, François, deux ans plus tard, sans que ces naissances aient créé entre eux l'ombre d'un attachement. La
jeune femme, d'une rare et précoce force de caractère,
s'accommoda avec philosophie des frasques d'un
époux auquel elle ne tenait guère. Elle ne le pleura pas
quand il mourut prématurément, le 1er ou le 2 janvier
1496 et resta en bons termes avec sa maîtresse attitrée
dont on élevait les enfants avec les siens — solution
simple qui avait le double mérite d'être franche et peu
dispendieuse.

Elle supportait moins bien, en revanche, la médiocrité de sa situation et enrageait de végéter à Cognac
dans une relative pauvreté. Le « petit paradis », que
Marguerite évoquera plus tard avec la nostalgie qui
nimbe les souvenirs d'enfance, n'était pour elle qu'un
purgatoire dont elle était bien décidée à sortir au plus
tôt, par la grande porte, grâce à son fils. À dix-neuf
ans, elle était veuve, elle était libre. Elle refusa de se

remarier, même avec le roi d'Angleterre Henri VII. La destinée lui promettait autre chose.

Comme beaucoup de ses contemporains, elle était férue d'astrologie, d'horoscopes, de prédictions. Or l'ermite du Plessis-lès-Tours, le fameux François de Paule — encore lui ! — avait affirmé que son fils serait roi. Une telle promotion n'allait pas de soi. Entre le jeune comte d'Angoulême et le trône de France, il y avait Charles VIII, puis Louis d'Orléans, futur Louis XII et leurs éventuels descendants : sa route vers le pouvoir sera en effet jalonnée de cadavres d'enfants. Sans qu'il y soit pour rien, bien sûr. Mais Louise, confiante dans les astres et dans la providence, habitée par son idée fixe, vécut dès lors dans l'attente du miraculeux avènement de celui qu'elle n'appelle plus, par anticipation, que son « César ». Et de dénombrer férocement les disparitions propices, de se réjouir, implacable, devant les berceaux vides, préparés en vain pour des fils mort-nés.

« Patience ne m'a jamais abandonnée », a-t-elle dit. Mais elle a tremblé bien souvent, et continué de trembler toute sa vie au moindre accident, à la moindre égratignure. Apprend-elle qu'il est tombé de cheval ? elle en frémit rétrospectivement : « J'étais femme perdue s'il en fût mort. » Toute souffrance se répercute de lui à elle, amplifiée, et vient irradier sa chair même. Bien avant Mme de Sévigné écrivant à sa fille : « J'ai mal à votre poitrine », Louise note dans son *Journal* : « Le 5e jour de juin 1515, mon fils, venant de Chaumont à Amboise, se mit une épine en la jambe, dont il eut moult douleur, et moi aussi ; car vrai amour me contraignait de souffrir semblable peine. » Attachement viscéral, qui inclut l'ambition mais la transcende, sorte de symbiose comme d'avant la naissance, lorsque le cordon ombilical réunissait la mère et l'enfant dans les battements solidaires de leur sang.

« Un seul cœur en trois corps »

Une telle mère n'est généralement pas un don du ciel pour ses enfants : ni pour l'intéressé, accablé sous le poids d'une sollicitude intempérante, ni à plus forte raison pour ses frères et sœurs moins aimés. On en verra plus loin un exemple avec Catherine de Médicis.

Or ce ne fut pas le cas pour François et Marguerite, qui eurent l'un et l'autre, chacun suivant sa voie, une vie parfaitement accomplie. Et ce succès est à inscrire au crédit de Louise autant qu'à la forte personnalité des deux enfants. D'abord elle sut communiquer à la fillette son amour passionné pour le petit garçon. Jamais Marguerite n'eut ombre de jalousie à l'égard de son frère. Elle communia au contraire dans une même adoration, prête à jouer auprès du bambin, de deux ans son cadet, le rôle d'une seconde mère s'associant ou se substituant au besoin à la première. Les années passant et la différence d'âge cessant de jouer, c'est alors à François, homme et roi, de protéger celle qu'il n'appelle que sa « mignonne ». Entre eux subsista un attachement réciproque que les inévitables tensions ne parviendront pas à entamer, même lorsque les intérêts familiaux ou les sympathies religieuses de Marguerite divergeront de ceux de son frère. Ils se comprenaient à demi-mot, lisaient dans la pensée l'un de l'autre, jumeaux sinon par les gènes, du moins par une éducation vécue en commun sous la direction effective de leur mère.

Isolée à Cognac ou, plus tard, confinée à Amboise par les soins de Louis XII, Louise de Savoie, à qui les satisfactions sociales étaient mesurées, se voue tout entière à cette éducation, dans un climat de chaleur, de confiance peu commun. Ils eurent des précepteurs certes, mais leur mère omniprésente veillait à tout. Elle avait choisi pour devise : *Libris et Liberis* — « Pour mes livres et pour mes enfants ». Le goût pour les jeux de sonorités faciles ne suffit pas à expliquer cette association singulière, qui témoigne chez elle d'un goût vrai pour les choses de l'esprit. Intelligente, cultivée, elle aima les beaux volumes dont la bibliothèque familiale était bien pourvue : deux cents, à Cognac, c'était considérable pour l'époque. Voilà bien un des seuls domaines où elle ait apprécié l'héritage conjugal. On lisait et on écrivait volontiers, dans la famille. Son beau-père, Jean d'Orléans, avait versifié aimablement, avec une propension au mysticisme qu'on retrouvera chez sa petite-fille. Et il avait pour frère le fameux Charles, père de Louis XII, poète de la douce France entr'aperçue, par temps clair, du haut des falaises de Douvres.

Les disciplines intellectuelles et artistiques équilibraient donc, chez les deux enfants, l'entraînement du corps. Sous l'œil attentif de leur mère, on les éleva ensemble et chacun bénéficia du programme de l'autre, en dépit de quelques activités spécifiques, armes pour le garçon, broderie pour la fille. L'œuvre littéraire de Marguerite ne doit pas faire oublier qu'elle était une cavalière accomplie. Et l'image guerrière du roi chevalier ne doit pas occulter celle du protecteur des arts et des lettres, qui fonda le Collège de France, fit édifier Chambord et réaménager Fontainebleau.

Éducation humaniste, ouverte, où les langues modernes — italien, espagnol — voisinaient avec les anciennes — latin, et même une teinture de grec —, et où le souci de former des têtes bien faites prévalait sur celui de les remplir. Éducation réaliste aussi, tournée vers l'exercice futur d'une royauté que Louise veut prestigieuse et dans laquelle une place est prévue pour elle et pour Marguerite. Rien ne pouvait cimenter davantage l'union entre ces trois êtres, tendus dans une volonté commune.

Les deux enfants regorgeaient de dons, la santé, l'intelligence, l'énergie. Aucun des deux ne se fût laissé tyranniser. Ils admiraient leur mère sans la craindre, ne se sentaient pas inférieurs à elle, ni inférieurs l'un à l'autre, chacun dans son ordre. Ils avaient tous trois leur personnalité, leur place, leur rôle à tenir. Et ces rôles étaient complémentaires. Cette large autonomie n'excluait pas le dévouement, au contraire, elle lui per-

mettait de s'affirmer en pleine liberté. Que François doive à l'adoration que lui vouaient sa mère et sa
sœur son égocentrisme ingénu d'enfant gâté accoutumé
à voir les autres céder à toutes ses volontés, c'est certain. « François Ier naquit entre deux femmes proster-
nées [...] et telles elles restèrent, dans cette extase de
culte et de dévotion. » Mais cette célèbre formule de
Michelet ne prend en compte que les effets néfastes
d'un climat familial auquel le jeune homme doit aussi
sa joie de vivre, sa confiance en soi, son équilibre.
Quant à l'autoritarisme, point n'est besoin d'une
enfance trop choyée pour le développer chez les souverains : l'exercice du pouvoir s'en charge.

François Ier leur doit encore bien davantage. Il sait
pouvoir compter, sans réserves, sur deux femmes intelligentes et énergiques, d'un dévouement absolu, qu'aucun serviteur, si fidèle soit-il, ne saurait remplacer.
C'est grâce à elles deux qu'il sortira un jour des prisons
espagnoles sans trop de dommages. Plus encore : il a
auprès de lui, en permanence, deux êtres dont les
efforts convergent avec les siens, pour une action
menée de conserve. Ils se partagent les tâches, ils se
renvoient la balle, ils jouent de leur partition en trois
personnes dans les négociations.

Avec François Ier accède au pouvoir un triumvirat,
ou plutôt une sorte de trinité politique, bloc compact,
cimenté par dix-huit ans de symbiose, sans fissures,
sans aucune brèche par où pût s'exercer, si tant est
qu'elle le voulût, l'influence d'une épouse. Au sein de
ce bloc, la petite Claude, avec ses quinze ans, sa douceur, sa fragilité, ne peut être qu'un corps étranger,
toléré à condition qu'elle veuille bien participer au
culte commun et pourvu que sa sphère d'activité reste
circonscrite. L'accueil qu'on lui réserva manquait singulièrement de chaleur.

Un accueil mitigé

Contre toute attente, Louise de Savoie avait d'abord envisagé sans enthousiasme le projet de mariage entre son fils et l'aînée des filles de France. Au point d'en vouloir férocement au maréchal de Gié, principal artisan de cette combinaison matrimoniale.

À vrai dire, on ne sait si elle fut hostile au projet par haine du maréchal, ou l'inverse. Lorsqu'il avait succédé à Charles VIII, Louis XII, prenant très au sérieux son rôle de tuteur légal de son jeune cousin, l'avait soustrait à l'autorité exclusive de sa mère et avait installé la jeune femme et ses deux enfants à Amboise, où Pierre de Gié était chargé de veiller sur eux. Les protéger ? les surveiller ? Les deux à la fois. Et la très susceptible Louise avait souvent trouvé sa sollicitude indiscrète.

Elle n'avait pas, sur l'avenir de son fils, exactement les mêmes vues que lui. Gié, convaincu que les intérêts de sa province natale coïncidaient avec ceux de la France, pensait surtout à rattacher la Bretagne au royaume, peu lui importait comment. Il lui était bien égal, si Louis XII avait un fils, que François d'Angoulême fût confiné dans la condition de vassal. Louise, elle, poursuivait ses rêves ambitieux. Pourquoi hypothéquer l'avenir par des fiançailles prématurées ? Si le trône de France lui échappait, son fils pourrait trouver ailleurs plus prestigieuse épouse. Et s'il succédait à Louis XII, point n'était besoin pour lui d'épouser sa fille : il serait libre de son choix. Elle n'éprouva donc nulle reconnaissance pour le roi lorsque celui-ci, en célébrant officiellement les fiançailles des deux enfants, désigna publiquement François comme son héritier probable. Car cet héritage restait soumis à trop d'aléas.

Le sentiment que ses enfants étaient des pions sur l'échiquier politique fut renforcé par le mariage de Marguerite. On avait envisagé pour la jeune fille divers partis étrangers. Le duc de Montferrat parut de trop petite volée. Le duc de Calabre aurait fait d'elle, après

la mort de son père, une reine de Naples, mais
Louis XII ne voulait pas renoncer à ses droits prétendus sur le royaume. On parla du prince de Galles,
Arthur, puis, lorsqu'il fut mort, de son frère, le futur
Henri VIII, voire du roi Henri VII en personne ou du
très vieux Christian de Danemark. Propositions en
l'air, auxquelles elle avait beau jeu de répondre, aiguil-
lonnée par sa mère, qu'elle attendait mieux : le jour
où son frère serait roi, elle trouverait meilleur parti en
France, sans qu'il lui faille traverser la mer.

Mais il n'avait que quinze ans et elle, à dix-sept ans,
était déjà grandette, lorsque Louis XII décida de la donner, pour régler à l'amiable un litige successoral, au duc
Charles d'Alençon, de sang royal certes — il descendait
d'un frère cadet de Philippe le Bel —, mais occupant sur
les marches du trône une place plus que modeste. Le
souverain dora généreusement la pilule. Les noces, célébrées le 2 décembre 1509 furent fastueuses et de larges
dotations mirent les époux à l'abri du besoin. Marguerite
quitte alors les siens pour rejoindre dans le triste château
médiéval d'Alençon une belle-mère confite en dévotion,
dont la piété — ô surprise — rencontra ses propres
inquiétudes religieuses et avec qui elle sympathisa : première étape de l'itinéraire intérieur qui fera d'elle une
ardente adepte d'un renouveau de la spiritualité. Quant à
Louise de Savoie, elle continue d'attendre l'avènement
de son « César », l'œil rivé sur le tour de taille d'Anne
de Bretagne et guettant sur le visage de Louis XII les
signes de décrépitude.

Elle voyait grandir sans plaisir sa future belle-fille,
chétive, si peu attrayante avec sa jambe et son œil bat-
tant la campagne. Une telle épouse ferait peu d'honneur au jeune François, qui passait pour le plus bel
homme de France, malgré son front trop bas et son nez
trop long. Serait-elle propre, au moins, à lui donner des
enfants ? L'exemple maternel était de mauvais augure.
D'ailleurs, belle ou pas, comment la malheureuse
aurait-elle trouvé grâce auprès de cette mère possessive, pour qui nulle bru n'était digne de son incomparable fils ?

Le temps passait cependant, et François faisait de plus en plus figure d'héritier. Louise se réconciliait avec l'idée d'un mariage dont elle voyait désormais les avantages. Claude, à qui Anne de Bretagne avait transmis ses infirmités, n'avait hérité d'elle ni la force de caractère, ni la séduction. À la réflexion, son insignifiance même plaidait en sa faveur. Douce, docile, aimante, pieuse, elle ne compterait guère, ne ferait ombrage à personne, ne disputerait pas à sa mère le cœur du roi. Elle serait la plus inoffensive des brus.

François, lui, dès qu'il fut en âge d'avoir un avis, se montra très désireux de ce mariage. Pour des raisons fort étrangères à l'amour.

Il y a du parvenu en lui, a noté Lucien Febvre, du « nouveau roi » — comme chez Henri IV. Ce n'est pas un hasard si tous deux, des collatéraux héritiers potentiels du trône, épousent des filles de France. Certes cela ne leur donne aucun droit légal sur la couronne, à laquelle ils ne sont promis que par filiation masculine. Mais cela les arrime malgré tout à la branche régnante et leur confère une sorte de légitimité symbolique, à leurs propres yeux et aux yeux des Français, attachés à la dynastie : le sang des rois précédents coulera dans les veines de leurs enfants. Dans le cas de François, ce mariage est aussi, malgré les réserves que comporte le contrat en cas de naissance d'un dauphin, une sorte d'adoption, le signe que Louis XII le désigne publiquement, dans l'immédiat, comme son successeur.

C'est d'autre part contracter une union prestigieuse. Seuls les plus grands souverains d'Europe pouvaient prétendre à la fille aînée du roi de France. François devient, avant même d'accéder au trône, leur égal. Eut-il un obscur pressentiment de la longue rivalité qui l'opposera à Charles Quint ? C'est autour de la main de Claude que les deux hommes s'affrontèrent pour la première fois, par parents interposés. On peut être sûr, en tout cas, que l'insistance mise par Anne de Bretagne à la lui refuser et à préférer pour elle son rival, ne fit qu'exacerber son désir de l'obtenir : ce qui est promis à un autre brille d'un éclat redoublé.

Voilà pour les motivations obscures, semi-conscientes. Il s'y ajoute des motifs directement intéressés. Claude possède des biens propres, notamment la Bretagne, qu'il est souhaitable de conserver. Elle détient surtout — ou plutôt détiendra à la mort de son père — les droits de celui-ci sur le duché de Milan, comme héritier de Valentine Visconti. Or François, comme ses prédécesseurs, est hanté par le rêve italien : pour lui, l'enjeu est capital.

Il l'épousera donc, bien décidé à ne pas lui sacrifier ses plaisirs. Eut-il vraiment le mot qu'on lui prête parfois : « Je la veux, cette enfant. Question d'État. Pour l'amour, il est d'autres prés où, sans presque me baisser, j'aurai tout loisir de cueillir à foison les plus capiteuses corolles » ? La formulation est sans doute apocryphe, mais elle traduit à coup sûr le fond de sa pensée.

Tel était le mari, telle était la belle-mère entre les mains de qui Anne de Bretagne, sur son lit de mort, se résigna à remettre sa fille, in extremis. Quant à Marguerite, elle était trop chrétienne pour accueillir sa belle-sœur autrement qu'avec charité. Mais il apparut vite qu'elles avaient trop peu en commun pour parvenir à une amitié véritable. C'est aux enfants du couple royal que la princesse prodiguera son affection.

La répartition des tâches

Il y a deux fonctions dans lesquelles la reine, on l'a dit, est irremplaçable : la maternité, et le spectacle donné au bon peuple du couple royal, vivante incarnation de la France. Claude y fut étroitement cantonnée, tant par la volonté de Louise que par sa propre faiblesse.

Elle est si discrète que les chroniques omettent parfois de mentionner sa présence, lors des grandes cérémonies qui ouvrent le règne. Elle accompagna pourtant son époux à Reims, en janvier, pour le sacre. Le 15 février, lorsqu'il fait son entrée solennelle dans la capitale, on put l'apercevoir dans une tribune, encadrée de ses belle-sœur et belle-mère, à qui elle doit d'avoir été remarquée.

Il est probable qu'elle prit part au banquet qui suivit la grand-messe à Notre-Dame. Mais pour son propre couronnement, à Saint-Denis, et pour son entrée solennelle, il lui faudra attendre le mois de mai 1517. Car pour l'instant, elle est handicapée par une première maternité. Elle a tout juste le temps de céder officiellement à son mari, le 26 juin, tous ses droits sur le duché de Milan. L'armée piaffe déjà, prête à fondre sur l'Italie. Elle s'enferme pour ses couches dans ses appartements d'Amboise, tandis que François, laissant à Lyon sa mère chargée de gouverner le royaume, prend la tête de l'expédition. Leur première fille, Louise, vient au monde le 15 août, le jour même où les troupes françaises, infanterie, chevaux et canons, franchissent le col de Larche. Le 13 septembre, le roi remporte sur les Suisses massés devant Marignan l'éclatante victoire que l'on sait.

Six mois après l'avènement, la mise à l'écart de Claude est acquise. Les fatigues de la grossesse ont achevé ce qu'avaient commencé les premières mesures prises par Louise de Savoie. En 1515, la mère du roi n'a que trente-huit ans. La joie lui est un bain de jouvence : elle paraît « beaucoup plus fraîche et beaucoup plus jeune qu'elle n'était quatre ans passés ». La vie ne l'a pas usée. Ses forces sont intactes. Marguerite, de son côté, n'a pas d'enfants du duc d'Alençon : elle reste disponible. Il est naturel qu'elles occupent, à elles deux, l'espace laissé libre par l'effacement de la reine. De façon définitive.

François s'emploie, comme tout nouveau souverain, à greffer son propre lignage sur la branche de la dynastie qui s'est éteinte. Il ne peut, rétroactivement, faire des deux femmes qui l'entourent une reine mère et une fille de France ; mais à défaut du titre, elles en reçoivent les prérogatives. La prééminence de Louise apparaît dans la dénomination qui prévaut pour elle : elle est « Madame », Madame « sans queue », c'est-à-dire tout court, sans qu'il soit besoin de spécifier. C'est dire à quel point elle l'emporte sur toutes les princesses ayant droit à cette appellation, suivie de leur prénom. En son genre, elle est la seule, l'unique.

Il les dote richement toutes deux. À l'une il accorde les duchés d'Angoulême et d'Anjou, à l'autre il confirme la succession d'Armagnac et il donne le Berry, tandis que son mari, le duc d'Alençon, promu « seconde personne du royaume », devient gouverneur de Normandie. Claude détient, il est vrai, les pleins pouvoirs en Bretagne. Mais elle se sent moins bretonne que sa mère et n'inspire pas à ses sujets le même attachement. Et surtout, est-elle en mesure d'exercer cette autorité ? En est-elle capable ?

C'est Louise qui a la haute main sur les instances de décision. Elle est entrée au Conseil privé, où elle occupe, immédiatement après le roi, le premier rang. Elle a placé dans les postes clefs des hommes à elle, comme le chancelier Antoine Duprat à la tête de la justice, et ses financiers personnels deviennent ceux du royaume. Rien ne se fait, en politique intérieure ou extérieure, sans son aveu.

Elle aime le pouvoir, avec l'âpreté de ceux qui ont été longtemps tenus pour négligeables. Elle aime l'argent, avec l'avidité de ceux à qui les ressources ont été mesurées. Elle thésaurise, accumule fiefs, rentes, prébendes. Pas seulement pour elle, mais pour son fils, puisque les biens réunis sur sa tête reviendront, après sa mort, à la couronne. Elle est toujours prête à puiser dans ses coffres pour le cas, trop fréquent, où ceux du trésor royal sont vides. Les réserves qu'elle a constituées remédient alors à la prodigalité de ce fils aux mains percées. Elle joue aussi, auprès des financiers, de la distinction des deux comptes. Lorsque le surintendant Semblançay, à qui le roi devait un million de livres, mais qui en devait sept cent mille à Louise, proposa de faire apurer l'une des dettes par l'autre, il signa sa disgrâce et peut-être son arrêt de mort. Dans ces périlleux exercices de voltige financière, elle n'est pas au-dessus de tout reproche. Mais grâce à elle le royaume ne fit jamais banqueroute. Elle tient d'une main ferme le nerf de la guerre : la trésorerie.

En politique extérieure, elle s'appuie sur Marguerite, qui n'a pas sa pareille pour présider aux cérémonies, pour recevoir les ambassadeurs qu'elle éblouit par son élégance et son esprit, pour donner à une négociation ce ton d'aimable urbanité qui influe tant sur l'humeur des participants. « Corps féminin, cœur d'homme et tête d'ange », elle est l'ornement d'une cour où la reine ne peut faire, à côté d'elle, que piètre figure. Les gouvernements étrangers ne s'y trompent pas, qui recommandent à leurs envoyés de prendre contact avec elle et de se la concilier.

Assez vite, elle se voit réserver deux domaines. D'abord la littérature, où sa culture et ses propres essais poétiques lui assurent une compétence vite reconnue. Son « valet de chambre », Clément Marot, un poète de premier ordre, célèbre à l'envi ses mérites. Dédicataire obligée des écrivains, dispensatrice de faveurs et de pensions, elle deviendra pour eux une sorte de mécène officiel.

Son frère d'autre part prend ses avis, au début du règne du moins, sur les affaires religieuses, choix des dignitaires ecclésiastiques, remise en ordre des couvents. Sous l'influence de l'évêque de Meaux, Briçonnet, elle rêvera longtemps d'une réforme opérée en son sein par l'Église elle-même et qui eût permis d'éviter les déchirements. Elle protégera ceux qu'on nomme les Évangélistes, jusqu'au jour où les imprudences des uns et l'intransigeance des autres conduiront le roi à sévir. Elle assistera, navrée, aux premiers affrontements, aux premiers bûchers, poursuivant en silence une quête spirituelle intérieure que nous révèlent d'admirables poèmes religieux.

Que peut Claude, face à ces deux personnalités d'exception vouées à l'écraser, qu'elles le veuillent ou non ? Elle n'a ni éclat, ni esprit, ni conversation, et nul ne l'encourage à en avoir. Visiblement dépourvue de pouvoir, elle n'a ni courtisans, ni clientèle. Elle ne peut que suivre, toujours à la traîne, ou se réfugier dans la compagnie de ses femmes qui, du moins, lui épargnent les comparaisons défavorables.

Les historiens lui prêtent un rôle dans les aménagements qui firent du vieux château de Blois, qu'elle aimait, une admirable demeure à l'italienne, avec l'escalier d'honneur dans sa tour octogonale ajourée, les galeries aériennes appuyées sur l'antique mur médiéval, les loges étagées en promenoir à colonnes. C'est pour elle et pour ses enfants, pour leur faciliter l'accès aux jardins de la reine Anne, qu'on jeta un pont sur le ravin de l'Arcou. Hélas, les témoignages ne permettent pas de savoir si elle se contenta d'émettre des souhaits d'ordre pratique ou si elle eut son mot à dire sur la conception artistique et sur la décoration des nouveaux appartements, et si donc quelque chose de la splendeur de Blois lui est dû.

Sa belle-mère la rudoyait, nous dit Brantôme. Le reproche est peut-être excessif. Mais, sous couleur de la protéger, elle la traitait en mineure, lui déniait toute initiative, prenait les décisions à sa place. Rude sollicitude, dans laquelle n'entrait pas d'animosité, mais qui témoignait d'un singulier mépris de sa personne : la reine n'existe que comme réceptacle — tout provisoire — du précieux fardeau qui assurera la survie de la dynastie. La direction même de sa maison échappe à la jeune femme, dont le rôle se borne à mettre les enfants au monde. Aussitôt nés, ils sont confiés à des nourrices et elle est prête pour recevoir une fécondation nouvelle. La nursery, c'est Louise qui la prend en main, y détermine les responsabilités et les règles, en fixe le rythme de vie : hivers à Amboise, étés à Blois. Grand-mère autant que mère possessive, elle se les approprie, note avec soin l'heure de la naissance de chacun et cherche à tirer des conjonctions astrales le secret de leur destinée future. C'est elle, ou à défaut Marguerite, qui veille sur leur santé, les soigne, les pleure et prend soin de les faire ensevelir lorsqu'une mort prématurée les enlève.

C'est dans le secret du Conseil royal que s'élaborent les projets de mariage pour les nourrissons encore au maillot. Le traité de Noyon (13 août 1516) promet la petite Louise, âgée d'un an à peine, à l'inévitable Charles de Gand, ou d'Autriche, comme on voudra, à qui elle devait apporter les hypothétiques droits de la France sur le royaume de Naples. En 1518, on prévoit d'unir le dauphin à peine né à la fille aînée de

Henri VIII d'Angleterre, Mary Tudor, âgée de deux ans. Claude fut consultée, nous assure-t-on, et elle approuva. On ne risquait pas grand-chose à lui demander son avis, sûr qu'on était de son assentiment. Comme nous aimerions, pourtant, découvrir qu'elle disait non, quelquefois ! Elle prendrait ainsi quelque consistance à nos yeux. Mais les documents du temps ne rapportent rien de tel.

Avec son mari en revanche, ses relations ne furent pas mauvaises.

Contrairement à d'autres souverains à qui pèse le devoir conjugal, il n'éprouve pour elle aucune répugnance, au contraire. Il a le tempérament assez généreux pour que ses nombreuses conquêtes féminines ne l'empêchent pas de partager assidûment le lit de son épouse, et leurs retrouvailles après séparation sont presque toujours fécondes. Il fut fier des enfants qu'elle lui donna, beaux, sains, viables, preuve tangible que la malédiction qui avait frappé la branche aînée des Valois était écartée. Il se penche sur les berceaux en père attendri, s'extasie devant le dauphin, « le plus beau et le plus puissant enfant que l'on saurait voir », procure à tous des parrains prestigieux — le pape pour l'aîné des garçons, le roi d'Angleterre pour le second. Les baptêmes offrent à la reine — une fois n'est pas coutume — la joie d'être au centre de la fête, chancelante héroïne d'un triomphe à la mise en scène éblouissante.

Ému par sa douceur, sa vulnérabilité, son silence, il eut toujours pour elle des égards et la traita avec bonté. Il tenait à l'avoir près de lui, figure familière et rassurante, discrète partie prenante de lui-même. Ce qui ne l'empêchait pas, bien sûr, de la tromper abondamment. Mais il la ménagea, évita de lui imposer le spectacle affiché d'insolentes maîtresses. Il en avait une attitrée, la brune comtesse de Châteaubriant, et beaucoup d'occasionnelles. Cela se savait. Mais il garda toujours une relative discrétion.

Il est vrai que sa mère y était pour quelque chose. Comme Anne de Bretagne, elle veillait au respect des convenances et ne tolérait les écarts de conduite ni dans sa maison, ni dans celle de sa belle-fille : une suivante anglaise nommée Anne Boleyn l'apprit à ses dépens, bien avant d'aborder sa carrière glorieuse et tragique. De plus, Louise voyait d'un très mauvais œil quiconque risquait d'exercer sur son fils une influence qui diminuerait la sienne. Sa jalousie se joignit à la douceur de Claude pour inspirer au roi quelque retenue. La jeune femme se vit donc épargner une des épreuves souvent réservées aux épouses royales, l'intronisation à la cour d'une maîtresse lui disputant le premier rang.

Elle échappa aussi à une autre épreuve, celle de voir mourir ses enfants — à l'exception d'un seul. Tout simplement parce qu'elle les précéda dans la mort, vidée peu à peu par eux de sa substance, littéralement épuisée.

Maternités et voyages

Qu'on nous permette quelques calculs. La sécheresse des dates parle d'elle-même.

	18 mai 1514	Mariage
15 mois		
	15 août 1515	Naissance de Louise.
14 mois		
	23 octobre 1516	Naissance de Charlotte.
16 mois		
	28 février 1518	Naissance de François.
13 mois		
	31 mars 1519	Naissance de Henri.
16 mois		
	10 août 1520	Naissance de Madeleine.
17 mois		
	22 janvier 1522	Naissance de Charles.
16 mois		
	5 juin 1523	Naissance de Marguerite.
13 mois		
	20 juillet 1524	Mort de Claude.

Tableau éloquent. De quatorze à vingt-quatre ans, elle donne à son époux sept enfants. Entre les naissances, l'intervalle est de quinze mois en moyenne. En dix ans et deux mois de mariage, soit cent vingt-deux mois, elle est enceinte soixante-trois mois : la moitié du temps. Elle ne meurt pas en couches, à proprement parler. Mais de maternité en maternité, elle s'alourdit et s'affaiblit à la fois, réduite à une sorte d'existence végétative, animale, toutes ses forces absorbées par la gestation, quasi incapable de se mouvoir seule, exténuée. Une condition inhumaine, qui paraissait normale à l'époque. Il ne serait venu à l'idée de personne de l'en soulager un peu, de temps en temps, en écartant d'elle le roi. Elle est un cas limite, mais pas unique en son temps, de reine réduite à sa fonction première.

Elle n'était pas pour autant dispensée de suivre les pérégrinations de la cour.

Au XVIᵉ siècle, tous les rois de France furent itinérants, pour des raisons essentiellement politiques. Les moyens de communication étaient lents et peu sûrs. La seule façon de se faire connaître de ses sujets et de les connaître était de se déplacer. Un habitant d'une ville très éloignée avait l'occasion de voir le souverain une fois dans sa vie, au mieux. La rencontre entre celui-ci et son peuple baignait alors dans un climat de fête, de réjouissance, qui avivait l'attachement à la monarchie. C'était une sorte de grand *show*, comme on dirait aujourd'hui, auquel les spectateurs étaient invités à participer : le roi faisait son « entrée » dans des villes pavoisées, à travers des rues transformées en un décor regorgeant d'allégories. La présence à ses côtés de la reine, indispensable, était un gage de paix et de prospérité : c'est en père de famille qu'il apparaissait, non en capitaine de guerre. Et si elle attendait un enfant, mieux encore : elle était incarnation de la fécondité du royaume et promesse d'avenir.

À cette raison première s'en ajoutaient d'autres, administratives — contrôler l'efficacité des officiers royaux et stimuler leur zèle — ou économiques — consommer sur place les produits des domaines, malaisément transportables. On pouvait au passage chasser dans les pays giboyeux ou quêter la protection de quelque saint dans les grands sanctuaires. Enfin, dans sa détresse financière chronique, le roi espérait arracher plus facilement des subsides aux contribuables flattés par l'honneur de sa visite.

François Ier, plus qu'aucun autre, aima ces voyages. Il est jeune, bien portant. Il a la bougeotte. Il ne se lasse pas d'arpenter les routes du beau royaume qui lui est tombé du ciel : prise de possession quasi physique. Il raffole des entrées solennelles, des acclamations, des arcs de triomphe bariolés, des joutes et des tournois. Et derrière lui se traînent cahin-caha la cour, les conseillers, les financiers, les ambassadeurs étrangers, et toute la valetaille, long cortège de près de quatre mille personnes dont on monte et démonte les lits au hasard des gîtes d'étape. On se déplace à cheval, à pied, en chariot ou en litière, dans un inconfort que nous avons peine à imaginer, au milieu de la poussière ou des fondrières, brûlé de soleil ou transpercé par la bise — même quand on est un membre éminent de la famille royale. Rien n'apaise l'incessante agitation du roi et l'histoire de son règne prend à certains moments l'allure d'un itinéraire de guide touristique.

Claude, en dépit de ses grossesses, suit tant bien que mal la caravane. Tout au plus tient-on compte, dans l'établissement du calendrier, de la date probable de sa délivrance. Les chroniques et documents, qui mentionnent sa présence entre belle-mère et belle-sœur, permettent d'en connaître les principales étapes.

À peine remise de la naissance de Louise, elle rejoint la cour pour accueillir le héros de Marignan. Ils se retrouvent à Sisteron, en plein hiver, à la mi-janvier de 1516, s'en vont rendre grâce à sainte Marie-Madeleine dans la grotte de la Sainte-Baume, où s'acheva, selon la légende, la vie pénitente de la pécheresse, et de là se rendent à Marseille qui, pour la première fois depuis le rattachement du comté de Provence à la couronne, a la joie d'acclamer son roi et sa reine. Puis on remonte lentement la vallée du Rhône, on s'attarde à

Lyon, tandis que déjà s'annonce un nouvel enfant. Retour en Val de Loire où s'arrête la reine, laissant François déposer seul à Saint-Denis les étendards de la victoire et remballer la châsse du saint dans sa crypte en signe de paix. Voici que naît Charlotte à Amboise le 23 octobre.

Au printemps de 1517, la caravane se remet en route — pour un an et demi ! Picardie, puis Normandie : toutes les provinces ont leur part des festivités. D'Écouen, on va à Compiègne, Amiens, Abbeville, Boulogne, Dieppe, Rouen, qui offre des entrées particulièrement brillantes, Gaillon, Évreux, Lisieux, Argentan, Blois, Moulins. Une pause à Amboise, à la mauvaise saison, le temps de laisser venir au monde le dauphin François, né le 28 février et baptisé le 25 avril, et l'on repart, en direction de l'ouest cette fois. La duchesse d'Anjou fait les honneurs de sa capitale, puis c'est au tour de Claude de jouer les hôtesses, dans la Bretagne qui est son fief : elle reçoit fastueusement la cour à Nantes. Le roi achèvera seul, ou plutôt en compagnie de la belle Françoise de Châteaubriant, le tour de Bretagne, par Vannes, Auray, Quimper, Saint-Malo, Rennes. Claude se repose au château du Plessis-du-Vair. C'est là qu'elle apprend la mort de la petite Louise, leur fille aînée. Elle rejoint le roi à Baugé et ils pleurent ensemble l'enfant, tandis que sa grand-mère et marraine, Louise de Savoie, retourne à Amboise pour s'occuper des funérailles. Déjà la reine lui prépare un petit frère.

Remontant la Loire, ils gagnent l'Île-de-France, par Vendôme et Chartres. L'hiver se passe à Paris, où les exigences de la politique fixeront de plus en plus le centre de gravité du royaume. Le 31 mars 1519, c'est à Saint-Germain que naît Henri, de même que tous ceux qui le suivront. Le Val de Loire les attire malgré tout : le roi se passionne pour le chantier de Chambord. En plein hiver 1519-1520, il emmène la cour rendre visite au connétable de Bourbon, à Châtellerault, et à l'amiral Bonnivet dans son château familial. Puis Louise de Savoie offre en février, dans sa bonne ville de Cognac, trois semaines de festivités féeriques. La jeune reine se porte un peu mieux et semble heureuse. Hélas, la situation internationale se détériore rapidement.

François Ier, candidat malheureux à l'Empire contre Charles d'Autriche, devenu Charles Quint, sait l'affrontement inévitable. Il s'y prépare, tente de se ménager des alliances. Pour éblouir Henri VIII, il déploie près d'Ardres, à la limite de la Picardie et de l'enclave britannique de Calais, un faste qui attachera à l'entrevue le nom de Camp du Drap d'Or (7-23 juin 1520). La reine est, bien sûr, de la partie. Chargée d'étoffes somptueuses et de joyaux, elle assiste aux messes, aux joutes, aux tournois, aux banquets, au grand festival de chevalerie et de ripaille, aux côtés de ses inévitables belle-mère et belle-sœur. Sa corpulence stupéfie les ambassadeurs étrangers : elle est enceinte de sept mois. Madeleine va naître le 10 août.

Les années qui suivent sont assombries par la guerre, les défaites, l'agitation religieuse. Les voyages de pur prestige sont terminés. La santé du roi est moins bonne. Il est immobilisé en 1521 par un grave accident et la reine s'en va en pèlerinage à Notre-Dame de Cléry remercier la Vierge pour sa guérison. Elle pourrait souffler, grâce à des naissances qui s'espacent un peu — Charles en janvier 1522, puis Marguerite en juin 1523 —, si elle ne partageait les inquiétudes de Louise de Savoie devant les difficultés qui s'accumulent, et notamment le cruel manque d'argent, qui interdit toute opération militaire d'envergure. Tandis que les troupes ennemies pénètrent sur le territoire national dans les Pyrénées et à la frontière du nord, le roi, confronté à la trahison du connétable de Bourbon, tombe malade à Lyon en 1523. Un sursaut général permet d'éviter le pire — provisoirement. On prépare activement la campagne de 1524. Pendant ce temps, la reine se meurt.

La reine morte

Depuis longtemps la vie se retirait d'elle lentement. Elle ne quittait plus son lit. Son visage était rongé par une espèce de dartre tenace. Point n'est besoin d'invoquer une syphilis communiquée par son mari, dont on n'est d'ailleurs pas sûr, aujourd'hui, qu'il l'ait eue. Plutôt qu'une maladie bien déterminée, des symptômes d'épuisement, dans son pauvre corps exposé sans défense à toutes les agressions infectieuses. Lorsque François quitte le Val de Loire pour aller défendre la Provence envahie, les médecins lui donnent peu d'espoir. Elle vivra deux ou trois mois, jusqu'à la chute des feuilles, promet le moins pessimiste d'entre eux : le temps d'une campagne éclair pour le roi, qui embrasse sa joue exsangue et prend la route le 12 juillet, en compagnie de sa mère et de sa sœur. Elles seules rebroussent chemin, sur l'invite urgente d'un messager qui les rappelle : Claude est à toute extrémité. Elles arriveront trop tard : elles ne sont encore qu'aux alentours de Bourges lorsque les atteint la nouvelle. Claude est morte.

Elles la pleurèrent, et pas seulement par respect humain. Louise avait appris à l'apprécier, ne serait-ce que pour la discrétion avec laquelle elle avait tenu son rôle. Peut-être éprouve-t-elle à son égard une manière de remords. Les quelques lignes qu'elle lui consacre dans son *Journal* sonnent comme une réponse à des critiques prévisibles : « Ma fille Claude, je l'ai honorablement et aimablement conduite. Chacun le sait, vérité le connaît, expérience le démontre, ainsi fait publique renommée. » Elle l'avait « conduite » en effet. Tout est dit.

Marguerite montra un réel chagrin et rendit justice à ses mérites, évoqua dans une lettre à Briçonnet « les vertus, grâces et bonté dont Dieu l'avait douée ». Quant à François, passées les protestations conventionnelles qui lui font prononcer des formules emphatiques — « Si je pensais la racheter pour ma vie[*], je la lui

---

[*] En échange de ma vie.

baillerais de bon cœur » —, il découvre soudain, maintenant qu'elle n'est plus là, qu'il l'avait aimée à sa façon, d'un amour d'accoutumance où il entrait de la tendresse. Et il trouve pour le dire des mots émouvants : « Je n'eusse jamais pensé que le lien de mariage conjoint de Dieu fût si dur et difficile à rompre. »

La reine lui rendait par testament un ultime service politique. Elle léguait ses biens propres, c'est-à-dire pour l'essentiel la Bretagne, à son fils aîné le dauphin, en accordant à son époux l'usufruit. Décision sage qui, sans blesser dans l'immédiat les susceptibilités bretonnes, assurait à moyenne échéance et contrairement aux dispositions prévues par sa mère, le rattachement du duché à la France.

Elle laissait six jeunes enfants, qui furent pris en charge par leur grand-mère et leur tante, comme de son vivant, mais avec une tendresse redoublée. Marguerite s'attacha notamment à celle qui était désormais l'aînée, la petite Charlotte, qui semblait remarquablement douée. La fillette mourut bientôt de la rougeole le 8 septembre 1524. Inhumée provisoirement à Blois, elle fut transférée avec sa mère à Saint-Denis, dans le caveau royal, deux ans plus tard. Le souvenir de Charlotte inspira à Marguerite un beau poème, le *Dialogue en forme de vision nocturne*, méditation sur la mort et la vie éternelle, où l'âme de la petite fille lui apparaît en songe pour la conforter dans les vérités de la foi.

Claude fut très populaire en son temps : une reine simple et bonne, comme on les aimait, et une mère comblée. Les oraisons funèbres célébrèrent ses vertus : « C'était l'une des plus honnêtes princesses que la terre portît oncques et la plus aimée de tout le monde, des grands et petits, créant * que si celle-là n'est en Paradis, que peu de gens iront. » Et déjà on lui prête le don de faire des miracles : « Décéda la perle des dames et clair miroir de bonté sans aucune tache, et pour le grand estime et sainteté que l'on avait d'elle, plusieurs lui portaient offrandes et chandelles. »

---

* Aussi l'on croit que...

Puis l'histoire oublia la pauvre reine ou ne l'évoqua que pour la renvoyer à sa médiocrité. Mais nul ne sait qui elle était vraiment, ou qui elle aurait pu être si elle n'avait pas été broyée trop jeune par un fardeau trop lourd. Car si nous connaissons, en gros, ce que fut sa vie, rien ne nous révèle comment elle l'a vécue intérieurement, rien ne nous éclaire sur ses sentiments, ses désirs, ses espoirs. Pas un mot, pas un geste dont on puisse dire qu'ils lui sont propres et qu'ils trahissent sa personnalité ne figurent dans les chroniques ou les correspondances du temps. On décidait pour elle. Y souscrivait-elle de bon cœur ? Se contentait-elle de subir ? Nul ne peut le dire. Exemplaire en cela de bien des destins féminins, en tous lieux et en tous temps.

Dépouillée par la mort de sa pesanteur corporelle, elle traverse l'histoire de France, ombre légère, sans y laisser d'autre trace que ses enfants. Connue de tous néanmoins, sans pour autant cesser d'être ignorée, elle survit dans la mémoire collective sous la forme d'un fruit, auquel un inventif arboriculteur des jardins royaux avait donné son nom : un fruit délicat, charnu, au parfum de sucre et de miel, la reine-claude, reine des prunes.

CHAPITRE SEPT

L'ENTRE-DEUX-REINES
(1524-1530)

Durant près de six ans, après la mort de Claude, la France n'a pas de reine. A-t-elle un roi ? Il est à la tête des armées, en Provence, à l'automne de 1524, pour contenir l'offensive ennemie, puis à Milan, pendant l'hiver, et autour de Pavie qu'il assiège. Le 25 février, c'est le désastre, qui le conduit pour plus d'un an dans les prisons d'Espagne. Aux commandes du pays, Louise de Savoie le remplace. Elle n'a que le titre de régente, qui lui a été conféré par lettres officielles dès le 12 août 1523. Mais celui de reine surgit quelquefois spontanément sous la plume des mémorialistes et une gravure du temps la représente avec des ailes d'ange, tenant le gouvernail d'un navire symbolique où gît la France, épuisée. Elle est en effet l'artisan du redressement. Et c'est elle aussi qui, après le retour du roi, parvient à dénouer le conflit dans lequel il se trouve enlisé. Elle a bien mérité de l'histoire de France.

Pourtant, chroniqueurs et historiens lui prêtent, dans la défaite de nos armées, une lourde responsabilité initiale : ils attribuent à son insatiable cupidité la trahison du connétable de Bourbon.

Il vaut la peine de s'attarder ici sur une affaire où elle fut directement impliquée, qui eut des incidences politiques considérables et qui, en outre, éclaire les mentalités du temps.

« Vassal dépité change de maître »

Rarement proverbe s'appliqua mieux à quelqu'un que celui-là à Charles, connétable de Bourbon. Dépité, Dieu sait qu'il l'était, en cet été de 1523, où il se décida à faire le grand saut, en passant au service de Charles Quint.

Les Bourbon descendaient de Robert, comte de Clermont, le dernier fils de saint Louis. La famille était au début du XVe siècle divisée en deux branches. À la fin du même siècle, par le jeu des morts accumulées, les représentants de ces deux branches, cousins germains, Pierre de Beaujeu et Gilbert de Montpensier, n'avaient respectivement qu'une fille et qu'un fils : pour consolider la fortune familiale et couper court à un litige menaçant, on n'avait rien trouvé de mieux que de marier Suzanne à Charles, en février 1505.

La mieux dotée des deux était la jeune femme, dont le père, duc de Bourbon et ancien régent du royaume, avait hérité des biens de la branche aînée, et dont la mère n'était autre qu'Anne de France, fille de Louis XI. À eux deux, les nouveaux époux possédaient, dans le centre de la France, un domaine très étendu et très riche — duché d'Auvergne, comtés de Clermont et de Montpensier, duchés du Bourbonnais et de Châtellerault, comtés du Forez, du Beaujolais, de la Marche —, auquel venaient s'ajouter des possessions étrangères, à l'est de la Saône, comme les Dombes, qui faisaient de leur détenteur un vassal de l'Empereur. De plus, Anne de France leur avait par avance légué ses biens, pour le jour où elle viendrait à mourir. Pour couronner le tout, François Ier avait accordé à Charles, dans l'euphorie de son avènement, la charge de connétable, chef suprême des armées. Dans leur capitale de Moulins, le duc et la duchesse de Bourbon faisaient figure de souverains.

Ils n'avaient pas d'enfants. Leurs trois fils n'avaient vécu que quelques jours ou quelques mois, y compris le dernier, que le roi avait tenu sur les fonts baptismaux au printemps de 1518. Or Suzanne, malade depuis plusieurs années, mourut le 28 avril 1521. Leur acte de mariage comportait une donation réciproque. La succession paraissait simple. Mais elle se révéla vite hérissée de difficultés et riche en motifs à contestation.

Les biens du couple provenaient de sources diverses et relevaient de régimes juridiques différents, parfois contradictoires. C'étaient soit des apanages distraits du domaine royal pour doter des cadets et promis à y faire retour en cas d'extinction de la branche bénéficiaire, soit des biens que des conventions diverses enjoignaient de restituer au roi en cas d'absence d'héritier mâle, soit des possessions patrimoniales propres, transmissibles aux femmes comme aux hommes selon le droit commun.

Louis XII, soucieux de faire un geste envers les Beaujeu après la mort de Charles VIII, avait cassé les dispositions de Louis XI concernant la restitution éventuelle des apanages. Mais avait-il le droit de le faire ? La fille du vieux roi, Anne, très attachée à son gendre et plus soucieuse des intérêts familiaux que de ceux du royaume, en était convaincue, et elle confirma avant de mourir, dix-huit mois après Suzanne, toutes les donations antérieures. Mais était-ce légal ?

Tel n'était pas l'avis de François Iᵉʳ et de Louise de Savoie, qui engagèrent contre cet héritier trop bien pourvu un double procès. Le roi réclamait les domaines primitivement destinés à lui revenir. Louise plaidait, elle, en tant que cousine germaine de Suzanne : sa mère, Marguerite de Bourbon, étant la sœur de Pierre de Beaujeu, elle se trouvait être plus proche parente de la défunte, par le sang, que son mari le connétable. Elle revendiquait l'ensemble de ses biens. Et si on lui opposait que ladite Marguerite avait renoncé, en épousant le duc de Savoie, à l'héritage familial, elle pouvait rétorquer qu'Anne de Beaujeu n'était pas davantage habilitée à disposer des dotations consenties à titre personnel par le souverain. Les prétentions de l'un et de l'autre plaignant se recouvraient en partie, concernant parfois les mêmes territoires ? ce n'était pas de leur part entrer en concurrence, mais mettre deux chances de leur côté au lieu d'une seule.

Il y avait là, on le voit, de quoi exercer la sagacité des spécialistes de la chicane. Les poursuites, engagées dans les délais légaux, peu après la mort de Suzanne, traînèrent d'abord, du fait de la complexité des documents à examiner, des réticences de quelques magistrats et parce que le roi hésitait à pousser l'affaire. C'est seulement en juillet 1523 que la cour décida la mise sous séquestre de tous les biens en litige, autant dire la totalité des possessions de Bourbon. Celui-ci signa alors avec Charles Quint un traité d'alliance en bonne et due forme. Démasqué, il dut s'enfuir en toute hâte et gagna les terres d'Empire.

Dans cette affaire, Louise apparaît en première ligne, bien plus engagée que le roi. Ce sont ses conseillers qui mènent les opérations, notamment Duprat, excellent juriste, qui se trouve malheureusement juge et partie, puisque ses fonctions de chancelier lui donnent autorité sur les tribunaux. On cria, non sans quelque raison, au procès truqué et la victime y gagna des sympathies. « Les féodaux opprimés injustement se peuvent défendre », rappelait l'aristocratie touchée au vif. Le malheureux connétable fut poussé au désespoir, « contraint de faire beaucoup de choses indignes », « obligé » à se jeter dans les bras de l'ennemi. Et les misogynes, aussi nombreux dans la noblesse de robe que dans celle d'épée, accablaient Louise : non contente des opulentes provinces que lui avait attribuées son fils — au grand mécontentement du parlement de Paris —, voici qu'elle prétendait dépouiller les plus grands seigneurs pour arrondir encore sa pelote. Décidément les femmes devaient être tenues en lisière...

À l'acharnement qu'elle déployait contre Bourbon, on chercha aussi d'autres raisons. Elle lui aurait proposé sa main, et aurait essuyé un refus. Ni l'ambassadeur de Charles Quint, ni le mémorialiste Gaspard de Saulx-Tavannes, qui font état de cette rumeur, ne vont jusqu'à bâtir, sur ces données, le roman d'amour qu'on crut pouvoir en tirer ensuite. Certes, à quarante-cinq ans, Louise, restée belle et coquette, ne détestait pas les hommages masculins. On la voit cependant mal se prendre pour l'austère et taciturne connétable d'une passion non partagée, et tournée en haine : elle avait trop de soucis en tête et aimait beaucoup trop son fils. Mais il n'est pas impossible qu'elle ait songé, hors de toute considération sentimentale, à une union qui eût réglé, selon les meilleures traditions familiales, l'épineuse question successorale. Comme elle n'était plus en âge de lui donner des enfants, les immenses biens en litige seraient revenus, au bout du compte, à la couronne. Il n'avait, lui, que trente et un ans, aucune envie d'épouser une douairière, si hautement apparentée et si bien conservée qu'elle fût, ni de voir s'éteindre sa lignée. Si l'offre lui fut faite, il est certain qu'il refusa. Et refuser pareille alliance était une offense grave.

Quittons le terrain périlleux des hypothèses. En tout état de cause, le conflit avait des racines plus anciennes et plus profondes. Charles de Bourbon, riche de fiefs bien groupés au cœur du royaume, auréolé du prestige de chef des armées, ne pouvait que porter ombrage à un souverain avec qui il traitait quasiment d'égal à égal. François avait regretté très vite de lui avoir donné le bâton de connétable et s'appliquait à l'affaiblir, en l'écartant de certaines entrevues diplomatiques ou en lui marchandant les responsabilités militaires. L'intéressé s'en montra ulcéré : raison de plus pour jouer les grands seigneurs autocrates. Au camp du Drap d'Or, Henri VIII, le voyant parader au milieu d'une escouade de gentilshommes, avait coulé à l'oreille de son voisin : « Si j'avais un pareil sujet, je ne lui laisserais pas longtemps la tête sur les épaules. » Mais François n'avait pas besoin d'un tel avertissement pour mesurer le danger.

Était-il pour autant décidé à un coup de force, aux conséquences incalculables ? Ce qui l'y conduisit, c'est la mort de Suzanne et les perspectives qu'elle ouvrait brutalement.

Pourquoi disputer soudain à Charles de Bourbon des possessions dont il jouissait paisiblement avec sa femme depuis quinze ans ? C'est que le veuvage, s'il héritait d'elle, le mettait en situation de décupler son pouvoir : il faisait de lui un parti royal. Charles Quint, bien informé, l'avait compris. Dès 1519, prenant l'occasion d'une indemnité à verser pour des territoires napolitains perdus, il avait fait des ouvertures précises : en cas de veuvage probable — Suzanne était déjà malade —, pourquoi le connétable n'épouserait-il pas une princesse de Habsbourg ? Celui-ci, prudent, ne répondit pas. Il hésitait à couper les ponts avec le roi.

En 1521, nouvelle offre, de pleine actualité cette fois-ci : Suzanne est morte. François, averti, eut avec Bourbon une entrevue indécise dont ils sortirent mécontents l'un et l'autre. Le danger subsistait. Si ce dernier joignait à l'héritage de Suzanne la dot d'une épouse austro-espagnole, autant dire qu'il disposerait d'une souveraineté absolue sur une territoire s'enfonçant comme un coin dans le cœur du royaume. Avec, en prime, l'appui de l'Empereur.

François prit les devants et, au printemps de 1523, les lenteurs procédurières cessèrent, le procès languissant s'emballa, se transformant soudain, de simple moyen d'intimidation qu'il était, en machine de guerre contre le connétable. C'est très délibérément et en plein accord avec sa mère, que le roi décida, pour d'impérieuses raisons politiques, de pousser à bout son puissant et ombrageux vassal. Il prenait là un risque calculé, sachant très bien que celui-ci serait incité à trahir. Mais le point d'application de l'attaque était bien choisi. L'atteindre dans ses biens, c'était le priver d'un des atouts faisant de lui un mari honorable pour une princesse : c'est un homme riche en terres et en fidèles que l'Empereur invitait à entrer dans sa famille, pas un proscrit en rupture de ban. En le privant de l'héritage de Suzanne, on limitait beaucoup les dangers.

Si cette interprétation des faits est correcte, elle autorise à penser qu'on lui a peut-être bien proposé la main de Louise de Savoie : princesse pour princesse, l'héritage restait français. Et il n'est pas exclu, alors, que son refus ait été déterminant : c'était la preuve qu'il poursuivait ses ambitions étrangères. Il signait sa condamnation.

Dans l'immédiat, la procédure adoptée présentait en outre divers avantages. Les caisses de l'État étaient vides, comme d'habitude, et le besoin d'argent plus cruel que jamais pour la guerre qui menaçait de s'intensifier. La mise sous séquestre des biens disputés permettait au Trésor d'en percevoir provisoirement les revenus, à charge de rendre des comptes lors du jugement final. Un provisoire qui risquait de durer, en attendant un jugement sur lequel on aurait le temps de peser à loisir. D'ici là, une vraie manne, qui tombait du ciel.

Bien sûr, dans cette affaire, les souverains n'avaient pas apparemment le beau rôle. Faute de pouvoir invoquer les véritables griefs, on s'en prenait au connétable par la bande, on l'engluait dans la paperasse, la chicane, les arguties. Le procédé, on l'a dit, choqua. Mais le fait que les requérants fussent deux fut très habilement exploité. Louise, dont les revendications parurent abusives, focalisa toute l'attention, concentra sur elle les critiques, qui épargnèrent ainsi le roi. Nous dirions familièrement qu'elle « porta le chapeau », dans l'intérêt évident de son fils. Elle le porte encore, dans tous les livres d'histoire.

Ce n'est pas de gaieté de cœur pourtant, ni par rancune, ni par avarice, mais pour l'empêcher de se remarier dans l'Empire, que le roi et sa mère firent déshériter Bourbon. Le jeter dans les bras de Charles Quint au seuil d'une guerre cruciale était maladroit, mais le choix de la date ne relevait pas d'eux : la mort de Suzanne servit de détonateur. S'il y eut des fautes politiques de leur part, elles sont d'un autre ordre. Ils ne surent pas prévoir la rapidité de réaction du connétable, qui, dès l'annonce du séquestre, changea de camp : avant de partir en campagne, François s'apprêtait à lui rendre à Moulins une ultime visite, se mettant ainsi à sa merci, lorsque Louise le fit avertir in extremis. Ils eurent tort aussi de sous-estimer ses capacités militaires et de prêter aux favoris du roi, ses rivaux, des qualités équivalentes : ni Bonnivet, ni Lautrec ne le valaient. Erreurs modestes, comparées à celles, monumentales,

qui lors de la campagne d'Italie, sont imputables à
François seul. Sa mère avait tenté, en vain, de le
retenir.

Pavie

Sur le plan militaire, la situation semblait critique,
le royaume était attaqué au nord par les Britanniques,
à l'est et au sud par les Impériaux. Le roi, toujours
bercé par les mirages de l'Italie, lui réservait la plus
puissante de ses armées. Les divers États de la péninsule, eux, s'apprêtaient comme à l'accoutumée à se
ranger du côté du vainqueur : ils misaient alors sur
l'Empereur. Mais dans un premier temps, la France
s'en tira bien.

Charles de Bourbon, fugitif, débarquait auprès de
Charles Quint les mains vides, sans troupes ni ressources, fort de son seul talent. Il fut invité à se tailler un
royaume en Provence pour mériter la main de la princesse promise. On lui confia l'armée opérant dans la
plaine du Pô. Il traversa le comté de Nice sans que le
duc de Savoie, légitime possesseur, osât s'y opposer,
franchit le Var, conquit presque sans coup férir les petites cités côtières, mais se cassa les dents sur Marseille,
qui résista héroïquement. Mal soutenu par ses alliés,
voyant ses soldats peu enthousiastes pour se lancer
dans un assaut meurtrier, il tenta en vain de négocier.
L'annonce que les troupes françaises approchaient le
décida à lever le camp et à battre en retraite vers
l'Italie.

Louise n'était pas d'avis de l'y poursuivre. Elle avait
obtenu des Anglais, inquiets de la montée en puissance
de Charles Quint, une pause dans les opérations militaires du nord. Elle conseillait à son fils de profiter de
l'hiver pour panser les plaies et se refaire une santé.
Hélas, ses missives et ses messagers se heurtaient à
l'humeur combative du roi, grisé par son succès, avide
de le parachever par la reconquête de Milan. Elle se
méfiait des intermédiaires. Elle crut pouvoir le con-

vaincre, si elle lui parlait de vive voix. Elle prit la route en toute hâte, tenta de le rejoindre. Mais lorsqu'elle parvint en Avignon, elle apprit qu'il venait de quitter Aix avec l'armée, en marche vers la frontière. Il était trop tard.

Elle retourna à Lyon, s'installa dans l'abbaye de Saint-Just, sur la colline dominant la Saône, et de là, appuyée par ceux de ses conseillers que leur âge empêchait de suivre le roi, elle entreprit, tout en restant en étroite liaison avec lui, de gouverner le royaume. Son rôle consistait à y maintenir l'ordre et à en tirer de l'argent. Elle se chargea aussi, par des manœuvres diplomatiques, de disloquer le camp adverse.

Elle y réussit assez bien. Et déjà les Italiens pariaient, à deux ou trois contre un, sur une victoire française. Mais sur le terrain, le roi et ses capitaines, trop confiants dans leur supériorité numérique, commirent l'erreur de négliger les ennemis dispersés, omirent de les poursuivre et leur laissèrent le temps de se réorganiser, tandis qu'ils consumaient eux-mêmes leurs énergies dans le siège hivernal de l'imprenable Pavie. Pis encore : ils dissocièrent leurs forces en tentant concurremment une expédition contre Naples qui, mal préparée, tourna à la catastrophe — et pas seulement parce que Louise, réticente, n'avait pas envoyé les subsides escomptés.

Dans la nuit du 24 au 25 février 1525, l'armée française, prise en tenailles entre les défenseurs de la place et les Impériaux venus du nord, subit sous les murs de Pavie une des plus cuisantes défaites de notre histoire. Le roi, démonté, encerclé, se bat au corps à corps. Identifié grâce à son armure, il échappe à la mort qui frappe la plupart de ses compagnons. À qui reviendra la gloire et les avantages substantiels de cette prise ? Lui évitant de tomber aux mains du traître Bourbon, c'est un gentilhomme espagnol, le vice-roi de Naples, Lannoy, qui reçoit son épée et le met en sûreté dans l'abbaye voisine, la superbe Chartreuse de Pavie tout récemment construite.

« Madame, pour vous avertir comme se porte le ressort de mon infortune, de toutes choses ne m'est demeuré que l'honneur et la vie sauve, et pour ce que mes nouvelles vous seront quelque peu de réconfort, j'ai prié qu'on me laissât vous écrire... » Ainsi commence la lettre par laquelle il informait sa mère du désastre, en lui recommandant ses enfants. À Lyon, on découvrait peu à peu l'ampleur des pertes subies : ceux qui n'avaient pas péri comme Bonnivet, La Trémoille, les deux frères d'Amboise, le Grand Bâtard de Savoie, oncle du roi, et bien d'autres, avaient été pris. Son beau-frère le duc d'Alençon avait quitté le champ de bataille avec ses troupes, on ne sait au juste quand. Peut-être sa défection ne pesa-t-elle pas sur l'issue d'un combat d'ores et déjà perdu. Mais c'est une insulte aux héros morts ou captifs que de regagner sain et sauf ses pénates : à son retour en France, tous le lui firent sentir et sa belle-mère ne le lui envoya pas dire. Son épouse Marguerite se tut, par charité. Elle le veilla lorsqu'il dut s'aliter, atteint d'une pleurésie. Il mourut, quasiment déshonoré, deux mois plus tard, la laissant disponible pour seconder Louise de Savoie.

Le vaincu s'était vu proposer aussitôt des conditions de paix. Inacceptables, bien sûr. Charles Quint demandait le maximum. Élevé en Flandre et plus bourguignon qu'espagnol, il tenait à récupérer l'héritage de son aïeul le Téméraire, la Bourgogne, berceau de sa maison, avec sa capitale Dijon, où la Chartreuse de Champmol abritait la nécropole ancestrale : exigence irréaliste, où il entrait plus de sentiment que de raison. Le roi ne pouvait consentir à abandonner une province maintenant francisée, sous peine de ramener le royaume à ses frontières d'avant Louis XI, d'y perdre une bonne part de son crédit et de soulever les revendications de ses voisins sur d'autres territoires.

Candeur, illusion chevaleresque, confiance excessive dans ses dons de charmeur ? François pensa qu'une conversation directe lui permettrait d'amadouer Charles. Il refusa de souscrire au projet d'enlèvement maritime mis au point par ses amis et se laissa embarquer sagement pour Barcelone, escorté par des navires des deux pays, qui portaient pavillon en berne pour le deuil encore récent de la reine Claude.

Il déchanta vite. L'impérial interlocuteur se dérobait, s'abritait derrière ministres, conseillers, intermédiaires de toutes sortes, pour maintenir les enchères très hautes. Étroitement gardé, le prisonnier, de nature vive et ardente, se rongeait d'inaction et d'impatience. Et comme aucun des deux n'envisageait de céder sur la Bourgogne, la captivité promettait d'être longue.

Le gouvernement de la France reposait désormais sur deux femmes : Louise de Savoie, investie des pleins pouvoirs de régente, et sa fille, expressément désignée pour la remplacer en cas de défaillance. C'est sur elles que Charles comptait faire pression. S'il pensait avoir affaire à deux faibles femmes, il se trompa. Elles étaient de celles qui ne sont jamais plus fortes que dans l'adversité. Elles se surpassèrent.

L'ambassade de Marguerite

Plus fermement encore que son fils, Louise de Savoie déclara d'emblée que l'abandon de la Bourgogne n'était pas envisageable. Elle donna à ses diplomates des instructions en ce sens, assorties de solides arguments juridiques. Hélas, elle n'avait pas affaire à un tribunal, mais à un ennemi qui détenait un otage majeur. Tout ce qu'elle obtint fut une trêve : car Charles Quint, manquant d'argent, harcelé par les Turcs sur les marches orientales de l'Empire, préoccupé des secousses déclenchées en Allemagne par les progrès de la Réforme, n'était pas en mesure de pousser militairement son avantage en envahissant la France.

À Madrid cependant François Ier, étroitement surveillé, attend toujours en vain l'entrevue espérée avec le vainqueur. C'est alors que sa mère décide, à sa demande, de frapper un grand coup en envoyant comme ambassadrice sa propre fille Marguerite, dont le veuvage est encore tout récent.

Les correspondances diplomatiques fourmillent aussitôt d'hypothèses. À qui va-t-on proposer sa main ? À Charles Quint lui-même, encore célibataire ? Mais il n'a que vingt-cinq ans et elle trente-trois déjà. Il est en position de force : un tel mariage ne lui apporterait rien. De plus, il était sans doute déjà engagé, sans qu'on le sût, à Isabelle de Portugal, qu'il épousera quelques mois plus tard. Qui alors ? On parla du connétable de Bourbon, mais pour se récrier : la France ne s'abaisserait pas à un marché honteux, Marguerite se refuserait à être le prix de la trahison. Le pape aurait songé à proposer François Sforza, pour régler le problème du Milanais, mais la suggestion ne sortit pas de son cabinet.

Non, Louise n'envisageait pas de brader sur le marché du mariage sa fille aimée, dont elle avait le plus grand besoin auprès d'elle. Plus simplement, outre que la qualité de l'ambassadrice devait flatter l'Empereur, on comptait sur le charme et la séduction de Marguerite pour dégeler sa froideur.

La jeune femme se mit en route en grand équipage, toute de blanc vêtue dans son costume traditionnel de veuve, suivie de trois cents cavaliers. Il fallait faire bonne figure. À Aigues-Mortes, elle s'embarqua le 28 août sur la plus belle galère de la flotte, celle-là même qui avait amené son frère d'Italie en Espagne. Le temps, médiocre, tourna à la tempête et c'est assez éprouvée par la traversée qu'elle prit pied à Palamos, pour gagner Barcelone où l'accueillirent les envoyés de l'Empereur.

Une très mauvaise nouvelle l'y attendait : le roi est très malade, il se meurt. Elle fausse compagnie à son escorte et galope vers Madrid, brûlant les étapes, forçant le calendrier. C'est avec un jour d'avance qu'elle parvient au but le 19 septembre au soir. Charles Quint, comprenant que la mort de son prisonnier le priverait de sa victoire, s'était enfin dérangé, était venu lui prodiguer la veille de bonnes paroles qui ne l'engageaient pas. Il accompagna Marguerite dans la chambre où gisait François, brûlant de fièvre, à peine conscient. On avait diagnostiqué un abcès au cerveau.

Marguerite écrivit à sa mère pour la préparer au pire et s'installa au chevet du malade, dont l'état s'aggrava encore deux jours durant. Les médecins se déclarèrent impuissants : il entrait dans le coma. Au matin du 22 septembre, elle appela un prêtre et fit dire la messe dans sa chambre. Tandis que tous communiaient, on glissa un fragment d'hostie entre les lèvres du moribond. Presque aussitôt l'abcès, parvenu à maturité, creva, dans un flot de sang et de pus ruisselant du nez, qui lui souilla le visage. Le pouls se calma, François rouvrit les yeux, reconnut sa sœur et lui sourit.

Coïncidence ou intervention surnaturelle ? Pour eux le doute n'était pas permis. Et l'effet sur la santé et sur le moral du roi fut immédiat : la Providence ne pouvait l'avoir sauvé pour rien. En quelques jours, il était guéri. Marguerite écrivit à sa mère pour la rassurer et, la lenteur des courriers aidant, cette seconde lettre rattrapa la première en route, épargnant à Louise de Savoie des angoisses superflues : elle apprit ensemble, à Lyon, le grand danger couru par son fils et sa miraculeuse guérison. Charles Quint, soulagé, était reparti discrètement pour son quartier général de Tolède, peu désireux de voir Marguerite lui jouer le grand jeu de l'attendrissement.

Celle-ci l'y rejoignit dans les premiers jours d'octobre, pour remplir sa mission diplomatique. Son état d'esprit avait changé : toute à la joie du grand malheur évité, elle se sentait plus forte, capable de faire face d'un meilleur cœur à une probable déception. Car sous les égards très appuyés qu'on lui prodigua perçait le souci évident de marquer les distances. L'Empereur, hautain et glacial, ne rabattit rien de ses exigences. Seule sa sœur Éléonore, veuve du roi de Portugal, montra quelque compassion, sans savoir encore, cependant, qu'elle serait le gage de réconciliation entre les deux souverains. Marguerite a compris qu'elle n'obtiendra rien, n'insiste pas.

Elle retourne en faire part à son frère, qu'elle n'a pas de peine à convaincre de tenir bon, tant il se sent ragaillardi. Il prend la plume, écrit fièrement à Charles qu'il préfère passer sa vie en prison plutôt que de démembrer le royaume de France. Et sur sa lancée, il rédige un peu plus tard, au mois de novembre, un très étrange acte d'abdication : il y déclare céder son trône au dauphin, alors âgé de sept ans, sous la régence de Louise de Savoie, mais il spécifie qu'il reprendra sa couronne le jour où son emprisonnement cessera. Une abdication révocable : on n'avait jamais vu rien de tel. La ruse, un peu grosse, ne trompa personne. Mais s'il songeait à ruser, c'était la preuve qu'il avait renoncé à ses illusions chevaleresques et retrouvé sa combativité. Avec un adversaire de la taille de Charles Quint, on ne cherche pas une réconciliation fraternelle, on joue au plus fin. En l'occurrence, un coup pour rien, qui fait pressentir la suite.

Quant au retour de Marguerite, il faillit être compromis par un grave incident. On lui proposa de faire évader son frère, qui profiterait de son escorte pour gagner la frontière en sûreté, tandis qu'elle-même, prenant tous les risques, s'exposerait à la fureur des Espagnols. Une dénonciation lui épargna ce sacrifice. Charles faillit la faire arrêter, hésita, lui accorda un laissez-passer strictement limité dans le temps. Elle partit sans tambour ni trompette, eut bien du mal, par de mauvaises routes enneigées, à gagner le col du Perthus. Elle atteignit Salses de justesse, quelques jours avant Noël. La France l'accueillit comme une héroïne, avec des transports de joie, et sa courageuse équipée lui valut une lettre de félicitations du grand humaniste Érasme.

De cette entrevue, elle garda le souvenir d'un « revoir mêlé d'amertume et douceur » : la vie de son frère était sauve, mais elle n'avait pu le tirer de prison. Elle n'avait pas lieu de regretter sa peine, pourtant. L'influence bénéfique de sa visite sur le roi, la mesure qu'elle avait pu prendre, aussi, de l'opiniâtreté de Charles Quint pèseraient sur le choix ultérieur d'une tactique. Elles compensaient, et au-delà, l'échec de l'ambassade, qui promettait d'être réparable.

Car, de son côté, Louise de Savoie travaillait à rétablir la situation au plus vite.

La régente au pouvoir

En l'absence de son fils, elle avait, paradoxalement, plus et moins de pouvoir. Plus de responsabilités, moins de moyens de les exercer. Un régent n'est pas un roi. Une femme n'est pas un homme. Une régente cumule les deux handicaps, surtout en pays de loi salique. Louise le savait et en tint compte dans la manière dont elle gouverna.

En politique extérieure, heureusement, elle avait les mains assez libres. Les ambassadeurs étrangers, accoutumés à traiter avec elle, continuèrent de lui faire confiance. Pour parler affaires, peu leur importait le sexe de l'interlocuteur, s'il avait qualité pour le faire. C'était le cas.

Aux Anglais, peu désireux de voir Charles Quint dominer l'Europe, elle sut parler le langage de leur intérêt. Leur roi, certes, réaffirmait périodiquement ses prétentions à la couronne de France, qui dataient d'avant la guerre de Cent Ans. Mais sans illusions. Il avait renoncé à étendre ses possessions sur le continent : Calais, tête de pont menaçante, lui suffisait pour faire monter les enchères. Ce qu'il voulait, c'était de l'argent, de ce précieux argent que son Parlement, constitutionnellement habilité à voter les impôts, lui mesurait avec parcimonie. Louise s'entendit donc aisément avec lui, une « indemnité de guerre » de deux millions, contre l'abandon de toute revendication territoriale. Le tout assorti de multiples garanties, pour prémunir Henri VIII contre l'insolvabilité éventuelle du souverain ou la dévaluation de la monnaie française. Ce n'était pas trop cher payer la paix, qui fut signée le 9 septembre, au grand dépit de l'ambassadeur de Charles Quint à Lyon.

En Italie, Louise n'eut pas de peine à encourager les défections dans le camp impérial. La capitale rhodanienne, alors ville frontière, grouillait de marchands, de banquiers, qui avaient un pied de part et d'autre des Alpes. On attisa le mécontentement des Milanais, à qui leurs nouveaux maîtres pesaient déjà. On prit langue avec le pape et la République Sérénissime. Rien de décisif pour l'instant. Assez cependant pour que Charles sût que la péninsule ne demandait qu'à lui échapper.

Les vraies difficultés, c'est en France que Louise les rencontra.

Au lendemain de la défaite, devant la menace d'invasion, tous se serrent les coudes. Elle a l'habileté d'associer au sursaut national quiconque exerce une responsabilité. Elle invite pathétiquement cours de justice et officiers municipaux à faire « tout ce qui est requis pour le bien, défense et conservation du royaume ». Partout, on pourchasse les pillards, on maintient l'ordre public. Certains renâclent, çà et là, devant les demandes de subsides. Mais les villes se résignent, ne fût-ce que dans leur propre intérêt, à consolider à leurs frais leurs remparts.

Les choses se gâtent quelques semaines plus tard, une fois le danger écarté, la peur surmontée, lorsqu'on se rend compte que l'absence du roi risque de durer. Bref quand Louise doit s'installer au pouvoir pour de bon.

À quelque chose malheur est bon. Les révoltes nobiliaires, qui accompagnent toujours les éclipses de l'autorité royale, lui furent épargnées. Car Pavie a fait dans les rangs des grands féodaux des coupes sombres, dont ils auront du mal à se remettre. Pas de frère du roi, plus de beau-frère. Le seul grand personnage susceptible de prétendre à la régence, le connétable de Bourbon, est dans l'autre camp. Louise rassemble autour d'elle, dans son Conseil, les débris de la haute aristocratie. Elle n'aura pas à se plaindre d'eux.

Les ennuis lui viennent du parlement de Paris.

Il faut savoir que les parlements — il y en avait un dans chacune des grandes capitales provinciales — n'étaient pas des assemblées législatives élues, comme pourrait nous le faire croire leur nom, mais des cours de justice, qu'on disait souveraines parce qu'elles jugeaient en dernier ressort. Composés de magistrats nommés par le roi, mais propriétaires de leurs charges

Marie d'Angleterre.

Louis XII.

Jeanne de France.

Marguerite d'Autriche vers 1491.

Anne de Bretagne reçoit l'offrande
d'un livre de Jean Marot.

Anne de Bretagne écrivant à son mari.

ont ce que les treshaults et epc/lens roys de france ont de tout têps ba/taillie pour exalter nostre saincte foy ca/tholique expulse heresie de leurs terres et possessions entretenu leglise en paix et union selon la foy de nostre saulueur et redempteur iesuchrist a creu ses ber?/ct abatules bices tant que par excellen

Anne de Bretagne en prière.

Claude de France.

Éléonore d'Autriche.

Marguerite de Navarre.

Louise de Savoie.

François Ier.

Catherine de
Médicis
à l'époque
de son
mariage.

Le monogramme
de Henri II et de
Catherine.

Henri II.

Diane de Poitiers en déesse-lune.

La chasseresse au cerf d'Anet.

parce que François Ier avait trouvé fructueux de les leur vendre, ils avaient des attributions dépassant de beaucoup celles d'un tribunal actuel. Celui de Paris, doté d'un statut particulier, était chargé de vérifier les édits et ordonnances royaux, c'est-à-dire de s'assurer qu'ils n'entraient pas en contradiction avec la législation existante, et de les enregistrer : faute de quoi ils n'étaient pas exécutoires. Il était autorisé à donner son avis sous la forme de « très humbles remontrances », qui parfois n'avaient d'humble que la formulation. Certes le roi pouvait passer outre : il lui suffisait de paraître en personne à une séance dite « lit de justice » pour que l'enregistrement d'une loi contestée devînt automatique. Mais les magistrats, se sachant inamovibles, n'étaient pas en peine d'expédients pour bloquer les mesures qui leur déplaisaient. Le conflit avec l'autorité royale, latent quand celle-ci était forte, pouvait devenir aigu si elle s'affaiblissait.

Le Parlement, à qui François Ier avait montré sans ménagements qu'il entendait être le maître, releva la tête en son absence. N'était-il pas la lointaine émanation de la très ancienne *Cour-le-Roi*, jadis associée à la direction du royaume ? Il tenta de retrouver une partie de ses prérogatives perdues, critiqua les méthodes de gouvernement de la régente, prit des initiatives qui heurtaient de front sa politique, tant en matière financière qu'en matière religieuse. Il était soutenu par la municipalité de Paris.

Louise n'était pas en position de force. Elle temporisa. Elle souscrivit à des déclarations de principe peu compromettantes. On pouvait toujours s'engager à faire rendre gorge aux profiteurs et à améliorer le fonctionnement de la justice. Mais elle refusa tout net d'abroger le Concordat.

Le Parlement, fortement appuyé par la Faculté de théologie, y tenait pour de solides raisons. Par le Concordat de Bologne, signé au lendemain de Marignan, le pape avait concédé au roi le droit de choisir évêques et abbés des principales maisons religieuses, sous réserve de confirmation par le Saint-Siège. Auparavant, sous le régime de la Pragmatique Sanction, ces fonctions étaient électives : source de brigues scandaleuses, auxquelles on prétendait ainsi remédier. Le nouveau système n'avait pas vraiment moralisé les nominations : le favoritisme pouvait être aussi fâcheux que la cuisine électorale. Mais il avait bouleversé les rapports de force. En perdant le droit d'élire ses chefs, l'Église de France se voyait entièrement soumise à la monarchie. Elle ne s'en consolait pas.

Elle profita de la vacance de l'archevêché de Sens, le plus important du royaume, pour tenter un coup de force. Louise, y ayant nommé le chancelier Duprat, un de ses fidèles de longue date, se vit opposer le neveu du précédent titulaire, fort du choix de ses pairs. Le Parlement se prononça contre elle et poussa les choses si loin qu'il cita à comparaître devant lui, pour enquêter sur ses abus de pouvoir, le chancelier lui-même, c'est-à-dire son chef hiérarchique. Elle ne pouvait céder sans perdre la face. Elle tenta de détourner l'orage, en sacrifiant aux plus coriaces de ses détracteurs quelques victimes sur qui se faire les griffes. Ces victimes étaient malheureusement, pour une part, les amis de Marguerite, qu'elle savait blesser ainsi au vif.

L'Église catholique, devenue au fil des siècles une énorme machine, riche, puissante, engluée dans les ambitions et les compromissions terrestres, était un objet de scandale pour beaucoup d'âmes éprises de pureté. Depuis quelques années la Réforme de Luther ; passée d'Allemagne en France, gagnait du terrain. Or la Sorbonne, gardienne de l'orthodoxie, reprochait au Concordat de favoriser, par l'entremise de la sœur du roi, la diffusion de l'hérésie.

Marguerite était en relations avec un groupe de novateurs qui rêvaient de réformer l'Église de l'intérieur, sans se séparer de Rome. Les plus connus : Lefèvre d'Étaples, Gérard Roussel, Guillaume Farel, Guillaume Briçonnet. Beaucoup d'entre eux étaient prêtres. En leur procurant des sièges épiscopaux, elle pensait travailler au renouveau qu'elle appelait de ses vœux. Autour de Briçonnet, évêque de Meaux, qui dirigeait sa conscience, se forma un foyer de réflexion théologique et de prédication. Ils préconisaient un retour aux sources vives de la foi, à l'Évangile — d'où le nom d'évangélistes qu'on leur donna —, tout en hésitant, dans l'immédiat, à suivre Luther dans sa dérive dogmatique. Ils se partagèrent par la suite entre les deux confessions. Marguerite est de ceux qui refusèrent le schisme. Son *Miroir de l'Âme pécheresse*, recueil de poésies religieuses, comporte cependant des hardiesses de pensée telles qu'elle encourut un peu plus tard, elle sœur du roi, une condamnation sorbonique. Elle choisit de rester dans l'Église. Mais elle comprenait ceux qui décidèrent d'en sortir. Elle leur garda son amitié, les protégea et, horrifiée par les persécutions, tenta de les soustraire au bourreau.

Elle était en Espagne quand sa mère laissa le Parlement engager une série de poursuites. Au lendemain de Pavie, on cherche des responsables, des pécheurs ayant attiré sur le pays les foudres de la colère divine : les hérétiques, les « mal sentants », tous les déviants de la stricte orthodoxie font des victimes toutes désignées. Les condamnations pleuvent alors sur les plus humbles, les processions expiatoires fleurissent, quelques bûchers flambent. Avec les plus haut placés, on garde quelque mesure. Mais Lefèvre et Roussel, doutant de la protection royale, se réfugient à Strasbourg. Berquin, emprisonné, sauve cette fois-ci sa tête.

Maigres concessions, insuffisantes pour faire passer l'amère pilule fiscale. Henri VIII avait exigé que, pour le versement de l'indemnité promise, les provinces et les villes les plus riches, ainsi que huit des plus grands seigneurs, s'engagent solidairement avec le roi. Appuyés par le Parlement, les uns et les autres renâclaient. Il fallut cinq mois d'épineuses et humiliantes discussions pour aboutir à un compromis. Mais la Ville de Paris n'avait rien voulu entendre.

Louise de Savoie a pu mesurer les limites de son pouvoir. Elle sentit monter l'agitation lorsque le bruit courut que François était mort. Il se porte bien, grâce à Dieu, elle le fait proclamer à son de trompe. Mais elle garde sous le coude son acte d'abdication, qui ne ferait que l'affaiblir : la perspective d'une régence prolongée semble sourire à certains, prêts à abandonner le malheureux à son sort.

Sa décision est prise : il faut, d'urgence, faire rentrer le roi. À n'importe quel prix. « Pour cuider* sauver un duché, le royaume serait en grand danger d'être perdu » : elle trouva le moyen d'en convaincre son fils. On peut être sûr qu'elle eut part, également, à la mise au point du marché de dupes que fut le traité de Madrid.

Un marché de dupes

Les représentants français à Madrid tombèrent des nues en recevant soudain des instructions rigoureusement contraires aux précédentes. À Charles Quint, on accorde tout. On cède sur toute la ligne.

Tout. François renonce à tous ses droits sur l'Italie, dégage l'Empereur de sa vassalité pour la Flandre et l'Artois et restitue les places conquises dans cette dernière province. Il abandonne ses derniers alliés restés fidèles. Il réhabilite Bourbon et lui rend ses biens, se contentant de lui voler la fiancée promise : c'est pour lui-même qu'il demande la main d'Éléonore, solution élégante, camouflet au connétable félon et promesse d'amitié entre les deux adversaires appelés à devenir beaux-frères. Et surtout, improbable, inestimable concession : il lâche la Bourgogne.

C'était trop beau. Gattinara, qui menait les discussions du côté espagnol, trouva le revirement suspect. Il n'avait pas tort. Le 14 janvier 1526, dans sa prison, devant ses mandataires qui s'étaient fait accompagner de deux notaires, François rédigea et fit enregistrer une protestation en bonne et due forme : tout ce qu'il signerait sous la contrainte serait nul et non avenu. Quelques heures plus tard, il apposait son nom au bas du traité,

---

* En croyant sauver... — Le duché en question est la Bourgogne.

jurait sur l'Évangile de le respecter, promettait de revenir prendre sa place de captif s'il n'en avait, dans un délai de quatre mois, exécuté toutes les clauses. L'ordre respectif dans lequel furent passés les deux actes est essentiel : la protestation ne peut annuler le serment que si elle intervient avant lui. Un tel mélange, très irrationnel, de formalisme juridique et de duplicité relève de mentalités qui ne sont plus les nôtres. Mais dès le xvie siècle, il fut apprécié diversement. Aussi laissera-t-on à chaque lecteur le soin de porter sur lui un jugement moral.

Ne quittons pas le plan politique. L'Espagne avait tout de même cédé sur un point, essentiel : elle lui rendait la liberté *avant* et non pas après la restitution de la Bourgogne, comme elle l'exigeait d'abord. Ni l'Empereur, ni ses conseillers n'étaient des naïfs, bien qu'ils aient crié ensuite à la trahison et à la perfidie. Ils avaient mesuré le risque. Mais le temps jouait contre eux, sur le plan international. Leurs propres difficultés intérieures et extérieures s'aggravaient. La France, tant bien que mal, faisait front. Ils avaient vu le roi dangereusement malade : qu'il vînt à mourir, et ils restaient les mains vides. Mieux valait pour eux consentir à ces ouvertures inespérées, même si elles étaient trompeuses.

Exiger des serments, c'était bien. Des otages, c'était mieux. Avant de nous indigner, rappelons-nous qu'au Moyen Âge et à la Renaissance la pratique était courante, lors d'une négociation, de laisser derrière soi, pour preuve de sa bonne foi, des garants de haut lignage sur qui pût s'exercer la rétorsion en cas de rupture unilatérale du contrat. Ces otages étaient honorablement traités et vite relâchés, quand tout se passait selon les règles. Charles mit la libération de son prisonnier au plus haut prix. Il réclama, au choix, dix des plus grands personnages du royaume ou les deux fils aînés du roi. Après la saignée de Pavie, le pays ne pouvait se priver des quelques hommes capables qui lui restaient. La mort dans l'âme, la grand-mère se résigna à sacrifier ses petits-enfants. Sacrifier est le mot qui convient, puisque, François n'ayant pas l'intention de tenir ses engagements, ils étaient voués à une captivité longue et pénible. Ils avaient respectivement huit ans et sept ans. Restait en France le petit Charles, que les Espagnols n'avaient pas osé inclure dans le traité : il atteignait tout juste ses quatre ans.

L'on prépara aussitôt le retour du roi. Charles Quint vient le voir dans ce qui est encore sa prison. Il lui fait rencontrer sa future épouse Éléonore, qui restera en Espagne, bien sûr, comme les petits princes, jusqu'à ce que la France ait rempli son contrat. Mais nul n'avait d'illusions sur la garantie que pouvait représenter sa personne.

Engagements, promesses solennelles, embrassades, on ne lésine pas sur les bonnes paroles et sur les démonstrations extérieures. Enfin, tandis que Charles prend la route du sud pour aller à Séville convoler avec Isabelle de Portugal, François quitte Madrid le 19 février, il est à Saint-Sébastien le 12 mars, et le 17 à Fontarabie, où tout est prêt pour l'échange des prisonniers, minutieusement organisé comme dans un de nos films d'espionnage. Au milieu de la Bidassoa, qui sert de frontière, est amarré un ponton, terrain neutre sur lequel se croisent le roi et ses enfants, sous l'œil vigilant des gardes restés sur la rive. Il a tout juste le temps de les serrer sur son cœur en pleurant. Il est libre, il foule le sol français. Une brève chevauchée et le voici à Saint-Jean-de-Luz, puis à Bayonne, dans les bras chaleureux de Louise de Savoie.

Cette excellente mère a pensé à tout. Elle a profité de la captivité de son fils pour écarter la maîtresse de la veille, Françoise de Châteaubriant, qu'elle n'aime pas. Le captif trouve autour d'elle une pléiade de filles d'honneur très propre à lui faire reprendre goût à la vie. Son choix se porte sur la blonde et rieuse Anne de Pisseleu, qu'il fera duchesse d'Étampes et qui occupera jusqu'à la fin du règne la place enviée de favorite officielle.

Redevenu roi de France, il ressaisit les rênes d'un pays grandement soulagé par son retour. Il prend pour rentrer dans sa capitale le chemin des écoliers, s'attarde en chemin, de fêtes en festins et en parties de chasse. Un mois par-ci, quinze jours par-là : il réussit à mettre une bonne année pour atteindre Paris. Tandis qu'il semble s'abandonner aux délices des plaisirs retrouvés, au grand dam de la politique, ses conseillers cherchent une parade au traité de Madrid.

Il ne put bercer longtemps de propos évasifs les ambassadeurs espagnols. À Lannoy, qui le rejoint à Cognac, il fait déclarer par la voix autorisée du chancelier qu'il n'est pas libre de disposer de la Bourgogne : il y faut le consentement des États de cette province, voire des États Généraux du royaume. Quant aux autres clauses du traité, ajoute-t-il aimablement lui-même, il est tout prêt à y satisfaire sur-le-champ.

Le recours aux États promet d'interminables délais, assortis d'un refus prévisible : Charles comprend qu'il a été berné. Toutes les cours d'Europe retentissent de sa colère contre le vil parjure, qui a trahi sa parole de chevalier. Et les petits princes, en Espagne, se voient privés de leur gouverneur et de leurs serviteurs français, séquestrés dans des châteaux de plus en plus inhospitaliers, coupés de tout contact avec l'extérieur, mal vêtus, mal nourris : si indignement traités, pour des fils de roi, que l'on s'en scandalisa. La France exigea une visite. La jeune reine Isabelle, soucieuse de la réputation de son époux, eut beau s'efforcer de les rendre présentables, l'effet produit par le spectacle de ces enfants renfermés, farouches, ensauvagés, impressionna. Charles, en passant sa colère sur des innocents, perdait le bénéfice moral que lui avait d'abord valu la mauvaise foi de leur père.

La Ligue dite de Cognac, formée à l'initiative de Louise et qui se renforçait de jour en jour — France, Saint-Siège, Venise, Florence, Milan, avec l'amicale neutralité de l'Angleterre —, affichait des objectifs on ne peut plus honorables : rétablir la paix en Italie pour mener ensuite une campagne contre les Turcs. Le projet tombait à pic : leurs armées venaient de battre et de tuer dans les plaines danubiennes le propre beau-frère de l'Empereur, le roi de Hongrie. On proposa sans rire à Charles de s'y associer, s'il garantissait l'indépendance de l'Italie et relâchait les petits princes contre rançon. On l'invitait à faire partie d'une coalition dirigée en réalité contre lui. Sa fureur ne connut plus de bornes.

La guerre, qui a repris dans la péninsule, n'aboutit à aucun résultat décisif. Mais elle fait à tous deux un cadeau. Elle les débarrasse de l'encombrant connétable de Bourbon. François Ier ne lui a pas pardonné. Quant à Charles, il n'a plus grand-chose à faire de ce soldat perdu qui, faute d'avoir su se tailler un royaume en France, est en passe de devenir un des ces aventuriers, entrepreneurs de guerre au service du plus offrant, comme l'Italie et l'Allemagne en verront tant. En 1527, à la tête d'une armée de mercenaires mal payés, avides de pillage, il se lance à l'assaut de Rome qui a eu le tort de prendre parti pour la France. Il est tué sur le rempart, le premier jour. La nouvelle de sa mort n'affligea personne. Et les horreurs du sac de la ville, auxquelles put assister le pape enfermé dans l'inexpugnable château Saint-Ange, vinrent s'ajouter à sa trahison pour entacher à jamais sa mémoire.

Cependant le roi et l'Empereur campent toujours sur leurs positions. L'un, dûment soutenu par les États de Bourgogne, refuse de céder la province ; l'autre s'obstine d'autant plus dans ses exigences qu'il a l'impression — pas fausse — qu'on s'est moqué et qu'on se moque encore de lui. L'escalade verbale entre eux va très loin, jusqu'à l'échange d'un cartel en vue d'un duel où ils s'affronteraient tous deux en personne, l'épée à la main, comme au bon vieux temps des chevaliers de la Table ronde. Suggestion irréaliste, bien sûr, mais qui permet à chacun d'accuser l'autre de lâcheté, de dérobade déshonorante. Les paroles, même prononcées en l'air, ne s'envolent pas toujours. Le flot d'insultes proférées leur interdit de faire marche arrière, d'esquisser le moindre pas l'un envers l'autre, il les paralyse, les emprisonne dans une situation sans issue.

C'est alors que Louise de Savoie entre de nouveau en scène, à la recherche d'une solution. Elle trouve en face d'elle, pour amorcer la négociation, une interlocutrice de choix, une autre femme, en tous points son égale par l'intelligence et l'énergie, et qui joue auprès de son neveu Charles Quint un rôle similaire à celui qu'elle tient elle-même auprès de François. Une vieille connaissance, pour elle et pour nous : l'ex-« petite reine » de Charles VIII, Marguerite d'Autriche.

Où l'on retrouve Marguerite d'Autriche

À cette femme exceptionnelle était échue une destinée hors du commun.

À titre personnel d'abord.

Dans sa romanesque adolescence, aux côtés de Charles VIII, elle avait rêvé d'amour. Du grand amour. Très imprudent de la part d'une princesse. Or, contre toute attente, elle le rencontra. Pas tout de suite, et pas pour longtemps. Mais assez pour emplir durablement son cœur.

Nous l'avons laissée sur le navire qui l'amenait en Espagne, vers son époux l'infant héritier d'Aragon. Mariage brillant, sur lequel nous ne savons pas grand-chose, sinon que don Juan tomba de cheval et se tua, le 7 octobre 1497, la laissant enceinte. L'enfant qu'elle mit au monde peu de temps après était mort. Et Commynes de se demander si le ciel ne punissait pas, dans sa progéniture comme dans celle de Charles VIII, la rupture de l'engagement premier.

Son père la donna ensuite, en 1501, au duc de Savoie, Philibert le Beau, le bien nommé, car ce fut l'éblouissement. Nés tous deux en 1480, ils avaient pour eux la jeunesse et l'ardeur. Elle aussi était fort belle. Ils formèrent un couple superbe. L'éclatante supériorité de la jeune femme ne nuisit pas à leur entente. Il se laissa aimer et, d'humeur facile, indolent, lui abandonna volontiers les rênes du gouvernement. Elle découvrit à ses côtés les souriantes ou âpres terres de la Bresse, du Bugey, de la Savoie, du Genevois, qui avaient fait partie, très longtemps auparavant, du royaume de Lotharingie, noyau du puissant duché de Bourgogne. Ce retour aux sources, aux racines de sa maison l'attachait encore davantage à son nouvel et séduisant époux. Le Piémont, alors possession des ducs de Savoie, l'attirait moins : c'était déjà un autre monde. Jamais l'Italie ne fascina cette Flamande, admiratrice de l'art et de la civilisation de son pays. Son patriotisme ne franchissait pas les grands cols des Alpes : toute son action politique ultérieure s'en ressentit.

Comment le sentiment passionné qu'elle vouait à son mari aurait-il traversé l'épreuve du temps ? On n'eut pas l'occasion de le savoir. En 1504, Philibert, dans l'échauffement d'une partie de chasse, but de l'eau glacée, dut s'aliter, en mourut très vite. Pour éterniser son amour défunt, fixé à jamais tel qu'en lui-même par la magie du souvenir, Marguerite inconsolable fit bâtir aux portes de Bourg-en-Bresse un mausolée, un reliquaire de marbre, de pierre, d'or et de boiseries sculptées. Le monastère de Brou, chef-d'œuvre du gothique flamboyant à son déclin, coûta près de vingt ans d'efforts à ses architectes et décorateurs successifs, dont le maître maçon Van Boghem mandé de Flandre tout exprès. Dans l'ornementation exubérante de l'église, les souvenirs d'amour voisinent avec l'iconographie religieuse, dans un grand déploiement d'allégories et de symboles, comme on les aimait alors : des marguerites emblématiques, des initiales entrelacées, les armoiries de Savoie et celles de Bourgogne, une devise sibylline — *Fortune Infortune Fors Une* — qu'on interprète diversement [*]. Le couple ducal se glisse sur la façade et dans les vitraux,

---

[*] On la présente quelquefois aujourd'hui sous la forme *Fortune infortune fort une* et on traduit : « La fortune [le destin] infortune [accable, persécute] fort [durement] une [sous-entendu : femme]. » Mais il n'existe pas de verbe *infortuner* et l'adverbe, orthographié *fors* dans tous les livres anciens, signifie : sauf. Le sens probable est que sa vie a vu le malheur succéder au bonheur, mais qu'une infortune au moins lui a été épargnée : allusion à l'amour conjugal intact d'un époux à qui la mort la réunira. Une autre variante — *Fortune, infortune, fortune* — offre une signification plus pauvre.

aux pieds du Christ ou de la Vierge, sous la forme des traditionnels donateurs. Leurs deux tombeaux nous offrent d'eux, selon l'usage, une double image, les orants richement vêtus, figés dans l'attitude de la prière, et les gisants au linceul, dans l'atroce dépouillement de la mort. L'église n'était pas tout à fait terminée, mais presque, lorsque Marguerite vint y rejoindre en 1531 sa belle-mère homonyme, Marguerite de Bourbon, ainsi que l'époux tant aimé.

En attendant, tout au long de son veuvage, son cœur rebelle à toute nouvelle union lui laisse un esprit libre et du temps disponible pour ce qui sera — mais elle ne le sait pas encore — la seconde de ses passions : la politique.

En 1506, son frère Philippe, également dit le Beau, meurt brusquement, laissant cinq enfants en bas âge, un sixième attendu. Deux, nés en Espagne, y resteront auprès de leur mère Jeanne, qui, elle aussi amoureuse de son mari, devient folle de chagrin. Les autres, nés et élevés en Flandre, sont confiés à Marguerite, en même temps que l'administration des Pays-Bas* : charge écrasante, dont elle se tire avec maestria.

Auprès de son neveu Charles, elle remplace la mère qu'il a à peine connue. Les deux grands-pères, Ferdinand d'Aragon et Maximilien d'Autriche, qui pourraient se disputer la tutelle des Pays-Bas, sont loin, ils ont de quoi s'occuper chez eux, ils lui laissent carte blanche. Elle est pendant quinze ans le maître d'œuvre incontesté de la politique austro-espagnole dans les provinces flamandes.

Pas de négociation où elle n'intervienne, prudente, opiniâtre, charmeuse aussi et sachant user de sa douceur féminine auprès des hommes de tout âge et de tout rang. Combative quand il le faut, prête à « se prendre au poil » — nous dirions « se crêper le chignon » — avec un adversaire un peu vif, quitte à en rire ensuite

---

* On n'oubliera pas que ce terme désigne, à cette époque, non seulement les provinces qui portent aujourd'hui ce nom, mais l'actuelle Belgique, où se situe le centre de gravité de l'ensemble.

de bon cœur avec lui et à revenir bonnement à ses offres premières, auxquelles le contraste de ton donne soudain un air inoffensif. Intuitive, jaugeant vite les êtres et pressentant leurs réactions, lisant entre les lignes des documents diplomatiques, saisissant à demi-mot invites et menaces, elle est le plus redoutable des négociateurs.

Elle haïssait la France, dit-on, ne lui pardonnait pas la répudiation de jadis. C'est trop vite dit. Elle est femme d'amour, pas de haine, et l'obsession de la vengeance n'est pas son fait. La clef de son comportement est ailleurs. Elle aime sa famille, le neveu qui lui sert de fils ; elle aime son pays, la Flandre, ou plutôt la Bourgogne, dont les frontières à ses yeux dépassent largement le cadre étriqué des Pays-Bas. Elle ne se console pas qu'ait été démembré l'héritage du Téméraire. Elle poursuit deux objectifs : l'élévation de son neveu et la récupération de la province mère, la Bourgogne proprement dite. Deux objectifs directement opposés aux intérêts français. On reconnaît donc sa main, pendant une quinzaine d'années, dans toutes les entreprises menées, avec des succès divers, contre notre pays.

En 1508, elle réussit à convaincre le cardinal d'Amboise, envoyé de Louis XII, de rompre l'alliance franco-vénitienne, qui nous eût donné le champ libre en Italie du Nord. En 1513, elle encourage une agression des Suisses contre Dijon. En 1514, elle cherche à obtenir pour son neveu la main de Marie d'Angleterre, qui échoit à Louis XII : pas de regrets, c'était un mauvais cheval. En 1516, elle tente d'empêcher la signature du traité de Noyon qui consacre implicitement, par omission, la renonciation du jeune Charles à la Bourgogne. L'année 1519 est celle de son triomphe : c'est grâce à elle et à son entregent, à ses démarches auprès des grands banquiers Fugger, qu'il emporte à prix d'or son élection à l'Empire. Elle est partout et, à partir de 1521, la mort du vieux conseiller Guillaume de Chièvres, partisan d'une réconciliation avec la France, laisse le champ libre à son influence.

Palmarès impressionnant, non exhaustif cependant. Aucune femme de ce temps ne peut se vanter de posséder une expérience politique aussi riche. Sauf peut-être Louise de Savoie, qui décide, pour sortir de l'impasse où se sont enfermés les deux souverains, de lui faire des ouvertures.

La Paix des Dames (Cambrai, 1529)

Ce n'était pas une mauvaise idée. Marguerite était peu accommodante, mais on ne pouvait la tenir à l'écart de la négociation. Autant aller droit à elle : elle apprécierait. Et personne n'était plus qualifié que Louise pour le faire.

Les deux femmes se connaissent depuis toujours. Mieux, elles sont belles-sœurs : Philibert de Savoie, l'époux tant pleuré de Marguerite, était le propre frère de Louise. Elles sont de la même génération, avec quatre ans seulement de différence. Veuves toutes deux, vouées au service d'un fils ou d'un neveu dont elles protègent jalousement la fortune, elles sont capables, bien que liées à deux camps opposés, de se comprendre et de s'estimer. Ce qui ne veut pas dire qu'elles sont prêtes à se faire des cadeaux.

Mais déjà, une même horreur de la guerre et de ses ravages les a rapprochées. Les Pays-Bas sont en première ligne dans un conflit où les places d'Artois et de Flandre suscitent les convoitises françaises, espagnoles, voire britanniques. Et Dieu sait que ce plat pays sans frontières naturelles est exposé aux invasions ! La Comté — la future Franche-Comté — est également très menacée. Le principal souci de la gouvernante est d'en éloigner les armées, d'exporter la guerre le plus loin possible, en Italie par exemple, où les belligérants peuvent se massacrer à loisir pour le plus grand profit de la prospérité flamande. Louise de Savoie, de son côté, redoute une invasion de la Bourgogne, si vulnérable aux incursions venant de l'est. Elles ont donc signé à plusieurs reprises des trêves locales, sortes de pactes de non-agression, stipulant qu'on se battrait ailleurs que dans ces secteurs. En mai 1528, au plus fort du concours d'insultes entre leurs deux champions respectifs, elles trouvent le moyen de renouveler l'accord préservant ces provinces.

S'il n'y avait que ces deux dames, la paix serait bientôt faite. D'autant plus qu'elles sont, l'une et l'autre, aussi réalistes que sages. Marguerite est disposée à mettre le prix aux choses à condition qu'elles soient possibles. Ainsi avait-elle persuadé son neveu, horrifié par les sommes dépensées pour l'Empire, que l'opération en valait la peine : « Le seigneur roi, mon maître », lui expliqua-t-elle en termes imagés, « nous a écrit que le cheval sur lequel il voulait nous venir voir était bien cher. Nous savons bien qu'il est cher. Mais toutefois, il est tel que s'il ne le veut avoir, y a marchand prêt pour le prendre. » Inversement, elle connaît les limites à ne pas dépasser et — la chose est bien plus difficile — sait renoncer à ce qu'elle voit hors de portée. En 1529, elle comprend que la récupération de la Bourgogne exigerait une guerre totale, aux conséquences catastrophiques, sans garantie de résultat. Le pillage de la Flandre est un prix qu'elle ne veut pas mettre à une hypothétique victoire. Celui de la Bourgogne non plus, très probablement. Évidence douloureuse, qu'elle ne dut pas accepter sans déchirement. Et c'est grande vertu que d'avoir su sacrifier à l'intérêt de ses peuples un rêve aussi profondément ancré dans son cœur.

Elle prêta favorablement l'oreille aux ouvertures officieuses que Louise lui fit faire en octobre 1528. Pourquoi n'engageraient-elles pas, à titre privé, des négociations discrètes ? Elles déblaieraient le terrain, sans engager les souverains, qui resteraient libres de les désavouer. Prudentes, elles ne promettent rien : l'essentiel est de ne pas rompre ce fragile contact. Mais elles commencent à sonder leurs maîtres respectifs. Elles reçoivent le feu vert, pourvu que le secret soit bien gardé.

Six mois durant, on discute, on parlemente, on

oppose projets et contre-projets, avançant d'un pas, reculant de deux. Non qu'elles se défient l'une de l'autre. Elles sont trop fines, elles s'estiment trop : inutile de bluffer ni de ruser. Ces interminables manœuvres d'approche ont pour but d'apprivoiser les deux rois, de les habituer à la perspective d'un accord. Il y faut du temps. D'autant plus de temps que leurs armées continuent de se battre en Italie. Chaque succès réveille alternativement chez l'un et chez l'autre l'espoir de l'emporter sur le terrain, ou du moins de traiter en position de force. Il n'est pas facile de leur faire accepter l'idée d'un retour au point de départ : pas d'Italie pour l'un, pas de Bourgogne pour l'autre.

Il faut aussi leur sauver la face, à tous deux, maintenir entre les deux pays la balance strictement égale, lors d'une éventuelle rencontre. Et les questions protocolaires sont pesées à la balance d'orfèvre. Aucun des deux négociateurs ne peut se rendre chez l'autre : ce serait faire le premier pas. Il faut donc que chacun fasse la moitié du chemin. On convient de Cambrai, ville libre d'Empire, qui fera office de terrain neutre. Laissant son fils à Compiègne, où il est censé se livrer aux joies de la chasse, Louise s'achemine vers la frontière. Marguerite, de son côté, a quitté Malines. Elles entrent dans Cambrai en même temps, le même jour 5 juillet, à quelques heures de distance, l'une par la porte de France, l'autre par celle de Flandre. Les voici enfin face à face.

Avances, reculs, fausses sorties, menaces de rupture : il leur faudra encore près d'un mois de discussions et quelques mauvaises nouvelles — en provenance d'Italie pour François, d'Europe centrale pour Charles — avant de mettre sur pied un texte acceptable. Le 29 juillet c'est chose faite. Le 3 août la paix est signée, la cathédrale retentit d'un *Te Deum*. Le traité de Cambrai reçoit aussitôt le surnom, bien mérité, de *Paix des Dames*.

Les clauses en parurent malgré tout défavorables à la France. François conserve la Bourgogne et les villes de la Somme, mais rend à Charles quelques places sur la frontière du nord et le délie du serment de vassalité exigible pour la Flandre et l'Artois, qui n'était plus qu'une survivance vaine. Il renonce, du bout des lèvres, à ses prétentions italiennes. Ses fils seront libérés en échange de la rançon due pour sa capture à Pavie. Il restituera leurs biens aux héritiers de Charles de Bourbon. Et il épousera Éléonore, sa fiancée, qui l'attend en Espagne depuis quatre ans.

La somme demandée est colossale. Comme toujours lorsqu'on parle finances, le roi d'Angleterre s'en mêle, prétend se faire rembourser par François une créance qu'il a sur l'Empereur. Marchandages, maigres concessions. On finit par convenir de deux millions de livres. Il ne reste plus pour la France qu'à les trouver. Plus facile à dire qu'à faire. La réputation de rapacité de Louise s'accrut encore, bien que la chose parût impossible. On pressura, non sans grincements de dents, toutes les catégories sociales du royaume : mais le moyen de refuser, quand il s'agit de récupérer les petits princes ? On mit plus de dix mois à percevoir, rassembler, acheminer vers la frontière les sept tonnes d'or libératrices. L'échange se fait enfin le 1er juillet 1530. L'Europe est en paix, les deux Dames ont bien travaillé.

Cette tâche accomplie, elles disparurent très vite, comme si la mort avait pris soin de souligner le parallélisme de leurs deux destins.

Marguerite se blessa au pied et dans la plaie infectée s'installa la gangrène. Elle mourut de septicémie le 30 novembre 1530. Partageant le goût de son temps pour le réalisme macabre, l'artiste qui sculpta à Brou son corps de gisante fit dépasser du linceul un pied nu, marqué d'une profonde entaille. Son testament politique tient dans les lignes qu'elle écrivit à son neveu juste avant de mourir :

« Je vous laisse derrière moi comme mon unique héritier, avec les territoires que vous m'avez confiés, qui sont restés intacts, bien plus, considérablement agrandis. [...] Avant tout je vous recommande la paix, en particulier avec les rois de France et d'Angleterre. »

Quant à Louise, elle souffrait depuis des années de

la goutte et de la gravelle — la « pierre », comme on disait alors. Après avoir longtemps craint la mort, elle la sentait venir et se soumettait. Dans l'été de 1531, on lui fit quitter Fontainebleau menacée par la peste pour son château de Romorantin, où elle se plaisait. Elle ne put l'atteindre, dut s'arrêter en chemin, dans le petit village de Gretz, en Gâtinais. Elle s'alita, reçut l'extrême-onction et mourut dans les bras de sa fille déchirée de douleur, le 22 septembre. « Lieu rempli de regrets », chantera celle-ci plus tard, dans son poème des *Prisons*. Sa mère lui léguait l'impossible mission de freiner l'appétit de revanche du roi.

Une comète avait embrasé les nuits d'Île-de-France dans les jours précédents et, si l'on en croit Brantôme, Louise y aurait lu l'annonce de sa mort. Le peuple, en tout cas, associa les deux événements. Elle n'était pas aimée de tous, mais tous reconnaissaient en elle un de ces grands personnages dont le ciel prend la peine de marquer la disparition.

Les deux Dames ne sont plus. Leur pauvre paix, orpheline, ne leur survivra guère. Les deux souverains ne se sont pas rencontrés.

Laissons aux spécialistes le soin d'apprécier à l'aune de l'histoire les initiatives de ces deux femmes et de juger leur action politique. C'est sur leur destinée qu'on voudrait conclure.

Elles n'étaient reines ni l'une ni l'autre. Elles ont exercé cependant sur les affaires de leur temps une influence que n'ont pas eue la plupart de celles qui ont porté ce titre. C'est pourquoi il leur a été accordé ici une si grande place.

Dans un État tenu par un homme, elles conservèrent jusqu'à leur mort un poids que justifiaient leur compétence, leur énergie, leur dévouement. Détentrices d'un pouvoir délégué, elles ne décidaient pas seules, devaient rendre des comptes à leur fils ou neveu, le consulter, le convaincre : une limite à leur action, handicap qui se transformait en atout, leur donnant dans la négociation une marge de manœuvre supplémentaire, les protégeant aussi des tentations et des vertiges du pouvoir absolu. Lorsque l'âge et l'expérience les eurent mûries, elles jouèrent auprès des deux souverains un rôle modérateur. Exemple remarquable de répartition des tâches réussie, modèle de pouvoir féminin efficace, dont Catherine de Médicis se souviendra peut-être lorsque le pouvoir s'offrira à elle. Mais il y faut, aussi, des rois dignes de ce nom.

CHAPITRE HUIT

ÉLÉONORE D'AUTRICHE

La Paix des Dames donnait enfin à la France la nouvelle reine promise par le traité de Madrid, une reine que tous s'accordent à trouver sympathique, bien qu'elle soit la sœur de l'ennemi. Débordante de bonne volonté, Éléonore arrive, décidée à remplir honnêtement la fonction que les caprices de la politique lui ont assignée. Et l'opinion lui fait volontiers crédit.

Mais sa situation ne peut être qu'inconfortable. Car elle est le gage, non d'un accord vrai, mais d'une artificieuse réconciliation, d'une « amitié » menteuse. Guerre ouverte et paix fourrée alternent, entre François Ier et Charles Quint, la contraignant au silence ou la projetant au premier plan — en porte-à-faux dans chaque cas. Instrument docile des volontés d'un frère qu'elle aimait et d'un mari à qui elle se voulut dévouée, elle se fit de cette docilité vertu, non sans déchirement. Elle se plia adolescente, elle souscrivit adulte au destin qu'on lui imposait. Elle fit mieux : elle s'y investit pleinement.

Une sœur obéissante

Éléonore, née le 15 novembre 1498 à Louvain, était la première des enfants de Philippe le Beau et de Jeanne la Folle. Elle n'a d'autrichien que le patronyme et ne mettra jamais les pieds en Autriche. Elle vient au monde en pays « bourguignon » — c'est-à-dire, à l'époque, flamand — et vivra longtemps en pays flamand, avant de se muer en Espagnole.

Sa naissance fut accueillie avec joie. À Bruxelles, dans Sainte-Gudule illuminée par le flamboiement des torches, on la baptisa à la nuit tombante en grande cérémonie. Les parrainages qui lui furent donnés la plaçaient sous un patronage anti-français. Son grand-père et parrain, Maximilien d'Autriche, lui donna le prénom de sa propre mère, une princesse portugaise. Quant à sa marraine, c'était une Anglaise, la fameuse Marguerite d'York, dite « Madame la Grande », la veuve de Charles le Téméraire, qui en défendait âprement la mémoire et l'héritage*.

Dix-huit mois plus tard naissait à Gand son frère, le futur Charles Quint. Elle parut à son baptême le 7 mars 1500 et les Gantois « lui firent grande fête, car ils ne l'avaient jamais vue dans leur ville ». Elle resta depuis, et toujours, étroitement associée à son frère. Après la mort de leur père, les deux enfants furent laissés aux Pays-Bas, ainsi que leurs jeunes sœurs, et confiés à leur tante Marguerite d'Autriche, qui les éleva.

Éléonore grandit heureuse, protégée, dans cette opulente Flandre où l'on savait vivre, et bien vivre. Moins jolie que sa cadette Isabelle, moins énergique que son autre sœur Marie, elle fut une jeune fille souriante et gaie, bien portante quoique un peu trop maigre, au jugement de sa tante, qui se faisait l'écho du goût régnant. Elle fut bien formée. On fit d'elle une bonne cavalière, experte à la chasse et aux jeux de plein air. On lui apprit la musique, la peinture, et beaucoup plus de lettres qu'on n'en enseignait d'ordinaire aux princesses. De la piété, sans excès ni ostentation. Du solide. On la dit parfois un peu sotte. Mais c'est plutôt le caractère qui est en cause dans son absence d'ambition, la simplicité de ses goûts, sa modestie. Chez elle

---

* Marguerite d'York, troisième épouse du Téméraire, n'était pas l'arrière-grand-mère d'Éléonore, qui descendait de sa seconde épouse.

le sentiment prime l'intelligence, elle est aisée à émouvoir, elle n'a pas la tête politique. Douceur et bonté ? Indolence et passivité ? Chacun jugera selon son humeur cette personnalité malléable, faite pour l'obéissance.

Elle tenta pourtant, un jour, de faire preuve de volonté. À dix-huit ans, elle se crut maîtresse de son avenir. Le climat dans lequel on vivait à la cour de Flandre était assez libéral pour que pût s'ébaucher une idylle entre elle et le prince Palatin Frédéric, quatrième fils de l'Électeur Philippe de Bavière. Elle s'éprit de ce cadet sans fortune, entré au service de son père Philippe le Beau, et qui continuait, après la mort de celui-ci, de représenter Maximilien aux Pays-Bas. Il faut dire qu'il faisait presque partie de la famille : seul, il était parvenu à faire manger le petit Charles qui s'y refusait, et cet exploit lui avait valu le surnom de « père nourricier de l'archiduc ». L'enfant, devenu roi, lui maintint sa pension et lui conféra la Toison d'Or.

Étaient-ce des titres suffisants pour prétendre à la main d'Éléonore ? Elle se plut à le croire, se prit à espérer. L'été, avec ses parties de campagne, était favorable aux rencontres discrètes. Les deux amoureux se virent dans l'île de Walcheren, parlèrent longuement, firent des projets, qui ne restèrent pas longtemps secrets. Charles, prévenu, convoqua sa sœur, la regarda avec attention : « Il me semble que vous avez la gorge plus enflée que de coutume. » Et il plongea dans son corsage à la recherche d'un billet, qu'il savait y trouver.

Le contenu s'en révéla moins compromettant qu'on ne pouvait le craindre. Rien d'irréparable ne s'était produit. Le prétendant se contentait d'encourager la jeune fille à repousser toute autre proposition. Mais c'était assez pour justifier une contre-offensive en règle. Éléonore était d'un rang trop haut pour qu'on la bradât. On feignit de craindre un enlèvement, on organisa une rupture publique, on prit soin de se prémunir contre toute contestation ultérieure. Les deux malheureux durent jurer que leurs projets étaient subordonnés, dans leur esprit, à l'assentiment royal et qu'ils n'avaient échangé ni promesses, ni gages formels de mariage. Ils se déclarèrent solennellement quittes l'un envers l'autre et promirent de ne jamais invoquer un quelconque engagement.

Le prince Palatin fut renvoyé en Allemagne, mais ne renia pas pour autant ses alliances : il resta le fidèle allié de la maison de Habsbourg. Éléonore s'inclina. Histoire banale. Mais elle donnait beaucoup à penser sur le caractère impérieux du jeune Charles : lorsqu'il rappelait aussi sévèrement sa sœur aînée à ses devoirs de princesse, il n'avait que dix-sept ans. Il promettait.

À une princesse il faut un roi

Pour couper court à tout incident, la meilleure parade était de la marier. Certes, on n'avait pas attendu qu'elle eût cet âge avancé pour y songer. Mais son grand-père Maximilien avait bien spécifié à sa tutrice Marguerite que seuls trois partis étaient envisageables : les rois de France, d'Angleterre ou de Pologne. Et comme aucun n'était libre, il fallait attendre que l'une des trois reines allât « de vie à trépas ». Louis XII, rendu disponible par la mort d'Anne de Bretagne, avait préféré la jeune Anglaise, puis il était mort, laissant le trône à François Ier, déjà marié. Les autres reines tenaient bon. On refusa successivement pour Éléonore le duc de Lorraine et même le roi de Danemark, tout juste acceptable pour sa cadette Isabelle, que ce prince cruel et débauché, surnommé le Tyran et bientôt détrôné par ses sujets, conduisit à une fin tragique. On refusa aussi le roi de Navarre : non seulement il n'était qu'un roitelet indigne d'une telle union, mais il avait l'audace de réclamer que lui fût rendue, sous forme de dot, la partie méridionale de son royaume — la quasi-totalité —, que lui avait arrachée Ferdinand II d'Espagne.

On continuait donc de chercher pour elle l'oiseau rare, lorsque la crainte de la voir disposer d'elle-même amena la famille à rabattre de ses prétentions. On

tomba d'accord sur le roi de Portugal. Depuis longtemps l'Espagne, faute de pouvoir conquérir par les
armes cette enclave étrangère dans une péninsule
qu'elle voulait sienne, tentait de se l'attacher par une
longue chaîne de liens matrimoniaux. Manuel Iᵉʳ, dit le
Grand ou le Fortuné, né en 1469, n'était plus un jeune
homme. Il était laid, bossu, à demi infirme. Il avait
déjà épousé tour à tour deux infantes d'Espagne, qui
lui avaient donné des enfants. Tandis qu'on songeait,
faute de mieux, à promettre Éléonore à son fils aîné,
non encore nubile, il devint veuf à point nommé. C'est
à lui qu'elle fut offerte en 1517.

Elle y consentit. Elle n'en voulait pas à son frère.
Son chagrin d'amour n'avait pas entamé l'attachement
très vif qu'elle lui vouait. Au contraire, il semble même
qu'elle ait reporté sur lui toutes ses ressources affecti-
ves. Il se préparait à partir pour l'Espagne, afin de
prendre possession d'un royaume encore inconnu. Elle
tint à l'accompagner. Elle avait pris en horreur les
Pays-Bas, pleins de souvenirs douloureux. Et sur le
contraste de leurs deux destins, elle rimait mélancoli-
quement : « Si contraires sont nos fortunes / Qui donnent au roi tant d'éclat / Et qui me plongent dans ces
ténèbres / En causant la solitude / Où je vais vivre si
triste. » Les vers, si vers il y a, ne sont pas fameux.
Mais le sentiment est d'acceptation résignée.

Ils s'embarquèrent à Flessingues le 8 septembre
1517, affrontèrent ensemble les périls alors inséparables des voyages maritimes, incendie d'un navire, tempête, débarquement précipité. Des Asturies, ils
s'acheminèrent vers Madrid, à travers un pays qui, à
côté de la grasse Flandre, leur parut aride et désolé. À
Tordesillas, en novembre, ils revirent leur mère presque oubliée, Jeanne, que sa démence intermittente
n'empêchait pas de rester, en titre, souveraine de Castille : il fallait obtenir d'elle une délégation de pouvoir.
Entrevue douloureuse, bien que la Folle fût dans un de
ses bons jours : elle les embrassa, les trouva grandis
— elle ne les avait pas vus depuis leur enfance. Mais
le château où elle résidait ne leur en parut pas moins

sinistre. Éléonore, toujours charitable, tenta d'en arracher leur plus jeune sœur Catherine, que leur mère y retenait auprès d'elle, cloîtrée. Elle ne réussit qu'à provoquer un esclandre : il fallut rendre l'enfant, qui y gagna cependant quelques serviteurs et un peu de liberté. Elle rencontra aussi son cadet, Ferdinand*, élevé en Espagne et qu'elle ne connaissait pas.

Sur son passage, les chroniqueurs élèvent, comme toujours, un concert de louanges : « À la vérité, c'est un chef-d'œuvre, tant est sage, joyeuse, honnête et gentille en toutes choses. » Et, pour une fois, ils ne fardaient pas trop la réalité.

Elle épousa par procuration, le 13 juillet 1518, Emmanuel le Fortuné, sans l'avoir jamais vu. Son escorte hispano-bourguignonne la conduisit à la frontière, que marquait sur la route un tout petit affluent du Tage, le Sevor. Elle passa le pont, fut prise en charge par ses nouveaux serviteurs. À Lisbonne, ultime cérémonie, mariage religieux. Elle était reine de Portugal.

Elle le resta trois ans, supporta patiemment son vieux mari, s'entendit bien avec les enfants des premiers lits, à peine plus jeunes qu'elle, dont Isabelle, qui épousera son frère, et l'héritier Jean III, qui épousera sa plus jeune sœur, la recluse de Tordesillas. On restait décidément en famille. Elle-même n'était pas stérile, contrairement à ce qu'on dit trop souvent. Elle eut un fils, qu'elle perdit très jeune, et une fille Maria, dont elle fut séparée dès son veuvage : les Portugais tenaient à la marier à leur gré.

Lorsque mourut Manuel Iᵉʳ, en 1521, elle dut partir en effet, rejoignit son frère en Espagne, libre à nouveau pour de nouvelles combinaisons matrimoniales. Son ancien amoureux Frédéric, dit-on, se présenta une

---

* Ce frère de Charles Quint, beaucoup plus espagnol que lui, mais que le droit d'aînesse excluait du trône en Espagne, trouva une compensation en Europe centrale grâce à son grand-père Maximilien d'Autriche, qui lui ménagea la double succession de Bohême et de Hongrie. Il fut empereur à la suite de son frère. Avec leurs fils respectifs, les deux branches, autrichienne et espagnole, de la maison de Habsbourg suivirent des voies distinctes.

seconde fois, fut repoussé : Charles Quint avait d'autres projets, auxquels elle se plia sans qu'on sût rien de ses sentiments intimes.

Elle fut d'abord promise à Charles de Bourbon, pour prix de sa trahison. Après les prétentions initialement affichées, c'était tout de même tomber de très haut. D'où l'hypothèse de certains historiens, qui ne voient dans ce projet qu'un leurre destiné à appâter l'orgueilleux connétable. Quoi qu'il en soit, l'Empereur ne la lui aurait donnée que s'il avait réussi à se tailler un royaume en Provence ou en Italie : et il apparut vite qu'il n'y parviendrait pas.

Que sut Éléonore des intentions réelles de son frère ? On l'ignore. Que pensa-t-elle de l'union proposée avec Bourbon ? Les chroniqueurs affirment qu'elle y répugnait. Elle n'en a rien dit, mais c'est probable : une vive réprobation entourait alors les traîtres, même chez ceux qui bénéficiaient de leurs services. Et dès qu'il fut question de François Ier, entre le roi de France et un aventurier, l'hésitation n'était plus permise. Marguerite de Navarre, qui la rencontra lors de son ambassade, trouva en elle un écho favorable lorsqu'elle lui fit « le portrait le plus noir du connétable, le traitant d'assassin, tandis qu'elle lui montrait le paradis ouvert par son mariage avec le roi de France ». Au point que Charles Quint, craignant de voir sa sœur s'engager trop loin, se hâta de séparer les deux jeunes femmes : le temps n'était point venu de parler de noces. Mais on peut être sûr qu'elle fut heureuse d'apprendre, quelques mois plus tard, que le traité de Madrid la donnait à François Ier. Mieux encore, on envisageait de fiancer au dauphin la petite Maria de Portugal, sa fille, qu'elle eût ainsi retrouvée.

C'est donc dans un climat d'euphorie que se déroula leur rencontre.

Après une promesse de mariage signée par procuration, le 19 janvier 1526, les futurs époux avaient été autorisés à échanger une brève correspondance, toute conventionnelle. Une fois le traité de Madrid dûment paraphé, dans les conditions que l'on sait, elle vint à

Illescas pour faire connaissance avec lui. François n'avait pas à se forcer pour montrer de la joie : il rayonnait à la seule idée de sa liberté retrouvée. D'abord dissimulée derrière une jalousie à claire-voie, selon l'usage espagnol, elle put l'apercevoir à son arrivée, en costume d'apparat, « tant bien doré » pour la circonstance. À l'aveuglette, il fit une révérence en direction de la fenêtre où on lui avait dit que se cachait sa promise, comme dans une comédie romanesque du Siècle d'Or. Ils purent se voir pour de bon, au cours des réceptions qui suivirent. Placés face à face lors du repas, mais trop éloignés pour se parler, « ils ne se pouvaient soûler de regarder l'un l'autre ». Ils purent converser ensuite, assis côte à côte. Dix jours de festivités, où les entretiens politiques alternaient avec les entrevues sentimentales : Charles comptait bien sur les unes pour faciliter les autres. François, prudent, jouait soigneusement son rôle de fiancé empressé. De part et d'autre, on se surveillait. Seule, la pauvre Éléonore semble avoir été sincère. Lors de leur séparation, qui devait en principe être courte, elle versait de grosses larmes, nous raconte-t-on, et conjurait le roi de lui donner souvent de ses nouvelles ; il promettait, souriant. Et les peuples de s'attendrir sur l'émouvante romance diffusée par les chroniqueurs de tous bords.

Il est très peu probable, pourtant, qu'Éléonore fût tombée amoureuse de François au premier coup d'œil. Du moins au sens où nous l'entendons aujourd'hui. À vingt-huit ans, ce n'était plus une enfant. Échaudée depuis longtemps, elle a appris à ses dépens que la sentimentalité n'est pas de mise chez une princesse. Mais ce mariage lui convient. Il lui suffit de songer aux autres partis possibles pour en mesurer les avantages. Il ne lui déplaît pas, cet époux de son âge, grand, fort, gai, séduisant, qui sera plus agréable à recevoir dans son lit que le vieux Manuel de Portugal, et qui fera d'elle la reine d'un des plus grands pays d'Europe, un pays où, dit-on, il fait presque aussi bon vivre que dans sa Flandre natale. Elle ne demande qu'à lui être agréable et lui voue d'emblée une très réelle affection.

On connaît la suite. Une fois libre, le roi refuse de renoncer à la Bourgogne. Mais il ne dénonce pas sa promesse de mariage. Et voici Éléonore retenue en Espagne, légalement engagée envers François, mais solidaire de Charles Quint furieux, se sentant des devoirs envers l'un et l'autre. Elle porte sur les fonts baptismaux le fils de son frère, le futur Philippe II. Elle tente parallèlement d'adoucir la captivité de ses futurs beaux-fils, les enfants de France gardés en otages. Une situation fausse, mais que rendaient plus facile à assumer les idées traditionnelles sur le rôle dévolu aux femmes. Leurs vertus d'élection, pitié, charité, ignorent les frontières. Il incombe tout naturellement à Éléonore de se pencher sur des enfants malheureux, fussent-ils ennemis et maltraités sur ordre du roi son frère. On sait qu'elle plaida pour eux, et on se plaît à la reconnaître sous les traits d'une mystérieuse grande dame, non nommée, qui alla les visiter. Sans grandes illusions. Ce n'est pas à ses prières, mais aux marchandages serrés de sa tante Marguerite qu'est dû l'accord qui lui permit, en 1530, au bout de quatre ans, de ramener en France les petits otages et de passer dans son nouveau royaume pour une triomphante messagère de paix.

Le retour des otages

Lors de son entrée en France, pourtant, tout n'était pas de bon augure.

Pour la seconde fois de sa vie, elle allait franchir une rivière frontière afin de rejoindre un époux. Mais cette fois-ci, elle n'est pas l'héroïne du jour. Donnant, donnant. Otages contre rançon, les fils de François Ier contre des tonnes d'or. Elle ? L'Espagne la livre à la France en même temps que les enfants, en prime, si l'on ose dire. Elle est la cinquième roue du carrosse, un élément négligeable, un comparse. Oh ! les apparences sont préservées ! Elle a une dot, modeste en comparaison de la rançon. Du côté français, il a été prévu un accueil imposant, une suite nombreuse. Mais on voit bien, dans le récit qu'en fait Martin Du Bellay, que sa présence vient rompre la rigoureuse symétrie qui préside à l'organisation de l'échange.

Car la méfiance règne à Fontarabie, au moment de lâcher les derniers gages qui donnent encore à Charles Quint barre sur la France. Il redoute la mauvaise foi du roi. Il craint un coup de main pour délivrer les enfants gratis. À Hendaye, les Français sont un peu moins inquiets : l'or de la rançon, lui, ne risquait guère d'être enlevé de force, il pesait trop lourd. Mais on n'est jamais trop prudent.

Depuis quatre mois confluaient sur les bords de la Bidassoa les convois d'écus, en provenance de toutes les provinces. L'Espagne avait fini par consentir un aménagement de la dette : sur deux millions, elle n'exigeait qu'un million deux cent mille comptant — le reste à terme —, plus des pièces de joaillerie, dont une certaine *Fleur de Lys*, un joyau de six kilos, enrichi de pierres précieuses et servant de reliquaire à un fragment de la vraie Croix, auquel Charles tenait beaucoup, sans doute en raison du symbole attaché à son nom [*]. On rassemblait, on comptait, on pesait les pièces, on les mettait en sacs et en caisses, on fondait les monnaies disparates pour en faire des lingots, sous le regard soupçonneux d'une escouade de financiers des deux bords et la protection d'une puissante garde. Une contestation s'éleva sur le titre de certaines d'entre elles, qui ne comportaient pas la proportion d'or fin requise, et il fallut fournir de quoi compléter la somme. Vers la mi-juin, on en vit enfin le bout. Éléonore et les enfants, qui avaient été acheminés vers le nord séparément, quittèrent, elle Vitoria, eux La Puebla, où ils se

---

[*] Ce joyau, cependant, n'était pas français. Il appartenait à Maximilien d'Autriche, qui l'avait donné à Henri VIII d'Angleterre comme gage d'un emprunt. Le traité imposa à François Iᵉʳ de le racheter à l'Angleterre pour le rendre à l'Autriche. Mais Henri VIII — une fois n'est pas coutume — l'avait rendu pour rien, contre promesse que la France l'aiderait à obtenir du Saint-Siège l'annulation de son mariage avec Catherine d'Aragon, une tante de Charles Quint.

rongeaient d'impatience, pour gagner les rives de la Bidassoa.

Comme quatre ans plus tôt, mais avec un luxe de précautions supplémentaires, on installa au milieu de l'eau un même ponton flottant, solidement arrimé à la rive par des chaînes. Au centre, une barrière de bois matérialisait la frontière. Il fallait attendre la marée haute pour procéder à l'échange, car la marée basse, qui rendait le fleuve presque guéable, pouvait faciliter les agressions. De part et d'autre, les deux places d'Hendaye et de Fontarabie étaient placées sous haute surveillance. En amont et en aval du fleuve, des bateaux français et espagnols, de gabarit équivalent, pour en interdire l'accès. En mer, deux galions de chaque pays, respectivement placés près des côtes adverses, pour déceler tout mouvement de troupes terrestres ou maritimes. Le connétable de Castille, d'une part, le grand maître de Montmorency, d'autre part, supervisaient l'opération.

Au matin du 1ᵉʳ juillet, tout est prêt pour huit heures, au plein de la marée haute. Montmorency et le cardinal de Tournon sont à pied d'œuvre, entourés de gentilshommes chamarrés de velours et d'or. Du côté espagnol, déjà les enfants approchent lorsqu'on leur fait faire demi-tour, suspendant le compte à rebours : un rapport d'espion a signalé des troupes suspectes du côté de Saint-Jean-de-Luz. Il fallut parlementer longuement et la future reine dut intervenir, menaçant le connétable de Castille de faire de lui, s'il ne s'exécutait pas, « le plus petit gentilhomme de toutes les Espagnes ». À trois heures de l'après-midi, les petits princes arrivèrent sur la grève, à six heures, l'échange commença, tel un ballet bien réglé. Les deux bateaux, équipés du même nombre de bateliers et chargés du même nombre de gentilshommes, voguèrent à la même allure vers le ponton, où ils accostèrent de part et d'autre. On se fit quelques politesses, puis Espagnols et Français, à la suite de leurs chefs respectifs, changèrent de bateau un par un. Et lorsque tous les Français furent passés dans celui qui portait les princes et tous les

Espagnols dans celui qui portait la rançon, les participants soulagés firent force de rames vers les rives.

Éléonore, elle, avait traversé le fleuve sans formalités particulières sur une autre embarcation, où monta la prendre en charge le cardinal de Tournon, tandis que ses dames de compagnie la rejoignaient plus discrètement encore.

On avait pris du retard. C'est à la nuit tombée que le cortège arriva à Saint-Jean-de-Luz où on l'accueillit à la lueur des torches, dans de grandes clameurs de joie. Oubliés les mois d'attente et de suspens. Oubliés les marchandages et les soupçons qui ont marqué cette journée exténuante. Éléonore est reine de France. Elle aborde dans son pays d'adoption en menant par la main, « fleurons de France », les deux petits princes retrouvés. Elle put croire, l'espace de quelques semaines, à un avenir de paix.

La messagère de paix

Le roi, prudent, s'était tenu en retrait. Il attendait à Bordeaux qu'on lui confirmât l'heureuse issue de l'échange. Il quitta la ville le 4 juillet, pour aller à la rencontre de sa future femme et de ses enfants. Ceux-ci avaient été installés ensemble, à Hendaye, dans une litière découverte richement tendue d'or et leur cortège, flanqué de dames à cheval, selon l'usage portugais, remontait lentement vers le nord, par Bayonne, Saint-Vincent-de-Tyrosse, Dax. Au long des routes se pressaient des foules en liesse venues s'attendrir sur les petits princes et contempler la nouvelle reine.

« C'était la plus joyeuse dame que jamais on vit. » Une Flamande en effet, qui « n'avait rien de la morgue espagnole », nota l'ambassadeur vénitien. Une blonde aux yeux foncés, à la carnation blanche et rose, encore fraîche malgré ses trente-deux ans. D'abord vêtue à la mode de son pays, d'un velours sombre mettant en valeur l'or et les pierres précieuses qui la paraient, elle en changea bientôt pour une robe blanche, à la fran çaise, plus seyante à son teint. Sur sa gorge s'étalait un triple collier de perles, de rubis et de diamants, présent du roi.

On la trouva fort belle. Mais quelle reine ne l'est pas, sous la plume des chroniqueurs ? Des défauts, elle en avait certes, notamment la lèvre inférieure un peu trop forte qu'elle tenait des Habsbourg, ou plutôt de ses ancêtres bourguignons, comme elle le découvrit un jour avec satisfaction en visitant leurs tombeaux à la Chartreuse de Champmol. Et si l'on en croit les indiscrétions de chambrières colportées par Brantôme, les vêtements dissimulaient adroitement chez elle une grave disproportion entre le buste et les jambes : sous un corps de « géante », « tirant en bas, elle paraissait une naine, tant elle avait les cuisses et les jambes courtes ».

Imperfections mineures, pour une chevauchée triomphale où le bon peuple voyait le signe annonciateur de longues années de paix. Partout la berçaient des paroles de miel. « Le roi, comme Mars, abandonnait les armes pour Vénus. » À Bayonne le prédicateur trouva des accents lyriques pour évoquer en chaire son futur bonheur conjugal, paraphrasa, en les prêtant à François, les paroles du *Cantique des Cantiques* : « Lève-toi, dame à qui j'ai donné mon amour, dame de pureté et simplicité colombine, viens à moi et je te couronnerai reine de France. »

Le 6 juillet au soir, elle est au rendez-vous fixé par le roi, dans une petite abbaye de clarisses, à Saint-Laurent-de-Beyrie, près de Villeneuve-de-Marsan. Il y arrive à minuit, se précipite au chevet de ses fils endormis, qu'il couvre de baisers et presse de questions. Il les trouve grandis, mûris par l'épreuve, mais bien portants. Il s'en va saluer la reine d'une révérence qu'elle lui rend aussitôt, « en grand honneur et joie ». Il la remercie d'avoir hâté la délivrance de ses enfants, lui promet de la traiter comme une reine de France et « comme un homme de bien doit traiter sa femme ». Il est temps d'aller dormir : le lendemain à l'aube, l'évêque de Lisieux les attend pour les marier. Une rapide messe basse, dans l'intimité, dirions-nous, presque à la sauvette. Puis l'échange des consentements : les voici liés par le sacrement. Ils quittent l'église pour la chambre nuptiale où la consommation charnelle ne tarde pas à sceller leur union.

Ils reprennent la route, en un voyage jalonné de fêtes, de feux de joie, d'entrées solennelles. À l'imagination des artistes locaux s'offre un inépuisable thème d'inspiration : la paix, avec ses compagnes, prospérité et abondance. De quoi pourvoir en attributs divers d'innombrables allégories. Un roi, une reine, des enfants qui ne sont pas siens, mais qu'elle a protégés, adoptés : la France peut à nouveau se reconnaître dans ce couple parental souverain.

D'étape en étape, ils traversent Thouars, où Louise de Savoie malade a la joie de revoir les petits-enfants qu'elle n'avait pas livrés sans remords, Angoulême, Cognac, Chenonceaux, Amboise, où Éléonore fait la connaissance du dernier fils et des deux filles de son mari. À Saint-Denis, elle est couronnée et sacrée le 5 mars, avec onction sur « chef et poitrine ». Paris enfin. Le mauvais temps fit retarder jusqu'au 16 mars son entrée : il ne fallait pas que la pluie vînt gâter les tapisseries tendues, délayer les peintures, distendre les guirlandes, effacer les emblèmes. La ville lui offrit une paire de chandeliers surmontés d'un phénix avec sa devise — *Unica semper avis** — , oiseau qui renaît de ses cendres, symbole de sa double royauté et de son amour fidèle. De leur côté, les poètes aiguisaient leur plume, Marot y allait d'une *Épître*, l'austère Théodore de Bèze célébrait en un distique latin sa supériorité sur la très fameuse Hélène de Troie :

> *Utraque formosa est, sed re tamen altera major :*
> *Illa serit lites, Helionora fugat**.*

---

* Un seul et même oiseau, toujours.
** L'une et l'autre sont belles, mais la seconde l'emporte. / Hélène semait les discordes, Eléonore les fait disparaître.

Et sous son portrait, on gravait un quatrain de la même veine :

> *Ainsi que le soleil vient à chasser l'orage,*
> *Dont le pays d'autour est presque submergé,*
> *Cet astre ainsi voyant ce royaume affligé,*
> *Vint d'Espagne, et le mit hors de peine et servage.*

Une courte année d'un triomphe de façade. Mais, si elle avait cru pouvoir peser en faveur de la paix, la nouvelle reine dut déchanter. Sa mise à l'écart intervint très vite.

La reine délaissée

Elle se doutait bien qu'une fois passée l'euphorie première, sa situation serait difficile. Sa tante Marguerite d'Autriche, orfèvre en la matière, l'avait fait avertir et lui avait prodigué des conseils de prudence et de diplomatie :

« Il est nécessaire sur toutes choses qu'elle se conduise par la volonté du Roi et par la main de Madame sa mère et qu'elle fasse selon leur désir et vouloir en toutes choses, captivant la bénévolence et grâce d'eux, le plus qu'elle pourra, sans les arguer* en manière quelconque, car je les cuide** bien connaître, et elle aura plus par la douceur que par les trop presser. [...] Et, mêmement, doit gagner l'amour de la sœur du Roi, car elle a bon et gros crédit avec son frère. »

De la douceur encore et toujours. De la docilité. Auprès de Louise de Savoie, la seule personne prête à l'accueillir sans arrière-pensées, car elle voulait sincèrement la paix, Éléonore n'eut pas le loisir d'en user. « Madame », très malade, ne tarda pas à mourir. La reine perdait en elle son plus solide appui.

---

* Contredire.
** Je les crois...

Car sur le roi, douceur et docilité se révélèrent parfaitement inefficaces.

Elle était bien trop raisonnable pour attendre d'un séducteur patenté comme François Ier la moindre fidélité. Mais elle pouvait en espérer des égards. Aussi ne fut-elle pas surprise, mais blessée de voir se pavaner à un balcon de la rue Saint-Antoine, lors des joutes et tournois qui marquèrent son entrée à Paris, la radieuse Anne de Pisseleu, bientôt duchesse d'Étampes, dans tout l'éclat de sa blondeur. Le roi a une maîtresse en titre, il ne cherche pas à s'en cacher. Il entretient avec elle une liaison orageuse, mais solide, qui, en dépit de nombreuses passades de part et d'autre, durera jusqu'à la fin du règne. Et la duchesse, insolente, capricieuse, fait en sorte que nul n'ignore le pouvoir qu'elle exerce sur lui. Au chagrin de se voir délaissée s'ajoute donc pour Éléonore l'humiliation publique qui avait été épargnée naguère à la petite Claude. Elle n'aura pas droit non plus à l'affection protectrice et possessive que le roi au cœur innombrable avait pourtant prodiguée à sa fragile femme enfant.

Car il éprouve à son égard bien des réticences. Il est déjà très bien pourvu en héritiers. Il ne tient pas à adjoindre à ses trois fils un demi-frère aux ascendances étrangères, source de troubles possibles dans le royaume. Aucune préoccupation d'ordre dynastique ne le pousse vers son épouse, qu'il peut négliger sans scrupules, après avoir satisfait peut-être auprès d'elle, tout au début, un obscur besoin de revanche.

Le traité de Cambrai n'a pas suscité en lui une joie sans mélange. C'est un pis-aller. Assurément les pires effets du désastre de Pavie sont conjurés. Il en est quitte pour un monceau d'écus, mais conserve la Bourgogne. Plaie d'argent n'est pas mortelle : la France s'en remettra. Oui, mais voilà : il tenait au Milanais et a dû y renoncer. Aux yeux de l'Europe d'alors, qui connaît ses ambitions italiennes, le traité passe pour une capitulation. Intolérable blessure d'amour-propre, qui s'ajoute à une rancune instinctive, profonde contre Charles Quint. Il est certes banal que des adversaires de la veille scellent une réconciliation par un mariage. Mais Charles n'est pas un adversaire comme les autres, un de ceux qu'on affronte sur le terrain, dans l'espoir que le meilleur gagne, et avec qui l'on peut ensuite festoyer, en bonne tradition chevaleresque. Il a retenu François dans ses geôles, sans daigner le voir pendant plusieurs mois, il a traité en prisonniers vulgaires les fils de France livrés en gages. Ces vexations ont marqué le roi au fer rouge. Il ne peut ni pardonner, ni oublier. C'est en vain qu'on lui rappellerait ses propres torts à lui : la raison n'a pas de prise sur cette animosité viscérale, cette répulsion secrète pour tout ce qui vient d'Espagne et lui rappelle les longs mois de captivité pendant lesquels il a cru mourir.

Éléonore est la sœur de l'ennemi et il lui en fait inconsciemment grief. Elle a été, par la force des choses, un des éléments du marchandage, une monnaie d'échange offerte. Fut-il tenté de la traiter en prise de guerre ? Ainsi pourrait s'expliquer la hâte, l'ostentation qu'il mit à la conduire dans son lit et la désinvolture cynique avec laquelle il la rejeta. On sait combien la littérature se plaisait alors à assimiler conquêtes militaires et conquêtes amoureuses. Eut-il le sentiment de triompher de son rival en possédant sa sœur ? c'est ainsi en tout cas que le comprit le bon peuple, qui plaisanta gaillardement, avec l'absence de pudibonderie propre à l'époque, sur les joutes conjugales du souverain, considérées comme autant de victoires sur son impérial ennemi.

Son attitude peut aussi s'expliquer plus simplement. Pour un homme comme lui, toute femme nouvelle est bonne à prendre, si elle est d'apparence avenante. Au jour du mariage, il ne bouda pas le devoir conjugal. Mais celle-ci est timide, réservée, prude. Muette le jour, passive la nuit. Elle l'ennuya. Et comme il estimait n'avoir pas de gants à prendre avec elle, il ne se gêna pas pour faire savoir qu'il n'en voulait plus. « Bien que la reine se montre très éprise de son époux » — entendez par là qu'elle fait tout pour lui être agréable —, « aucun homme ne se plaît moins avec sa femme », écrit l'ambassadeur d'Angleterre,

« depuis sept mois il ne la voit plus guère ». Il demanda pourquoi. « Parce qu'il ne la trouve plaisante à son appétit », lui fut-il répondu. Sans commentaires.

À défaut de l'affection du roi, ce qui attache d'ordinaire à son pays d'adoption une reine étrangère, ce sont ses enfants, appelés à en occuper le trône et dont elle tient à préserver l'avenir. Éléonore n'en eut pas. Une maternité aurait aidé la malheureuse à se tailler une petite place au soleil dans cette cour hostile. Elle se crut enceinte, dans les premiers mois. Faux espoir. Elle n'eut plus, par la suite, l'occasion de le devenir. Elle fit comme si de rien n'était, espérant peut-être un miracle, entourant le roi des attentions dues par une épouse aimante. Et elle s'attacha à sauver les apparences. À son frère, ému des rumeurs offensantes qui couraient, elle fit répondre que tout allait bien, qu'elle était satisfaite de son sort. Elle ne voulait pas ajouter un grief de plus à ceux qu'il nourrissait et qui étaient en passe de compromettre la paix. Une protestation de l'Empereur n'eût fait qu'envenimer les choses. Elle se tut.

Débordante d'amour maternel inemployé, pleurant sa fille laissée en Portugal, elle ouvrit les bras à ses beaux-enfants, se comportant avec eux « comme si elle les eût portés dedans son ventre ». En 1530, ils restaient cinq, trois garçons et deux filles, dont les âges s'échelonnaient de douze à sept ans. Ils étaient déjà grands, et prévenus contre l'Espagne.

Les deux aînés demeuraient très marqués par leur captivité. Le dauphin François lui manifesta cependant un peu de gentillesse. D'un naturel aimable, spontané et gai, expansif, il était capable, dans la joie de l'instant, d'oublier ses rancœurs. Elle trouva en lui quelque réconfort. Mais le second, Henri, lui montra toujours visage de bois. Têtu, renfermé, sombre, il se murait dans une haine farouche que le vernis de l'éducation était impuissant à lui faire dissimuler. Sur le radeau de la Bidassoa, il avait craché* à la figure du connétable

---

* Plus exactement, il avait gonflé les joues et émis dans sa direction un bruit sonore en forme de pet !

de Castille en prenant congé de lui et refusé de le remercier d'un superbe cheval offert comme cadeau d'adieu. Face à Éléonore, il ne désarma jamais. Les trois autres, bien que très jeunes, avaient trop entendu leur entourage honnir l'Espagne qui retenait prisonniers leur père, puis leurs frères. Et les récits de ces derniers, à leur retour, n'avaient pu que les indigner.

Ces enfants n'avaient nul besoin d'elle. Leur vie était organisée depuis longtemps. Leur tante supervisait leur éducation, remplaçait auprès d'eux la mère morte. Ils avaient leur « maison », leurs serviteurs, leurs compagnons de jeux, leurs gouverneurs et leurs pédagogues. Éléonore n'était pour eux qu'une étrangère. Ni affection, ni même confiance : elle ne pouvait en espérer, au mieux, que de l'indifférence.

Restait sa belle-sœur, Marguerite. Même génération, même âge, à six ans près : elles auraient pu s'entendre. Mais elles étaient très dissemblables et, dès le départ, les circonstances les séparèrent.

Marguerite a épousé, en 1527, un rescapé de Pavie, le roi de Navarre Henri d'Albret, qui a réussi à s'évader des prisons espagnoles. Il a huit ans de moins qu'elle, une solide réputation de viveur, mais il lui apporte, grâce au minuscule territoire navarrais qu'il a pu conserver en deçà des Pyrénées *, le titre de reine. Il possède en outre dans le Sud-Ouest de vastes fiefs dépendant de la couronne de France. Il a une idée fixe, récupérer la Navarre espagnole, et il compte sur la guerre pour y parvenir. La mésentente conjugale qui s'installa vite entre eux n'empêcha pas Marguerite de soutenir, ne serait-ce que pour préserver les droits de leurs enfants nés ou à naître, ses revendications politiques. Les intérêts du couple d'Albret étaient donc diamétralement opposés à ceux d'Éléonore.

---

* Un royaume grand comme un mouchoir de poche, coincé entre des vallées pyrénéennes, avec pour capitale Saint-Jean-Pied-de-Port. La Navarre espagnole, beaucoup plus vaste, avec pour capitale Pampelune, avait été conquise par les Espagnols sous le règne de Ferdinand Ier.

Leurs attitudes religieuses diffèrent également. Éléonore, bonne catholique mais pas mystique pour deux sous, ne s'interroge pas sur l'opportunité d'une réforme de l'Église. Les préoccupations spirituelles de sa belle-sœur lui sont étrangères. Elle pense comme son frère que les sujets doivent suivre la religion de leur prince et que les nouveautés introduites par Luther sont de fâcheux ferments de désordre. Marguerite, elle, protège les novateurs, elle prend des risques, elle est la cible d'une attaque en règle de la Sorbonne, son œcuménisme, son irénisme, de plus en plus inopérants à mesure que montent les passions, la désignent aux coups de tous les partis. Éléonore s'abstient de blâmer, mais ne comprend visiblement pas et se tient à l'écart.

Comment auraient-elles pu sympathiser, d'ailleurs ? Il y a en France deux reines, le pluriel constamment employé par les chroniqueurs l'atteste, et la plus reine des deux n'est pas celle de France. Marguerite continue de jouer à la cour, au moins dans les années 1530, son rôle d'hôtesse, de maîtresse de maison ; elle continue d'être associée à la réception des ambassadeurs, de s'occuper des œuvres de charité ; elle est plus que jamais l'inspiratrice, la dédicataire obligée de tout ce qui s'écrit à l'époque. Elle surclasse Éléonore non seulement par son charme, mais par la puissance de son intelligence. Un signe qui ne trompe pas : dans le petit cercle où sont censées avoir été racontées les histoires qui formeront *L'Heptaméron*, on trouve le roi, son fils Henri, sa fille Marguerite et sa bru Catherine, mais pas la reine. La reine ne s'intéresse pas à la littérature, ou en tout cas personne ne se demande si elle s'y intéresse. À l'évidence, et même si l'on exclut tout sentiment mesquin de jalousie, un fossé intellectuel et moral sépare les deux femmes, un fossé que seul le cœur aurait pu les aider à franchir. Mais visiblement, le cœur n'y était pas.

Les liens de Marguerite avec le roi y sont pour beaucoup. Ils ont l'un pour l'autre depuis l'enfance une affection extrême, tyranniquement possessive chez le frère, éperdue d'adoration chez la sœur. Mais après la mort de leur mère, leurs itinéraires ont cessé de se confondre. Sur les affaires religieuses surtout ou sur celles de Navarre, le roi est en désaccord avec elle. Il n'a aucune envie de disputer à Charles Quint la Navarre, alors que seul lui importe le Milanais. Devant l'aggravation des troubles, il est de plus en plus résolu à pourchasser les hérétiques et autres novateurs. Et Marguerite, si elle est prête à lui sacrifier, à la rigueur, ses intérêts familiaux, refuse de s'incliner lorsque sa foi est en cause : plus fort que l'amour fraternel brûle en elle l'amour de Dieu. Il en résulte des tensions, des séparations douloureuses certes, mais n'affectant pas le lien quasi organique qui les unit.

Entre deux êtres liés par une relation aussi profonde, Éléonore eut la sagesse de ne pas s'interposer. Elle évita de prendre parti, ne s'y résigna jamais qu'à regret. Lorsque le roi décida de marier sa nièce, la petite Jeanne d'Albret, au duc de Clèves, elle fut sollicitée par Marguerite, refusa d'intervenir, blessant ainsi l'un sans que l'autre lui en sût aucun gré. En revanche, tout rapprochement entre eux contribuait à l'exclure. Elle ne pouvait participer en tiers ni à leur entente, ni à leurs dissensions.

Elle se fit une raison. À la cour, que Louise de Savoie n'est plus là pour tenir de sa main de fer, des clans se forment, fluctuants, autour de la maîtresse du roi, de sa sœur, de ses fils, des grands personnages du royaume. Des redistributions s'opèrent, précipitées par la mort subite du dauphin François, puis de son dernier frère, Charles. Éléonore n'eut pas de peine à garder ses distances : nul ne souhaitait s'attacher à une reine sans pouvoir. Elle accueillit avec reconnaissance ceux qui, comme le grand maître Montmorency, bientôt nommé connétable, puis disgracié comme partisan de la paix, lui témoignèrent de la sympathie. Elle s'enferma dans son rôle de reine en perpétuelle représentation. Son excellente santé lui permet de suivre sans fatigue la caravane royale, qui arpente à nouveau les routes de 1532 à 1534. Elle participe aux cortèges, aux entrées, aux défilés, aux feux de joie, aux festins. Elle tient sa place dans les cérémonies et les réceptions. L'iconographie d'apparat nous a laissé le souvenir de ces parades à grand spectacle : une fresque de Vasari, au Palazzo Vecchio de Florence, nous la montre entourée de toute la cour, au mariage de Henri et de Catherine de Médicis. Et l'on crut longtemps la reconnaître dans l'une des princesses de soie et d'or attablées aux *Noces de Cana* de Véronèse, entre deux personnages qu'on identifiait à tort comme son époux et son frère.

Erreur aisément explicable : c'est en tant que sœur de Charles Quint qu'elle est invitée, au hasard des vicissitudes politiques, à tenter entre les deux belligérants une impossible médiation.

Intercessions illusoires

Au XVIᵉ siècle, les liens familiaux n'empêchent pas les guerres, mais ils facilitent les négociations.

Les armes ne sont pas parvenues à départager François Iᵉʳ et Charles Quint et elles n'y parviendront pas : telle avait été la conclusion de Louise de Savoie et de Marguerite d'Autriche. Les deux rois pourtant, après leur disparition, ne perdent pas l'espoir d'une victoire militaire. Il leur arrive de se réconcilier, lors d'une trêve, sur le dos de leurs alliés ou de leurs sujets révoltés, le temps de préparer la campagne suivante et de se chercher de nouveaux appuis. En attendant de conquérir un territoire par les armes, chacun s'applique aussi à y glisser, par le biais d'un mariage, l'un des siens — fils, fille ou neveu — qui y fera souche, avec l'espoir que ses descendants feront basculer la province convoitée dans sa propre mouvance ou pour le moins que les rivalités fraternelles y entraîneront la formation d'un État indépendant : une Bourgogne détachée de la France, un Milanais autonome... Sur un échiquier matrimonial imaginaire, on élabore donc des combinaisons, on avance, on recule, on déplace princes et princesses comme des pions, chaque joueur pesant les avantages escomptés de telle ou telle union, cherchant une parade aux propositions adverses, achoppant finalement sur l'évidente mauvaise foi de l'autre et son refus de toute concession.

On n'évoquera pas ici le détail de ces projets mort-nés, pas plus qu'on ne racontera les péripéties de la lutte — « guerre froide » ou conflit aigu — qui ne se termina qu'à leur mort. Seuls nous intéressent les efforts dérisoires de la bonne Éléonore pour y mettre fin.

Qui eut l'idée de lui faire jouer le rôle d'intermédiaire entre les deux souverains ? Si l'initiative vint d'elle, à coup sûr elle préjugea de ses forces.

À sa décharge, une similitude de situations. À Marguerite d'Autriche a succédé, comme gouvernante des Pays-Bas, la propre sœur d'Éléonore et de Charles, Marie, veuve du roi de Hongrie. Devant la tension croissante, pourquoi ne pas renouveler la démarche qui avait si bien réussi aux Dames à Cambrai ? Hélas, les nouvelles venues ne valent pas leurs aînées. Elles n'ont ni leur envergure, ni leur expérience. Et au fond, elles ne sont pas d'accord. Marie, vindicative, pousse à la guerre, elle veut venger son époux tué par les Turcs, à qui François Ier a eu l'impudence de s'allier. Les seuls arguments d'Éléonore sont sentimentaux et le sentiment n'est pas ici de mise. Pour amener les deux adversaires à la réconciliation qu'elle espère, il lui faudrait une solide capacité de raisonnement, de l'autorité, du sens politique : toutes choses dont elle est cruellement dépourvue. Marie n'a sur Charles qu'une influence limitée, qui joue quand elle va dans le sens de ses désirs. Éléonore n'en a aucune, ni sur lui, ni sur son époux.

On assiste donc à de vaines tentatives pour rééditer la Paix des Dames, pitoyables simulacres à l'abri desquels les deux rois préparent la guerre. En 1532, Éléonore sollicite de sa sœur une entrevue privée, avec le secret espoir de consolider la paix. Enthousiasme mitigé de François Ier, veto de Charles Quint, qui n'y voit que des inconvénients. La rencontre n'aura pas lieu. En 1535, nouvelle tentative, peut-être suggérée

par François, qui, depuis quelque temps, « fait meilleure chère* à sa femme, parce que les affaires de
l'Empereur vont bien ». Cette fois son frère, que des
difficultés avec l'Angleterre et avec Milan incitent à
temporiser, y trouve des avantages et Marie de Hongrie
est d'avis qu'il « vaut mieux faire que laisser ». « Une
aimable visitation » est donc organisée en août entre
les deux reines, sous le seul prétexte officiel de retrouvailles familiales. Marie proposait qu'elle se fît au
Cateau-Cambrésis, Éléonore tenait à Cambrai et eut
gain de cause. Mais les souvenirs et les symboles n'y
firent rien. Éléonore a beau invoquer « l'envie qu'elle
a de voir venir les choses en bien et non à pis, pour le
mal qu'elle sentirait des deux côtés », comme elle est
chargée de réclamer pour le fils cadet du roi le Milanais et que l'Empereur, qui vient de battre les Turcs à
Tunis, est moins que jamais disposé à le céder, les
entretiens tournent court.

Il ne pouvait en être autrement. Charles ne se fiait
pas à sa trop débonnaire sœur aînée, il craignait qu'elle
ne fût manipulée par François Ier. Et réciproquement.
Ils n'avaient pas tort : tous deux en effet la manipu-
laient, ils étaient bien placés pour le savoir.

La reprise de la guerre l'année suivante est ressentie
par elle comme un échec et le chagrin qu'elle en
éprouve est aggravé par un épisode douloureux qui la
place, une fois de plus, en porte à faux.

Sous le soleil brûlant de cet été de 1536, les troupes
impériales fondent à vue d'œil dans une Provence délibérément vidée de toutes ressources, selon la cruelle
mais efficace technique de la terre brûlée. Charles Quint se heurte à nouveau à la résistance de Marseille et doit battre en retraite. Mais dans le camp du
roi, qui s'apprête à rejoindre pour le poursuivre le gros
de son armée massée dans la vallée du Rhône, soleil et
chaleur frappent aussi. Le dauphin François, tout en
nage au sortir d'une partie de paume trop animée, boit
de l'eau glacée, est pris de faiblesse, secoué de fris-

---

* Meilleur visage.

sons, puis dévoré par la fièvre. Il s'obstine à accompagner son père, à cheval jusqu'à Vienne, en bateau jusqu'à Tournon où il doit être débarqué d'urgence : il y meurt dans la nuit du 9 au 10 août, sans doute d'une pneumonie aiguë.

Mais on pensa, comme devant toute mort trop rapide, au poison. Le verre d'eau fatal lui avait été apporté par un gentilhomme italien, le comte de Montecucculi, qui, comme beaucoup de ses compatriotes, avait cherché fortune à l'étranger et, pour son malheur, avant de suivre en France Catherine de Médicis, avait passé quelque temps au service de Charles Quint. Soumis à la torture, il avoua tout ce qu'on voulut : il aurait versé de l'arsenic dans le verre sur ordre de l'Empereur. Aveu qui ne l'empêcha pas d'être écartelé à Lyon sous les yeux du roi, de la reine et de toute la cour. Rien ne transpira des sentiments d'Éléonore. Mais la riposte de son frère ne contribua pas à assainir le climat dans la famille royale : il imputa le prétendu empoisonnement à ceux qui profitaient de cette mort, le fils puîné du roi, Henri et la jeune épouse florentine de celui-ci.

Nul ne le crut sérieusement. Mais la nouvelle répartition des rôles aviva les dissensions déjà perceptibles entre le roi et son second fils, entre ce dernier et son frère. Éléonore perdait beaucoup au changement de dauphin. Elle préférait François à Henri, dont elle n'avait rien de bon à attendre. Et les tensions domestiques, dans lesquelles elle ne pouvait intervenir, renforçaient son exclusion.

Tristesses, tristesses. Dans la nombreuse progéniture royale, les rangs s'éclaircissent. La douce Madeleine, seize ans et demi, épouse le 1er janvier 1537 Jacques V d'Écosse. L'éclat de la cérémonie ne peut dissimuler la pâleur de la mariée. Elle s'en va le cœur gros. « Hélas, j'ai voulu être reine », confiera-t-elle peu après son arrivée à un jeune gentilhomme de sa suite nommé Pierre de Ronsard, qui le racontera à Brantôme. Depuis longtemps rongée par la tuberculose, elle ne survit pas six mois aux brumes et à la froidure d'Édimbourg.

Mais l'horizon politique s'éclaircit soudain. Nécessité oblige : les caisses des deux souverains sont vides. Oubliées, les accusations réciproques d'assassinat. Marie de Hongrie, réaliste, négocie en 1537 à Monzon une trêve que le pape Paul III s'efforce de consolider, pour soustraire l'Italie aux horreurs des combats. Qui mieux qu'Éléonore pourrait servir d'intermédiaire ? En France, « personne ne connaît l'Empereur mieux qu'elle ». Certes, mais que peut-elle sur lui ? Elle espère, et s'engage dans l'entreprise de tout son cœur. Elle est en 1538-1539 l'agent d'une série de négociations aussi spectaculaires qu'illusoires.

Première étape : Nice, mai-juin 1538. Ou plutôt les environs de Nice, car le duc de Savoie, dont François Ier vient de conquérir et d'annexer tout le territoire, a refusé d'ouvrir la seule ville qui lui reste. Le Saint-Père est là, les deux souverains aussi, mais ces derniers refusent de se voir. François est au château de Villeneuve. Charles à bord de sa galère en rade de Villefranche. Chacun chez soi. Entre les deux, la reine fait la navette. Sa première visite faillit être la dernière : la passerelle de bois reliant la galère impériale à la rive céda sous le poids de sa suite et tous se retrouvèrent à l'eau, où on les repêcha sans autre dommage que ce bain intempestif. Émotion, embrassades, supplications : la trêve est prolongée pour dix ans, mais les deux adversaires continuent de se regarder en chiens de faïence, à bonne distance.

Il fallut, pour décider Charles Quint à une rencontre, les très mauvaises nouvelles venues des Pays-Bas : les grandes cités commerçantes flamandes s'agitaient, supportant de plus en plus mal les exigences fiscales d'un souverain désormais plus lointain, qui a choisi de résider en Espagne. Nouveau rendez-vous est pris, à Aigues-Mortes, les 15 et 16 juillet, et ce fut cette fois un festival de baisers Lamourette. Devant Éléonore rayonnante, les deux beaux-frères s'ouvrent les bras, se congratulent, y vont chacun de leur larme. Charles, au grand ébahissement des témoins, qui crurent rêver, se serait même exclamé : « Ce fut un grand malheur pour nous et nos sujets que plus tôt ne nous soyons connus, car la guerre n'eût pas tant duré. » Oubliait-il que le vainqueur de Pavie et son prisonnier s'étaient vus naguère à Madrid ? Passons.

Leur nouvelle rencontre prétend donc se placer sous le signe du bonheur. Pas pour les Gantois révoltés en tout cas. Face aux sujets indociles, les rois se sentent solidaires. Le plus court chemin d'un point à un autre étant la ligne droite, Charles obtient de son compère le droit de traverser la France pour aller châtier les rebelles. Dans l'hiver de 1539-1540, la France a la stupéfaction de voir l'Empereur et une cinquantaine de ses plus brillants gentilshommes traverser le royaume en grande pompe, cornaqués par le dauphin et son frère. Charles tout en deuil — il vient de perdre son épouse Isabelle de Portugal —, vêtu d'un drap noir sur lequel étincelle le collier de la Toison d'Or, s'avance sous un dais constellé d'armoiries, ayant non plus en main « le glaive, mais l'olive ». Et Marot de célébrer en vers la réconciliation tant attendue :

> *Approche-toi, Charles, tant loin tu sois,*
> *Du magnanime et prudent roi François,*
> *Approche-toi, François, tant loin sois-tu,*
> *De Charles plein de louable vertu.*

Ce n'est pas là ce que le charmant poète a écrit de mieux. Manquait-il de conviction ?

Parades, festins et cavalcades, fontaines de vin coulant sur les places publiques et, en privé, échange de cadeaux et de promesses. Mais aussitôt les Gantois écrasés, Charles fait marche arrière et François voit s'évanouir l'espoir d'installer dans le Milanais son dernier fils. Quant à Éléonore, elle doit renoncer à marier en France sa fille, la petite princesse de Portugal, qu'elle n'a pas revue depuis des années. Et en 1542, elle a la tristesse de voir renaître la guerre. Sur son rôle dans l'accord manqué, l'ambassadeur anglais porte un jugement somme toute élogieux : « Aucune femme n'aurait pu faire mieux, avec un meilleur esprit. » La reine était sotte, mais la mission, à coup sûr, impossible.

Eut-elle la candeur d'y croire lorsque, en 1544, elle fut de nouveau mise à contribution pour reprendre contact avec sa sœur ? La France a eu chaud. Tandis qu'elle remportait en Italie la victoire de Cérisoles, les troupes impériales ont porté la guerre sur le territoire national, pris Saint-Dizier, brûlé Château-Thierry, menacé Paris. Mais elles se débandent, faute d'être payées. Le moment est bien choisi pour faire prévaloir la raison. La signature du traité de Crépy-en-Laonnois est suivie aux Pays-Bas de festivités auxquelles sont conviés les Français. La reine y conduit une importante délégation. À ses côtés, à cheval, le jeune duc d'Orléans, dernier fils, et préféré, du roi. Dans sa propre litière, la toute-puissante duchesse d'Étampes. Charles Quint prodigue à la favorite des égards suspects : une bague fut glissée à son doigt pour récompenser les efforts déployés en faveur de la paix. Certes Éléonore était prête à avaler toutes les couleuvres, quand c'était pour la bonne cause. Mais celle-ci dut être dure à digérer.

Détails triviaux : le frère et les deux sœurs ne sont plus très jeunes, ils ont passé l'âge des ripailles, ils supportent mal les festins à la mode flamande. Charles eut une crise de goutte, Marie une indigestion et Éléonore dut s'aliter en chemin. Elle voulut rester quelques jours à Mons, le temps de se remettre, elle se querella avec la duchesse d'Étampes pressée de rentrer pour tenir à l'œil son royal amant. Une lettre de son époux la rappela.

Les ennemis de la veille se sont retournés contre l'Angleterre, qui n'a cessé de jouer entre eux de sa politique de bascule. À la cour déchirée par la rivalité entre les deux fils du roi, le climat s'assombrit. La mort brutale du second y met fin, mais François Ier est malade. À une probable syphilis s'ajoute une infection urinaire chronique. Au printemps de 1547 il ne quitte plus son lit, où les médecins se relaient pour le torturer. Il meurt le 31 mars 1547, dûment confessé, sa maîtresse renvoyée, en paix avec l'Église.

Éléonore montra un réel chagrin, qui parut excessif à l'ambassadeur de son frère : « Elle n'a grande occasion* de si fort sentir le trépas dudit feu roi, selon** le peu d'amour qu'il lui portait et mauvais traitements qu'elle en recevait. » Il est probable que ses larmes ne furent pas de pure convention. Elle était bonne, elle était pieuse. Elle avait tout de même été pendant dix-sept ans son épouse devant Dieu et devant les hommes. Mais la plus affectée est sa belle-sœur Marguerite, qui n'aspire plus qu'à le rejoindre dans la mort, « afin qu'un seul soulas*** / Donne à tous deux réjouissance ».

Le rejet

Une fois accompli le rituel traditionnel du deuil, Éléonore n'avait plus rien à faire en France. Certes, elle était autorisée à y rester, mais elle se savait indésirable aux yeux du nouveau roi.

Elle se conduisit bien. Elle restitua ponctuellement les bijoux de la couronne, dont elle n'était que dépositaire. De son côté Henri II, respectueux des conventions, lui offrit d'abord les compensations financières équivalant aux revenus de sa dot et à son douaire. Ce n'est qu'un peu plus tard qu'il lui en disputera le règlement, en raison de dissentiments politiques.

Mais leurs adieux furent plus que froids. Elle n'eut droit ni à une cérémonie, ni même à une escorte officielle. Et, bien que son contrat de mariage stipulât qu'en cas de veuvage « elle pût librement [s'en aller] avec ses serviteurs, bagues**** et joyaux sans empêchement quelconque », il semble que son équipage fut fouillé à la frontière.

Avant son départ elle avait assisté, non sans satisfaction, au grand coup de balai qui avait suivi le change-

* Grand motif.
** En raison de.
*** Consolation.
**** Bagages.

ment de règne, sous prétexte de rendre à la cour plus de tenue. La disgrâce de la duchesse d'Étampes la remplit d'aise. Elle s'offrit même le plaisir de faire chasser une maîtresse occasionnelle du défunt roi, Mme de Canaples, qui avait pourtant des appuis. Tiens donc : elle est capable de rancune, sous le couvert de la morale. À sa bénignité tant célébrée contribuait peut-être en quelque mesure la lucide conscience de son impuissance. Ne soyons pas méchants : ce qu'elle y perd en pure bonté, elle le regagne en force de caractère.

Elle arriva à Bruxelles le 5 décembre 1548 et passa aux Pays-Bas, parmi ses proches, les huit années qui suivirent.

Son âge la mettait à l'abri des marieurs. Elle put mener la vie d'une paisible douairière. En compagnie de sa sœur, elle revit avec joie les lieux de son enfance. Elle fit à son neveu Philippe les honneurs des provinces flamandes. Dans sa bonne ville de Bains (Binche), Marie leur offrit à tous une réception mémorable où l'on mima le siège d'un château et où les pâtés et venaisons furent présentés aux dîneurs par une Diane chasseresse et six nymphes des montagnes, « vêtues d'un toile d'argent et vert, et un croissant au front tout couvert de diamants » ; après quoi, une Pomone de neuf ans présida au service des fruits. Éléonore fut aussi des grandes fêtes données à Bruxelles en l'honneur de Maximilien II et de sa femme Marie, respectivement fille et fils de Charles Quint et de son frère ; et dans la forêt de Groenendaal, un vieux et gros chêne garda longtemps le souvenir des « sept têtes couronnées » qui festoyèrent sous son feuillage.

Années fastes pour Éléonore, bien que la guerre ait repris, parce que son cœur n'est plus partagé. Mais Charles est devenu un vieillard, « blanchi avant l'âge, la figure maigre et contractée, goutteux des mains et des pieds, la parole si débile et cassée qu'il semblait ne lui rester plus que l'esprit ». On connaît sa décision fameuse : il ménage à son frère Ferdinand la succession à l'Empire et cède le trône d'Espagne à son fils. Après son abdication solennelle, le 25 octobre 1556, à

Bruxelles, il quitte les Pays-Bas pour la retraite qu'il s'est choisie, le monastère de Yuste, dans les montagnes de l'Estrémadure.

Ses deux sœurs ont résolu de l'accompagner. Elles s'embarquent avec lui à Flessingue et pour Éléonore, cette ultime traversée répète la première, lorsqu'elle partit avec lui pour découvrir l'Espagne et épouser le roi de Portugal. Tous trois portent cette fois-ci le deuil de Jeanne la Folle, qui a fini par mourir. Les deux femmes s'installent à Jarandilla, tout près de Yuste, où elles iront souvent en visite.

Éléonore souhaitait revoir sa fille. Elle l'attendit près d'un mois à Badajoz, où avait été fixé le rendez-vous. La rencontre fut douloureuse et décevante : Maria refusa de quitter le Portugal pour s'installer auprès d'une mère qui n'était rien pour elle. Sur le chemin du retour, Éléonore, prise d'une violente crise d'asthme, dut s'arrêter à Talavera. Elle y mourut le 13 février 1558, pour le plus grand chagrin de son frère, qui ne lui survécut que quelques mois.

Jamais elle ne s'était sentie totalement chez elle en France. Elle souffrit cruellement du conflit qui opposait son pays d'origine et son pays d'adoption. Un siècle plus tard une autre Espagnole vivra dans des conditions également difficiles un déchirement analogue. Mais la maternité, puis le veuvage et la nécessité de préserver l'héritage de son fils feront d'Anne d'Autriche une Française à part entière. Éléonore n'eut pas cette chance. Elle se refusa à choisir entre ses deux patries, qu'elle s'efforça en vain de réconcilier, ballottée d'espoirs en déceptions. Le sort, finalement, choisit pour elle : ce fut le rejet, le retour à ses origines, à ce frère qui, bien plus que son réticent époux, répondait à son affection. La Flandre, puis l'Espagne la reprirent.

Les monuments funéraires consacrent cette répudiation posthume. C'est à l'Escurial que Charles Quint la fit inhumer et le tombeau édifié par les soins de Philippe II rassemble autour de l'Empereur non seulement son épouse Isabelle et sa fille Maria, mais, au second rang à droite, comme lui caparaçonnées d'or, ses deux sœurs Marie et Éléonore, ses féales pour l'éternité. Et à Saint-Denis, c'est sa première épouse Claude, la mère de ses sept enfants, que va rejoindre François, gommant de la mémoire collective des Français l'intruse qui l'avait côtoyé, solitaire, pendant dix-sept ans. À leurs statues agenouillées, Henri II ordonna d'ajouter les effigies de sa mère Louise de Savoie, de ses deux fillettes et de ses deux fils défunts*.

Chacun retrouvait les siens.

Sur la scène des vivants, depuis longtemps déjà Catherine de Médicis a fait son entrée, une entrée fort modeste. Elle se tient, discrète, dans le coin d'ombre où elle s'est tapie. Tout semble la vouer à un destin plus obscur encore que celui de Claude ou d'Éléonore.

---

* La mort des sculpteurs, puis celle de Henri II lui-même suspendirent l'exécution complète du tombeau.

CHAPITRE NEUF

UNE HÉRITIÈRE SANS HÉRITAGE

L'entrée de Catherine de Médicis dans le cercle très fermé des familles régnantes fut une surprise et, pour beaucoup, un scandale. Une telle union était pour un fils de France, même un cadet non destiné à régner, une mésalliance. Et si l'on avait pu prévoir que la mort du dauphin appellerait Henri au trône, à coup sûr celui-ci n'aurait pas épousé la petite Florentine.

C'est aux ambitions italiennes de François Iᵉʳ qu'elle est doublement redevable, de sa naissance d'abord, puisqu'il parraina les noces de ses parents, puis de son propre mariage. L'opération politique se révéla, dans les deux cas, illusoire. Mais Catherine était la femme de Henri : elle le resta et traîna longtemps comme un boulet le poids de ses origines.

La fortune des Médicis

Nobles, les Médicis ne l'étaient assurément pas, selon les critères qui prévalaient en France : ils n'avaient jamais porté l'épée, c'étaient de vulgaires marchands enrichis. Et à Florence, ils n'appartenaient même pas à l'aristocratie locale, qui voyait en eux des parvenus, hissés au premier rang par la faveur populaire.

Catherine venait « de très bas lieu », d'une maison longtemps cachée « sous la lie du peuple, en petites

ruettes* », aura beau jeu de dire un féroce pamphlet, le
Discours merveilleux. Et l'archevêque de Bourges, qui
prononça son oraison funèbre, eut besoin de beaucoup
d'imagination pour lui inventer des ancêtres prestigieux, compagnons d'armes du mythique héros gaulois
Brennus, puis du preux Charlemagne en personne, et
pour expliquer leur nom par une hypothétique expédition de l'un d'entre eux contre la Médie**. En vain.
Car leur patronyme*** les désigne clairement comme les
descendants de médecins-apothicaires, non point
domestiques comme beaucoup de leurs homologues
français chargés de veiller à la santé d'un grand seigneur, mais boutiquiers susceptibles d'étendre leur
commerce à bien d'autres marchandises que les
onguents, thériaques et orviétans. Ce qu'ils firent.
Devenus négociants de grande envergure et banquiers,
immensément riches, ils rougissaient si peu de leurs
origines qu'ils arboraient des armoiries comportant des
pilules**** — *palle* en italien —, que leur forme ronde
permit de faire passer chez nous pour des besants ou
tourteaux, pièces héraldiques plus flatteuses. Mais personne ne s'y trompait.

Florence était depuis le Moyen Âge, comme beaucoup d'autres cités italiennes, une république oligarchique où le pouvoir appartenait à quelques grandes
familles, très jalouses de leurs privilèges : une aristocratie mercantile, fondée non sur la possession de la
terre et le métier des armes, comme en France, mais
sur l'exercice de quelques professions solidement pro-

---

* Ruelles. Les palais des grandes familles florentines étaient
situés dans les rues importantes.

** Il aurait été surnommé *Medicus*, comme Paul-Émile, vainqueur de la Macédoine, fut dit *Macedonius*, et Scipion, *Africanus*.

*** *Medici* est en italien le pluriel de *medico*, qui signifie « méde-
cine ». Dans le nom *Lorenzo dei Medici*, le mot *dei* n'est pas parti-
cule nobiliaire, mais article partitif, marquant la provenance : « issu
des..., faisant partie des... ».

**** Sur leur nombre — six ou sept — et leur couleur, les informa-
tions ne concordent pas. Mais les armoiries de Catherine en comportent six, dont quatre disposées en carré, et deux centrales, à
chaque extrémité du carré, en haut et en bas.

tégées par une organisation corporative très fermée : les membres de l'*Art de la Laine* ou *de la Soie* détenaient avec quelques autres toutes les fonctions importantes de la cité, non sans provoquer périodiquement, de la part des exclus, des explosions de violence.

Or les Médicis ne faisaient pas partie de cette aristocratie et lorsque, avec la fortune, leur fut venu le désir du pouvoir, ils s'appuyèrent sur le peuple — en fait les classes moyennes plutôt que les plus pauvres — pour acquérir une prééminence de fait qui les rendit maîtres de la ville pour un demi-siècle. Le plus remarquable d'entre eux, Côme l'Ancien, était à la tête d'un empire commercial couvrant l'Europe entière et l'argent qu'il prêtait aux rois et aux princes, toujours besogneux, lui permettait de traiter d'égal à égal avec eux. Mais il prenait grand soin de respecter les apparences républicaines et jamais il ne voulut passer pour autre chose qu'un citoyen parmi les autres, à qui le libre choix de ses compatriotes avait confié le gouvernement de la cité. Un pouvoir personnel donc, dont la transmission héréditaire n'est pas de droit, et qui repose sur la valeur des hommes.

Le plus brillant de ses descendants, son petit-fils Laurent, dit le Magnifique, avait pour les lettres et les arts des dons exceptionnels, qui dissimulent encore pour nous ses médiocres talents d'homme d'affaires. L'éclat de son règne en masque le déclin. Échappant de peu à la conspiration aristocratique des Pazzi, au cours de laquelle son frère trouva la mort, il laisse à son fils Pierre, dit l'Infortuné ou le Malchanceux, une situation catastrophique. Florence est agitée de soubresauts que viennent amplifier les guerres d'Italie, les Médicis sont tour à tour chassés et rappelés jusqu'au jour où l'un d'entre eux, le pape Clément VII, parviendra en 1531 à y remplacer la république par un duché, au profit de son fils ou neveu bâtard Alexandre. Pouvoir héréditaire cette fois, dans lequel la dynastie s'installera pour deux siècles.

« Nos parents, amis et alliés »

Des roturiers, des banquiers — et l'on se rappellera que l'Église condamnait alors le commerce de l'argent et le prêt à intérêt, même modéré. Des agitateurs, sortes de tribuns de la plèbe, portés au pouvoir par un soulèvement populaire. Voilà ce qu'étaient les Médicis vers 1470 lorsque Louis XI prit contact avec le fils de Côme l'Ancien, Pierre, dit le Goutteux. Leur réputation n'était pas pour effrayer le très perspicace monarque, au contraire.

Louis XI, qui s'était donné la peine, chose peu courante chez nos rois, d'apprendre l'italien, suivait de très près les affaires de la péninsule. Non qu'il souhaitât la conquérir. Il voulait seulement empêcher les autres de le faire et y arbitrer les conflits : la tenir par alliés interposés. Et il avait parfaitement mesuré le pouvoir des grands manieurs d'argent. Ce n'est pas un geste de sympathie désintéressée qui lui fit accorder à Pierre le droit d'adjoindre aux pilules familiales, sur son blason, trois fleurs de lis venues tout droit de France. Il récompensait, par une satisfaction d'amour-propre, le service que le Florentin venait de lui rendre en coupant les crédits à son ennemi Charles le Téméraire. Pour un Médicis, l'honneur était de taille. Il présentait pour Louis XI l'avantage supplémentaire de concrétiser les liens qui inféodaient à la France les maîtres de la grande cité toscane, « nos parents, amis et alliés », se plaisait-il à dire.

Parents ? pas encore. Les Médicis se contentent longtemps de prendre leurs conjoints parmi les grandes familles italiennes, à Florence, chez les Salviati, les Soderini et les Strozzi, ou à Rome, chez les Orsini, afin de se fondre peu à peu dans l'aristocratie locale. Amis et alliés : sûrement. C'est Louis XI qui, en 1478-1479, par d'habiles négociations avec le roi de Naples, sauva la mise à Laurent le Magnifique, dont le pape Sixte IV avait juré la perte. Il fit ensuite savoir aux Milanais qu'il « ne tolérerait pas qu'on touchât aux Florentins ni à la personne de Laurent » et « mettrait tout en œuvre pour les aider ». En échange de quoi celui-ci, reconnaissant, fit prêter au vieux roi égrotant, qui se croyait atteint de la lèpre, l'anneau miraculeux de l'évêque Zénobius, souverain contre ce mal. Ce qui n'empêcha pas Louis XI de mourir bientôt — pas de la lèpre, il est vrai.

Les campagnes italiennes de Charles VIII avaient été fatales au fils de Laurent, Pierre le Malchanceux, chassé en 1494 par le moine fanatique Savonarole. La cité s'offrit alors quatre années de dictature théocratique qui dégoûta pour longtemps ses habitants des sermons, de l'austérité et de la vertu et leur fit regretter les fastes du Magnifique. Le moine fut pendu puis brûlé sur la place de la Signoria et l'on revint au bon vieux régime oligarchique, jusqu'à ce que les campagnes de Louis XII provoquent des troubles qui permirent le retour des Médicis : non point Pierre, qui était mort, mais son frère Julien et son fils Laurent, deuxième du nom. Ils ne seraient rien sans l'Église. La source véritable de leur pouvoir est à Rome, où le Sacré Collège compte en permanence dans son sein un ou plusieurs d'entre eux légitimes ou bâtards, candidats bien placés à la tiare.

Jean, le frère de Pierre, élevé au pontificat en 1513 sous le nom de Léon X, prend en main les destinées de la famille. Il marie son frère Julien avec Philiberte de Savoie, la propre sœur du duc régnant et de Louise, mère du roi de France. Promotion illusoire : Julien meurt un an plus tard. Reste leur jeune neveu, Laurent, seul descendant légitime de la branche aînée et porteur de tous les espoirs de la maison. Léon X le fait reconnaître par le peuple comme chef de la République et, pour le doter d'un titre de noblesse, lui octroie le duché d'Urbino, arraché pour la circonstance à François-Marie Della Rovere, neveu du défunt pape : un duché à conquérir les armes à la main, car le précédent détenteur le défend avec vigueur. Et il lui cherche une épouse de haut rang.

François Ier, couvert des lauriers de Marignan, en possession du Milanais, apparaît à cette date comme le maître du jeu. Le pape, tenu de le ménager, vient de signer avec lui le Concordat de Bologne. Le moment est bien choisi pour revivifier la vieille amitié franco-florentine et la consolider par un mariage qui ferait du roi de France le protecteur du pouvoir encore chancelant des Médicis. De son côté François est demandeur : l'appui du souverain pontife, qui dispense l'investiture du royaume de Naples, lui est indispensable pour la poursuite de ses projets en Italie du Sud. Affaire conclue : Léon X parrainera le dauphin et Laurent de Médicis épousera une princesse française.

Cette nouvelle amitié présente, comparée à celle qu'avait conclue Louis XI, une différence notable : c'est avec le Saint-Siège, et non avec une riche et puissante famille florentine, que François Ier passe contrat. Si le pouvoir dans la vieille cité républicaine n'est pas héréditaire, la tiare, elle, l'est encore moins. Le clan des Médicis et apparentés est certes puissant dans le Sacré Collège, mais il ne contrôle pas nécessairement les élections. Les papes qui se suivent peuvent ne pas se ressembler. Et d'autre part, un pape, quels que soient ses engagements familiaux, jouit en tant que chef de la chrétienté d'une puissance que n'avait pas Laurent le Magnifique et il peut ou croit pouvoir se permettre de pratiquer entre le roi de France et l'Empereur une politique indépendante. François Ier s'expose donc à des déceptions.

Pour le meilleur et pour le pire

Tout commença très bien, pour les uns et pour les autres. Le meilleur d'abord.

Le parti proposé à Laurent était éblouissant. La jeune et belle Madeleine de La Tour, seize ans, tenait de sa mère défunte, Jeanne de Bourbon-Vendôme, quelques gouttes du sang de saint Louis. Son père, Jean, comte d'Auvergne et de Boulogne, qui possédait d'immenses fiefs dans le centre de la France *, était

---

* L'Auvergne était dans sa famille depuis longtemps. Il avait dû céder au roi le comté de Boulogne, en échange de compensations substantielles dans le centre de la France, mais il en avait conservé le titre.

mort prématurément lui aussi. Madeleine et sa sœur
Anne, mariée à un noble écossais, se trouvaient très
riches et, de surcroît, disposaient déjà des biens paren-
taux. On ne pouvait rêver mieux.

À vingt-six ans, Laurent n'était plus un tout jeune
homme et on le disait plutôt laid. Mais, au printemps
de 1518, il arriva à Amboise en fastueux équipage, les
bras chargés de cadeaux, notamment un étonnant bois
de lit incrusté d'écaille et de perles et, pour le couple
royal, deux tableaux tout fraîchement peints par
Raphaël, d'une facture superbe et dont les sujets — un
Saint Georges terrassant le dragon et une *Sainte
Famille* — étaient symboliquement appropriés aux
fonctions respectives de leurs destinataires.

On procéda à la double cérémonie : le 25 avril, baptême du dauphin ; le 28, mariage. Dans la cour intérieure du château était dressée une vaste tente — ce
que nous appellerions un chapiteau —, toute revêtue à
l'intérieur de tapisseries armoriées. Spectacle de bal-
lets, festin ordonnancé à son de trompettes, qui se pro-
longea très avant dans la nuit au flamboiement des
torches : on n'en aurait pas fait davantage pour un
mariage royal et la reine Claude en personne fit à
Madeleine l'honneur de la conduire jusqu'à la chambre
nuptiale.

Dans les joutes qui suivirent, où l'on mima en grandeur nature la prise d'un château fort de bois, avec des
canons de bois qui lançaient en guise de boulets de
gros ballons gonflés d'air, les participants mirent tant
de fougue qu'il y eut des blessés et même des morts.
Et l'un d'eux nota ironiquement que le jeune marié
faisait « le mieux qu'il pouvait devant sa mie » : visiblement il se ménageait. On le savait mal remis d'une
arquebusade reçue à la tête lors de la reconquête de
« son » duché d'Urbin. On apprit plus tard qu'il avait
aussi « une grosse vérole », mais on ignorait qu'il était
également tuberculeux, à un stade avancé. La jolie
Madeleine épousa le tout.

Avant de regagner l'Italie, le couple se rendit en
Auvergne prendre la mesure des propriétés familiales

et en achever le partage avec la sœur de la jeune femme. Les voici à Florence, où ils font le 7 septembre une entrée solennelle très applaudie. Madeleine, « une gentille dame, belle et sage, et gracieuse et très vertueuse », plut à ses nouveaux concitoyens, qui lui firent fête. Laurent l'installa dans le vieux palais aux allures de forteresse qui porte aujourd'hui le nom de Médicis, mais s'appelait alors Riccardi. Déjà elle attendait un enfant.

Léon X en fit part aux ambassadeurs étrangers avec une fierté de grand-père. Autour de Florence et d'Urbino, il voyait prendre forme au centre de l'Italie un État tampon qui protégerait Rome contre les incursions extérieures, un État où il comptait rendre héréditaire la dynastie des Médicis. Espéra-t-il davantage ? Rêva-t-il pour l'un des siens à l'impossible mission unificatrice : fédérer contre les « Barbares » toutes les forces italiennes ? D'autres y songeaient en tout cas, et quelques-uns le disaient, parmi lesquels Machiavel, dans le dernier chapitre de son traité du *Prince*, qu'il venait de dédier au nouveau maître de la cité.

Le pire vint très vite. En l'espace de quelques mois, tout s'effondra. Au début de l'hiver Laurent, amaigri, fiévreux, dut aller chercher dans les collines d'alentour un air plus salubre. Mais il n'allait pas mieux lorsqu'il revint au printemps pour les couches de son épouse. Le 13 avril, celle-ci donna naissance à une fille qu'on baptisa aussitôt Catherine, Marie, Romola*. Ce sont des notables locaux qui la tinrent sur les fonts. On avait d'autres soucis que de lui chercher des parrains prestigieux. La mère se remettait mal. Atteinte de fièvre puerpérale, elle mourut le 28 avril, quinze jours exactement après la naissance. Le père la suivit le 4 mai. C'est lui que nous voyons pensif, un doigt sur ses lèvres de marbre, immortalisé par Michel-Ange dans

---

* Les deux premiers prénoms avaient été portés par des femmes de sa maison, le troisième, traditionnel, dit-on, dans les grandes familles florentines, rappelait le souvenir de Romulus, fondateur de Fiesole, le berceau de la cité.

la chapelle funéraire des Médicis, entre une *Aurore* en pleurs et un *Crépuscule* alangui.

À trois semaines, la petite Catherine était orpheline. À trois mois, dans la chaleur moite de l'été toscan, elle faillit mourir. À six mois, le pape la faisait amener à Rome, et il la trouva « belle et grassouillette ». À l'évidence elle s'accrochait à la vie. Elle s'y accrochera très longtemps.

Dans l'immédiat, la mort du jeune couple rendait caducs les accords fondés sur leur mariage. Léon X n'avait plus rien à attendre de François Ier, qui eut du mal à l'admettre, s'obstina à réclamer les dividendes de l'alliance. Le pape, agacé, feignit de soutenir sa candidature à l'Empire, comprit vite dans quel sens soufflait le vent, tourna court. Et lorsqu'éclata la guerre entre François Ier et Charles Quint, il applaudit à la reprise de Milan par les troupes impériales : il en serait, si l'on en croit les *Mémoires* de Du Bellay, « mort de joie ». Mais il est probable que le « catarrhe » et la fièvre qui eurent raison de lui, à quarante-six ans, provenaient de la malaria, alors endémique dans la plaine marécageuse entourant Rome.

Au terme de cette affaire, le roi de France se retrouvait les mains vides. Pas tout à fait cependant : il lui restait les deux chefs-d'œuvre de Raphaël, que nous admirons aujourd'hui au Louvre. Pas assez pour le consoler de la perte du Milanais.

Le « rameau vert » dans l'orage

Catherine, dit poétiquement l'Arioste, était de sa famille « l'unique rameau vert » qui subsistât. Ce rameau franchirait-il victorieusement les intempéries ?

Ne versons pas trop de larmes sur la petite orpheline. Les candidats se disputaient pour l'élever. Le pape la refusa à François Ier, qui la réclamait en raison de ses ascendances françaises. Seule héritière légitime de la branche aînée des Médicis, elle en détenait, en principe, les biens, et surtout elle pouvait en incarner, aux yeux des Florentins, la continuité. Certes, dans la vieille cité républicaine, les fonctions municipales n'étaient pas héréditaires et les femmes n'y avaient pas accès. Mais cela ne lui donnait que plus de prix. Un étranger pourrait, en épousant la dernière des Médicis, arguer de leur notoriété passée pour se concilier la faveur populaire et se hisser au premier rang.

Aussi la garda-t-on à Rome, où grand-mère, grand-tante et tante se relayèrent pour la choyer. La disparition de Léon X et le bref passage sur le trône de saint Pierre d'un Flamand inféodé à Charles Quint ne changèrent rien, au contraire, à son existence paisible. Elle y perdit le duché d'Urbino, qui fut rendu au précédent titulaire. Mais elle cessa pour un temps d'être un atout politique. Elle grandissait en compagnie de deux garçons bâtards, son cousin Hippolyte, et Alexandre, qu'on disait son demi-frère, de quelques années plus âgés.

Elle retrouva tout son prix très vite, lorsqu'en 1523 le cardinal Jules de Médicis * fut élu pape sous le nom de Clément VII. Il s'intéressa aussitôt à celle qu'il nommait, selon l'usage et compte tenu de la différence d'âge, sa « nièce », bien qu'il ne fût en réalité que le cousin germain de son grand-père. Il songea d'abord, semble-t-il, à mettre à la tête de Florence le jeune Hippolyte, qu'il envoya sur place en 1524. Et l'année suivante, il y expédia les deux autres enfants, à tout hasard, afin de faire nombre : la jeune génération ne pouvait attirer que des sympathies.

Or, en appliquant la fameuse politique de bascule chère à ses prédécesseurs, il fit d'abord un choix malheureux : il misa sur François Iᵉʳ. Du désastre de Pavie, il conclut qu'il était plus urgent que jamais de s'opposer à la puissance montante de Charles Quint. La Ligue qu'il organisa à cet effet lui valut l'animosité de l'Empereur, qui l'abandonna à la fureur des lansquenets

---

* Fils bâtard de Julien, le frère du Magnifique, il était donc le cousin germain du défunt Léon X.

menés par le connétable de Bourbon : on connaît l'épisode sanglant du sac de Rome en 1527.

À Florence, la nouvelle redonna espoir aux ennemis des Médicis, qui s'emparèrent du pouvoir. Cédant à leur premier mouvement, ils chassèrent les deux garçons, mais pour Catherine, ils se ravisèrent, trouvant plus judicieux de la garder comme otage.

Les nouveaux maîtres de la ville furent d'abord des gens relativement paisibles et la captivité de la fillette fut douce. Des couvents successifs lui servirent de gîte avant qu'on ne l'installât, sur intervention de l'ambassadeur de France, chez les *Murate*, des Bénédictines qui n'avaient d'emmuré que le nom. Leur maison offrait une retraite à des grandes dames vieillissantes et accueillait pour les élever des jeunes filles de bonne famille. Savonarole avait naguère stigmatisé leurs occupations frivoles, fabrication de confitures ou de menus objets en fil d'or et d'argent ouvragé, et dénoncé comme un piège tendu par Satan leur goût prononcé pour la belle musique. Deux ans durant les bonnes religieuses, même celles qui étaient du parti adverse, dorlotèrent « la petite mignonnette de huit ans », douce, affable, souriante — et qui avait eu de si grands malheurs. Et Catherine y fut très heureuse.

Jusqu'au jour où l'aristocratie modérée fut renversée par des extrémistes méritant bien leur surnom d'Enragés. Le pape, prudent, s'était rapproché de Charles Quint, à qui la Paix des Dames laissait les mains libres en Italie. Tous deux décidèrent alors de recourir à la force contre les trublions et, en octobre 1529, les troupes impériales et pontificales investirent la ville. Clément VII fit passer la politique avant le sentiment familial : il abandonnait sa nièce aux représailles.

Dans Florence assiégée, la haine contre les Médicis flamba. On proposa de livrer Catherine à la prostitution ou de l'exposer nue sur les remparts aux boulets des canons de son oncle. Les avis étant partagés, on décida, en attendant, de la transférer au centre de la ville, dans un couvent mieux protégé des coups de main.

Lorsqu'elle sut qu'un émissaire de la Seigneurie

viendrait l'arracher aux *Murate*, la fillette — elle avait onze ans — se crut condamnée à la mort, ou à pire. Avec courage, et bien conseillée, elle se fit couper les cheveux et revêtit un habit de nonne, dans l'espoir qu'on reculerait devant un sacrilège de nature à scandaliser le peuple. Elle se préparait à pousser des cris et à se débattre. Mais le chancelier Aldobrandini, qui la trouva dressée toutes griffes dehors, la rassura : on se contentait de l'enfermer à Sainte-Lucie, où elle ne passerait que peu de temps. Florence en effet, à bout de résistance, se rendit quinze jours plus tard. Le fragile rameau vert avait résisté à l'orage.

Catherine n'oublia rien : ni les menaces, les insultes, la peur, ni non plus — et c'est à son honneur — les services rendus. Elle sauva la vie au chancelier qui avait eu pitié de son angoisse et garda des *Murate* un souvenir attendri.

Quant à Clément VII, il récupérait sa nièce indemne. Il la reçut « les bras tendus, les larmes aux yeux, mêmement* par la grande joie et plaisir de la ouïr parler tant sagement et la voir en si prudente contenance ». En possession des trois enfants, il pouvait se livrer à des nouveaux projets.

Le pape case neveux et nièce

Pour assurer la survie de la branche aînée des Médicis, Clément VII disposait de trois éléments : une fille, légitime, et deux garçons bâtards, Hippolyte et Alexandre, qui ont en 1530 respectivement dix-neuf et vingt ans. Trois pions, à utiliser au mieux.

Il avait envisagé, beaucoup plus tôt, une première solution, consistant à légitimer un des bâtards en lui faisant épouser Catherine. Hippolyte, le plus brillant des deux, beau, intelligent, cultivé, fastueux, un rien provocant, faisait figure de favori et il est possible que les huit ans de la fillette aient été sensibles à son

---

* Surtout.

charme. La perspective de régner sur Florence en compagnie de sa cousine ne déplaisait pas non plus au jeune homme lorsque Clément VII lui conféra soudain la pourpre. Il avait vingt ans, aucune envie d'être cardinal, il protesta vigoureusement. En vain.

L'explication habituellement retenue est que Clément VII avait voulu l'écarter au profit de son cousin Alexandre. Surprenante préférence, à laquelle on ne voit qu'un motif plausible : ce dernier serait son propre fils. La chose est tout à fait possible. Mais dans ce cas, pourquoi aurait-il envoyé Hippolyte à Florence, en 1524, se faire recevoir comme héritier des Médicis et déclarer éligible à toutes les fonctions municipales ? pourquoi lui mettre ainsi le pied à l'étrier, pour l'évincer ensuite ? Le plus vraisemblable est que Clément VII avait réfléchi, et trouvé mieux.

D'abord, il y avait un double héritage à recueillir : Florence, mais aussi le pontificat, que deux Médicis avaient détenu presque successivement. À mesure que grandissaient les deux garçons, il devint évident qu'ils étaient très inégalement doués. Alexandre, beaucoup moins intelligent, ne ferait jamais qu'un piètre cardinal, sûrement pas un pape. Seul Hippolyte était capable de conquérir la tiare. D'où une répartition des tâches conforme aux capacités de chacun, sinon à leurs goûts. Elle avait l'inconvénient de déplaire très fortement à celui qu'on vouait à l'Église sans lui demander son avis. Mais on n'avait pas coutume, à l'époque, de prendre en compte ce genre d'objections.

D'autre part, n'était-ce pas du gaspillage de marier Catherine à l'un des garçons, associant ainsi deux pions qui pourraient être plus utiles séparément ? L'Italie était aux prises avec deux redoutables souverains étrangers, qu'il fallait bien, malgré leur rivalité, se concilier tous deux. Clément VII conçut l'audacieux projet, pour se ménager un appui dans les deux camps, d'unir en même temps Catherine à un prince français et Alexandre à une archiduchesse. Et le plus étonnant est qu'il y réussit.

Seule la mort vint ensuite déjouer ses plans. Hippolyte, couvert de dignités et de bénéfices ecclésiastiques, mais mal résigné, mourut jeune, peut-être empoisonné par son cousin qu'il ne désespérait pas de détrôner. Ce dernier, Alexandre, périt sous le poignard d'un autre Médicis, dont l'histoire inspira à Marguerite de Navarre une nouvelle et, à Musset, le drame célèbre de *Lorenzaccio*. La peine que se donna Clément VII ne fut cependant pas perdue : il travailla pour la branche cadette de sa famille. Mais il n'était plus là pour la voir en recueillir les fruits.

Revenons à la double négociation matrimoniale. Elle fut menée avec une prudence exemplaire.

Rentré à Florence dans les bagages de l'armée impériale, Alexandre fut rétabli dans ses droits par l'entremise de Charles Quint, avec, en prime, la main de sa fille Marguerite — une bâtarde, il est vrai, mais le nouveau duc aurait été mal venu à chipoter sur ce point. Hippolyte, envoyé en Hongrie comme légat, se tenait tranquille. Clément VII prêta alors l'oreille aux propositions venues de France. Certes, les prétendants à la main de Catherine ne manquaient pas : le duc de Milan, le roi d'Écosse et quelques autres de moindre envergure. Un fils cadet du roi de France, c'était infiniment plus prometteur. Les pourparlers, engagés dès 1530, se soldèrent en 1531 par un accord que l'on convint de garder secret, en attendant que les enfants fussent nubiles. Prétexte peu solide. En fait, le pape tenait à ne pas ébruiter la chose tant que l'autre mariage ne serait pas accompli. En attendant, on parla gros sous, on fit le compte des rentes et revenus cumulés, qui mettraient le couple à l'abri du besoin, et Clément VII promit son aide pour la reconquête du Milanais et de Gênes : l'échéance prévue — dix-huit mois — lui donnait le temps de trouver des échappatoires. Mais il refusa de laisser Catherine partir pour la France, selon l'usage, dès les fiançailles : il ne la lâcherait qu'à coup sûr. François ne savait rien de ce qui se tramait avec l'Empereur. De son côté celui-ci, informé des tractations avec la cour de France, les jugea sans fondement, tant l'union en question lui parut disproportionnée.

Au printemps de 1533, lorsque les résultats de la stratégie pontificale apparurent au grand jour, il était trop tard pour reculer. Charles Quint se contenta d'une protestation verbale et sa colère donna à François l'illusion d'avoir fait une excellente affaire. Il ne restait plus qu'à fixer un lieu — faute de Nice, dont le duc de Savoie refusa l'accès, ce fut la fidèle Marseille — et une date : la santé du roi fit remettre à octobre la célébration des noces.

Un bien beau mariage

On nous pardonnera de ne pas reproduire ici les termes du contrat, ni énumérer les éléments de la dot ou les cadeaux échangés. Le pape avait bien fait les choses et puisé dans les coffres de l'Église pour vêtir sa pupille de soie et d'or et lui fournir des joyaux à répandre à pleines mains : perles, diamants, rubis, émeraudes, dont la liste fait encore rêver les historiens *, bloc de cristal de roche taillé en forme de cassette et orné de scènes gravées tirées de la vie du Christ, et nous en passons.

Catherine quitta Florence le 1ᵉʳ septembre 1533, gagna la côte, s'embarqua sur une flotte de dix-huit galères et s'en alla à Villefranche attendre l'arrivée de son oncle, qui venait de Rome. Le souverain pontife — fait exceptionnel — se dérangeait en personne. Une garde chamarrée l'escortait, autour de lui tourbillonnait un essaim de robes ecclésiastiques noires et rouges. Le cardinal neveu Hippolyte avait pour une fois revêtu la pourpre, mais les pages de sa suite étaient habillés à la

---

* Le pape aurait offert à la France, dit-on, à l'occasion des noces de Catherine, trois joyaux de grand prix, l'*Œuf de Naples*, la *Pointe de Milan* et la *Table de Gênes*, qui figurent en effet dans les inventaires des bijoux de la couronne au XVIᵉ siècle. Mais, comme la description qu'en donnent ces inventaires ne correspond pas à celle que fournit la liste des cadeaux de noces de Catherine, on a pensé qu'il pouvait s'agir de métaphores utilisées par le pape pour désigner les territoires dont il s'engageait à appuyer la conquête.

turque, avec aigrettes et turbans. La première galère portait le Saint Sacrement, la seconde le Saint-Père. Il y en avait dix-huit en tout. Les deux escadres firent leur jonction à Villefranche et, le 11 octobre, elles arrivaient en vue de Marseille, où cloches et canons conjuguèrent leur vacarme pour les accueillir.

François Ier avait fait édifier pour la circonstance sur la place Neuve non une tente, mais un château de bois qu'un vaste pont couvert, pouvant faire office de salle de réception, reliait à l'étage au palais des comtes de Provence où lui-même résidait. D'abord, les choses sérieuses : signature d'un traité d'alliance. Signature du contrat de mariage ensuite. Puis échange des consentements, suivi d'un bal, le 27 octobre. Le lendemain 28, messe solennelle avec bénédiction des anneaux. Enfin banquet gargantuesque. À minuit, on conduisit en grande pompe les deux intéressés à leur chambre, où les attendait un lit somptueusement paré.

Non sans quelque inquiétude : ils avaient tout juste quatorze ans et manquaient grandement d'expérience. Le roi, paraît-il, tint à encourager leurs efforts, assista à leurs premières joutes. L'histoire ne dit pas si sa présence leur fut d'un grand secours. Le pape, lui, se leva à l'aube pour aller les surprendre, afin de s'assurer qu'ils avaient bien rempli leurs devoirs. Il les trouva « contents l'un de l'autre » et se retira rassuré. Le mariage dûment consommé, sa nièce n'était plus répudiable. En principe du moins. La promesse d'une naissance l'aurait comblé. Mais il eut beau s'attarder pour célébrer les fêtes de la Toussaint, remettre son départ, après le dernier échange de cadeaux, pour cause de mauvais temps, il lui fallut quitter Marseille sans que Catherine lui eût donné cette satisfaction. Il nomma quatre cardinaux français d'un seul coup, mais refusa de consentir au divorce du roi d'Angleterre, en faveur de qui François le sollicitait : ce qui priva celui-ci d'un des moyens de se concilier son puissant voisin britannique.

Il finit par s'embarquer vers le 20 novembre et, à peine rentré à Rome, s'empressa de faire savoir à l'Empereur que les promesses faites au roi de France n'étaient que paroles en l'air, qu'il se garderait bien de tenir.

Catherine et Henri, eux, étaient liés pour la vie.

La Duchessina

La *Duchessina*, la petite duchesse d'Urbino, comme on la nommait faute d'un titre plus prestigieux, n'était pas une beauté.

Qu'elles fussent coupées à la mode florentine ou française, les robes de soie, d'or et d'hermine dont on la para ne pouvaient modifier sa silhouette. Petite et, en ce temps-là du moins, maigrichonne, elle manque de prestance. La mode est aux blondes, elle est brune. Colliers de perles et pendentifs ne rendent pas plus lumineuse sa peau blanche, mais terne. Elle a les traits épais, les joues un peu lourdes et le menton fuyant. Ses yeux sombres sont globuleux et proéminents, sans doute par suite d'une myopie.

Henri ne fut pas surpris, il savait à quoi s'attendre, même si le portrait fait à son intention par Vasari la flattait. Ce qui nous frappe surtout, nous, dans celui que fit d'elle Corneille de Lyon peu après son arrivée en France, c'est quelque chose de flou, d'inachevé, d'encore poupin dans le visage, et en même temps une sorte de profondeur, de gravité pensive et triste, où flotte comme le reflet d'une crainte.

Elle passait pourtant à Florence pour vive, gracieuse et souriante, dans sa gaieté juvénile. Une anecdote nous la montre primesautière, barbouillant de toutes les couleurs de sa palette l'artiste occupé à la peindre. Et l'intelligence illuminait son visage ingrat. En France, visiblement, elle est sur ses gardes, contrainte, elle se compose, non sans quelque maladresse, un personnage. Elle va faire en ce domaine de très rapides progrès. Elle est douée, et les épreuves traversées l'ont rendue, à quatorze ans, plus mûre que bien des adultes.

Elle a été remarquablement bien élevée. Nous ignorons tout de ses maîtres et des enseignements qu'elle put recevoir. Mais les résultats en sont bien visibles. Elle savait du latin, un peu de grec, semble-t-il, mais elle impressionna les contemporains par l'étendue de ses connaissances dans ce qu'ils appelaient mathématique au singulier, c'est-à-dire un mélange de physique, de sciences naturelles, mais surtout d'astronomie, alors inséparable de l'astrologie. Elle a appris sur le tas la géographie et l'histoire, à force de voir défiler auprès de son oncle les ambassadeurs de toute la chrétienté, elle a assisté aux incessantes redistributions de provinces en Italie et aux efforts pour ranimer l'ancien esprit de croisade face au danger turc menaçant : premiers contacts avec la politique.

Dès qu'il fut question de ce mariage, son oncle lui fit donner des leçons de français. Elle eut le temps de l'apprendre : les négociations durèrent trois ans. Elle le parle très bien, avec une pointe d'accent qui trahit ses origines et dont elle ne se défera jamais. Et si la lecture de ses lettres n'était rendue insupportable par une orthographe phonétique d'une fantaisie décourageante, on s'apercevrait qu'elle l'écrit sans recherche, mais très fermement.

Sa sensibilité artistique a été aiguisée dès l'enfance par le spectacle de la Renaissance italienne triomphante, à Florence que peuple de marbre et de bronze le ciseau des sculpteurs, tandis que les murs des palais se rehaussent de fresques où les personnages de la Bible ressemblent à s'y méprendre à ses parents ; à Rome, meurtrie par le pillage de 1527, qui panse somptueusement ses plaies et renaît de ses cendres plus belle encore. Elle en gardera l'amour des amples bâtiments aux proportions équilibrées et le goût de vivre dans un décor qui soit une joie pour l'œil comme pour l'esprit. Plus que la littérature, elle apprécie la musique et la poésie, quand celle-ci s'accompagne, comme c'est souvent le cas à l'époque, du chant.

À Rome, puis à Florence, elle a participé aux réceptions, a joué les hôtesses auprès d'Alexandre lors de la visite de sa future femme, la petite archiduchesse. Elle a compris quel prestige exercent sur l'imagination populaire les exhibitions à grand spectacle et ne conçoit pas l'exercice de l'autorité sans ces célébrations publiques où maîtres et sujets communient, l'espace d'une journée, dans une allégresse partagée. C'est par le luxe et la prodigalité de leurs fêtes que les Médicis ont conquis la faveur des Florentins : elle ne l'oubliera pas. Fastes de l'Église, fastes de l'État : le pouvoir est spectacle.

La religion avait alors bien des visages. Il est absurde de voir en elle une mécréante. Certes, aucune exigence de spiritualité ne l'habitait, les aspirations mystiques lui étaient étrangères et, dans l'action, les scrupules ne l'étouffaient pas : semblable en cela à des milliers d'hommes et de femmes de son temps, installés dans un univers dont la doctrine chrétienne fournissait une explication satisfaisante à leurs yeux. On croyait aux astres, à l'influence que la conjonction des planètes exerçait sur nos destinées. Mais astres et planètes étaient mus par Dieu. Entre religion et superstition, bien floue était la frontière. Nièce d'un pape, élevée au cœur de cette Église que Luther et Calvin accusent de corruption, mais certainement pas d'incroyance, et qui s'enlise dans les marécages politiques où l'entraîne son statut de puissance temporelle, Catherine est et restera de sensibilité catholique, mais, réaliste et libre de préjugés, elle a pour principal souci d'assurer sa survie ici et maintenant. Ce sont là des dispositions qui la préparent très mal à comprendre les passions religieuses qui commencent tout juste de se déchaîner en France.

Son réalisme, elle le doit essentiellement à l'expérience. La vie s'est chargée de lui apprendre ce qu'aucune éducation n'enseigne jamais. À l'âge où l'on s'efforce d'inculquer aux enfants une morale claire, elle a découvert que le bien et le mal s'interpénètrent et qu'il est peu d'actions humaines qui ne participent à la fois de l'un et de l'autre. Des illusions, elle n'en a plus guère. Elle observe, enregistre, se tait. Elle a pris conscience de sa faiblesse, mais s'est aperçue qu'on pouvait en faire un atout. Elle sait à merveille se maî-

triser. Son orgueil, elle le cache ; son intelligence, elle
la masque ; sa violence, elle la réprime, sous les apparences de la plus séduisante douceur. De son enfance
ballottée entre Rome et Florence, otage que se disputent les partis, à moins qu'ils ne la sacrifient, victime
de marchandages matrimoniaux et politiques dans une
Italie déchirée, elle se méfie de tout et de tous, elle est
habitée par une crainte, une peur diffuses, d'autant plus
inquiétantes qu'elles n'ont pas d'objet défini. En elle
s'insinue un désir obscur, mal formulé peut-être, mais
aigu : acquérir son indépendance, la maîtrise de son
propre sort, et peut-être devenir celle qui mène les
autres, au lieu d'être menée par eux.

Ce n'est pas pour demain. Elle le sait quand elle
débarque à Marseille en cet automne de 1533. D'instinct, elle dissimule son exceptionnelle maturité, se plie
à tout ce qu'on lui demande, se conforme à l'image
conventionnelle qu'on se fait d'elle. Nul ne soupçonne
l'étendue de son esprit et de sa volonté. On ne voit en
elle que la *Duchessina*, la petite duchesse insignifiante
que le caprice du roi a hissée bien au-dessus de sa
condition, Cendrillon fragile, dont le carrosse doré va
soudain redevenir citrouille.

Car moins d'un an après son mariage, le 25 septembre 1534, son oncle Clément VII, âgé seulement de
cinquante-six ans, meurt subitement.

Cette mort évita sans doute à François Ier les décon-
venues que lui aurait à coup sûr réservées ce très fuyant
allié. Mais sur le moment, sa déception fut rude. Plus
de Médicis sur le trône de saint Pierre, plus d'appui
pontifical pour ses entreprises italiennes. Henri a
épousé Catherine pour rien. En se mariant, elle a dû
renoncer à ses droits sur Florence en faveur de son
cousin Alexandre. Elle conserve son titre de duchesse
d'Urbino, mais son duché est entre les mains d'un
autre, qui le tient bien. L'héritière nominale des Médicis est sans héritage.

Sans héritage, vraiment ? De même qu'on oublie toujours qu'il coule dans ses veines une moitié de sang français, on néglige de se souvenir qu'elle tient de sa mère et de sa tante morte sans enfants de fort grands biens en Auvergne, beaucoup de bonnes terres avec bois, fermes, châteaux et revenus à l'avenant. Mais c'est en Italie que François veut des châteaux, et qu'il en bâtit d'imaginaires. L'effondrement des espoirs fondés sur ce mariage lui arrache une exclamation cruelle : « J'ai eu la fille toute nue ! »

Pour lui, marché de dupes. Pour elle, solitude.

À cette toute jeune femme de quatorze ans, vraiment orpheline cette fois, le dos au mur, sans famille pour assurer ses arrières, il appartient de remonter lentement la pente. Il lui faudra plus de vingt-cinq ans.

CHAPITRE DIX

LA LONGUE MARCHE

La lente, très lente ascension de Catherine de Médicis se déploie sur toute la durée de sa vie conjugale : vingt-six ans d'aménité souriante, d'empressement, de patience, de soumission, qui, si elle avait accompagné son mari dans la mort, lui auraient valu dans la mémoire collective une réputation d'aimable insignifiance. Vingt-six années en dents de scie, jalonnées d'épreuves et d'accidents, rythmées par des morts qui tour à tour modifient sa condition, sans la rendre plus solide : la disparition de l'héritier du trône qui fait d'elle, en 1536, une reine dauphine, celle de François Ier, en 1547, qui la fait reine, celle de son mari enfin, qui la voue brutalement au rôle mal défini de reine mère.

À chacune de ces étapes, sa position reste fragile et menacée. Rien n'est jamais acquis pour elle. Mais il n'est pas dans son caractère de s'avouer vaincue ni de baisser les bras. Pour se maintenir, puis pour s'affirmer, elle déploie une ténacité, une persévérance qui éclatent au regard rétrospectif de l'historien, mais restèrent inaperçues de presque tous les contemporains, tant elle sut voiler de douceur l'énergie qui la soutenait. Seul un ambassadeur vénitien très perspicace comprit ce qui se cachait sous cette douceur érigée en règle de conduite : « Elle est très obéissante ; c'est sa force. » C'est par sa docilité qu'elle parvint en effet, dans une cour déchirée d'antagonismes et d'intrigues, à se faire accepter, puis à se faire aimer de tous.

Se faire aimer

Pour s'implanter dans sa nouvelle famille, Catherine, à défaut de l'appui pontifical défaillant, tire avantage de son éducation italienne. La France rêve d'Italie. Elle s'est mise à son école. Elle imite ses architectes, ses peintres, ses sculpteurs, ses poètes, ou les invite à venir en personne construire et décorer de merveilleux châteaux. La Renaissance y bat son plein. Catherine s'acclimate donc aisément. Pas de fautes de goût, pas de fausses notes : elle est, d'emblée, à l'unisson.

Mais il en faut davantage pour se faire adopter dans une cour si différente de celle, tout ecclésiastique, qu'elle a connue à Rome auprès de son oncle. Les femmes y figurent en nombre, condamnées à vivre ensemble et à s'entendre ou à se supporter, dans un climat de galanterie — au double sens d'élégance et de séduction — traversé d'intrigues, de rivalités, de tensions. Comment plaire aux uns sans éveiller la jalousie des autres ? Comment éviter de se laisser confiner sans retour dans la compagnie des dames vouées aux ouvrages de tapisserie et aux bonnes œuvres ?

Catherine dispose de deux atouts. Elle n'est pas jolie, et elle est intelligente. Son physique ingrat rassure. Elle bénéficie d'un préjugé favorable auprès de toutes : les délaissées, qui la croient promise à un sort semblable, et les belles coquettes, favorites en exercice ou en espérance, pour qui elle ne saurait être une rivale. La bonne reine Éléonore lui ouvre les bras. Pour cette belle-mère qui n'en est pas une, puisque Henri n'est pas son fils, elle a tous les égards requis. Sans illusions, car elle comprend vite qu'il y a peu à en attendre. Quant à la maîtresse du roi, Anne de Pisseleu, c'est à contrecœur qu'elle lui fait des avances, si l'on en croit une lettre adressée beaucoup plus tard à l'une de ses filles : « [Il] me fallait obéir et hanter tout ce qu'il avait agréable [*]. » Sans doute se fait-elle, dans le rôle de mère grondeuse, plus sourcilleuse sur la morale qu'elle

---

[*] Il me fallait fréquenter toutes les personnes qu'il souhaitait.

ne le fut à l'époque. Elle n'avait pas besoin d'ordres pour savoir qu'il était vital d'amadouer la redoutable duchesse d'Étampes, qui pouvait lui rendre la vie impossible. Son absence de charme fut auprès de celle-ci sa meilleure recommandation.

C'est son intelligence et sa culture, en revanche, qui séduisirent les deux Marguerite, la tante et la nièce, sœur et fille de François Ier, deux femmes remarquables à la personnalité vigoureuse. Elle eut avec la première des relations aussi confiantes que le permettait leur différence d'âge et de statut. Avec la seconde, de quatre ans sa cadette, elle se lia d'une amitié profonde qui survécut à toutes les vicissitudes.

On dira ici un mot de cette Marguerite de France. Moins connue que celle de Navarre, parce qu'elle n'a pas laissé d'œuvre littéraire, elle aimait elle aussi les écrivains et les savants et passait en son temps pour aussi instruite que sage : son âme, « hôtelière des Muses », selon le joli mot de Ronsard, ne l'empêchait pas d'égaler en vertus Minerve ou Pallas, comme on voudra l'appeler. Toute jeune, elle s'était prise de passion pour l'étude du grec, à laquelle Catherine se remit pour l'aider, et elle lisait, dit-on, Platon dans le texte. À elles deux, elles envisagèrent de composer, à la manière de Boccace, un recueil de nouvelles qui auraient sur leur modèle la supériorité d'être véridiques. Ce projet, auquel elles associèrent le futur Henri II, dépassait sans doute leurs capacités. Nous en ignorerions tout si leur tante, qui le mena à bien dans *L'Heptaméron*, n'avait tenu à leur rendre hommage en les associant à la genèse de son livre. Farouchement indépendante et un peu fantasque, la jeune Marguerite réussit, peut-être parce qu'elle était la petite dernière de la famille, à échapper aux projets de mariage élaborés pour elle. Elle voulait un souverain, pas un sujet de son père, et, qui plus est, un souverain qui lui agrée. Après bien des refus, au risque de rester vieille fille, elle vit son obstination récompensée : elle épousa, à trente-six ans, le duc de Savoie tout fraîchement sorti d'une longue guerre contre la France, qui l'estima et l'aima, et elle lui donna, en dépit de son âge, un fils, Charles-Emmanuel, qui mérita d'être surnommé le Grand.

Amitiés vraies, amitiés diplomatiques. La bonne entente prévaut chez les dames de la cour — en apparence du moins. Après la prise d'Hesdin en 1537, épouse, sœur, fille, bru et maîtresse s'associent dans une commune action de grâces et les quatre dernières cosignent une lettre de félicitations au vainqueur. Catherine a trouvé sans peine sa place dans ce concert.

Mais elle veut davantage. Elle tient à approcher le roi. De son enfance passée avec des garçons, ses cousins, elle a gardé le goût du grand air, des activités physiques, l'équitation surtout et la chasse, où elle excelle. Or François Ier, puissamment charpenté, athlétique, avait besoin de se dépenser en exercices violents. Il avait l'habitude, lorsqu'il s'échappait pour « courre le cerf », d'emmener quelques dames « belles et gentilles », qu'il appelait « la petite bande ». Catherine s'arma d'audace, demanda à en faire partie, sollicita même l'honneur de l'accompagner partout et de « ne bouger jamais d'avec lui ».

Les femmes allaient à cheval, selon l'usage, en s'asseyant perpendiculairement à l'animal, les pieds posés sur une planchette, la « sambue », qui leur interdisait le galop. Catherine monta en amazone, le pied gauche à l'étrier et le genou droit replié sur la corne de l'arçon *. Elle y gagna de pouvoir suivre aisément le train des hommes et, accessoirement, de laisser apercevoir un peu de sa jambe, qu'elle savait belle. Elle s'attira les louanges de Ronsard, dont l'imagination intempérante la montre « portant au bois la sagette ** », aller dès l'aube tendre des rets, suivre le gibier à la trace, presser les cerfs ou même assaillir « les ours et les sangliers aux dents croches ». Elle entra, surtout, dans la familia-

---

* Elle n'a pas inventé cette façon de monter, importée de son Danemark natal par Christine, duchesse de Lorraine. Mais c'est elle qui l'a introduite à la cour de France.
** Flèche.

rité du roi qui, attendri et flatté de son admiration extasiée, découvrit en elle mille mérites insoupçonnés et l'en aima chaque jour davantage.

Exceptionnelle réussite, dans un rôle de composition qui exigeait une maîtrise de soi, une vigilance sans faille. Autant qu'à ses qualités naturelles, elle la doit à la force de sa volonté. D'une santé à toute épreuve et d'une endurance rare, elle se plie à tout ce qu'on exige d'elle. Elle est toujours prête, disponible pour chevaucher, converser, danser, tenir sa place dans les cérémonies, entrées solennelles, mariages, messes et banquets, tout sourire et toute grâce sous son caparaçon de brocart. Elle observe, elle écoute. Attentive à autrui, prévenante, elle trouve le mot qui plaît à chacun, simple avec les plus simples, ne dévoilant l'étendue de sa culture et la vigueur de son jugement qu'auprès de ceux qu'elle sait ses égaux. Gaie, spirituelle à l'occasion, tout en évitant de blesser. Discrète, modeste, dépourvue d'arrogance, se gardant d'afficher une quelconque supériorité, elle ne portait ombrage à personne, n'éclipsait personne, donnait au contraire à chacun la flatteuse impression qu'il avait pour elle un prix infini. Hypocrite ? Assurément. Avec pour circonstance atténuante la légitime défense : sa survie était en jeu.

À la cour de France, comme naguère à Florence chez les *Murate*, on en raffola. Douce, si douce Catherine... Le roi se fit l'interprète de tous lorsqu'il lui suggéra de prendre pour emblème l'écharpe d'Iris, accompagnée d'une devise grecque faisant de l'arc-en-ciel le symbole du retour au calme après la tempête. Ce choix la désignait comme porteuse d'espérance et de joie, « de clarté, sérénité et tranquillité de paix ».

À la liste de ses conquêtes, cependant, il manque un nom, le plus important : celui de son mari. Sur celui-ci, ses efforts étaient inopérants et ses grâces vaines. Elle s'aperçut vite, avec dépit, qu'une autre occupait toutes ses pensées. Diane de Poitiers, épouse de Louis de Brézé, sénéchal de Normandie, était déjà et restera jusqu'au bout le seul grand amour de Henri II.

La Grande Sénéchale

Rien, sinon une très remarquable beauté, ne prédisposait Diane aux fonctions de maîtresse royale. En tout état de cause, son âge — elle était née en 1499 — l'eût destinée à François Ier. Mais de plus jeunes qu'elle se disputaient la place et il n'était pas dans son caractère de se lancer dans une compétition humiliante. Reste l'épisode mélodramatique brodé dans les marges des *Dames galantes* de Brantôme par l'auteur du *Roi s'amuse*. Il ne résiste pas à l'examen : qu'on en juge.

Le père de Diane, Jean de Poitiers Saint-Vallier, était un des féaux du connétable de Bourbon. Gravement compromis dans la trahison de son seigneur, il ne put s'échapper à temps, fut arrêté et condamné à mort. Déjà, sur la place de Grève noire de spectateurs partagés entre la pitié et la curiosité gourmande, il montait les marches de l'échafaud, lorsqu'on lui signifia qu'il était gracié, sur les instances de sa fille notamment, qui était allée à Blois se jeter aux pieds du roi. De là à penser qu'elle avait payé cette grâce de sa vertu, voire de sa virginité, il n'y avait que deux pas, allègrement franchis le premier par Brantôme, à la suite d'un pamphlétaire huguenot, le second par Victor Hugo. Le gaillard chroniqueur en profita pour prêter au père arraché à la mort une formule de gratitude grivoise. Le dramaturge romantique y vit l'occasion de stigmatiser la débauche cynique du souverain et de verser quelques larmes sur la femme éternelle victime. Et l'on apprécia au passage l'exploit de Diane, capable de séduire tour à tour le père et le fils. Il n'y a pas un mot de vrai dans tout cela. Lors du procès, l'héroïne de cette anecdote était mariée depuis huit ans à Louis de Brézé, qui s'associa à ses prières. Si son père avait trahi, c'est son époux qui avait révélé au roi le complot. De quoi justifier une mesure de clémence d'ailleurs espérée par une bonne partie de l'opinion, qui trouvait au coupable quelques excuses. Les larmes de la belle, si larmes il y eut, pesèrent moins sur la décision de François Ier que le sens bien compris de l'opportunité politique.

Diane menait une vie irréprochable auprès du sénéchal, à qui elle avait donné deux filles. Elle avait rang
à la cour, dans la maison de Louise de Savoie. Elle
cultivait avec soin sa réputation. S'identifiant peut-être
déjà à la farouche déesse dont elle portait le nom, elle
exhibait une beauté altère, propre à glacer les admira-
teurs trop entreprenants. Et si sévère qu'on soit pour
sa carrière ultérieure, on doit reconnaître qu'il n'y eut
aucun calcul à l'origine de ses relations avec le futur
Henri II : un geste spontané, un baiser maternel dont
le souvenir, magnifié par un enfant, orienta toute une
vie.

On se souvient du traité de Madrid, qui exigeait, en
garantie des engagements du roi libéré, la livraison à
l'Espagne de ses deux fils aînés. Louise de Savoie a
accompagné les jeunes otages jusqu'à Bayonne, où
doivent se faire les adieux. Devant les petits princes,
qui ne comprennent pas encore très bien ce qui leur
arrive, les dames de la cour ont peine à cacher leurs
larmes. Ils sont deux, très proches par le sang et par
l'âge : huit et sept ans. Mais cette proximité ne rend
que plus profond le fossé qui les sépare. L'un est destiné à être roi de France, l'autre sera le plus grand de
ses sujets certes, mais un sujet tout de même. L'un est
rendu sacré, d'avance, par l'onction à venir ; l'autre
n'est qu'un enfant ordinaire. Cette différence, si difficile à accepter pour les cadets, Henri l'a toujours per-
çue d'autant plus vivement que le roi se reconnaît
davantage dans l'aîné, gai, aimable, exubérant, qui lui
ressemble et à qui il porte une visible préférence. Le
plus jeune, naturellement timide et renfermé, en
devient plus sombre, se replie davantage sur lui-même
et décourage les marques d'affection dont il a pourtant
un si urgent besoin. Il est jaloux. Se sentant mal aimé,
il est peu aimable. Cercle vicieux.

À Bayonne, la prédilection pour le dauphin perce
sous la sollicitude dispensée à tous deux. L'otage de
grand prix, pour lequel on tremble, c'est l'aîné, dont
les circonstances font comme l'*alter ego* de son père :
celui-ci n'a-t-il pas prétendu abdiquer en sa faveur ?

Henri n'est qu'un comparse. Il se sent plus seul que jamais. Mme de Brézé posa les yeux sur lui. Saisit-elle dans son regard une angoisse, un appel ? Elle s'approcha et déposa sur son front un baiser, dont il faut croire que son frère ne reçut pas l'équivalent, puisque le petit garçon l'emporta en Espagne comme un viatique et berça sa longue captivité de ce souvenir. Quelqu'un l'avait distingué, choisi, élu. Une femme, la plus belle. Ce baiser à l'enfant orphelin a comme un goût de conte de fées. Mais pour une fois, le conte est vrai.

Baiser magique, philtre d'amour : il eut quatre ans pour y rêver, quatre ans d'isolement dans les prisons d'Espagne, auprès d'un frère qui ne partage qu'à demi sa révolte, quatre ans à vivre dans l'imaginaire pour échapper à l'insupportable réalité. Son livre de chevet est l'*Amadis de Gaule*, vaste roman inspiré des chansons de geste et des récits du cycle arthurien, compendium de tous les thèmes obligés de la littérature chevaleresque et courtoise, qu'il est capable de lire dans la langue originale. Il ne manque pas de s'identifier au « damoisel de la mer », vaillant champion des meilleures causes poursuivi par l'injustice du sort, « Beau Ténébreux » bourreau des cœurs, qui réserve le sien à une certaine Oriane admirée dès l'enfance. Et il n'eut sans doute pas besoin d'être encouragé par la consonance de leurs deux noms pour prêter à cette Oriane le visage enchanteur, inoubliable, de Diane de Poitiers-Brézé, sa *dame* à lui.

À son retour, il la retrouve. Il a onze ans, mais il en paraît davantage, tant il est grand et fort. Elle en a tout de même vingt de plus. Il la rencontre tous les jours, dans cette cour où elle est affectée à la suite de la nouvelle reine. Plus belle encore que dans son souvenir, elle lui apparaît dans tout l'éclat de la pompe liturgique lors du couronnement d'Éléonore, où elle officie avec Mesdames de Brion et de Montmorency, portant le pain, le vin et la cire des offrandes, recueillant sur sa robe étincelante quelques rayons réfractés venus des cieux. La cérémonie est suivie du traditionnel tournoi où chaque champion doit suivant la coutume placer ses

exploits sous un patronage féminin. Coup de théâtre :
tandis que le dauphin, en garçon bien élevé, vient s'incliner devant la reine, Henri offre à la Grande Sénéchale l'hommage de son premier combat public, à la
grande fureur de la favorite, Anne d'Étampes, dont
l'éclatante jeunesse n'affiche que mépris pour une
« vieille » de trente ans.

Diane, si flattée qu'elle fût par un aussi spectaculaire
geste d'allégeance, était beaucoup trop intelligente
pour voir dans cette passion autre chose qu'un enfantil-
lage. Elle ne se souciait pas de déniaiser un gamin à
peine pubère. Il y avait pour cela assez de chambrières.
Mais le rôle de « dame », tel que l'avaient fixé deux
siècles de littérature courtoise, lui convenait à merveille : reines ou fées, les Guenièvre, les Morgane, les
Oriane et les Urgande prodiguaient au jeune page ou
bachelier dont elles agréaient le « service » protection
et conseils, en échange d'une parfaite soumission ;
elles exigeaient de lui des exploits, l'encourageaient à
un perpétuel dépassement ; d'elles il tirait vertu et force ; au plein sens du terme, il était leur créature. De
quoi séduire l'orgueilleuse Sénéchale.

En 1531, la mort de Louis de Brézé la délie de tout
lien. Elle s'installe dans un veuvage hautain, proclame
par le choix de ses couleurs — le noir et le blanc du
demi-deuil — son intention de ne pas se remarier. Elle
est libre pour exercer auprès de Henri un rôle d'éduca-
trice que le roi en personne lui demande d'assumer.
François trouve en effet son fils cadet, au sortir des
prisons d'Espagne, insuffisamment policé. Elle le
dégrossira, le polira, le formera à la vie de cour, c'est
promis : « Fiez-vous à moi, Sire, j'en fais mon
galant », plaisanta-t-elle. Elle aussi connaît par cœur le
code de la courtoisie. Cette mission situe leurs relations
sur un plan où la différence d'âge, loin de lui être un
handicap, joue en sa faveur. Elle sera une sorte de marraine, remplaçant la mère absente, de sœur aînée, de
mentor, pour lui apprendre le monde. D'amour charnel,
il ne saurait être question. Ne se soucie-t-elle pas, en
tout premier lieu, de le marier ?

Elle prit feu et flamme pour l'alliance Médicis. C'est dans son château d'Anet que furent débattues, en avril 1531, les conditions du contrat. Outre que ce mariage est censé procurer à son protégé un duché italien, elle y voit pour elle-même de multiples avantages. Sa grand-mère était une La Tour, la propre sœur du grand-père maternel de Catherine : elles sont cousines issues de germains. L'honneur fait à l'ascendance française de la petite Florentine rejaillira en partie sur elle, qui se trouvera entrer, par alliance, dans la parentèle royale. De plus, ce cousinage l'autorisera à prendre sous son aile la future mariée et, sous prétexte de la protéger, il l'aidera à renforcer, par personne interposée, l'influence exercée sur son mari. Elle aura ainsi le couple à sa dévotion.

La pauvre Catherine se voyait épargner l'épreuve d'une belle-mère possessive, à la manière de Louise de Savoie, mais ce fut pour tomber de Charybde en Scylla. Il lui échoit bien pire. Diane se comporte comme la plus impérieuse des belles-mères, elle la chaperonne, la coiffe, la surveille, tente de régenter son ménage, l'entoure de sa sollicitude indiscrète. Et elle est en même temps sa rivale comme femme, une rivale ostensiblement préférée, dont Henri porte les couleurs, à qui il consacre le plus clair de son temps, la dévorant des yeux et buvant ses paroles, prenant chacun à témoin de son incomparable beauté. Que cet amour soit resté assez longtemps platonique n'arrange rien, au contraire. Le partage des rôles entre la « dame » qui possède le cœur d'un homme — la meilleure part — et l'épouse vouée à la perpétuation de la race ou les courtisanes vouées au plaisir, est si profondément ancré dans les mentalités du temps que nulle n'oserait s'en plaindre, par crainte du ridicule. L'amour ainsi épuré est vertu. Et lorsque l'inévitable arriva, le scénario courtois était si parfaitement au point, si bien rodé, qu'il continua de fonctionner, quoique peu de gens fussent véritablement dupes.

Car Henri n'était pas d'humeur à jouer indéfiniment les amoureux transis. Il avait le sang chaud, réclamait ardemment sa récompense. Diane le laissa languir, se fit longtemps désirer, soupesant en femme avertie les avantages et les risques d'une liaison. Elle attendit d'avoir pleinement assuré sur lui une emprise intellectuelle et morale que lui promettaient un âge, une énergie, une connaissance de la vie infiniment supérieurs. Elle attendit qu'il fût adulte et que sa personnalité fût formée, stabilisée : il continuait de tenir à elle, c'était bon signe. Elle attendit qu'il eût acquis quelque expérience, au cours de cinq années de vie conjugale entrecoupée de nombreuses passades : il aurait désormais assez d'éléments de comparaison pour apprécier le prix de ce qu'elle offrait. Mais ce qui la décida — et l'on peut s'étonner que le fait n'ait pas été souligné —, c'est la mort du dauphin François en 1536, qui fit de Henri l'héritier du trône. Il ne valait pas la peine de descendre de son piédestal pour être la maîtresse du duc d'Orléans, mais la perspective d'être celle du roi de France lui ouvrait d'immenses espérances. Diane aimait sans doute à sa façon ce jeune amoureux maladroit et fougueux. Mais elle aimait l'argent et les agréments qu'il procure. Elle aimait le pouvoir pour lui-même, passionnément. Voici qu'elle entrevoit le moyen de s'en saisir.

Elle dispose de la complicité d'Anne de Montmorency, qui vient de recevoir l'épée de connétable. Il a la confiance du jeune prince, qu'il est chargé d'instruire dans un domaine qui échappe à Diane, celui de la guerre. Une commune campagne en Piémont, riche en exploits militaires et amoureux, a soudé leur amitié. Il prête son château d'Écouen pour une rencontre discrète, au printemps de 1538. Diane s'abandonne, avec des minauderies de vierge effarouchée, et versifie à l'intention de son amant un récit de sa lutte et de sa défaite :

Voici vraiment qu'Amour un beau matin
S'en vint m'offrir fleurette très gentille [...]
Car, voyez-vous, fleurette si gentille
Était garçon, frais, dispos et jeunet.

Ains*, *tremblotante et détournant les yeux,*
  « *Nenni* », *disais-je.* « *Ah ! ne soyez déçue !* »
Reprit l'Amour et soudain à ma vue
Va présentant un laurier merveilleux.
  « *Mieux vaut* », *lui dis-je,* « *être sage que reine.* »
Ains me sentis et frémir et trembler.
Diane faillit** *et comprenez sans peine*
Duquel matin je prétends reparler...

Et Henri, éperdu, se proclame à jamais son esclave :

Combien de fois je me suis souhaité
Avoir Diane pour ma seule maîtresse,
Mais je craignais qu'elle, qui est déesse,
Ne se voulût abaisser jusque-là
De faire cas de moi qui, sans cela,
N'avais plaisir, joie ni contentement
Jusques à l'heure que se délibéra***
Que j'obéisse à son commandement.

Toute question de sentiment mise à part, on accordera à Diane qu'elle savait trousser les vers avec infiniment plus d'élégance que son soupirant.

Henri blâmait le dévergondage de la cour paternelle, était choqué par l'impudeur et l'impudence de la duchesse d'Étampes. Diane tenait à sa réputation. Ils dissimulèrent leur liaison. Le bric-à-brac romanesque leur servit de paravent, au point d'avoir trompé quelques historiens prêts à gober cette histoire de chevalerie platonique, dupes des poètes pensionnés — c'étaient souvent les plus grands — qui s'employaient à diffuser l'édifiante fable. Les contemporains, eux, avaient compris, mais ils se taisaient ou entraient dans le jeu, par courtisanerie. Les apparences étaient sauves.

Catherine, elle aussi, avait compris.

Hélas, elle n'était pas en état de protester, ni de formuler la moindre exigence. Sa propre situation était

---

* Mais.
** Fauta.
*** Décida.

plus précaire que jamais, car les années passaient et aucune maternité n'était en vue.

À *future reine il faut un fils*

Deux événements attirèrent cruellement l'attention sur cette défaillance.

Le premier est la mort du dauphin François, en août 1536. Jusqu'alors, Catherine n'était que duchesse d'Orléans. Le fait qu'elle n'eût pas d'enfant ne tirait pas à conséquence, au contraire. Moins il y a de princes collatéraux, mieux se porte la monarchie. Pas d'apanages à distribuer, pas de révoltes nobiliaires à craindre, sous le couvert des frères ou des cousins du roi. Rien ne pressait. Du jour où elle devient reine dauphine, son éventuelle stérilité apparaît catastrophique : on n'avait que trop vu, tout récemment, les problèmes posés par l'absence d'un héritier mâle au foyer du roi. Il lui faut un fils, de toute urgence. Ou au moins une fille, pour dissiper les craintes. Mais rien ne s'annonce. Pas d'accidents, pas d'espoirs déçus. Rien.

Le second coup porté à Catherine est la naissance d'une bâtarde de son mari.

Il faut dire que Henri était affligé d'une anomalie sexuelle bénigne assez banale, connue aujourd'hui sous le nom d'hypospadias. Tout le monde le savait, on en plaisantait à l'occasion. Elle ne l'empêchait pas de se livrer aux jeux de l'amour, mais on pouvait penser qu'elle diminuait son aptitude à procréer. Dans la stérilité du couple, on n'osait donc pas incriminer exclusivement l'épouse, comme on avait tendance à le faire dans presque tous les cas analogues, prééminence masculine oblige. Après tout, Catherine n'était peut-être pas seule responsable et nul ne se serait aventuré à jeter la suspicion sur la virilité du futur roi de France.

Or à l'automne de 1537, au cours de la campagne d'Italie, les troupes françaises s'emparent de la petite place fortifiée de Moncalieri en Piémont. Les guerriers se dédommagent de leurs peines, comme d'habitude,

auprès des femmes et des filles de la cité conquise. Un
écuyer piémontais dont la famille en était originaire
prend sur lui d'inviter Henri dans sa demeure et de lui
présenter sa sœur : perdue pour perdue, autant qu'elle
le fût dans les bras les plus prestigieux. La rencontre
fut brève, mais on apprit peu de temps après que
Filippa Duci attendait un enfant. La fierté du père n'eut
d'égale que la sollicitude de la maîtresse en titre. Celle-
ci s'occupa de tout. On procura à Filippa un « établissement »* et on lui retira la petite fille : elle appartenait
à son père, de plein droit. Diane lui donna son prénom,
lui servit de marraine et se chargea de la faire élever.
Les langues malveillantes qui tentèrent de lui attribuer
l'enfant en furent pour leurs frais : les circonstances
entourant cette naissance étaient trop connues pour que
les soupçons pussent avoir prise.

L'affaire, qui se terminait bien pour la mère et l'enfant, fit une victime de marque : Catherine, à qui seule
était désormais imputable le fait que son mariage restait stérile.

Si elle n'était même pas bonne à faire des enfants,
la nièce du défunt pape achevait de tromper les espoirs
imprudemment placés en elle. Comme aucune famille
puissante ne l'appuyait, il y eut des voix, dans le Conseil, pour proposer une répudiation et Brantôme se
trompe lorsqu'il affirme que son beau-père et son mari
se refusèrent à l'envisager, « tant ils l'aimaient ».
L'ambassadeur vénitien en poste à l'époque les dit tous
deux décidés à l'éliminer. Et déjà l'on murmure le nom
des candidates propres à la remplacer, par exemple la
très belle Louise, fille cadette du duc Claude de Guise,
d'une famille notoirement prolifique. Pour la petite
Catherine, si gaie, si douce, si docile, on avait certes,
à la cour et dans le peuple, beaucoup de sympathie :
« Il ne se trouverait personne qui ne se laissât tirer du

---

* L'entrée de Filippa Duci au couvent, longtemps donnée
comme assurée, a été remise en cause récemment. La jeune femme
aurait été installée en Touraine et un de ses frères serait entré au
service du roi.

sang pour lui faire avoir un fils », écrit en 1542 un autre Vénitien. On la plaignait de tout cœur. Mais la pitié, à elle seule, aurait été impuissante à la sauver.

Quand elle alla se jeter aux pieds de François Ier, battit sa coulpe, pleura beaucoup et parla de se sacrifier à l'avenir de la dynastie, savait-elle que la décision de la garder était quasiment acquise ? Le roi la releva en l'embrassant, lui déclara qu'il n'irait pas contre la volonté de Dieu qui l'avait faite sa bru. En réalité, lui et son fils cédaient aux pressions conjuguées de leurs favorites respectives, peu désireuses — Diane surtout — de voir succéder à l'humble Italienne solitaire une orgueilleuse Lorraine belle et féconde, flanquée d'une ambitieuse parentèle. Discrètement sollicité par Catherine, le connétable de Montmorency, ami de Diane et pressentant dans les Guise des rivaux, avait également plaidé en sa faveur.

C'est donc grâce à la maîtresse de son mari que la jeune femme échappait à la répudiation. Sauvetage précaire. Pour être vraiment reine, il lui fallait être mère.

A figlia d'inganno, non manca mai la figliolanza*, dit un proverbe italien qu'à défaut de son père son bon oncle le pape lui avait peut-être murmuré à l'oreille en la quittant. Il est hélas inapproprié aux cas de stérilité féminine. Catherine fit tout ce qu'il était humainement possible de faire pour conjurer le mauvais sort. Elle s'adressa à Dieu et à ses saints, sans grande conviction semble-t-il. Lors d'une soirée où l'on chantait des psaumes — ce n'était pas encore un signe de profession de foi huguenote —, elle avait déclaré, en choisissant le cent quarante et unième, se mettre sous la protection de « l'Éternel, des oppressés** le Père ». Mais elle croyait surtout aux guérisseurs, alchimistes, sorciers et aux remèdes de bonne femme. Elle interrogea une de ses compatriotes, Marie-Catherine de Gondi, mère de dix enfants, qui passe pour lui avoir donné des recettes efficaces. Elle lut ou essaya de lire

---

* Fille avisée ne manque jamais de descendance.
** Opprimés.

de rébarbatifs traités anciens. Elle porta des talismans, évita de monter sur des mules, animaux inféconds, but des philtres, s'appliqua sur le ventre d'étranges cataplasmes, absorba d'immondes mixtures. Elle consulta aussi des médecins. L'illustre Fernel examina les deux époux, émit diverses prescriptions, dont beaucoup feraient sourire un actuel gynécologue, suggéra de multiplier les rapports et de modifier les positions. Est-ce lui ou simplement la nature qui déclencha le miracle ? Après dix ans de mariage, enfin, Catherine se trouva enceinte et, pour comble de bonheur, c'est un garçon qu'elle mit au monde, le 19 janvier 1544, au château de Fontainebleau.

Les reines accouchaient en public, pour prévenir toute substitution. Le roi voulut assister à toutes les phases de l'événement. Il ne se tenait pas de joie devant ce premier petit-fils, qui porterait son nom. Examinant « tout ce qui sortait » avec le bébé, il s'essaya à jouer les haruspices, avec l'aide des astrologues attentifs à la position des planètes. L'enfant serait sain et vigoureux et il aurait beaucoup de frères et sœurs. Le premier point du pronostic se révélera erroné. Mais le second fut confirmé très vite. Quinze mois plus tard naissait une fille, Élisabeth. Une fois le mécanisme en marche, il ne s'arrêta plus.

Dix ans de stérilité, un peu davantage de fécondité. En douze années, Catherine mit au monde dix enfants au total, sans qu'il en découle pour elle d'atteinte grave. L'épreuve initiale lui fut sans doute une chance. Elle aborda cette succession de maternités redoutablement rapprochées non pas au sortir de l'enfance, comme beaucoup de ses consœurs, mais à un âge où son corps était mieux en mesure de le supporter, dans l'épanouissement de sa maturité. Sa santé n'en souffrit pas : il est vrai qu'elle était bâtie de fer. Leur santé à eux, c'est une autre histoire. Mais il est injuste d'imputer, comme on l'a fait, à l'hérédité dont on la prétend porteuse tous les maux qui les frappèrent. Il y avait chez son mari comme chez elle des antécédents suspects. La syphilis sévissait de part et d'autre des

Alpes et la tuberculose qui avait emporté ses parents
prospérait aussi dans les appartements royaux de
France, mal diagnostiquée, soignée plus mal encore.
Ses enfants, du moins, étaient viables et c'était déjà
beaucoup.

Leurs baptêmes furent pour leur mère des jours de
gloire. Le premier eut pour parrains * son grand-père et
son oncle, le jeune Charles d'Orléans, pour marraine
sa tante Marguerite de France, la grande amie de
Catherine. Le roi d'Angleterre Henri VIII accepta de
parrainer la seconde par ambassadeur interposé, et les
marraines furent la reine Éléonore et Jeanne d'Albret,
nièce du roi et héritière de Navarre. Pour l'essentiel,
on s'en tenait à la parenté proche.

Il en aurait fallu davantage pour resserrer les liens
familiaux. Sur la cour du roi vieillissant, qu'on sait
malade, plane une atmosphère de fin de règne. Des
clans s'affrontent férocement, attachés à préserver un
avenir compromis ou à conquérir les places qu'on sait
devoir se libérer sous peu. Le père ne s'entend pas avec
son fils aîné, qu'il comprend mal et à qui il préfère le
cadet, Charles, plus séduisant et plus ouvert. La conduite des campagnes contre l'Espagne crée entre les
deux frères une compétition permanente, que
Henri estime biaisée sous prétexte qu'on ne lui confie
pas les opérations les plus prestigieuses. La signature
du traité de Crépy-en-Laonnois le met en rage, parce
qu'elle le prive d'une victoire qu'il croyait à portée
de main et accorde à son cadet des privilèges jugés
exorbitants. Jalousies, récriminations, commérages
sont amplifiés par les deux favorites qui se haïssent et
s'insultent par l'intermédiaire de plumitifs peu soucieux de délicatesse. Les questions religieuses envenim-
ment encore les relations entre les clans. François Ier
souhaite l'apaisement, mais depuis qu'on a affiché
dans toute la France et jusque sur la porte de sa propre

---

* L'usage était de donner aux garçons deux parrains et une marraine et aux filles deux marraines et un parrain.

chambre des placards injurieux contre la messe*, il tient les réformés pour des trublions propres à troubler la paix du royaume et les fait surveiller de près. Avec l'appui de sa sœur Marguerite de Navarre, sa maîtresse, Anne d'Étampes tente de les protéger. Diane de Poitiers en revanche professe un catholicisme intransigeant et regroupe autour d'elle les partisans de la répression. « Les femmes de la cour », comme le dira Balzac, « jouent avec le feu de l'hérésie ». Les haines couvent et de temps en temps explosent. François Iᵉʳ et Henri ne s'adressent quasiment plus la parole. Ce dernier enjoint à sa femme de rompre toutes relations avec la duchesse d'Étampes, que l'étiquette l'oblige à côtoyer chaque jour.

Heureusement pour Catherine, ses maternités ont modifié du tout au tout sa situation. Soudain elle compte et on compte avec elle. Forte de sa position nouvelle, elle navigue au plus près entre les antagonistes, met de l'huile dans les rouages, use de son entremise pour transmettre des informations ou faciliter les reprises de contact. C'est là une tâche où elle excelle et elle y prend goût. Elle parvient même à rester en bons termes avec tout le monde.

Après la mort du prince Charles, brutalement victime d'une maladie infectieuse, le roi renoue avec le seul fils qui lui reste. Mais il décline à vue d'œil. Catherine est auprès de lui à Rambouillet lorsqu'il s'alite pour ne plus se relever. Henri, lui, exaspéré d'être tenu à distance par la favorite, est allé se réfugier à Anet auprès de Diane. Il reviendra en hâte pour assister à l'agonie de son père. Le 31 mars 1547, dans l'odeur des remèdes et de l'encens et le chuchotis des prières, à la lueur tremblotante des cierges, Henri, agenouillé au chevet du mourant, se relève roi, et la petite parvenue italienne, en larmes, se trouve reine de France.

---

* L'affaire dite des Placards date de 1534. Elle a beaucoup pesé sur la politique religieuse de François Iᵉʳ.

L'apothéose de Diane

Le changement de règne prit des allures de révolution de palais, avec redistribution générale des places. Catherine n'y gagne rien, au contraire. Elle ne dispose plus désormais de la protection paternelle que lui accordait François Ier. Elle est reine. Mais Diane règne.

Dans l'histoire des maîtresses royales, Diane de Poitiers, bientôt duchesse de Valentinois avec rang de princesse, constitue à la fois un archétype et un cas exceptionnel. Elle est le modèle dont toutes rêveront après elle et qu'aucune ne parviendra à égaler. Certes, la plupart d'entre elles monnaient leurs complaisances, font leur fortune et celle de leur famille et quelques-unes se mêlent de politique. Mais jamais, au cours de toute l'histoire de France, une favorite n'exerça pareille influence sur les affaires de l'État, n'installa autant de ses créatures dans les postes clefs, ne contrôla si étroitement les finances, n'accumula tant de châteaux, de terres, de rentes et de prébendes, ne disposa d'une pareille cohorte de thuriféraires appointés — excellents poètes de surcroît. Aucune n'asservit si totalement un roi.

Comment expliquer la puissance et surtout la durée de l'emprise qu'elle exerça sur Henri II ? Qu'un adolescent de quinze ans s'enflamme pour une femme de trente-cinq était déjà surprenant, compte tenu du vieillissement féminin précoce. Mais que, vingt ans plus tard, un homme dans la force de l'âge à qui l'énergie ne faisait pas défaut au besoin, un homme vigoureux, un guerrier endurci, pas un gringalet, un roi séduisant à qui les femmes s'offraient en foule, pût persévérer dans son adoration soumise aux pieds d'une maîtresse plus que mûre, voilà qui stupéfia les contemporains et qui nous étonne encore. À l'époque on parla de sortilèges. Entre ses mains il n'était « plus que cire » : expression métaphorique, mais peut-être aussi allusion indirecte aux figurines magiques qu'on modelait à l'image de ceux qu'on voulait réduire à merci. Comme nous ne croyons plus guère aux envoûtements, il nous faut chercher ailleurs une explication.

Assurément Diane était très belle, grande, blonde, blanche de peau, avec une carnation transparente prête à s'animer d'un éclat de rose, un décolleté somptueux. Ne jugeons pas de sa nudité d'après les innombrables chasseresses longilignes au corps étroit, aux seins menus, sous les traits de qui peintres et sculpteurs la représentèrent. C'est là l'image idéalisée, épurée. La vraie Diane était plus solidement charpentée et la maturité, épanouissant ses formes, l'avait dotée d'une opulence accueillante et chaleureuse, comme on les aimait alors. Une femme de chair et de sang, dont l'évidente sensualité était domptée par une volonté puissante, qu'on pouvait lire dans les traits fermes du visage, dans la bouche aux lèvres minces, dans le regard aigu, intelligent et froid.

Elle était belle, elle le savait. Elle savait aussi cultiver et entretenir cette beauté. Elle avait découvert, avec quatre siècles d'avance, les vertus de l'hygiène et du sport. Elle menait une vie saine, évitait les excès, se levait très tôt, se couchait de même, sauf les jours où des festivités la retenaient à la cour. Elle mangeait modérément, faisait éventuellement la sieste, prenait des bains froids, évitait les fards, poudres et onguents qui gâtent la peau et tous les jours, quel que fût le temps, elle consacrait l'essentiel de la matinée à faire de l'exercice au grand air, à chevaucher à travers prés et bois. Ce régime naturel, suivi assidûment par une femme saine et bien portante, lui permit de conserver très longtemps la pureté de son teint et la souplesse de sa démarche. Un « miracle » que nous sommes mieux à même de comprendre aujourd'hui.

À cinquante ans, elle était donc « aussi belle de face *, aussi fraîche et aimable qu'en l'âge de trente », écrit bien plus tard Brantôme, sur la foi d'une tradition insistante : « ne sache cœur ** qui ne s'en fût ému ».

---

* De visage.
** Je ne connais pas de cœur...

Mais la beauté suffit-elle à retenir un amant, surtout lorsqu'il est roi, exposé à toutes les tentations ? La différence d'âge, qui l'avait d'abord aidée à subjuguer l'adolescent, risquait plus tard de se retourner contre elle. Pour prévenir la satiété, elle mit en œuvre une stratégie d'une extrême habileté.

Diane n'est pas jalouse, en apparence du moins. Elle ne prétend pas à l'exclusivité, n'exige pas que son amant lui soit fidèle, elle mise sur la qualité, pas sur la quantité. Elle l'envoie ponctuellement chez sa femme. Quant aux passades, elle les tolère si elle est sûre qu'elles n'auront pas de lendemain, lors des campagnes militaires par exemple. Elle le tient bien, mais la laisse est longue et elle évite de lui en faire sentir le poids. Il participe donc joyeusement, comme tous ses compagnons d'armes ou de fêtes, aux grandes joutes de la virilité conquérante. Mais elle lui dispense, lorsqu'il lui revient, des plaisirs sans commune mesure avec les grossières satisfactions offertes par les autres.

Sans avoir eu besoin de lire l'Arétin — mais qu'en sait-on, peut-être l'avait-elle lu —, Diane pratique une science érotique subtile, où la familiarité et l'accoutumance réciproques permettent de moduler, sur une donnée première identique, d'inépuisables variations. Catherine, dit-on, en soupçonna quelque chose, tint à s'informer. Cachée dans une pièce qui surplombait leur chambre, elle put observer par un trou du plancher le « jeu » que menaient les amants, « caresses et folâtreries bien grandes », qui les jetaient parfois du lit sur le tapis. Elle comprit alors qu'elle n'était pas de taille à rivaliser. À défaut d'être avérée, l'anecdote a pour elle la vraisemblance. Henri est lié à Diane par les complicités de la sensualité comblée.

Elle eut d'autre part l'idée de génie d'entourer cet amour d'une aura mythologique faisant d'une banale liaison la conjonction de deux divinités au rôle cosmique complémentaire. Commencée sous les auspices de la chevalerie, leur aventure se poursuit dans les bosquets sacrés de la Grèce antique. Jouant de son prénom, elle endosse les visages divers que revêt la déesse homonyme, tantôt courant les bois en quête de gibier, tantôt divinité lunaire qui, sous les traits de Séléné, reçoit de l'astre du jour une lumière qu'elle renvoie sur la terre, magnifiée. Phoebus et Diane, soleil et lune, feu et eau, inséparables jumeaux : le rôle apparemment subalterne qu'elle s'assigne, celui de reflet, flatte l'orgueil de Henri, identifié au plus brillant des dieux. Mais le miracle n'est possible que grâce à Diane, agent de sa transmutation, dont l'intercession l'arrache à la terre pour le projeter dans les hauteurs de l'empyrée. Un perpétuel renversement des rôles fait de la femme la maîtresse dans les deux sens du terme, conquérante et conquise, indissociable de son partenaire. Cette dépendance réciproque éclate dans le célèbre groupe du château d'Anet* : une Diane voluptueusement étendue sur le flanc du grand cerf qu'elle a forcé, chasseresse chassée, semble prête à défaillir ; dans le splendide animal on devine un dieu et c'est à Zeus multiforme, taureau, cygne ou nuage d'or, qu'est identifié implicitement son royal amant.

Dans le château d'Anet, qu'il n'a pas donné à Diane mais dont il a dispendieusement financé la transformation en chef-d'œuvre de la Renaissance, tout est fait pour lui donner le sentiment de pénétrer dans un monde enchanté. Emblèmes, chiffres, symboles, allégories, scènes peintes et groupes sculptés, jardins et fontaines peuplés de nymphes, tout y est signe. Tout sacralise l'accomplissement du rituel qui les conduit au lit, pour y goûter des voluptés inconnues à la terre. Dans ce temple élevé à leur amour, la fête de la chair devient cérémonie initiatique d'où il resurgit régénéré, métamorphosé en dieu.

À la divinisation du couple royal, toute la France collabora. Le goût du temps y poussait, l'intérêt des écrivains aussi, qui tiraient de leurs vers de commande de substantielles rémunérations. La facilité y inclinait également : point n'était besoin de beaucoup d'imagi-

---

* Son attribution à Jean Goujon, longtemps admise, est aujourd'hui contestée.

nation pour broder sur le thème de Diane lors des
entrées solennelles dans les villes. Dupe ou pas dupe ?
L'un et l'autre. Et si l'on n'y croyait pas, on fit semblant.

Les coucheries royales n'indignaient guère. Le bon
peuple gaulois y voit un signe de saine virilité. On
blâme parfois le souverain, quand ses plaisirs coûtent
trop cher, tout en l'enviant secrètement. Mais on
appelle un chat un chat et la favorite une putain. La
transfiguration mythologique permit à l'orgueilleuse
Diane de jeter sur sa liaison le voile chatoyant des souvenirs littéraires et artistiques. Dans les cérémonies
publiques, elle parvient à s'imposer aux côtés du roi
comme une figure tutélaire — protectrice, initiatrice,
égérie — étrangère aux séductions de la chair. Jouant
de son âge, de son passé irréprochable, de la réputation
de chasteté attachée à la déesse homonyme, elle réussit
à accréditer l'idée d'une liaison platonique, de type
chevaleresque, entre la dame et son féal, ou d'une col-
laboration fraternelle entre les deux enfants de Léto,
soleil et lune, unis pour dispenser à la terre leurs bien-
faits conjugués. Les apparences étaient sauves.

Elle y gagna d'occuper dans les tribunes officielles
une place respectable, symétrique de celle de la reine
mais en fait supérieure, épouse divine contre épouse
humaine. Leur contiguïté soulignait la double nature
du roi, homme et dieu : surnaturelle bigamie, qu'auto-
risait la distinction radicale des deux univers.

Catherine était censée ne pas s'offusquer de voir
fleurir sur les murs et les tentures un bien curieux
monogramme, dans lequel les jambages de deux D
majuscules entrecroisés venaient se fondre de part et
d'autre dans ceux d'un H, ce qui permettait de voir
également en eux des C : hommage commun à la maîtresse et à l'épouse. À Lyon, nul ne croyait la blesser
lors de l'entrée solennelle de septembre 1548, où une
longue suite de tableaux vivants chantait la gloire du
souverain. Au pied d'un obélisque constellé de chiffres
et d'armoiries et surmonté d'un croissant de lune en
argent, figurait notamment un petit bois, où Diane et

ses nymphes menaient des chiens au bout de laisses noires et blanches. D'un bosquet sortit un lion mécanique, emblème de la ville, que la déesse offrit au roi. Le lendemain, dans le même décor, la même chasseresse offrit à la reine le même lion qui « se ouvrit la poitrine, montrant les armes d'elle au milieu de son cœur ». Diane faisait don à Catherine des bonnes villes de son royaume. Quel titre avait-elle pour ce faire ? nul ne songea à se poser la question.

Sans cesse réitérée par les poètes, les peintres, les sculpteurs, les décorateurs, l'intronisation officielle de la maîtresse comme divinité bienveillante neutralise la reine, en la confinant dans le rôle d'humble figurante humaine que lui assigne la mise en scène. Elle affermit définitivement le pouvoir de Diane sur Henri, dont l'être se fond et se perd dans tout ce paraître et qui ne peut se libérer de l'image que lui renvoient de lui-même ces miroirs multipliés à l'infini. Et elle détourne l'attention du rôle réel joué par l'ambitieuse et cupide favorite.

Cette mystification géniale n'aurait pas pu opérer sans le secours d'une culture nourrie de mythologie, éprise de symboles, où l'ancienne vision du monde terrestre comme reflet des cieux tirait du néo-platonisme un regain d'actualité. Avec les dieux antiques on pouvait jouer, sans crainte de sacrilège : on s'en donna à cœur joie. Née de la rencontre entre l'imagination d'une femme de grand talent et les fantasmes d'une époque, elle trompa largement et durablement les observateurs peu attentifs. Elle tient encore sous le charme, par la grâce du ciseau d'un sculpteur, ceux qui se laissent aller à contempler trop longtemps l'ensorcelante chasseresse de la fontaine d'Anet.

Ménage à trois

La fiction mise au point par Diane obligeait les amants à faire à leurs côtés une place à la reine. La favorite a besoin, pour accréditer la fable d'une liaison platonique, que Henri II remplisse ponctuellement son devoir conjugal. Catherine y gagne de n'être pas mise au rancart, comme Éléonore dont elle a pu observer le triste sort. Elle est un élément indispensable, quoique subalterne, de cet étrange trio. Par un singulier renversement des emplois, elle tient la place de ces concubines que les épouses bibliques vieillissantes mettaient dans la couche des patriarches, humbles « servantes heureuses d'être autorisées à recevoir les caresses du maître et à lui donner des enfants ». Diane peut tout, Catherine rien, sinon subir. Après quelques remous s'établit entre les deux femmes un pacte de non-agression, un modus vivendi, à la grande satisfaction de Henri II, qui apprécie chez l'une et l'autre une reposante égalité d'humeur. Et les observateurs habitués aux éclats de la duchesse d'Étampes et aux mépris qu'elle prodiguait à Éléonore, s'extasient devant la belle harmonie de ce ménage à trois idyllique :

« La reine ne pouvait souffrir, dans le commencement de son règne, un tel amour et une telle faveur de la part du roi pour la duchesse, mais depuis, sur les prières instantes du roi, elle s'est résignée et elle supporte avec patience. La reine fréquente continuellement la duchesse qui, de son côté, lui rend les meilleurs offices dans l'esprit du roi, et souvent c'est elle qui l'exhorte à dormir avec la reine », écrit l'ambassadeur vénitien Contarini.

Résignée ? Catherine ne le fut jamais. Elle n'est pas de la race des épouses qui abdiquent sans avoir combattu et demandent à la religion de donner un sens à leur vie gâchée. C'est une lutteuse, une femme d'action lucide, réaliste, d'une intelligence et d'une force de caractère au moins égales à celles de sa rivale. Personne encore ne s'en doute. Elle se tait. Mais elle s'accroche, refuse d'abandonner la partie, cherche des parades, ne perd jamais espoir. Compte tenu de l'âge de Diane, le temps devrait jouer en sa faveur. L'essentiel est de tenir bon.

Elle avala de bien indigestes couleuvres, dont certaines lui restèrent sur l'estomac. La voici, bien des années plus tard, en 1584, dégorgeant sa rancœur dans une lettre à sa fille Marguerite : « Si je faisais bonne chère* à Madame de Valentinois, c'était le Roi** et encore je lui faisais toujours connaître que c'était à mon très grand regret ; car jamais femme qui aimait son mari n'aima sa putain, car on ne le peut appeler autrement, encore que le mot soit vilain à dire à nous autres. » Et d'ajouter que seule la modestie de ses origines explique sa complaisance : si elle avait été fille de roi, elle n'aurait pas supporté le partage. Pas un instant, on le voit, la haine qu'elle vouait à Diane ne s'est relâchée.

Fut-elle amoureuse de son mari, comme se plaisent à le dire des historiens aussi confiants dans la puissance de la séduction masculine que dans la vulnérabilité du cœur féminin ? Balzac, grand psychologue, n'en croyait rien.

Par suite de sa stérilité temporaire et grâce aux injonctions de Diane, Henri passa auprès d'elle beaucoup plus de nuits que la plupart des rois auprès de leurs épouses, et il est possible que ses assiduités ne lui aient pas été désagréables, si l'on en croit l'indiscret témoignage qu'il aurait un jour porté***. Mais il est peu probable qu'elle ait voué un amour profond et durable à un homme entièrement asservi à une autre et dont elle avait mesuré les faiblesses. Certes, pour parler de lui elle conjugue inlassablement le verbe aimer, se plaint dans ses lettres d'avoir été mal payée de retour****, multiplie à son égard les manifestations publiques d'un attachement qui survivra à la mort. On sent cependant

---

* Bon visage.
** Sous-entendu : qui l'exigeait.
*** Selon Brantôme, « lui, qui était d'amoureuse complexion, et aimait fort faire l'amour et aller au change, il disait souvent que, sur toutes les femmes du monde, il n'y avait que la reine sa femme en cela, et n'en savait aucune qui la valût ». Mais cette déclaration visait peut-être à dissimuler ses relations avec Diane.
**** Elle écrit par exemple à sa fille Élisabeth : « Je n'avais autre tribulation que de n'être assez aimée à mon gré du roi votre père, qui m'honorait plus que je ne méritais, mais je l'aimais tant que j'avais toujours peur. »

quelque chose de théâtral, qui sonne faux, dans le deuil ostentatoire qu'elle prend et fait prendre à la cour lorsqu'il est à la guerre, passant le jour en oraisons et fatiguant le ciel de ses prières. Elle en fait trop. À l'évidence elle joue sa partie dans la pièce conçue par Diane à l'intention du public, et elle cherche à en tirer le meilleur parti.

Bien sûr, elle tient à son mari. Quoique dépourvue de sentimentalité, elle est possessive, répugne à céder quoi que ce soit de ce qui lui appartient. Elle sait surtout qu'elle n'est rien que par lui, son maître et seigneur. C'est son existence qu'elle défend, sa place à la cour et dans le royaume. En lui vouant un amour spectaculaire, elle affirme doublement ses droits sur lui, en public et en privé.

Elle est assez intelligente pour comprendre qu'elle a tout intérêt à endosser le personnage que lui a taillé la favorite. Et elle renchérit même sur le scénario prévu. L'épouse humaine se montre aussi aimante et dévouée que la divine âme sœur. Irréprochable, parfaite. La distribution des rôles implique que Henri lui manifeste des égards : Diane n'est-elle pas la « grande amie » qui la lui a donnée en mariage et la couvre de son aile protectrice ? Catherine exige ces égards, qui lui permettent de préserver sa dignité, de sauver la face, de paraître aimée. Ainsi verra-t-on mari et maîtresse aux petits soins se relayer à son chevet lorsqu'elle souffre d'une « esquinancie » — entendez une angine — ou de la « maladie pourpre » — peut-être la scarlatine —, dont ils bravent pour elle les miasmes contagieux. Sa complaisance et sa docilité lui assurent, à défaut d'amour, l'affection et la confiance d'un mari, ému par tant d'abnégation, se sentant vaguement coupable, prêt à lui prodiguer, à titre de compensation, tout ce qu'il a à lui offrir : des honneurs, et une maigre participation aux affaires.

Si elle eut parfois des moments d'humeur, elle sut vite les maîtriser. Elle se garda d'attaquer Diane de front. Des ennemis de la favorite lui proposèrent, non sans quelque naïveté, de tuer l'amour qu'elle inspirait en portant atteinte à son ensorcelante beauté, source présumée de son pouvoir. Le duc de Nemours parla de la vitrioler. Le maréchal de Tavannes offrit de lui couper le nez. Et l'on se prend à rêver : le nez de Diane, s'il eût été coupé, aurait-il changé toute la face du royaume ? Catherine, fort sagement, refusa.

La favorite veillait sur son amant comme une tigresse et l'épouse y trouvait son compte. On le vit bien lors de la tentative que fit le connétable de Montmorency, mécontent de Diane, pour procurer au roi une nouvelle maîtresse. La déesse s'était cassé une jambe en tombant de cheval et Montmorency, profitant de son immobilisation forcée et de la claustration dans laquelle elle cachait sa disgrâce, avait jeté dans les bras du souverain la capiteuse lady Fleming, fraîchement débarquée d'Angleterre comme suivante de Marie Stuart. Diane épargna à Catherine la peine de faire au coupable la scène de ménage appropriée : ce fut elle qui s'en chargea, avec cris et grincements de dents. La nouvelle venue crut assurer sa fortune en proclamant sa grossesse. Elle se trompa. Le roi avait horreur du scandale. Selon l'usage on la renvoya chez elle et l'on garda son enfant. L'oreille basse, Henri regagna son double foyer et si, par la suite, il lui arriva souvent « d'aller au change », il le fit avec discrétion et sans jamais laisser une autre femme entrer pour de bon dans sa vie.

L'épouse et la favorite se connaissaient et se comprenaient. Elles savaient ce qu'elles pouvaient attendre ou redouter l'une de l'autre. Catherine n'avait aucune envie d'échanger la maîtresse vieillissante contre une rivale plus jeune qui n'aurait pas pour elle les mêmes ménagements : elles firent bloc contre toute incursion étrangère. La paix armée leur convenait à toutes deux.

Sous le couvert de cette amitié ambiguë, confiante dans l'avenir, la reine avançait ses pions et occupait méthodiquement tout l'espace disponible.

La mère des enfants de France

S'il est un domaine dans lequel Diane lui laissait le champ libre, c'est bien la maternité.

La favorite n'avait pas cherché à renforcer son emprise sur Henri en lui donnant des enfants. Elle n'en avait pas besoin pour le tenir. La naissance de bâtards aurait terni son image. Elle préférait échapper quant à elle aux servitudes de l'humaine nature. Elle laisserait à l'épouse le soin de procréer, évitant pour sa part les inconvénients d'un état qui enfle le ventre, épaissit la taille, gâte le teint, tue le désir. Entre la petite laideronne traînant pesamment son fardeau et l'élégante silhouette à la sveltesse intacte, l'issue de la comparaison ne faisait pas de doute.

Elle avait aussi, en poussant assidûment Henri dans le lit de sa femme, une autre arrière-pensée. Les maternités répétées useraient la reine, la détruiraient peut-être et, en tout cas, l'occuperaient à plein temps. Une façon comme une autre de la neutraliser, de décourager chez elle des velléités d'action qu'elle commençait à pressentir.

Or Catherine trouva le moyen de combler ses vœux et de les décevoir.

Entre 1544 et 1556, elle mit au monde dix enfants. À François et Élisabeth, nés au temps où elle était dauphine, vinrent s'ajouter Claude, le 12 novembre 1547, Louis, le 3 février 1549, Charles-Maximilien, le 27 juin 1550, Alexandre-Édouard, le 20 septembre 1551, Marguerite, le 14 mai 1553, Hercule, le 18 mars 1555, enfin deux jumelles, Victoire et Jeanne, le 24 juin 1556. Autant dire qu'elle fut enceinte presque continuellement.

Mais elle supportait admirablement ses grossesses, qui ne l'empêchaient pas de participer à toutes les fêtes de la cour, de se déplacer de château en château, voire de suivre son mari sur le front de l'est. Elle se portait comme un charme et ses enfants survivaient, sauf Louis qui mourut en bas âge. Elle se tira même de l'ultime épreuve, effroyable, où d'autres auraient laissé

leur vie : la naissance des jumelles fut un cauchemar.
Victoire, sauvée de justesse, ne vécut que quelques
mois. Sa sœur était morte avant de voir le jour et l'illustre Fernel, appelé à la rescousse, dut la démembrer
dans le corps de sa mère et l'en extraire par morceaux
pour préserver la vie de celle-ci. Après quoi Catherine
estima qu'elle avait suffisamment travaillé pour l'avenir de la dynastie et s'arrêta.

Ces maternités répétées réjouissent le pays. « Plus que
Rhéa* notre reine est féconde / En beaux enfants... »,
chante Ronsard. Henri, comme tous les rois de France,
est bon père. Il sait gré à sa femme d'une prolificité
qui est signe d'élection divine et leur vaut à tous deux
un regain de popularité. Catherine sait que chaque naissance la rapproche de lui et crée entre eux un lien mys-
térieux, très fort : elle ne sera jamais son égale, mais
il vénère en elle la mère de ses fils.

Diane le sait aussi et tente de s'immiscer dans le
cercle de famille en jouant auprès des berceaux le rôle
de la bonne fée bienveillante. Elle s'arroge le soin de
veiller sur eux, régente la nursery de Blois, prend en
main le personnel voué à leur service. Elle confie à
l'un de ses fidèles, Jean d'Humières, et à sa femme la
haute main sur leur éducation : excellent choix d'ailleurs, le couple étant compétent et dévoué.

Ils n'ont d'autre tort, aux yeux de Catherine, que
d'être aux ordres de sa rivale. Elle accepte très mal
d'être dépossédée de ses droits de mère. Passe encore
qu'on lui prenne son époux, mais ses enfants, jamais.
Elle intervient sans cesse, multiplie les lettres,
demande des nouvelles, accable Mme d'Humières de
recommandations sur la manière de les soigner, de les
vêtir à la saison chaude ou froide. Et en 1551 elle profite du veuvage récent de la bonne dame pour la faire
exclure. Elle installe à sa place une créature à elle, une
Piémontaise de Lyon, Marie-Catherine de Pierrevive,
épouse d'un Florentin, Antoine de Gondi, qu'elle avait
connue et appréciée lors d'un séjour dans la capitale

---

* Mère de Zeus et d'un bon nombre d'autres dieux.

rhodanienne : une femme remarquable, qui fera la fortune de sa famille rapidement francisée. Un échange épistolaire régulier la tient au courant de leur santé. Elle se méfie avec raison de la nourriture trop riche — « Ils sont plutôt malades d'être trop gros que maigres » — et elle a grand peur des épidémies : dès que sévit le mauvais air, il faut les enfermer à Amboise, où l'épaisseur des murs est censée les protéger.

Faute de les voir grandir et changer sous ses yeux, elle se fait envoyer leurs portraits, peints « au vif », tant fils que filles, « sans rien oublier de leurs visages ». Et son impatience est si grande qu'elle se contentera d'un crayon, plus rapidement exécuté, moins apprêté.

Elle convoque pour tirer leur horoscope le plus célèbre « pronostiqueur » du temps, Michel de Notre-Dame, plus connu sous son nom latin de Nostradamus. C'est lui qui aurait prédit en 1553 que ses fils porteraient couronne « tous quatre », sans spécifier où ni dans quelles conditions, bien sûr.

Dès qu'ils atteignaient dix ans, elle les faisait venir tour à tour auprès d'elle. En 1553, le dauphin eut ainsi sa « maison » à Saint-Germain et des compagnons de son âge. À tous elle fait donner des précepteurs éminents, entre autres l'humaniste napolitain Pierre Danès et le célèbre Jacques Amyot, qui, après avoir révélé au public français les romans grecs alexandrins, travaillait déjà à sa traduction des *Vies parallèles* de Plutarque. En 1558, tous se retrouvent à Paris dans un hôtel voisin du sien.

Les enfants sont l'avenir. Faute d'avoir réussi à se substituer à la reine pour les élever, Diane s'occupa de les établir. Elle est l'artisan du mariage des trois aînés : unions brillantes, auxquelles Catherine semble avoir souscrit de bon cœur. Mais pour la favorite, le combat est perdu. C'est à Catherine que ses enfants appartiennent corps et âme. Sauf la dernière, sans doute parce qu'elle lui ressemble trop.

Premiers pas en politique

La cour de Henri II brilla d'un tel éclat que le souvenir en perdure jusque sous le règne de Louis XIV et que Mme de Lafayette, qui en fait le cadre de *La Princesse de Clèves*, laisse entendre que ses fastes l'emportaient sur les splendeurs de Versailles.

Catherine, dûment installée dans ses fonctions de reine en juin 1549 par l'onction sacrée de Saint-Denis, y occupe la première place. La tenue y est plus grande que du temps de François Ier, un peu compassée, presque rigide. Henri II, naturellement réservé et secret, veut se démarquer de son père, et le respect des convenances convient aussi bien à la favorite qu'à l'épouse. Les apparences y sont donc sauves. Mais Catherine sait qu'elle n'en est pas véritablement le centre. Les hommages se partagent entre les plus belles et les plus influentes, dont elle n'est pas. Elle aime la poésie, la musique, le théâtre, la danse, encourage au besoin les artistes qu'elle apprécie, mais elle n'est ni le maître d'œuvre ni la vedette de ces fêtes dans lesquelles elle tient bravement sa partie de figurante.

Elle n'est pas non plus maîtresse chez elle. Diane a placé à la tête de sa « maison » sa propre fille, Françoise de Brézé, la privant ainsi d'une des prérogatives majeures des épouses, celle de présider à l'économie domestique. Il lui faudra reconquérir patiemment le terrain, avec l'aide de la fidèle Marion de Gondi. Elle ne peut pas davantage donner libre cours à son goût pour les bâtiments : c'est Henri qui décide des constructions, laissant tout au plus à son initiative l'aménagement par Philibert Delorme du château de Montceaux, près de Meaux, dont il lui a fait don. Maigre compensation alors qu'il offre à Diane, déjà propriétaire d'Anet, la pure merveille que promet d'être Chenonceaux.

Quant à la politique, c'est la chasse gardée de Diane. Elle « éloigne la reine des affaires de son mari ». Certes, il se rend ponctuellement après le dîner* chez

---

* Le déjeuner pour nous.

celle-ci pour y présider la cour. Mais le plus clair de son temps, il le passe en compagnie de son égérie : un tiers du jour, nous dit-on, soit environ huit heures, qui ne sont pas toutes consacrées à l'amour. Plus librement que dans le cadre officiel du Conseil, il la tient au courant de tout, débat avec elle de tout. Elle a fait alliance avec les responsables de l'armée, le vieux connétable de Montmorency et les jeunes loups de la maison de Guise qui, pour l'instant, marchent ensemble — en attendant les affrontements à venir. Elle dispose, grâce à eux et aux créatures dont elle a truffé les rouages de l'administration, de toutes les sources d'information et de tous les leviers du pouvoir. Et comme le roi ne sait rien lui refuser, c'est elle qui gouverne le royaume. Le fait est si patent que les souverains étrangers envoient leurs ambassadeurs lui prodiguer des hommages et que le pape lui écrit personnellement, comme à sa « chère fille », pour lui demander de défendre l'Église menacée.

C'est dire que, lorsque Catherine tente de s'aventurer sur ce terrain, elle se heurte à forte partie. Les rares occasions qu'elle eut de se mêler de politique lui firent surtout prendre la mesure de son impuissance.

Elle eut dans les affaires italiennes un semblant d'influence, qui lui donna beaucoup d'espoirs. Contrairement à une idée reçue, elle avait trouvé en France, à son arrivée, bien plus d'Italiens qu'elle n'y en amena jamais : commerçants et banquiers à la tête de florissantes succursales, artistes, mais aussi exilés de toute sorte, chassés de leurs patries respectives par les vicissitudes d'incessantes guerres civiles. Parmi ces *fuoriusciti*, candidats à l'asile politique mais surtout désireux d'entraîner la France dans la reconquête de leur cité d'origine, figuraient beaucoup de Florentins, membres du parti dit républicain, qui voulaient renverser le duc Alexandre mis en place par Charles Quint. Des cousins de Catherine notamment, très proches et très aimés, fils de son oncle Philippe Strozzi, dont la femme, Clarisse, née Médicis, l'avait élevée après la mort de ses parents. Ils étaient quatre : Robert, le moins dangereux, qui resta banquier et procura à la France, en les offrant au connétable de Montmorency, les *Esclaves* de Michel-Ange ; Laurent, dont Catherine fit un évêque et le pape un cardinal ; et les deux turbulents aventuriers, Pierre et Léon, qui ne rêvaient que d'en découdre et à qui elle fit confier une partie des armées et de la flotte françaises.

Elle s'enflamma pour leur cause, avec l'espoir de récupérer ses biens perdus. Son enthousiasme tombait à point : il entrait dans les projets du roi d'intervenir dans la péninsule. Les droits réels ou supposés de la reine sur Florence et sur Urbino pouvaient justifier des entreprises qu'appuierait le réseau de sa parentèle. Elle offrait en outre d'engager une grosse part de ses biens propres auvergnats, qu'elle tenait de sa mère, pour financer l'expédition. Henri la laissa donc déployer une activité dont elle se grisa quelques années.

On nous pardonnera de ne pas entrer ici dans le détail des affaires italiennes, extraordinaire imbroglio où interfèrent le pape et l'Empereur, les cités rivales et, à l'intérieur des cités, les partis et les clans rivaux, où le moindre succès est aussitôt compromis par des renversements d'alliances et où les individus gâchent à plaisir leurs chances en s'abandonnant à la violence brutale ou aux rêveries chimériques. Léon Strozzi tua de sa main un serviteur qu'il jugeait infidèle et fut poursuivi pour assassinat. La tête de Pierre fourmillait de projets grandioses, mais il mena à leur perte les troupes ou les navires qu'il dirigea. Hommes brillants, cultivés, séduisants, d'une témérité folle, mais peu sûrs. Catherine a pour eux toutes les indulgences, plaide leur cause même et surtout quand elle est mauvaise, accable son époux de prières en leur faveur. Elle versa des torrents de larmes lorsque Pierre se fit tuer devant Thionville, au service de la France à qui il devait bien cela, pour tout ce qu'il lui avait coûté.

L'appui apporté aux exilés napolitains, qui lui tenaient moins à cœur et dont elle s'occupa moins, ne fut pas plus heureux. Tout cet argent fut dépensé, tout ce sang fut versé en pure perte. La victoire, entrevue en 1556 et dont on s'inspira imprudemment pour baptiser l'une des jumelles de la reine, ne survécut que peu à la petite fille homonyme. Et l'Italie fut perdue pour la France, au grand désespoir de sa mère.

C'est sur place, chez nous, que Catherine trouva l'occasion de faire ses véritables premiers pas dans l'action politique. Des pas timides, mais résolus, où elle dévoila un aspect méconnu de sa personnalité.

Quand les rois quittent leur capitale pour une campagne pouvant être longue et dangereuse, la coutume veut qu'ils confient la régence à un des premiers personnages du royaume, homme ou femme. Et comme ils se méfient presque toujours de leurs cousins les princes du sang, c'est sur leur épouse ou leur mère que se porte leur choix. En 1552, Henri, au plus mal avec Antoine de Bourbon, nomma donc Catherine régente. Pure façade. Sous le couvert de sa docilité et de son incapacité supposée, la favorite gouvernerait.

Or la reine prit très au sérieux ce rôle inespéré. Elle s'informa sur l'étendue de ses attributions. On lui avait caché, dans la pensée qu'elle n'en saurait jamais rien, qu'on lui avait adjoint un collègue — un simple magistrat, pas un prince —, le garde des Sceaux Bertrandi, tout dévoué à Diane. Percevant des réticences, elle exigea de voir le texte original lui attribuant la régence. Il fallut bien le lui montrer. Elle s'opposa à ce qu'il fût enregistré par le Parlement, comme non conforme aux usages. Ravalant sa colère, elle se contenta de déclarer ironiquement que ce document lui donnait à la fois beaucoup et très peu d'autorité et ajouta, en forme de cinglante leçon, que « quand* ledit pouvoir eût été selon la forme si ample qu'il avait plu au Roi de lui dire qu'il était » — tiens donc : il lui a menti ! —, « elle se fût toutefois bien gardée d'en user autrement que sobrement » et selon ses instructions, « car elle ne veut penser qu'à lui obéir ». Elle savait son histoire de France sur le bout du doigt et invoqua le précédent de Louise de Savoie. Elle connaissait aussi le droit et

_____

* Même s'il avait été.

avança des arguments juridiques. Montmorency insistait pour que le texte fût publié tel quel. Elle tint bon, en appela au roi qui sut l'apaiser sans trancher vraiment. Elle s'en autorisa pour tenter d'arbitrer un différend entre le chef des armées et celui de la flotte et se dépensa pour améliorer l'approvisionnement des troupes. Mais Montmorency la rabroua, Henri fit gentiment savoir à la munitionnaire improvisée que ses armées ne manquaient de rien, et son retour mit un terme aux tensions qu'avaient engendrées les initiatives imprévisibles de sa femme.

Elle n'intervint à nouveau que plus tard et nul ne songea alors à blâmer son action. La lutte entre Henri II et Charles Quint, puis son fils Philippe II se déroulait sur deux fronts, l'Italie et la frontière nord-est de la France, très vulnérable et trop proche de la capitale. Charles fut d'abord arrêté devant Metz, tenue par François de Guise, qui y gagna ses galons de grand capitaine et le vaincu s'exclama spirituellement : « La fortune est femme, elle préfère un jeune roi à un vieil empereur. » Mais peu après, en 1557, Montmorency subit un désastre devant Saint-Quentin et y fut fait prisonnier. Les troupes espagnoles menaçaient Paris, auraient pu l'atteindre en quelques jours si elles avaient montré plus d'audace. Philippe II tergiversa, la France se reprit et put réunir rapidement une armée que l'adversaire renonça à affronter. C'était en grande partie l'œuvre de Catherine, qui avait réuni en un temps record les fonds nécessaires.

Elle se rendit à l'Hôtel de Ville de Paris, accompagnée de sa belle-sœur Marguerite et de quelques grandes dames, toutes en grand deuil, et devant les responsables municipaux elle tint un langage sans arrogance, mais ferme et digne. Jouant tour à tour de la corde sensible et de la raison, elle émut ces bourgeois si peu enclins à ouvrir leur bourse, elle versa des larmes et leur en tira quelques-unes, elle les convainquit que tous étaient solidaires et condamnés au pire si les Espagnols prenaient Paris. Elle obtint d'eux la subvention substantielle qu'elle espérait.

L'armée levée avec ces fonds évita de se heurter aux

troupes adverses mais s'empara par un audacieux coup
de main de Calais, réputée imprenable, privant l'Empereur de son allié britannique sur le continent en même
temps qu'elle faisait la démonstration de sa force et
confirmait le génie militaire de François de Guise. La
prise de Thionville, opérée sur la lancée, porta la gloire
de celui-ci à son comble. Il arborait comme un trophée
la balafre qui lui zébrait le visage. Or brusquement
Henri II, loin de pousser son avantage, conclut la paix.

Le traité du Cateau-Cambrésis fut une surprise, voire
une cuisante déception. Dans le camp même de Diane,
les Guise enragent de se voir privés des bénéfices que
leur eût apportés une victoire sur l'Espagne. Catherine
en pleura lorsqu'elle connut les clauses consacrant
l'abandon par la France de la cause italienne. Elle sup-
plia son époux de ne pas conclure cette paix. Les Trois-
Évêchés enfin acquis ne compensaient pas à ses yeux
la perte du Milanais, de Naples et surtout de Florence.
On attribua cette reculade à une trahison du connétable
de Montmorency, prêt à tout pour recouvrer sa liberté,
et de Diane, ralliée au point de vue du Saint-Siège par
la flatterie et par des arguments sonnants. Cette paix
chèrement achetée — elle restituait même à Emmanuel-Philibert la Savoie, administrée par la France
depuis trente ans — passa à l'époque pour une hon-
teuse capitulation et le resta pour beaucoup d'historiens, avant que quelques auteurs ne s'avisent que la
France y échangeait des chimères contre trois précieuses places fortes sur son flanc oriental. Ce n'est pas le
lieu d'en discuter ici. Seules importent les raisons qui
déterminèrent Henri II. Elles dépassent évidemment le
cadre des influences courtisanes.

La France et l'Espagne, épuisées par une interminable
ble lutte, se réconcilient pour faire face à une autre
menace : la Réforme gagne partout du terrain. En
France, les huguenots s'organisent, en Allemagne les
principautés luthériennes rejettent l'autorité impériale
et le calvinisme s'implante aux Pays-Bas. La mort de
Marie Tudor en 1558 a amené sur le trône d'Angleterre
Élisabeth, de confession protestante. Henri II pressent

les affrontements religieux qui se préparent, en entrevoit les conséquences politiques, veut tenter de rétablir en France l'unité de la foi. Dans un article figurant en tête du traité, les deux souverains s'engagent à extirper de leurs États l'hérésie et à patronner la réunion d'un concile universel réconciliateur. Sa signature coïncide avec l'ordre donné à toutes les juridictions de poursuivre les hérétiques et la condamnation au bûcher d'Anne Du Bourg, conseiller au parlement de Paris, acquis à la nouvelle doctrine. Ce n'est pas là un hasard.

Catherine comprend mal. Elle est peu curieuse de dogme, naturellement tolérante, sans doute par indifférence. Elle a sur le conflit religieux un point de vue étroit, lié aux rivalités intérieures de la cour, où les options religieuses lui semblent subordonnées aux antagonismes personnels. Contre la duchesse d'Étampes qui penchait pour la Réforme, Diane de Poitiers s'est déclarée ultra-catholique. Contre Diane, Catherine n'est pas loin d'éprouver des sympathies pour la confession adverse. C'est voir les choses par le petit bout de la lorgnette. Trop longtemps tenue à l'écart, elle n'a pas d'expérience politique véritable. Elle sait manœuvrer entre les clans, mais non juger à l'échelle du pays ou de l'Europe, avec le recul nécessaire. Il n'est pas certain que le choix fait par Henri II eût été capable d'éviter le drame des guerres de Religion. Mais il est assurément regrettable — et la faute en incombe à Diane — qu'il n'ait pas pris la peine d'initier sérieusement sa femme à la conduite de l'État, lui permettant, lorsqu'elle serait au pouvoir, de décider en pleine connaissance de cause.

Il n'avait jamais envisagé, il est vrai, qu'elle pût avoir un jour à exercer le pouvoir.

Un traité, deux mariages et un enterrement

La signature d'une paix s'accompagnait toujours, au XVIᵉ siècle, de mariages censés la consolider. De quoi mettre un peu de baume sur le cœur de Catherine. Elle raffolait des mariages. Le sien ne lui avait-il pas apporté une grandeur inespérée ? Ceux qui se préparaient n'étaient pas dus à son initiative. Comme celui du dauphin avec Marie Stuart et de sa sœur Claude avec le duc de Lorraine, ils sont l'œuvre de Diane de Poitiers. Mais ils sont brillants et la reine y souscrit bien volontiers. Voici que sa fille aînée Élisabeth s'apprête à devenir reine d'Espagne : un veuvage opportun a permis de substituer à l'infant don Carlos son propre père, Philippe II en personne, qui, bien qu'ayant déjà enterré deux femmes, n'a encore que trente-deux ans. Sa fiancée, elle, en a treize. Et une cérémonie parallèle doit unir le duc de Savoie, brillant lieutenant de Charles Quint et de son fils, à Marguerite, la belle-sœur et amie de Catherine, qui lui apporte dans sa corbeille la restitution de ses États, occupés par la France depuis trente ans.

L'étiquette interdisait au souverain espagnol de se déplacer pour se marier : on lui amenait son épouse. Le duc d'Albe, le prince d'Orange et le comte d'Egmont vinrent donc la chercher à Paris. Emmanuel-Philibert, souverain de plus modeste volée, fit le voyage. Il arriva le 21 juin et dès le lendemain on entama les cérémonies. On maria la petite Élisabeth par procuration, le 22 juin, on signa le 28 le contrat du duc de Savoie et les festivités purent commencer.

Pas de mariages sans tournois. La rue Saint-Antoine s'élargissait aux approches de la Bastille en une sorte d'esplanade qui se prêtait aux joutes et aux spectacles, les maisons adjacentes offrant une vue plongeante de leurs fenêtres. On y installa des tribunes pour la famille royale et une lice, en vue d'un tournoi dit « à la barrière », où une séparation de bois longitudinale empêchait les chocs frontaux et évitait en principe les accidents. Le roi tenait à y faire brillante figure. Sur son armure resplendissante dont le heaume était rehaussé d'or, il portait les couleurs de Diane, le noir et le blanc.

Pendant la nuit du 29 au 30 juin, la reine eut un cauchemar : elle aperçut son mari la tête ensanglantée. Ce rêve venait confirmer les craintes qu'inspirait un

quatrain des *Centuries* de Nostradamus, qui, malgré
quelques obscurités, pouvait s'appliquer à Henri II :

> *Le lion jeune le vieux surmontera*
> *En champ bellique, par singulier duelle,*
> *Dans cage d'or les yeux lui crèvera,*
> *Deux classes une, puis mourir, mort cruelle,*

et un autre astrologue lui avait conseillé d'éviter tout
combat aux alentours de la quarantaine : un mauvais
coup devait le rendre aveugle ou le faire mourir. Ses
quarante ans, il les avait atteints quatre mois plus tôt.
Catherine, bouleversée, le conjura de ne pas combattre.
Il se moqua de ses craintes.

Après plusieurs victoires, il insista pour affronter
une dernière fois son capitaine des gardes, l'Écossais
Montgomery. Dans sa précipitation, il s'était contenté
d'abaisser la visière de son casque, omettant de l'assu-
jettir au moyen du crochet de fermeture. Le choc de la
rencontre fut violent, la lance de Montgomery l'atteignit à la tête et se brisa en soulevant la visière. Deux
longs éclats de bois acérés pénétrèrent l'un dans l'œil
gauche, l'autre dans le front au-dessus de l'œil droit.
Son visage ruisselait de sang, mais il avait repris connaissance lorsqu'on le transporta au palais des Tournelles, tout proche. Il eut la force de monter les marches
avant de s'effondrer sur un lit. Son fils aîné, évanoui,
fut ramené sur une civière.

Ses chirurgiens arrachèrent les morceaux de bois en
le faisant hurler et, après avoir nettoyé la plaie au blanc
d'œuf, ils déclarèrent forfait. On convoqua les sommi-
tés de leur corporation, le Parisien Ambroise Paré et
Vésale, que le duc de Savoie fit quérir à Bruxelles.
Tous deux furent impuissants devant l'abcès qui enva-
hissait peu à peu le cerveau. Des expériences qu'il fit
sur des cadavres chez qui il cherchait à provoquer des
blessures identiques convainquirent Paré que le mal
était sans remède. Après une brève rémission, le blessé
fut saisi de fièvre et de douleurs violentes et entra en
agonie. En hâte, on expédia, de nuit, en toute simpli-

cité, le mariage savoyard, pour n'avoir pas à le retarder jusqu'à la fin du deuil.

Henri expira dans les bras de sa femme le 10 juillet 1559 à une heure de l'après-midi. Elle l'avait veillé sans relâche, priant et pleurant, et Diane n'avait pas osé s'aventurer dans une chambre où elle se savait de trop. Nul ne sait s'il la réclama.

Le chagrin de Catherine fut réel et profond. La vie commune l'avait au fil du temps rapprochée du roi. Elle lui était attachée. Avec sa mort elle perdait tout. Il disparaissait au moment où l'âge allait enfin, elle l'espérait, la débarrasser de l'encombrante favorite. Elle avait, par sa longue patience et par ses maternités, conquis sa confiance, son estime, voire sa tendresse. Elle serait en mesure de le soumettre à son emprise intellectuelle et morale. Elle pouvait être, après la disparition de Diane, associée à la conduite de l'État, même s'il prenait, pour ses plaisirs, une jeune maîtresse. Il lui fallait désormais renoncer à tout cela.

Elle se glissa dans son personnage de veuve avec d'autant plus de facilité qu'il était dans le droit fil de celui d'épouse aimante. Elle s'installa ostensiblement dans son état, refusa le deuil blanc, symbole de viduité, porte ouverte à un remariage, et s'enveloppa de voiles noirs qu'elle n'acceptera de quitter que pour les noces de ses enfants. Elle changea d'emblème, en choisit deux : l'un une lance brisée, en souvenir du drame, accompagnée des mots : « *Lacrymae hinc, hinc dolor* », « Voici la source de mes larmes, de ma douleur » ; l'autre une montagne de chaux vive, signifiant que, comme la chaux vive « arrosée d'eau brûle étrangement, encore qu'elle ne fasse point apparoir[*] de flamme », ainsi l'invisible ardeur de son amour survivait à la disparition de l'homme aimé. Elle trouva dans l'Antiquité un modèle auquel s'identifier, la veuve du roi Mausole, qui fit édifier pour lui un tombeau magique, l'une des sept merveilles du monde : elle serait la nouvelle Artémise.

---

[*] Apparaître.

Diane comprit que son temps était fini. Elle se fit humble. Dès qu'on les lui réclama, elle restitua docilement ceux des bijoux de la couronne qu'elle détenait. Catherine ne s'abaissa pas à la dépouiller, elle lui laissa ses biens, sauf l'admirable Chenonceaux qu'elle échangea contre Chaumont-sur-Loire, de bien moindre valeur. Mais elle commenta sa libéralité d'un mot féroce : « Je ne puis oublier qu'elle faisait les délices de mon cher Henri » — entendez : les services des domestiques méritent salaire. C'est là vengeance de très grand seigneur. Et en usant à son tour des monogrammes ambigus où les D pouvaient passer pour des C, elle dépossédera rétroactivement sa rivale des monuments où ils figuraient déjà : subtile façon de récrire l'histoire. Six ans plus tard, la mort de la favorite, confinée à Anet, passa presque inaperçue.

Si affligée qu'elle fût, Catherine n'avait pas cependant perdu sa présence d'esprit. Elle se refusa, contre tous les usages, à se claquemurer quarante jours aux Tournelles dans l'obscurité. Elle avait bien trop à faire ailleurs. Elle suivit au Louvre le dauphin François et la seule concession qu'elle fit à l'étiquette fut d'y transposer la rituelle mise en scène funèbre dans sa chambre tendue de noir, aux fenêtres voilées de noir, où brûlaient deux bougies sur un autel drapé de noir. Mais sa porte était ouverte aux nombreux visiteurs. Elle était sur place, à même de suivre de près l'installation du nouveau règne.

Son fils aîné, désormais François II, a quinze ans, il est majeur, marié et sa femme est entourée d'une vaste et puissante famille. Officiellement, Catherine n'est plus rien. Aurait-elle tendance à l'oublier ? Elle s'en souvint, in extremis, au moment de monter dans le carrosse qui devait les emmener des Tournelles au Louvre. Elle faillit passer la première, emportée par l'habitude. Mais après une seconde d'hésitation, elle s'effaça devant la nouvelle reine, sa bru, Marie Stuart qui, sans un mot, accepta la préséance.

La longue marche de Catherine de Médicis aboutissait à un cul-de-sac. Elle se heurtait à un mur. Toute sa stratégie se révélait vaine.

Depuis vingt-cinq ans, elle travaillait à apprivoiser son mari, à conquérir sa confiance, à se faire accepter de lui comme partenaire, dans le cadre des fonctions normalement dévolues à une reine. Elle avait misé sur la venue de l'âge mûr pour occuper auprès de lui une place croissante.

La disparition prématurée de Henri sonne le glas de ses espérances. Certes, nul ne saurait la priver de son titre de reine mère. Mais elle n'a pu bénéficier, par exemple, d'une période transitoire pendant laquelle elle aurait fait figure, au moins dans les fonctions parentales, d'alter ego du roi malade. Il est mort trop vite, sans lui déléguer aucune responsabilité. Rien ne la désigne pour un rôle politique que le défunt lui a toujours refusé. Chacun se souvient surtout du mépris dans lequel il la tenait, du soin qu'il mit, sur les instances de sa maîtresse, à l'écarter du pouvoir. Personne n'a pris l'habitude de compter avec elle. Elle se retrouve seule, une fois de plus. Ce n'est pas pour lui faire peur, elle en a l'habitude. Elle repart à zéro, se remet à la tâche, entreprend de s'imposer dans un milieu hostile, très peu disposé à l'accueillir.

Amour maternel ou appétit de pouvoir ? Les deux sont sans doute indissociables dans les motivations, avouées ou inconscientes, qui lui font prendre en hâte, avant même que le corps de son mari ne soit refroidi, la direction du Louvre où risque de s'instaurer un ordre qui l'exclura.

Son meilleur atout : on se méfie peu d'elle. Nul n'a pris la mesure de ses capacités, de son ambition moins encore. Pour nous qui connaissons la suite de l'histoire, il était facile de faire apparaître ici, dans le récit de ses vingt-cinq années de vie conjugale obscure, les signes prémonitoires de la transformation à venir. Mais pour les contemporains, la surprise fut considérable.

Catherine n'est plus reine régnante : ils croient son heure passée. En réalité, son règne commence.

Sa montée en puissance, elle la doit assurément à ses éminentes qualités politiques. Mais elle n'aurait pu faire usage de ces qualités sans un concours de circonstances qui fragilisa pendant une bonne quarantaine d'années la monarchie française.

ÉPILOGUE

VERS UNE ÉCLIPSE DES ROIS

La mort brutale de Henri II en pleine force de l'âge suscita dans le pays un concert de lamentations, qui n'étaient pas toutes de commande :

> *Hélas, il fut occis de l'éclat d'une lance,*
> *Lui qui en guerre était d'indomptable vaillance.*
> *Mais, devant que mourir, il avait si bien fait*
> *Qu'il avait de son temps le siècle d'or refait,*

s'écria Du Bellay dans un *Tombeau* poétique du défunt. La banalité de l'image n'en traduit pas moins un regret réel, accompagné d'un vif sentiment d'appréhension. Car cette mort rouvrait la porte aux ambitions jusqu'alors contenues et risquait de remettre en cause un certain nombre d'acquis. À la France qui s'enorgueillissait d'une monarchie chaque jour plus forte, elle rappelait combien cette monarchie restait encore entachée de fragilité.

Une monarchie qui se veut forte

Henri II, en cette fin de règne, n'avait assurément pas ramené sur terre l'âge d'or, mais il venait de rétablir la paix. Il avait hérité de son père une autorité renforcée sur les grands féodaux et sur l'Église gallicane. Il lui restait à tirer en politique extérieure les

leçons du combat sans issue mené contre les Habsbourg par ses trois prédécesseurs. Il le fit avec un réalisme qui surprit.

Fini l'esprit de croisade, qui animait encore Charles VIII et Louis XII. Avec le succès grandissant de la
Réforme, c'est à l'intérieur et non plus sur les marches
du Levant que se situe l'adversaire. Et contre l'hérésie,
la France et l'Espagne se trouvent dans le même camp.
Fini le mirage italien, les projets d'implantation à
Milan ou à Naples. Trop loin. L'avenir est de ce côté-
ci des Alpes. Adieu l'aventure : le modèle chevaleresque ne survit plus que dans les simulacres que sont les
tournois. Plutôt que de chercher fortune ailleurs, mieux
vaut faire fructifier ce que l'on possède. Place à la paix.
C'est aussi l'avis de Philippe II d'Espagne. L'heure est
à la réconciliation, assortie d'alliances scellées comme
de coutume par des mariages. Dans une Europe désormais dominée par les rivalités entre grands États et
coupée en deux sur le plan confessionnel, il importe de
fixer la place de la France, au premier rang si possible.
La création d'un nouvel ordre européen vaut bien aux
yeux du roi les sacrifices consentis au Cateau-Cambrésis. Il en profitera pour rétablir dans le royaume l'unité
de la foi et parachever la mise en place d'une monarchie forte, obéie de tous.

La condition des reines, dans les premières décen-
nies du XVIe siècle, s'est ressentie de cette évolution
amorcée longtemps auparavant.

À mesure que se renforçait leur pouvoir, les rois ten-
daient à tenir plus fermement en tutelle leurs épouses.
Le double processus d'accroissement des uns, d'abais-
sement des autres se poursuivait depuis Philippe-
Auguste, avec des hauts et des bas, en même temps que
la monarchie se dégageait peu à peu du cadre féodal.

Dans la société féodale la femme, apte à recueillir
et à transmettre l'héritage familial, occupait aux côtés
et éventuellement à la place de son mari une fonction
éminente. Lorsque le roi de France, dont les domaines
propres n'égalaient pas toujours ceux de ses vassaux,
tentait de s'agrandir par des mariages fructueux, les

héritières de fiefs apportaient dans leur corbeille, en même temps que des provinces, l'habitude de l'indépendance et le goût de l'autorité. Pour peu qu'elles eussent de la personnalité, il trouvait en elles des partenaires difficiles à manier, susceptibles de devenir des ennemies, prêtes en cas de veuvage à récupérer leurs biens pour les proposer à d'autres. Dangereuses épouses, dont Aliénor d'Aquitaine fournit l'exemple le plus connu.

C'est à ce type, en voie de disparition, qu'appartient encore Anne de Bretagne. Elle réussit à se faire restituer, en épousant Louis XII, ses droits sur sa province natale. Elle en usa sans scrupules pour tenter d'imposer ses vues à son mari et de mener une politique propre. Elle fut la dernière à s'y essayer.

Les successeurs de Louis XII n'ont guère de peine à étouffer chez leurs épouses toutes velléités d'indépendance. Très fréquentes au début du siècle, les annexions par voie matrimoniale se font rares. Les grands États modernes, en train de se constituer, modifient les règles du jeu. Il n'y a plus guère d'héritières disponibles, ou bien alors — par exemple outre-Manche — elles détiennent des royaumes trop gros pour être absorbés. Et quand il y en a, leurs puissants voisins veillent à ne pas les laisser passer avec armes et bagages dans le camp ennemi : le Portugal est chasse gardée espagnole et la France tient en étroite lisière le minuscule royaume de Navarre. Les souverains s'évertuent, à travers des remariages successifs, à avoir des fils, et ils préfèrent doter leurs filles en argent ou en promesses d'amitié plutôt qu'en terres.

Sur quoi les reines de France s'appuieraient-elles pour revendiquer une part de pouvoir ? Elles ne possèdent en fait d'héritage que des provinces déjà francisées, comme la Bretagne dont Claude demeure la souveraine nominale, ou des droits tout théoriques sur des duchés tenus par d'autres : Milan, Naples, Florence, Urbino. Éléonore ou Catherine, gages d'alliances précaires, otages bien vite démonétisés, n'ont d'autre ressource que de se plier à la situation qui leur est faite. Elles n'interviennent que par d'humbles prières, qui n'ont de chance d'être entendues que lorsqu'elles coïncident avec la politique du moment. François Ier ou Henri II consentent alors à voir en elles l'agent d'un rapprochement tout provisoire avec la maison de Habsbourg ou les principautés italiennes. Mais en réalité, elles ne peuvent rien. Elles le constatent avec résignation ou amertume selon les cas.

Les femmes réellement associées au pouvoir sont celles qu'attachent au roi les liens du sang ou de l'élection : mères ou maîtresses pèsent infiniment plus que les épouses. La personnalité de celles-ci n'y change pas grand-chose. À preuve : rien dans leurs comportements, ou presque, ne distingue d'abord Éléonore et Catherine, également dociles, également effacées. Rien ne permet de soupçonner chez cette dernière, même lorsque la maternité a raffermi sa position, l'étoffe d'un homme d'État. Et il est probable qu'elle-même, si réaliste, si pragmatique, accoutumée à coller au plus près à l'événement, n'a pas une vision claire de ce qui l'attend. Il faut que le destin s'en mêle, qu'éclate soudain la fragilité de la monarchie et qu'à la faveur d'un deuil et d'une crise, l'épouse se métamorphose en mère, pour que se dessine son nouveau visage.

Une monarchie fragile

La monarchie, qui incarne la pérennité du royaume, est par essence continuité. Les peuples ont horreur du vide et l'incertitude les angoisse. Certes, les règles de transmission héréditaire de la couronne, précisées par la loi salique, mettent en principe la France à l'abri des aléas. Le roi est mort, vive le roi. Il n'empêche : le passage de l'un à l'autre se fait plus naturellement de père en fils qu'entre collatéraux. Toute rupture dans le renouvellement normal des générations est gros de troubles civils, tout changement de branche dans l'arbre généalogique apparaît chargé de menaces. La France n'est tranquille et le roi solide sur son trône que lorsque la succession en ligne directe est assurée. Ainsi Charles VIII s'est-il trouvé affaibli, après la mort du dauphin, et contraint de ne pas exposer sa vie sur un champ de bataille tant que ne lui serait pas né un nouveau fils. Ainsi Louis XII a-t-il tenu à donner au jeune François d'Angoulême un surcroît de légitimité en l'adoptant comme gendre, tout en caressant l'espoir de procréer à nouveau. Un roi sans fils n'est pas un vrai roi.

En vertu d'une logique inverse, François Ier puis Henri II virent leur autorité consolidée par la venue d'une abondante progéniture. Respectivement riches de trois et de quatre fils, ils pouvaient croire la relève assurée.

Encore faut-il que les fils survivent à leurs pères. Le taux de mortalité parmi les enfants et les adolescents est tel qu'on doit en avoir au moins deux ou trois pour en conserver un. Et il est préférable que le père vive assez longtemps pour qu'ils soient sortis de l'enfance et en âge de le remplacer. Une disparition précoce, des héritiers mineurs : c'est pour les féodaux indociles la promesse d'une monarchie faible, autorisant tous les manquements, c'est pour les ambitieux le signal de la course au pouvoir.

Sous François Ier, on avait échappé de peu à ce double danger. Lorsque courut le bruit qu'il se mourait dans sa prison de Madrid, Louise de Savoie, pourtant officiellement investie par lui de la régence, sentit soudain qu'on ne lui obéissait plus : fausse alerte significative. Il guérit, rentra en France, ses fils grandirent. Mais, nouvelle épreuve, il vit disparaître deux d'entre eux, l'aîné et le troisième. À son lit de mort, il ne restait plus, pour lui succéder, que le second. Il avait cinquante-trois ans, Henri vingt-huit : la transition fut aisée.

Mais après la mort de Henri II, victime prématurée d'un accident imprévu, les deux causes de fragilité se conjuguent pour engendrer une interminable crise à rebondissements, qui va durer trente ans. Trente années durant lesquelles se succèdent sur le trône ses trois fils aînés, devenus certes majeurs avec le temps, mais dépourvus eux-mêmes de descendance. Terrifiante image des ravages causés par la mortalité dans les rangs d'une famille prolifique : si on regarde le tableau de la postérité de François Ier, on s'aperçoit que celui-ci, avec trois fils et quatre petits-fils, ne possède plus, à la génération suivante, aucun descendant mâle de lignée masculine. La force d'une dynastie est dans ses fils. Celle des Valois touche à sa fin.

Or par malheur cette crise dynastique se double d'une crise religieuse très grave, l'une nourrissant l'autre. Les chefs des grandes familles, candidats à la direction des affaires, se partagent entre les deux confessions antagonistes et sont tentés de couvrir du drapeau de la foi leurs ambitions politiques personnelles. Ils trouvent parmi les croyants des deux bords des combattants prêts au sacrifice et des bailleurs de fonds généreux. De quoi entretenir durablement une guerre civile que les puissances étrangères ont intérêt à attiser. L'anarchie menace. Au « beau » XVIe siècle, ainsi nommé par contraste avec les horreurs qui suivirent, vont succéder des années sanglantes : une longue suite de conflits, de rébellions, de violences exacerbées qui mit en péril la monarchie et menaça l'unité du pays.

Des hommes qui s'entre-tuent, des héritiers trop jeunes : les temps troublés sont l'âge d'or des douairières. À la tête du royaume, à la tête des grandes maisons aristocratiques, ce sont les femmes qui prennent en main les destinées familiales. L'éclipse des rois entraîne, presque mécaniquement, la réapparition des reines. Le processus qui tendait à mettre celles-ci à l'écart est alors suspendu pour un temps. Catherine de Médicis, veuve, se dresse pour défendre ses enfants. Elle se considère, non sans quelque raison, comme la plus dévouée à leurs intérêts. Elle aura de la peine à se faire attribuer le pouvoir. Mais une fois qu'elle le tiendra, elle le gardera. La guerre civile fera d'elle, pour trente ans, le véritable maître de la France.

La suite de cette histoire montrera comment la petite Italienne dont l'obéissance fit longtemps la force exerça sur ses fils, sur ses brus, sur sa dernière fille une emprise impérieuse ; comment elle rassembla entre ses mains et tenta de conserver les leviers du pouvoir ; comment elle assista, désespérée, au dépérissement de la lignée des Valois, à laquelle elle avait voué sa vie, et comment elle prépara, sans l'avoir voulu, l'avènement de celui qui allait réconcilier pour un temps les Français et fonder une nouvelle dynastie : Henri IV.

Et ce sera encore, plus que jamais peut-être, une histoire de famille.

ANNEXES

REPÈRES CHRONOLOGIQUES

1457		Mariage de Louis XI avec Charlotte de Savoie.
1461		Naissance d'Anne de Beaujeu.
	22 juil.	Mort de Charles VII. Avènement de Louis XI.
1462	27 juin	Naissance de Louis II d'Orléans, futur Louis XII.
1464	23 avril	Naissance de Jeanne de France.
1470	30 juin	Naissance du dauphin, futur Charles VIII.
1476	8 sept.	Mariage de Louis d'Orléans et de Jeanne de France.
1477	26 janv.	Naissance d'Anne de Bretagne.
1480	10 janv.	Naissance de Marguerite d'Autriche.
1483	22 juin	Fiançailles du dauphin Charles avec Marguerite d'Autriche.
	30 août	Mort de Louis XI. Avènement de Charles VIII.
1485		Début de la « Guerre folle ».
1488	28 juil.	Louis d'Orléans battu et fait prisonnier à Saint-Aubin-du-Cormier.
1489		Reprise de la guerre en Bretagne. Anne est couronnée duchesse à Rennes.
1490	Déc.	Mariage par procuration entre Anne de Bretagne et Maximilien.

1491		La France victorieuse en Bretagne. Traité de Rennes.
	6 déc.	Mariage de Charles VIII et d'Anne de Bretagne.
1492	3 janv.	Prise de Grenade par le roi d'Aragon : les derniers Maures sont chassés d'Espagne.
	Avril	Naissance de Marguerite d'Angoulême.
	Août	Roderigo Borgia élu pape (Alexandre VI).
	10 oct.	Naissance du dauphin Charles-Orland.
	12 oct.	Christophe Colomb découvre l'Amérique.
1493	Mai	Retour de Marguerite d'Autriche en Flandre.
1494		Expédition de Charles VIII marquant le début des guerres d'Italie. Les Médicis sont chassés de Florence.
	12 sept.	Naissance de François d'Angoulême, futur François Ier.
	Nov.-déc.	Entrée des Français à Florence et à Rome.
1495	18 mars	Naissance de Marie d'Angleterre.
		Naples prise par Charles VIII. Retour du roi en France (bataille de Fornoue).
	7 nov.	Arrivée du roi à Lyon.
	4 déc.	Les Français sont chassés de Naples.
	16 déc.	Mort du dauphin Charles-Orland.
1498	7 avril	Mort de Charles VIII. Avènement de Louis XII.
	Août-déc.	Procès en annulation du mariage de Louis XII et de Jeanne de France.
	15 nov.	Naissance d'Éléonore d'Autriche.
1499	8 janv.	Mariage de Louis XII et d'Anne de Bretagne.
	14 sept.	Prise de Milan par les troupes françaises.
	13 oct.	Naissance de Claude de France.
1500	24 févr.	Naissance du futur Charles Quint.
1501		Conquête du royaume de Naples par Louis XII.
1503	Juin	Les Français sont chassés de Naples.
	Nov.	Élection de Jules II au pontificat.
1504	Sept.	Traité de Blois, promettant la main de Claude à Charles de Gand.

1505	4 févr.	Mort de Jeanne de France.
1506		Fiançailles de Claude de France et de François d'Angoulême.
1508		Jules II forme contre la France la Ligue de Cambrai.
1509	22 avril	Avènement de Henri VIII en Angleterre.
	14 mai	Victoire d'Agnadel sur les coalisés de la Ligue.
1510	25 oct.	Naissance de Renée de France.
1511		Jules II forme contre la France la Sainte Ligue.
1512		Malgré la victoire des Français à Ravenne, où périt Gaston de Foix, le pape les expulse d'Italie.
1513		Mort de Jules II. Élection de Léon X (Jean de Médicis). Défaite de Novare et perte du Milanais. Louis XII renonce à l'Italie.
	Juin-août	Débarquement de Henri VIII près de Calais. Défaite des Français à Guinegatte.
1514	9 janv.	Mort d'Anne de Bretagne.
	18 mai	Mariage de Claude de France et de François de Valois-Angoulême.
	7 août	Traité de paix et d'alliance entre la France et l'Angleterre.
	9 oct.	Mariage de Louis XII et de Marie d'Angleterre.
1515	1er janv.	Mort de Louis XII. Avènement de François Ier.
	13 sept.	Reprise des guerres d'Italie. Victoire de François Ier à Marignan. Conquête de Milan, Parme et Plaisance.
1516		Charles de Habsbourg roi d'Espagne. Concordat de Bologne : le pape accorde au roi de France le droit de nommer les hauts dignitaires ecclésiastiques. Traité de Noyon, qui accorde le Milanais à la France et Naples à l'Espagne. « Paix perpétuelle » entre la France et les cantons suisses.

1517   Martin Luther publie ses thèses contre les indulgences. Débuts de la Réforme.

1518   28 févr.   Naissance du dauphin François.
         28 avril   Mariage de Laurent de Médicis et de Madeleine de La Tour d'Auvergne.

1519   31 mars   Naissance du second fils de François Ier, le futur Henri II.
         13 avril   Naissance de Catherine de Médicis.
                     Mort de ses parents.
         Juin   Charles de Habsbourg, élu à l'Empire contre François Ier, prend le nom de Charles Quint.

1520   Entrevue franco-anglaise dite du Drap d'or.

1521   Mort du pape Léon X.
                     Excommunication de Luther.
                     Début de la lutte entre la France et la maison d'Autriche.

1523   Trahison et fuite du connétable de Bourbon.
                     Élection du pape Clément VII (Jules de Médicis).

1524   Campagne de François Ier en Italie du Nord.
         Juillet   Mort de Claude de France.

1525   25 févr.   Défaite de Pavie.
                     Captivité de François Ier en Espagne et ambassade de sa sœur Marguerite.

1526   Le roi de Hongrie, beau-frère de Charles Quint, battu et tué par les Turcs à Mohács.
                     Traité de Madrid et retour du roi en France. Ses deux fils aînés sont envoyés en otages à Madrid.

1527   Seconde guerre de François Ier contre Charles Quint.
                     Rétablissement de la république à Florence.
                     Sac de Rome et mort du connétable de Bourbon.

1529   3 août   Paix de Cambrai, dite « Paix des Dames ».

1530   1er juil.   Restitution des enfants de France.
         7 juil.   Mariage de François Ier et d'Éléonore d'Autriche.

Chute de la république à Florence. Rétablissement des Médicis.
Diète d'Augsbourg. Rupture entre les catholiques et les luthériens.

1531 22 sept. Mort de Louise de Savoie.
Le pape fait de Florence un duché qu'il donne à son neveu Alexandre de Médicis.

1533 28 oct. Mariage de Catherine de Médicis avec Henri, second fils de François Ier.
Divorce de Henri VIII prononcé par l'Église anglicane, remariage avec Anne Boleyn et naissance de la future Élisabeth Ire.

1534 Par l'Acte de Suprématie, Henri VIII consacre la rupture de l'Église anglicane avec Rome.
17-18 oct. Des placards attaquant violemment la messe sont affichés un peu partout en France, entraînant une répression sévère.

1535 Traité d'alliance franco-turque.
Genève se soustrait à la juridiction de son évêque et adopte officiellement la Réforme.

1536 Reprise de la guerre entre François Ier et Charles Quint. La France s'empare des territoires du duc de Savoie.
Août Mort du dauphin François. Son frère Henri devient dauphin et Catherine de Médicis dauphine.
Publication à Genève de l'*Institution de la religion chrétienne* par Jean Calvin.

1538 Négociations de Nice et entrevue d'Aigues-Mortes entre François Ier et Charles Quint. Fin de la guerre.
Mariage de Jacques V d'Écosse et de Marie de Guise.
Excommunication de Henri VIII.

1540 Charles Quint va châtier les Gantois révoltés.

| | | Édit de Fontainebleau pour la répression de l'hérésie. |

1541
Échec de la diète de Ratisbonne, consacrant la partition religieuse de l'Allemagne.

1542
Reprise de la guerre entre François Iᵉʳ et Charles Quint.

8 déc.
Naissance de Marie Stuart.

14 déc.
Mort de Jacques V. Marie Stuart reine d'Écosse.

1544   19 janv.
Naissance du premier enfant du dauphin Henri et de Catherine de Médicis, le futur François II.

14 avril
Victoire de Cérisoles.

Sept.
Paix de Crépy-en-Laonnois entre François Iᵉʳ et Charles Quint.

1545   9 sept.
Mort de Charles, duc d'Orléans, dernier fils du roi.

1545-1546
Ouverture du concile de Trente. Massacre des Vaudois en Provence. Persécutions religieuses en France contre les réformés et contre le groupe de Meaux.

1546   2 avr.
Naissance d'Élisabeth de France, future reine d'Espagne.

1547   27 janv.
Mort de Henri VIII d'Angleterre. Avènement de son fils Édouard VI.

31 mars
Mort de François Iᵉʳ. Avènement de Henri II. Catherine de Médicis reine de France.
Ivan IV, le Terrible, prend le titre de « tsar de toutes les Russies ».

12 nov.
Naissance de Claude de France, future duchesse de Lorraine.

1548   Août
Arrivée en France de Marie Stuart.

20 oct.
Jeanne d'Albret épouse Antoine de Bourbon.

1550   27 juin
Naissance de Charles-Maximilien, le futur Charles IX.

1551   20 sept.
Naissance d'Édouard-Alexandre, le futur Henri III

1551-1552 Reprise de la guerre entre Charles Quint et la France qui s'allie aux princes protestants d'Allemagne. Catherine de Médicis exerce quelques mois la régence en l'absence de son mari.

1553 Mort d'Édouard VI d'Angleterre. Avènement de Marie Tudor, qui rétablit le catholicisme par la force. Elle épousera l'année suivante Philippe, l'infant héritier d'Espagne.

14 mai Naissance de Marguerite de France, future reine de Navarre et de France, souvent dite la « reine Margot ».

1555 18 mars Naissance d'Hercule, futur François d'Alençon, puis d'Anjou, dernier fils du couple royal.

1556 25 oct. Abdication de Charles Quint qui se retire au monastère de Yuste. Sa succession sera partagée entre son fils Philippe II (Espagne) et son frère Ferdinand (Empire).
Reprise de la guerre franco-espagnole.

1557 Défaite française à Saint-Quentin.

1558 Janvier François de Guise reprend Calais aux Anglais.
13 févr. Mort d'Éléonore d'Autriche.
24 avril Mariage de Marie Stuart et du dauphin François.
21 sept. Mort de Charles Quint.
17 nov. Mort de Marie Tudor. Avènement de sa sœur Élisabeth, qui révoque les lois restaurant le catholicisme en Angleterre.

1559 2-3 avril Traité du Cateau-Cambrésis, mettant fin à la guerre franco-espagnole.
Mariage d'Élisabeth de France avec Philippe II d'Espagne et de sa tante Marguerite de France avec le duc Emmanuel-Philibert de Savoie.
10 juill. Mort de Henri II. Avènement de François II. Marie Stuart reine de France.

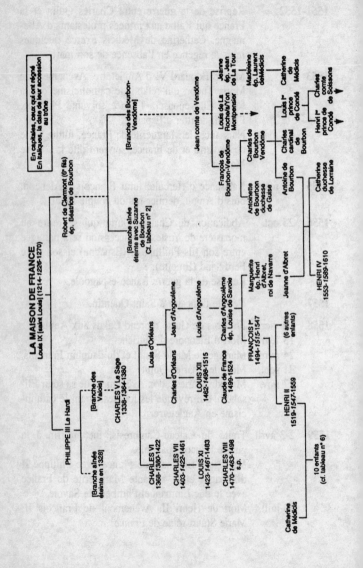

LA MAISON DE FRANCE
Louis IX (saint Louis) (1214-1226-1270)

En capitales, ceux qui ont régné
En italiques, la date de leur accession
au trône

PHILIPPE III Le Hardi

[Branche aînée éteinte en 1328]

CHARLES V Le Sage
1338-*1364*-1380

CHARLES VI
1368-*1380*-1422

CHARLES VII
1403-*1422*-1461

LOUIS XI
1423-*1461*-1483

CHARLES VIII
1470-*1483*-1498
s.p.

Louis d'Orléans

Charles d'Orléans

LOUIS XII
1462-*1498*-1515

Jean d'Angoulême

Charles d'Angoulême
ép. Louise de Savoie

FRANÇOIS Iᵉʳ
1494-*1515*-1547

Claude de France
1499-1524

Marguerite
ép. Henri
d'Albret,
roi de Navarre

(6 autres
enfants)

HENRI II
1519-*1547*-1559

Catherine
de Médicis

10 enfants
(cf. tableau n° 6)

[Branche des Valois]

Robert de Clermont (6ᵉ fils)
ép. Béatrice de Bourbon

[Branche aînée
éteinte avec Suzanne
de Bourbon.
Cf. tableau n° 2]

Jean comte de Vendôme

[Branche des Bourbon-
Vendôme]

François de
Bourbon-Vendôme

Antoinette de Bourbon
duchesse
de Guise

Charles de
Bourbon
Vendôme

Charles
cardinal
de Bourbon

Antoine de
Bourbon

Catherine
duchesse
de Lorraine

Jeanne d'Albret

HENRI IV
1553-*1589*-1610

Louis de La
Roche/Yon
Montpensier

Jeanne
ép. Jean
de La Tour

Madeleine
ép. Laurent
de Médicis

Catherine
de
Médicis

Louis Iᵉʳ
prince de
Condé

Henri Iᵉʳ
prince de
Condé

Charles
comte
de Soissons

LA MAISON DE BOURBON
(branche aînée)

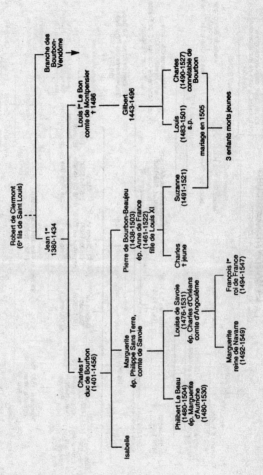

Robert de Clermont
(6ᵉ fils de Saint Louis)

Jean Iᵉʳ
1380-1434

Branche des
Bourbon-Vendôme →

Louis Iᵉʳ Le Bon
comte de Montpensier
† 1486

Gilbert
1443-1496

Charles
(1490-1527)
connétable de
Bourbon

Louis
(1483-1501)
s.p.

Suzanne
(1491-1521)

mariage en 1505

3 enfants morts jeunes

Charles Iᵉʳ
duc de Bourbon
(1401-1456)

Marguerite
ép. Philippe Sans Terre,
comte de Savoie

Pierre de Bourbon-Beaujeu
(1438-1503)
ép. Anne de France
(1461-1522)
fille de Louis XI

Charles
† jeune

Isabelle

Philibert Le Beau
(1480-1504)
ép. Marguerite
d'Autriche
(1480-1530)

Louise de Savoie
(1476-1531)
ép. Charles d'Orléans
comte d'Angoulême

Marguerite
reine de Navarre
(1492-1549)

François Iᵉʳ
roi de France
(1494-1547)

LA MAISON DE HABSBOURG

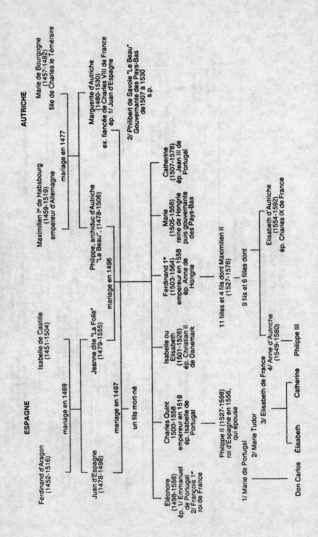

ESPAGNE

Ferdinand d'Aragon (1452-1516)

Isabelle de Castille (1451-1504)

mariage en 1469

AUTRICHE

Marie de Bourgogne (1457-1482) fille de Charles le Téméraire

Maximilien Ier de Habsbourg (1459-1519) empereur d'Allemagne

mariage en 1477

Juan d'Espagne (1478-1498)

Jeanne dite "La Folle" (1479-1555)

Philippe, archiduc d'Autriche "Le Beau", (1478-1506)

Marguerite d'Autriche (1480-1530) ex. fiancée de Charles VIII de France ép. 1/ Juan d'Espagne 2/ Philibert de Savoie "Le Beau" Gouvernante des Pays-Bas de1507 à 1550 s.p.

mariage en 1497

un fils mort-né

mariage en 1496

Eléonore (1498-1558) ép. 1/ Emmanuel de Portugal 2/ François Ier de France

Charles Quint 1500-1558 empereur en 1519 ép. Isabelle de Portugal

Isabelle ou Elisabeth (1501-1526) ép. Christian II de Danemark

Ferdinand Ier (1503-1564) empereur en 1558 ép. Anne de Hongrie

Marie (1505-1558) reine de Hongrie puis gouvernante des Pays-Bas

Catherine (1507-1578) ép. Jean III de Portugal

Philippe II (1527-1598) roi d'Espagne ép.
1/ Marie de Portugal
2/ Marie Tudor
3/ Elisabeth de France
4/ Anne d'Autriche (1549-1580)

11 filles et 4 fils dont Maximilien II (1527-1576)

9 fils et 6 filles dont

Elisabeth d'Autriche (1554-1592) ép. Charles IX de France

1/ Marie de Portugal

Don Carlos

2/ Marie Tudor

Élisabeth

3/ Elisabeth de France

Catherine

Philippe III

LA MAISON DE SAVOIE

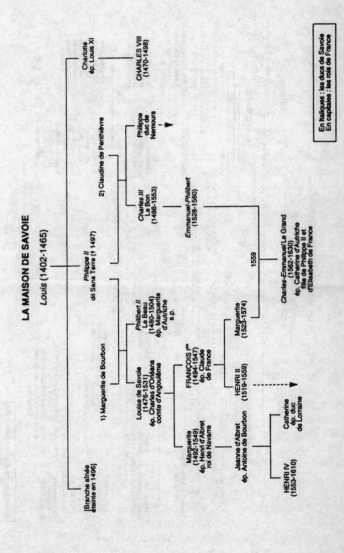

En italiques : les ducs de Savoie
En capitales : les rois de France

Louis (1402-1465)

Charlotte
ép. Louis XI

CHARLES VIII
(1470-1498)

Philippe II
dit Sans Terre († 1497)

2) Claudine de Penthièvre

Philippe
duc de Nemours →

Charles III
le Bon
(1486-1553)

Emmanuel-Philibert
(1528-1580)

1559

Charles-Emmanuel Le Grand
(1562-1630)
ép. Catherine d'Autriche
fille de Philippe II et
d'Elisabeth de France

1) Marguerite de Bourbon

[Branche aînée
éteinte en 1496]

Philibert II
Le Beau
(1480-1504)
ép. Marguerite
d'Autriche
s.p.

Louise de Savoie
(1476-1531)
ép. Charles d'Orléans
comte d'Angoulême

FRANÇOIS Iᵉʳ
(1494-1547)
ép. Claude
de France

Marguerite
(1523-1574)

HENRI II
(1519-1559) - - - →

Marguerite
(1492-1549)
ép. Henri d'Albret
roi de Navarre

Jeanne d'Albret
ép. Antoine de Bourbon

Catherine
ép. duc
de Lorraine

HENRI IV
(1553-1610)

LES MÉDICIS

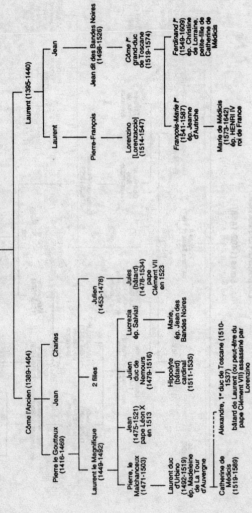

Jean de Médicis (1360-1429)
gonfalonier de Florence

Côme l'Ancien (1389-1464) — Charles — Jean

Pierre le Goutteux (1416-1469)

Laurent le Magnifique (1449-1492)

Pierre, le Malchanceux (1471-1503) — Jean (1475-1521) pape Léon X en 1513 — 2 filles — Julien duc de Nemours (1479-1516) — Lucrezia ép. Salviati

Laurent duc d'Urbino (1492-1519) ép. Madeleine de La Tour d'Auvergne

Catherine de Médicis (1519-1589)

Hippolyte (bâtard) cardinal (1511-1535)

Marie, ép. Jean des Bandes Noires

Julien (1453-1478) — Jules (bâtard) (1478-1534) pape Clément VII en 1523

Alexandre, 1er duc de Toscane (1510-1537) bâtard de Laurent (ou peut-être du pape Clément VII) assassiné par Lorenzino

Laurent (1395-1440) — Jean — Laurent

Jean dit des Bandes Noires (1498-1526)

Pierre-François

Lorenzino [Lorenzaccio] (1514-1547)

Côme Ier grand-duc de Toscane (1519-1574)

Ferdinand Ier (1549-1609) ép. Christine de Lorraine, petite-fille de Catherine de Médicis

François-Marie Ier (1541-1587) ép. Jeanne d'Autriche

Marie de Médicis (1573-1642) ép. HENRI IV roi de France

En italiques, ceux qui ont porté le titre de Grand Duc

LA POSTÉRITÉ DE FRANÇOIS Iᵉʳ

FRANÇOIS Iᵉʳ (1494-1515-1547)
ép. en 1514 Claude de France (1499-1524)

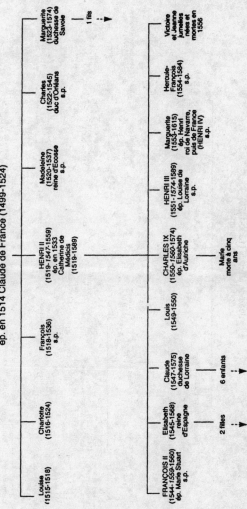

- Louise (1515-1518)

- Charlotte (1516-1524)

- François (1518-1536) s.p.

- HENRI II (1519-1547-1559) ép. en 1533 Catherine de Médicis (1519-1589)
  - FRANÇOIS II (1544-1559-1560) ép. Marie Stuart s.p.
  - Elisabeth (1546-1568) reine d'Espagne → 2 filles
  - Claude (1547-1575) duchesse de Lorraine → 6 enfants
  - Louis (1549-1550)
  - CHARLES IX (1550-1560-1574) ép. Elisabeth d'Autriche
    - Marie morte à cinq ans
  - HENRI III (1551-1574-1589) ép. Louise de Lorraine s.p.
  - Marguerite (1553-1615) ép. Henri roi de Navarre, puis de France (HENRI IV) s.p.
  - Hercule-François (1554-1584) s.p.
  - Victoire et Jeanne jumelles nées et mortes en 1556

- Madeleine (1520-1537) reine d'Ecosse s.p.

- Charles (1522-1545) duc d'Orléans s.p.

- Marguerite (1523-1574) duchesse de Savoie → 1 fils

ORIENTATION BIBLIOGRAPHIQUE

Sur un pareil sujet la bibliographie est évidemment gigantesque. On n'a fait figurer ici que les principaux ouvrages consultés. Les lecteurs désireux de pousser plus loin leurs recherches sont invités à recourir aux bibliographies détaillées figurant à la fin des livres spécialisés récents dont ils trouveront ici les références.

I — OUVRAGES ANCIENS

— Tous les mémorialistes des XVe et XVIe siècles, qu'on peut lire soit dans la Collection Petitot, 1re Série (1820-1829), soit de préférence dans la Collection Michaud et Poujoulat (1836-1839). Parmi eux, notamment : Commynes, Fleuranges, Jean Bouchet, Tavannes, Vieilleville et, bien entendu, Louise de Savoie. On leur ajoutera :

— BRANTÔME (Pierre de Bourdeille, abbé de), *Œuvres complètes*, éd. Lalanne, 12 vol., Paris, Renouard, 1864-1896. Édition partielle du recueil des *Dames* par E. Vaucheret, Paris, Gallimard (Pléiade), 1991.

— CATHERINE DE MÉDICIS, *Lettres*, éd. H. de La Ferrière et G. Baguenault de Puchesse, 11 vol., Paris, Imprimerie nationale, 1880-1909.

— COSTE (Hilarion de), *Les Éloges et les Vies des Reines...*, 1630.

334 Les Reines de France au temps des Valois

— Thou (Jacques-Auguste de), *Histoire Universelle*, 5 premiers volumes (années 1543-1572), Paris, 1604-1608, trad. fr. Londres.

II — Ouvrages modernes.

— Bluche (François), *L'Ancien Régime. Institutions et Société*, Livre de Poche, 1993.

— Boom (Ghislaine de), *Éléonore de Portugal, reine de France*, Bruxelles, 1943.

— Brown (Mary Croom), *Mary Tudor, a queen of France*, London, 1911.

— Chaussinand-Nogaret (Guy), *La Vie quotidienne des femmes du Roi, d'Agnès Sorel à Marie-Antoinette*, 1990.

— Cloulas (Ivan), *Catherine de Médicis*, 1979.

— Cloulas (Ivan), *Henri II*, 1985.

— Déjean (Jean-Luc), *Marguerite de Navarre*, 1987.

— Delumeau (Jean), *La Civilisation de la Renaissance*, 1967.

— Duby (Georges) et Perrot (Michelle), *Histoire des Femmes*, t. III, XVIᵉ-XVIIIᵉ siècle, 1991.

— Espezel (Pierre d'), *Les Reines de France*, ouvrage collectif, 1947.

— Erlanger (Philippe), *Diane de Poitiers*, 1955.

— Febvre (Lucien), *Amour sacré, amour profane ; autour de L'Heptaméron*, 1944.

— Gabory (E.), *Anne de Bretagne, duchesse et reine*, 1941.

— Henry-Bordeaux (Paule), *Louise de Savoie, régente et roi de France*, 1954.

— Jacquart (Jean), *François Iᵉʳ*, 1981

— Jourda (Pierre), *Marguerite d'Angoulême, duchesse d'Alençon, reine de Navarre, 1492-1549*, 2 vol., 1930.

— Kendall (Paul Murray), *Louis XI*, Paris, 1974.

— Labande-Mailfert (Yvonne), *Charles VIII*, 1986.

— LECOQ (Anne-Marie), *François Ier imaginaire. Symbolique et politique à l'aube de la Renaissance française*, Préface de Marc Fumaroli, 1987.

— LEROUX DE LINCY (A. J. V.), *Vie de la reine Anne de Bretagne*, 4 vol., 1860.

— LE ROY LADURIE (Emmanuel), *L'État royal, 1460-1610*, 1987.

— MARIÉJOL (Jean-H.), *Catherine de Médicis*, 1919, rééd. 1979.

— MAULDE LA CLAVIÈRE (René de), *Histoire de Louis XII*, 1889-1893.

— MAULDE LA CLAVIÈRE (René de), *Jeanne de France*, 1883.

— MAULDE LA CLAVIÈRE (René de), *Louise de Savoie et François Ier, trente années de jeunesse (1485-1515)*, 1895.

— MAULDE LA CLAVIÈRE (René de), *Procédures politiques du règne de Louis XII*, 1885 (cf. le procès de Jeanne de France, pp. 789-1125).

— MAYER (D. M.), *The Great Regent (Louise de Savoie)*, London, 1966.

— MICHELET (Jules), *Histoire de France, Renaissance et Réforme*, rééd. 1982.

— MOUSNIER (Roland), *Histoire générale des civilisations*, t. IV, *Les XVIe et XVIIe siècles (1492-1715)*, PUF, 1945.

— MOUSNIER (Roland), *Les Institutions de la France sous la monarchie absolue*, 2 vol., 1974 et 1980.

— ORIEUX (Jean), *Catherine de Médicis*, 1986.

— RICHET (Denis), *La France moderne, l'esprit des institutions*, 1973.

— QUILLIET (Bernard), *Louis XII*, 1986.

— SOLNON (Jean-François), *La Cour de France*, 1987.

— TOUDOUZE (G.), *Anne, duchesse de Bretagne et reine de France*, 1959.

— TOURAULT (Philippe), *Anne de Bretagne*, 1990.

— ZELLER (B.), *Claude de France*, 1892.

INDEX

Nota : On a exclu de cet Index d'une part Dieu, le Christ, la Vierge, les personnages bibliques et les saints — sauf ceux qui interviennent personnellement dans les événements racontés —, d'autre part les personnages mythologiques, légendaires ou littéraires.

TABLE DES ILLUSTRATIONS

Page 6   *En haut à gauche* : Marguerite de Navarre,
              au temps où elle brillait à la cour de son
              frère. *Photo B.N.*
              En haut à droite : Louise de Savoie. *Photo
              B.N.*
              En bas : François Ier. (Portrait attribué à Jean
              et François Clouet.) *Photo B.N.*

Page 7   Catherine de Médicis adolescente, à l'épo-
              que de son mariage. (Par Corneille de Lyon.)
              Photo Giraudon
              Le dauphin Henri — futur Henri II — vers
              1540. *Photo Roger-Viollet.*
              En bas à gauche : Le monogramme unissant
              le H initial de *Henri* à deux lettres qui sont
              visiblement des C, pour *Catherine* (et non
              plus des D, pour *Diane*). (Colonne astrono-
              mique de Catherine, accolée à la Bourse du
              Commerce, à Paris.)

Page 8   *En haut* : Diane de Poitiers en déesse-lune.
              (Portrait anonyme. Château de Chaumont-
              sur-Loire.) *Photo R.M.N.*
              En bas : La chasseresse au cerf du château
              d'Anet. *Photo R.M.N.*

Table

Table 351

IMPRIMÉ EN FRANCE PAR BRODARD ET TAUPIN
Usine de La Flèche (Sarthe).
LIBRAIRIE GÉNÉRALE FRANÇAISE - 43, quai de Grenelle - 75015 Paris.

ISBN : 2 - 253 - 13873 - 8 ◈ 31/3873/2